SHANNON KIRK

Sterbetag

GOLDMANN
Lesen erleben

Buch

Lisa Yyland war sechzehn und hochschwanger, als sie entführt wurde. Doch eines war sie nie: ein Opfer. Eine Fehleinschätzung, die ihre Entführer – brutale Handlanger eines internationalen Verbrecherrings – mit dem Leben bezahlten. Achtzehn Jahre später ist aus dem Mädchen eine Frau geworden, ein eiskalter Racheengel, der nicht ruhen wird, bis diese Organisation vollständig zerschlagen ist. Lisa hat ihre Vergeltung minutiös geplant – und der Tag der Abrechnung naht: Alle zwanzig Jahre unterwirft der mächtige wie gefährliche Drahtzieher im Hintergrund zwei Frauen einem grausamen Ritual. Hier will Lisa ihn stellen. Doch dieses mörderische Spiel fordert einen hohen Einsatz: ihr Leben.

Weitere Informationen zu Shannon Kirk
sowie zu lieferbaren Titeln der Autorin
finden Sie am Ende des Buches

Shannon Kirk

Sterbetag

Psychothriller

Übersetzt von
Verena Kilchling

GOLDMANN

Dieses Buch ist auch als E-Book erhältlich.

MIX
Papier aus verantwortungsvollen Quellen
FSC® C014496
FSC www.fsc.org

Verlagsgruppe Random House FSC® N001967

1. Auflage
Deutsche Erstveröffentlichung April 2020

Der Titel der amerikanischen Originalausgabe lautet »Plan 15/33«

Umschlaggestaltung: UNO Werbeagentur, München
Umschlagmotive: Stocksy/Duet Postscriptum; FinePic®, München
Redaktion: Alexander Groß
KS · Herstellung: kw
Satz: GGP Media GmbH, Pößneck
Druck und Bindung: GGP Media GmbH, Pößneck
Printed in Germany
ISBN: 978-3-442-49011-0
www.goldmann-verlag.de

Besuchen Sie den Goldmann Verlag im Netz

Allen rebellischen Wissenschaftlern gewidmet

Du kennst meine Angst nicht

Ich fürchte mich
vor etwas Ungezähmtem, Unbekanntem,
wende mich ab,
verstecke mich vor der Wahrheit.
Die Sinne, nein, sie sind trügerisch,
der Tastsinn gebändigt, die Blicke zahm.
Die Grenzen des Hörens, des Schmeckens,
ich ertrage sie,
trotze der Leere des Raums,
den dunklen Löchern voll Nichts.
Unerbittliche, rachsüchtige Angst.
Eine Ewigkeit, völlig wertlos.

SCK, 24.02.2017

KAPITEL EINS

Ein neuer Zustand für Lisa Yyland, 34

In diesem Moment stelle ich infrage, wer ich bin, ob ich stehe, ob ich fliege, ob ich zerfalle. Ich überlege, ob ich nichts bin, vielleicht nur Schall oder Licht, abgetrennt von allem, was mich am Boden verankert. Doch das würde nicht erklären, woher ich weiß, dass ich sie im Arm halte. Also versuche ich, mich zu konzentrieren. Versuche, die Gefühle auszuschalten, die mich im Schock überwältigt haben.

Ihr Blut tropft von meinen Händen und bildet Netze in den Zwischenräumen meiner Finger. Ich habe gerade die Lache berührt, die sich unter ihr gebildet hat – das Blut stammt von ihrem Rücken, wo die lautlose Kugel wieder ausgetreten ist.

Herbstblätter bedecken die Erde und formen einen Teppich aus Rot, Orange, Braun und Gelb – denselben Farben, die sich in den noch vollen Baumkronen wiederfinden. Es ist mitten im Herbst, die Jahreszeit der Indian-Summer-Touristen. Die Luft ist spätsommerlich warm, aber vielleicht ist mir auch nur heiß von unserer Joggingrunde, die jäh unterbrochen wurde, als der SUV um die Ecke bog, ein SUV, der aussah wie all die anderen Luxusschlitten in diesem Küstenort in Massachusetts.

Ich gehe die letzte Minute noch einmal in sämtlichen, mikroskopisch kleinen Details durch: Ein schwarzer SUV biegt von der Harbor Lane in die Beach Street ein, die hintere, getönte Scheibe auf der Fahrerseite ist heruntergefahren. Mein Blick wandert zu meiner Begleiterin, der Frau, die jetzt am Boden liegt, vor einer Minute jedoch noch aufrecht neben mir her joggte und dabei durch eine Playlist auf ihrem iPhone scrollte. Während ich kurz den Kopf zu ihr drehte und auf den Bildschirm ihres Handys blickte, entging mir offenbar der Lauf einer auf sie gerichteten Waffe im offenen Fenster des eingebogenen SUV. Dann sackte sie, ohne jedes Geräusch oder eine ersichtliche Ursache, seitlich nach hinten weg wie eine sterbende Giraffe. Während der SUV beschleunigte und stadtauswärts davonrauschte, glitt ihr das iPhone aus der Hand und landete irgendwo unter einem verblühten Hortensienstrauch, der jetzt gerade meine Achillessehne streift. Als ich ihr das iPhone letztes Jahr zu Weihnachten schenkte, stellte ich den Zeitraum, bis es sich von selbst verschlüsselt, auf drei Minuten ein, man kann das Gerät also drei Minuten lang bedienen, bevor man ein Passwort braucht. Wenn mir mein derzeitiger Schockzustand keinen Streich spielt, müsste es jetzt zwei Minuten her sein, dass meine Begleiterin zuletzt aufs Bedienfeld gedrückt hat.

Ich brauche ihr Handy. Darf nicht zulassen, dass es der Polizei oder jemand anderem in die Hände fällt.

Unglücklicherweise habe ich es versäumt, mir das Nummernschild des Tatfahrzeugs einzuprägen. Ein unverzeihlicher Fehler. *Wären sie wirklich so dumm, mit Nummernschildern herumzufahren, die sich zurückverfolgen lassen? Vielleicht war mein Versäumnis doch nicht so unverzeihlich.*

An der Vorderseite ihres leblosen Körpers sind keine Spuren einer eingedrungenen Kugel zu erkennen. An ihrem Rücken klafft hingegen eine offene Wunde – ihrem Rücken, der jetzt auf dem Schotter des Joggingpfads liegt. Vor knapp zwei Minuten bin ich auf die Knie gesunken, habe sie auf die Seite gerollt, die Kieselsteinchen in ihrer Wunde gesehen, sie in meine Arme gezogen und mich hyperventilierend in einen Zustand versetzt, der mir buchstäblich den Atem raubte und mir völlig den Verstand vernebelte. Fast alle Emotionsschalter in meinem Kopf legten sich von selbst um, ohne meine Erlaubnis. *Wer schreit da so?* Ich glaube, das bin ich.

Der Hafen liegt hinter mir. Bootshörner tuten, der Schiffsverkehr geht unbeirrt weiter. Im Meeresarm, der kaum Wasser führt, weil gerade Ebbe herrscht, watscheln die Enten so vergnügt zum hohen Gras der Salzmarsch, als hätte die Erde nicht soeben aufgehört, sich zu drehen, als wäre nicht gerade die Hölle über diesen Ort hereingebrochen, als wäre nicht gnadenloses Unheil auf mich niedergegangen, auf Mutter, die sterbend am Boden liegt, während Schotter in ihrem Fleisch steckt und Dreck in ihre geborstene Wirbelsäule eindringt. Ich muss sämtliche Gefühle ausschalten und wieder Herrin über meinen Verstand werden, die Kontrolle über diese Situation zurückgewinnen.

Vielleicht höre ich Sirenen. Vielleicht rennt gerade eine andere Joggerin auf mich zu. Ich glaube, sie trägt einen rosa Tennisrock. Jetzt ist sie näher herangekommen, beugt sich über mein Gesicht. Sie hat weiße Haare, und auf dem Schirm ihrer Schildmütze steht *Saleo Country Club*. »Gaaanz ruhig!«, schreit sie mir zu, was überhaupt nicht hilft, weil es das Gegenteil bewirkt und mich erst recht aufregt. Wie sehr diese Frau auch brüllt, es macht den leblosen, schlaff in meinen Armen hängenden Körper auch nicht wieder lebendig. »Gaaanz ruhig«, wiederholt die Frau. »Gaaanz ruhig, gaaanz ruhig, gaaanz ruhig.« Die Art, wie sie mit ihrem

Bostoner Akzent das »a« in die Länge zieht, bringt mich zur Weißglut, meine Augen verengen sich zu Schlitzen, und meine Nasenlöcher blähen sich. Ihre *Saleo-Country-Club*-Kappe beschirmt eine schwarze Sonnenbrille.

Im Saleo Country *Club ist weiße Sportkleidung vorgeschrieben. Ihr Rock ist rosa.*

Der Country Club liegt zehn Minuten die Straße hinunter, hinter Fry Rock Beach, wohin wir gerade joggend unterwegs gewesen waren. »Im *Saleo Country Club* spielen Firmenbosse, Vorstandsvorsitzende, Richter, Lokalpolitiker und Speichellecker Golf oder Tennis und meinen, sie würden die Welt regieren.« So hat mir Mutter diesen Club einmal beschrieben, mit höhnischen Adjektiven und abfälligem Tonfall, wie es ihre Art ist. *War.*

Ich muss mich konzentrieren, darf nicht so viel Entsetzen und Wut empfinden. Ich muss meine Gefühle ausschalten, muss den Arm unter Mutter hervorziehen und mir ihr Handy schnappen, ohne dass es jemand sieht.

Zu meiner Linken kommen schlitternd einige Fahrzeuge zum Stehen. Ein Mercedes-Oldtimer. Ein neuer BMW. Mehrere Volvos und SUVs. Ein alter Audi. Ich denke an meinen Sohn Vantaggio, dessen Audi vermutlich auf dem Studentenparkplatz steht. Vanty ist in Sicherheit, er absolviert sein erstes Collegejahr in Princeton. Sarge ist bei ihm, der Mann, den ich bezahle, damit er ihn beschützt.

Ich rufe Vanty an. Nein, ich rufe Lenny an und bitte ihn, sich zu vergewissern, dass es unserem Sohn gut geht, unserem Vanty.

Der Park mit seinem von Bäumen gesäumten Jogging-Pfad, seinem rautenförmigen Baselballfeld, seiner weißen Rotunde und seinem Klettergerüst grenzt zu meiner Rechten an den Hafen. Kindermädchen, die noch Augenblicke zuvor tratschend auf Bänken saßen, während ihre Schützlinge sich auf dem Spielplatz vergnügten, haben sich zusammen mit Horden von Pseudo-Joggern und einem ganzen Yoga-Kurs in meiner Nähe versammelt. Geräusche, Gemurmel, Geschrei vermischt sich mit dem bunten Herbstlaub zu einem wirbelnden Kaleidoskop aus verschwommenen Sinneswahrnehmungen.

Ich fixiere eine Kumuluswolke am Himmel. Es ist nicht das erste Mal, dass ich eine traumatische Erfahrung mache. Ich kann meine Gefühle einfrieren. *Einfrieren.* Ich zähle die weißen Wölbungen der Wolke, es sind elf. Nicht ein Fleckchen Dunkelheit, keine Gewitterwolke. Ich könnte diese Wolke malen, zuerst eine rosafarbene Unterseite und dann immer mehr Konturen in verschiedenen Weißtönen und einem ganz hellen Grau, vielleicht auch einem winzig kleinen Pinselstrich in Blau. Während ich weiter die hellen Farbpixel am Himmel studiere, kämpfe ich gegen die Schalter an, die sich in meinem Inneren umgelegt haben. Angst schalte ich energisch aus, Wut ebenso. Hass, Trauer, Kummer, Fassungslosigkeit – alles wird deaktiviert. Ich werde völlig gefühllos. Bin innerlich tot. Gefühle kann ich mir derzeit nicht erlauben.

Nichts von alldem hätte passieren dürfen. Nichts von alldem war Teil des Plans. Eine gewaltige Abweichung, mit der ich nun klarkommen muss.

Ein Zupfen am Band meiner Sweatshirt-Kapuze bringt mich dazu, mich tiefer über Mutters Mund zu beugen, in dem das Blut ihre perfekten weißen Zähne rot färbt. Als mein Ohr dicht über ihren Lippen ist, höre ich sie gurgeln und würgen, als hätte sich ihr Inneres verflüssigt und als würde sie daran ersticken.

»Richter Rasper«, stößt sie mühsam hervor.

»Was? Wer?«, frage ich, obwohl ich ihre Worte so klar und deutlich vernommen habe, als hätte ich sie selbst gesagt. Ich brauche Bestätigung und spüre, wie in mir ein neuer Zustand heranreift, wie der Plan angepasst und um eine zusätzliche Ebene erweitert wird. Dieser Plan – mein Plan – existiert seit nunmehr achtzehn Jahren und wird fortlaufend aktualisiert. Er besteht darin, die Strippenzieher zu entlarven, die damals, vor mehr als achtzehn Jahren, für meine Entführung verantwortlich waren und im Zentrum eines bis heute aktiven Verbrecherrings stehen. Offenbar hat Mutter auf eigene Faust herumgeschnüffelt, hat sich in einem verhängnisvollen Netz verfangen und muss nun dafür sterben.

»Richter Rasper«, wiederholt sie. »In deine Entführung verwickelt.« Ihre Augen verdrehen sich, und ihr Kopf fällt nach hinten über meinen Unterarm. Sie ist nicht mehr da. Sie ist tot. Erneut werde ich von einem Ansturm der Gefühle überwältigt. Ich sehe nur noch weiß, meine Kehle und meine Lunge brennen vor Sauerstoffmangel. Ich muss gegen mich selbst ankämpfen, darf nicht in eine Abwärtsspirale geraten. Wieder konzentriere ich mich darauf, die Wolke zu malen. *Die Wolke, die Wolke ist mein Anker.* Erneut deaktiviere ich mühsam sämtliche Emotionshebel. Am schwierigsten von allen, aber ich schaffe es mit schmerzhafter Anstrengung: Schuldgefühle. Es ist meine Schuld, dass Mutter tot ist. Endlich, alle Gefühle ausgeschaltet.

Ich ziehe meinen Arm unter ihr hervor.

Schnappe mir mit einer schnellen, fließenden Bewegung ihr iPhone.

Rosa Röckchen beobachtet mich ein wenig zu aufmerksam dabei, wie ich es in die Bauchtasche meines Sweatshirts stopfe.

KAPITEL ZWEI

Lisa Yyland: Verrückt

Im Laufe der letzten achtzehn Jahre habe ich mir Tausende Selbstverteidigungsvideos angesehen, und in einem davon empfahl ein Bodyguard, man solle verrücktspielen, wenn man verfolgt werde. Man solle einfach mit sich selbst reden, wild um sich schlagen, Glupschaugen machen, mit Südstaatenakzent auf ein unsichtbares Kätzchen an einer unsichtbaren Leine einreden – was auch immer nötig sei, um als geistesgestört eingestuft zu werden. »Manchmal«, hatte der Bodyguard erklärt, »wollen Verrückte nämlich nichts mit anderen Verrückten zu tun haben.« Ich hatte Nana gebeten, »verrückt« für mich näher zu definieren. Durch meine Fähigkeit, mich von meinen Gefühlen abzukoppeln und Emotionen einfach auszuschalten, habe ich gewisse Defizite, was die Einschätzung von zwischenmenschlichem Verhalten angeht. Nana erklärte mir: »Wenn man verrücktspielt, tut und sagt man Dinge, die sich vom Verhalten der anderen Menschen um einen herum unterscheiden und dadurch auffallen.« Das ergab schon mehr Sinn für mich. Ich beschließe, mich dieser Methode zu bedienen, um mir die Schaulustigen und die Frau im rosa Röckchen vom Leib zu halten.

Nachdem ich noch ein letztes Mal über die Wange von Mutters leblosem Körper gestrichen habe, stehe ich auf, indem ich jeden Muskel und jedes Gelenk nacheinander in Bewegung setze, wie der erbarmungslose metallene Kampfroboter aus den *Terminator*-Filmen. Ich erwache zu neuem Leben, bin ein leeres, hohles Gefäß. Mutters Kopf sackt auf dem Pfad zur Seite, während sich die Schaulustigen um sie herum scharen. Ihre Wange schmiegt sich in den Kies.

Ich hole tief durch die Nase Luft, mit geschlossenen Augen.

Alles ist ausgeschaltet.

Ich bin wieder ich selbst.

Ein rotes, blutverschmiertes Herbstblatt klebt an der verstärkten Schuhspitze meines spezialangefertigten rechten Nike-Laufschuhs, unter der sich zwei Zehenprothesen verbergen. Die »Gaaanz ruhig«-Frau mit dem rosa Röckchen steht vor mir und legt ihre Hand auf meinen Arm; vielleicht ist sie Krankenschwester, denn sie ist die Einzige in der anschwellenden Menschenmenge, die weder zurückweicht noch weint oder schreit noch hektisch auf ihrem Handy den Notruf wählt.

»Am besten gehen Sie ein paar Schritte mit mir. Gehen und atmen«, schlägt Rosa Röckchen vor. Ihr Griff um meinen Unterarm wirkt fachmännisch und energisch, er scheint gleichzeitig zu signalisieren *Ich kümmere mich um Sie* und *Ich habe alles unter Kontrolle.* Aber diese Frau wird mich nicht kontrollieren.

Ich drücke in der Bauchtasche meines Sweatshirts auf Mutters iPhone herum, obwohl erst zehn Sekunden vergangen sind, seit ich das Display das letzte Mal reaktiviert habe. In mir erwacht das dringende Bedürfnis, mich in ihr Handy zu hacken und ihre E-Mails zu lesen, ihr Arbeitszimmer zu durchwühlen und in ihren Anwaltsunterlagen nach Informationen über diesen Richter Rasper zu suchen, um herauszufinden, was er mit ihrer Ermordung und meiner damaligen Entführung zu tun hat.

Der Griff von Rosa Röckchen ist nun eindeutig zu fest, zu kontrolliert. Ich scanne ihr Gesicht: Muttermal an der linken Schläfe, weiße Haare, Haaransatz dichter und tiefer als bei den meisten Frauen ihres Alters. *Eine weiße Perücke?* Schwer zu sagen unter dem weißen Schild ihrer Schirmmütze. Ich schätze sie auf Ende vierzig oder Anfang fünfzig: runzlige Nase, hängende, von Zellulitis gezeichnete Arme, die bei einer echten Tennisspielerin eigentlich muskulös und definiert sein müssten. Ihr Tennisoutfit ist professionell und sieht neu und unbenutzt aus. Während sie mit der einen Hand weiter meinen rechten Arm umklammert, legt sie mit der anderen ihren Tennisschläger auf den Boden, wobei sie den Griff mit der Fußspitze so dreht, dass er auf mich und auf Mutter zeigt, die hinter mir auf dem Boden liegt.

Ich winde mich aus Rosa Röckchens Griff und öffne meine Haare, die so lang sind, dass sie mir fast bis zum Steißbein reichen. Durch ein eingearbeitetes künstliches Haarteil sind sie außerdem besonders dicht, und ich lasse sie langsam hin und her schwingen, als wollte ich mit meiner glänzenden, schweren Haarpracht angeben. Dabei hat mein künstliches Haarteil keinesfalls eine ästhetische, sondern eine ganz andere Funktion.

Ich rede, ohne dabei irgendjemanden anzusehen, werfe zwischen den schreienden Menschen wirre Blicke ins Leere. »Könnte jemand dafür sorgen, dass Mutters Wunde gereinigt wird und dass sie ein Pflaster bekommt und nach Hause geschickt wird?«, frage ich mit kühler, gleichmütiger Stimme. Mit weit aufgerissenen Augen betrachte ich die weiße, regenlose Wolke am Himmel und trotte dabei rückwärts aus dem Gedränge, weg von Mutters leblosem Körper. »Mutter mag keine Unordnung. Wir sollten ihr helfen, sich zu säubern.«

Die E-Mails auf Mutters Handy lesen. In ihr Arbeitszimmer gehen und ihre Notizen durchsehen.

Zwei Männer in Golfhemden greifen nach meinen Armen und halten mich fest, obwohl ich voller Blut bin. Ich schüttle sie ab. Während ich noch durch die Männer abgelenkt und vollauf damit beschäftigt bin verrücktzuspielen, stürzt sich erneut Rosa Röckchen auf mich und zieht mich weg. Schon hat sie mich wieder im Klammergriff und schiebt mich gegen den breiten Stamm einer alten Eiche.

»Rufen Sie einen Krankenwagen! Sie steht unter Schock. Ich halte sie hier fest«, informiert sie die Umstehenden.

Reiß dich zusammen. Hör auf, dich ständig zu verkalkulieren. Kontrolliere die Situation. Keine Trauer.

Sie streckt die Ellbogen durch und drückt mich mit geraden Armen gegen den Stamm. Die Rinde fühlt sich rau an unter meinem Sweatshirt, und ich stecke fest zwischen Baum und Rosa Röckchen, die mich mit ihrem ganzen Körpergewicht fixiert. Sie ist offenbar darin ausgebildet, Menschen zu überwältigen und festzuhalten, denn sie hat effektiv dafür gesorgt, dass ich meine Hände nicht mehr benutzen kann und nicht an ihren Kopf herankomme. Den muss ich aber erreichen, wenn ich sie kampfunfähig machen und unter meine Kontrolle bringen will.

Ich begegne ihrem Blick. Wir starren uns an. Sie grinst. Niemand sonst kann es sehen. Dann flüstert sie: »Gib mir das Handy deiner Mutter, Lisa, und sag mir, wo sie ihre Notizen aufbewahrt, dann lassen wir Vanty in Ruhe.«

Jetzt weiß ich, dass ich ihr wehtun werde.

Sie senkt den Blick zur Bauchtasche meines Sweatshirts. »Jetzt gleich!«, befiehlt sie. Wenn sie selbst nach dem Handy greifen oder zulassen will, dass ich es ihr gebe, muss sie ihre Umklammerung meiner Handgelenke lockern. Ich sehe, wie sie zögert, mich abschätzend mustert.

Inzwischen sind eindeutig Polizeisirenen zu hören, die sich von der Wache her nähern.

Es ist sinnlos, Kraft zu vergeuden, indem ich meine Arme zu befreien versuche. Stattdessen ramme ich Rosa Röckchen mein Knie in den Schritt, um sie aus dem Gleichgewicht zu bringen. Als sie erschrocken nach hinten taumelt und die Ellbogen beugt, drehe ich meine Arme und ziehe sie unter ihren Fingern heraus. Nachdem meine Hände frei sind, schlage ich ihr mit einer schnellen Bewegung die Sonnenbrille und die Schirmmütze vom Kopf, klatsche ihr meine Handflächen seitlich ans Gesicht, ramme ihr die Daumen in die Augen und kralle meine Finger in den harten Knorpel ihrer Ohren, bohre meine Nägel tief hinein.

Jetzt gehört sie mir. Ihr Kopf wird sich dorthin bewegen, wo ich ihn hindirigiere, solange ich meine Daumen in ihren Augen habe. Ruckartig stoße ich sie nach hinten, sie stolpert und stürzt zu Boden.

Ich renne los.

Kurz darauf habe ich Mutters Leiche weit hinter mir gelassen und erklimme den Hügel, der zu ihrem Haus führt.

Obwohl ich in Vorbereitung auf den Plan, zu dessen Durchführung ich in Massachusetts bin, mehrere Kampfsportarten erlernt habe, sind es Mutters Lektionen zum Thema Selbstverteidigung, die mir nun einfallen. Sie war es, die mich nach meiner Entführung dazu brachte, mich mithilfe von Videos auf sämtliche Eventualitäten vorzubereiten. Ihre begleitenden mütterlichen Belehrungen basierten auf folgenden Bausteinen: Was gilt es zu vermeiden, was muss bekämpft werden, was ist unschön, wie plant man etwas, wie überaus wichtig ist dabei Effizienz. Es waren wertvolle Lektionen.

Wertvolle Lektionen.

Danke, Mutter.

Am höchsten Punkt des Hügels angekommen, bleibe ich stehen und sehe, dass Rosa Röckchen mittlerweile zu ihrem Schläger gekrochen ist. Sie setzt sich mühsam auf, hält sich die Hand vor den Mund, während sie mit ihrem Handy telefoniert, und klemmt sich die Schlagfläche ihres Schlägers unter den Arm. Der Griff ist eindeutig auf mich gerichtet.

Die versammelten Schaulustigen drehen die Köpfe, um erst zu mir nach oben zu blicken und dann zu der Frau mit dem rosa Röckchen, die ihre Sonnenbrille wieder aufgesetzt hat und hinter den dunklen Gläsern ebenfalls in meine Richtung zu starren scheint. Sie zeigt hinter mir ein Stück die Straße entlang. Ganz offensichtlich weiß sie, wohin ich unterwegs bin. Ich ziehe Mutters iPhone aus der Tasche, klicke auf das Kamera-Symbol, zoome mich heran, drücke den Auslöser. Da ich erhöht stehe, sehe ich jenseits des Hafens und der Menschenmenge die blauroten Lichter der Streifenwagen näher kommen. Sie sind unterwegs.

Ich muss weiter. Weiter. Zu Mutters Notizen.

KAPITEL DREI

Lisa Yyland: Mutters Notizen

Nana würde mich jetzt zweifellos zurückhalten und zur Vorsicht mahnen: Jeder normale Mensch werde nach einem derart traumatischen Erlebnis von den unterschiedlichsten, Verwirrung stiftenden Emotionen heimgesucht und sei daher nicht uneingeschränkt handlungsfähig. Ich bin vierunddreißig Jahre alt und habe ihren Belehrungen oft genug gelauscht, um das zu wissen. Dennoch: Für solcherlei Bedenken fehlt mir schlicht die Zeit. Es geht um zu viele Menschenleben. Wenn wir es wirklich schaffen wollen, ein Haus voller Mädchen und junger Frauen vor Folter und Tod zu retten und gleichzeitig die Menschenhändler und ihre mächtige Kundschaft dingfest zu machen, müssen wir meinen Plan innerhalb der nächsten zwei Tage durchziehen. Dieser Menschenhändlerring, dieser kleine Kreis aus sadistischen Ungeheuern, steht mit den Männern in Verbindung, die mich damals entführt und festgehalten haben. Und diese Verbindung ist der Strang, an dem ich seit meiner Befreiung zupfe und zerre, um ihn aufzudröseln und an den Punkt zu gelangen, an dem wir uns heute befinden. Ich habe achtzehn lange Jahre damit verbracht, Hinweise auf das Wer, das Was, das Wann und das Wo zu sammeln, achtzehn Jahre, um Pluspunkte anzuhäufen, die es mir erlauben, diese Monster in die Falle zu locken, sie auf frischer Tat zu ertappen und ihnen auf diese Weise keinerlei juristischen Spielraum zum Abstreiten oder Rechtfertigen zu lassen. Wie Mutter in die Sache hineingeraten und auf diesen Richter Rasper gestoßen ist, von dem sie behauptet, er sei ebenfalls involviert, ist mir ein Rätsel.

Trotzdem: Nichts wird mich aufhalten. Nicht Mutters Ermordung. Ganz sicher keine Gefühle. Nichts. Weil wir nur diese eine Chance haben.

Ich sprinte einen bewaldeten Pfad hinunter, der in eine Wohnstraße mündet. Von hier ist es nicht mehr weit bis zu Mutters Haus. Meinen Vater werde ich dort nicht antreffen, er ist vor einem Jahr »von uns gegangen«. In meinem Kopf gerät alles in Aufruhr, wenn ich darüber nachdenke, es fühlt sich an wie ein tosender Strudel in meinem Kleinhirn, wie surrende Bienen in meinen Schläfenlappen. Aber ich unterdrücke das stürmische Geschehen in meinem Hirn und beschleunige meine Schritte.

Mutters Audi parkt in der Einfahrt. Ich wünschte, ihr Nummernschild wäre nicht so verdammt einprägsam: SHARKK. Es war sicher ein Kinderspiel, ihr zu folgen, sie aufzuspüren. Jeder konnte mich dabei gesehen haben, wie ich letzte Woche dieses Auto fuhr. Ich drehe meine Haare wieder zu einem losen Knoten und stecke sie fest, wobei ich darauf achte, nicht an den dicken, künstlichen Strähnen an meinem Hinterkopf zu reißen. Dem SHARKK-Nummernschild werfe ich noch einen letzten bösen Blick zu.

Während ich Mutters Haus mit seiner Granitfassade und dem kleinen Türmchen umrunde, in dem ihr Arbeitszimmer untergebracht ist, ignoriere ich die Blutflecken auf meinem Sweatshirt, auf den verstärkten Zehenkappen meiner Nike-Turnschuhe und auf meinen Schienbeinen. Mutters Blut, nicht meins.

Mutter wohnt hier – *wohnte* hier – zusammen mit ihrer Hausangestellten und Köchin, einer Polin, Ende dreißig, namens Barbara. Barbaras Personalwohnung ist in der Remise untergebracht, neben der Garage, an der ich nun vorbeikomme, um den Garten zu betreten und auf den Hintereingang zuzusteuern. Salzige Luft weht vom Hügel herüber, als wäre sie mir gefolgt. Sie erinnert mich daran, wie nah das Meer ist.

Barbara ist tot, jemand hat ihr von hinten in den Brustkorb geschossen, auf der Herzseite. Sie liegt zusammengesunken auf den Stufen der rückwärtigen Veranda. Ihre Arme sind über dem Kopf erhoben, ein eindeutiges Zeichen für eine Exekution. Während ich vom Park hierhergerannt bin, habe ich so etwas im Grunde schon vermutet, auch wenn ich inständig gehofft hatte, dass sie Barb verschonen würden. Natürlich nicht. Ich konzentriere mich auf das Grauschwarz der Schieferplatten, auf die staublosen Ecken der Veranda, die Winkel, aus denen das Licht auf den Boden fällt und ihn kreuzförmig schraffiert. Nur nicht auf Barbara blicken.

Du musst den Plan durchziehen. Auf keinen Fall darfst du wieder versagen, so wie damals, als du es nicht geschafft hast, Dorothy zu retten.

Die Hintertür steht offen. Ich mache einen Schritt über Barbs Leiche hinweg. Die Alarmanlage heult nicht, der Eindringling muss Barb mit vorgehaltener Waffe gezwungen haben, den Code einzugeben.

Mutters Katze Vanessa steht an der Wendeltreppe, die von der Küche in den Keller hinunterführt. Sie faucht und macht einen Buckel. Barbaras Mörder ist also noch im

Haus. Mir fällt ein Fußabdruck auf dem Küchenboden auf, der größer ist als meiner, Mutters oder Barbs. Er ist dabei zu verblassen, doch man erkennt ihn noch: ein einzelner Abdruck, kaum sichtbar, eindeutig frisch, vielleicht ein paar Minuten alt. Geschätzte Schuhgröße 44, vermutlich Männerstiefel, vermutlich schwarz.

Ich habe keine Zeit, mich um den Mörder zu kümmern, der vermutlich nach der gleichen Information sucht wie ich. Worauf Mutter auch gestoßen ist, diese Leute wollen es unbedingt vom Erdboden tilgen, aus Mutters Gehirn, ihrem Handy, ihren Notizen. Ich muss diese Notizen finden, bevor die Polizei mitmischt, denn wir wissen inzwischen, dass auch Gesetzeshüter ihre Hände im Spiel haben bei dem verbrecherischen System, das wir aufdecken wollen. Dass es diese Verstrickungen gibt, ist erwiesen, auch wenn wir keine konkreten Namen kennen. *Wir*: ich und mein kleines Team aus Verbündeten.

Lautlos gleite ich zu einem kleinen Raum ohne Tür, der vom Eingangsbereich abzweigt. Darin sind mehrere Überwachungsmonitore installiert, zu deren Anschaffung ich Mutter letztes Jahr überredet habe. Ich studiere aufmerksam die Bildschirme, die sämtliche Räume im Haus zeigen. *Mörder ertappt, steht in Mutters Waschküche im Keller.* Er ist mitten in der Bewegung erstarrt und scheint zu lauschen. Vermutlich hat er gehört, wie ich das Haus betreten habe. Ich drücke auf den Knopf der Sprechanlage.

»Lassen Sie die Waffe fallen! Das Haus ist umstellt. Keine Bewegung!«, sage ich.

Er murmelt etwas vor sich hin, das ich nicht hören kann – die Monitore übertragen keine Geräusche. Dann schlägt er aufgebracht mit seiner Waffe gegen seinen Oberschenkel. Offenbar ist der Kerl nicht der hellste.

Die Polizeisirenen werden lauter, je mehr Zeit verstreicht.

»Legen Sie Ihre verdammte Waffe auf den Trockner, und zwar sofort, Sie Mistkerl!«, rufe ich in die Sprechanlage.

Er folgt meiner Anweisung, hält die Arme hoch und geht einige Schritte rückwärts.

»Stehen bleiben! Sie bewegen sich keinen Zentimeter weiter!«

Ich werfe einen Blick durch die Hintertür nach draußen auf Barbs leblosen Körper. Zu gern würde ich das dämliche Arschloch persönlich bestrafen, das sie umgebracht hat, doch dafür bleibt keine Zeit. Der Kerl rührt sich nicht mehr, steht stocksteif in der Waschküche und glaubt, er säße dort in der Falle. Ich habe schätzungsweise vier Minuten, um zu finden, was ich suche. Die Polizei wird schon sehr bald ermittelt haben, wer Mutter ist und wo sie wohnt, wird von den Augenzeugen hören, dass ich Rosa Röckchen überwältigt habe und hierhergerannt bin. Ich hätte diesem Miststück das Genick brechen sollen.

Auf dem Weg in Mutters Arbeitszimmer streife ich meine blutverschmierten Kleider ab und kicke meine blutigen Schuhe weg. Meine Zehenprothesen sitzen perfekt und kommen auch mit weniger Verstärkung aus. Bevor ich die Treppe zum Türmchen hinaufeile, schnappe ich mir ein zusammengefaltetes graues T-Shirt mit der Aufschrift NOPE, meine SEVEN-Jeans und ein Handtuch aus dem Wäschekorb, den Barbara auf dem Wohnzimmertisch abgestellt hat. Ich wische mir das Blut von den Beinen, werfe das Handtuch in eine Ecke und ziehe im Gehen die sauberen Sachen an. Für meine Füße müssen die Stoffturnschuhe herhalten, die Mutter bei der Gartenarbeit trägt.

Ich schlüpfe hinein, binde die Schnürsenkel zu und steige eilig weiter die Treppe hinauf.

In Mutters Arbeitszimmer sieht es aus, als hätte eine Bombe eingeschlagen. Das dämliche Arschloch aus der Waschküche hat es offenbar zuerst hier probiert, das Gesuchte jedoch nicht gefunden. Natürlich nicht. Er konnte ja nicht ahnen, dass Mutter ihre Gedanken und Erkenntnisse in Notizbüchern festhält, die von außen aussehen wie alte Schinken. An den Wänden ihres Arbeitszimmers stehen deckenhohe Regale, in denen sich scheinbar ausschließlich historische juristische Werke reihen, während in Wirklichkeit ihre Notizen vieler Jahre daruntergemischt sind. Sie wollte es so und betonte stets: »Meine Arbeit ist streng vertraulich, und ich muss sie gut verstecken, manchmal sogar vor mir selbst. Auf diese Weise sind die Informationen, die mir meine Klienten anvertrauen, und meine Gedanken dazu gleichzeitig verborgen und doch direkt vor meiner Nase. Lass ja die Finger davon, Lisa. Du weißt: Anwaltsgeheimnis!«

Mutter konnte streng sein, wenn es um solche Dinge ging. Aber jetzt ist sie tot, es wäre also müßig, mich weiterhin an Regeln zu halten, die nicht mehr gelten.

Der Schwachkopf aus der Waschküche hat ein paar echte Bücher aus den Regalen gezogen, festgestellt, dass sie mit Juristenjargon in altertümlicher Schrift vollgeschrieben sind, und sich aus dem Staub gemacht, um woanders weiterzusuchen.

Ich weiß, dass Mutter das Datum jedes Notizbuchs in verschlüsselter Form auf dem Einband notiert hat, und nehme die neuesten drei Bände aus dem Regal. Aus einem davon fällt mir ein dünnes Notizheft entgegen. Hastig überfliege ich ihre handschriftlichen Einträge der letzten

Wochen und entdecke immer wieder die Wörter »Velada«, »Mariana Kirche«, »Richter Rasper« und »Zahnarzt«, beziehungsweise deren Abkürzungen: »V«, »Mariana«, »R.R.« und »Zahna«. Mir bleibt keine Zeit, die Einträge wirklich zu lesen, aber ich weiß auch so genug. »Velada« und »Mariana Kirche« verraten mir, dass Mutter auf etwas gestoßen ist, das elementarer Bestandteil meines Plans ist. Doch dieser »Richter Rasper« ist eine neue Information, und ich habe keine Ahnung, auf was sich »Zahnarzt« bezieht.

Ich werde vor Ort weiterforschen müssen, um herauszufinden, welche Rolle Rasper und der Zahnarzt spielen. Bleib auf Kurs und zieh den Plan durch. Wir legen heute los, früher als geplant.

Mein eigenes iPhone liegt in einem Safe in meinem Zimmer im rechten Gebäudeflügel, der auf der anderen Seite der Küche abzweigt. Also greife ich stattdessen nach Mutters schnurlosem Festnetztelefon und wähle die Handynummer des pensionierten FBI-Agenten, der für meine Beratungsfirma arbeitet – und zufällig eben jener Mann ist, der vor achtzehn Jahren bei meiner Rettung half: Special Agent Roger Liu. Während ich auf das Freizeichen warte, überfliege ich einen Klebezettel an Mutters Computer, auf dem sie ihre Passwörter notiert hat.

»Liu«, meldet er sich. Wenn er in unserem Firmensitz in Indiana wäre, hätte er sich mit »15/33, Inc.« gemeldet.

»Hör zu«, sage ich und zerreiße den Klebezettel mit den Passwörtern. »Mutter hat Velada gefunden oder von ihr gehört. Mutter wurde erschossen. In ihrem Notizbuch steht Mariana Kirche. Und etwas über einen Richter Rasper und einen Zahnarzt ...«

Donnernde Schritte auf der Treppe unterbrechen mich.

Boden und Wände vibrieren förmlich, denn das Türmchen mit dem Arbeitszimmer liegt im alten Teil des Hauses. Ich werfe das schnurlose Telefon auf den Schreibtisch und Mutters Notizbuch auf ihren bequemen Drehsessel und wappne mich für den Angriff. Mutters iPhone steckt in der Gesäßtasche meiner Jeans.

Als ich aufblicke, sehe ich das dämliche Arschloch aus der Waschküche die letzten Stufen heraufkommen.

Ich positioniere den Drehsessel so, dass das Polster mit dem Notizbuch in meine Richtung zeigt und die Rückenlehne zur Tür, in der das Arschloch nun steht und mir den Weg versperrt. Hinter mir ist ein geschlossenes Fenster, das sich in rund sechs Metern Höhe befindet, weshalb ich ernsthafte Verletzungen oder sogar den Tod riskiere, wenn ich hinausspringe, zumal meine Stoffturnschuhe nicht stoßdämpfend sind und das Gebäude außen keine Vorsprünge oder Kanten hat, an denen ich mich zu Boden hangeln könnte. Das Arschloch ist einen guten Kopf größer als ich.

Lius Stimme dringt aus dem Schnurlostelefon auf dem Schreibtisch: »Lisa, was ist da los? Lisa … Scheiße … Lisa!«

»Notizen. Sofort«, befiehlt der Kerl aus der Waschküche und betritt das Arbeitszimmer, wobei er unter der Klimmzugstange in der Tür hindurchgeht und auf den Drehsessel zukommt. Er bewegt sich mit Bedacht, hält die Arme vor den Körper und ist kampfbereit. Offensichtlich wurde er vor mir gewarnt. Er arbeitet für die Personen, die mich morgen erneut gefangen nehmen und in ihrem kranken Gruselkabinett von Haus als Opfer ihres Menschenhändlerrings missbrauchen wollen. Was diese Leute nicht ahnen, ist, dass ich von ihrem Vorhaben weiß und ebenfalls eine Falle für sie geplant habe. Zumindest glaube ich, dass sie nichts davon ahnen.

Ich beobachte den Gang meines Gegners genau. Er ist Linksfüßer.

Als er nur noch vier Schritte vom Drehsessel entfernt ist, drehe ich die Seite mit dem Polster und dem Notizbuch zu ihm nach vorn.

»Hier«, sage ich.

Er bleibt verblüfft stehen.

»Na los, greifen Sie zu.«

Noch während er sich vorbeugt, drehe ich das Polster zu mir zurück, schnappe mir das Notizbuch und stopfe es mir vorne in die Jeans. Ich klettere blitzschnell auf den Sitz, stoße mich ab und springe mit gespreizten Beinen auf seine Schultern, sodass sich sein Gesicht an meinem Schritt befindet. Ich drücke ihm mit den Oberschenkeln die Luft ab und nutze den Schwung meines Sprungs dazu, mich nach vorn zu werfen und ihn mitzureißen. Während er rücklings zu Boden fällt, greife ich nach der Klimmzugstange und halte mich daran fest. Ich hänge an der Stange, und er liegt unter mir, halb auf dem Treppenabsatz, halb in Mutters Arbeitszimmer. Nachdem ich mit den Füßen auf sein Gesicht gezielt habe, lasse ich los, spanne den Körper an und lande mit meinen ganzen dreiundfünfzig Kilo auf seiner Nase, seinen Augen und seinem Mund. Von seinem Gesicht springe ich auf den Boden weiter und renne zur Treppe.

Aber ich habe ihn unterschätzt, als ich davon ausging, er würde seine Aufmerksamkeit wie Rosa Röckchen auf die Schmerzen in seinem Gesicht richten und sich davon ablenken lassen. Irrtum. Er zuckt nicht einmal, hebt keine Hand, um seine zertrümmerte Nase oder seine blutenden Lippen zu berühren. Stattdessen ignoriert er die Verletzungen, macht eine Rumpfbeuge und schnellt auf die Füße. Das Knarren seiner schwarzen Stiefel auf Mutters Parkettboden hallt von den blauen Wänden des offenen Treppenhauses wider. Bevor ich ihm entkommen kann, zieht das Arschloch eine Waffe und schlägt sie mir gegen die Schläfe. Jetzt bin ich diejenige, die rücklings auf dem Boden liegt. In meinem Schädel klingelt es, die Bienen kehren summend in mein Gehirn zurück, Sterne explodieren vor meinen Augen. Ein verzerrter, unscharfer Blick verrät mir, dass mein Gegner den Fuß hebt und mir mit seinem Stiefel gegen die schmerzende Schläfe treten will. Ich kämpfe gegen den Impuls an, meine Schmerzen anzuerkennen, mich in ihnen zu verkriechen, als würde das quälende Pochen dadurch schwächer werden, und denke an die wichtigste Lektion zurück, die ich von Sarge gelernt habe: *Deine Schmerzen sind ein Vorteil für deinen Gegner. Verschaffe deinem Gegner niemals Vorteile.* Erst als mir Sarge während unseres Trainings zum dritten Mal die Nase brach, hörte ich auf, vor dem Schmerz zurückzuweichen. Auch jetzt weiche ich nicht zurück, gönne mir keine tröstliche Verschnaufpause. Stattdessen rolle ich mich blitzschnell zur Seite.

Das Sirenengeheul der Streifenwagen erfüllt nun das ganze Haus. Vom Erdgeschoss her ist Gebrüll zu hören, dann rennende Schritte. Ich bin zur obersten Treppenstufe gerollt und will aufspringen, als das Arschloch erneut mit erhobener Waffe auf mich zustürmt.

»Keine Bewegung!«, höre ich vom Fuß der Treppe. »Lassen Sie die Waffe fallen!«

Ich weiß, dass ich vor der Polizei den falschen Eindruck erwecke, wenn ich mich jetzt bewege, also verharre ich stocksteif.

Nichts läuft nach Plan.

Wut kocht in mir hoch, und ich versuche, sie zu unterdrücken. *Du musst auch mit dieser Planänderung fertigwerden.*

Versag bloß nicht, wie du bei Dorothy versagt hast. Auf keinen Fall.

KAPITEL VIER

LISA YYLAND: POLIZEIWACHE

Die Polizeiwache von East Hanson ist im selben Gebäude untergebracht wie das Rathaus und sieht nicht aus, als würden hier behördliche oder polizeiliche Vorgänge stattfinden. Stattdessen erinnert mich das Haus an die Südstaatenvillen, die ich aus Nanas Heimat Savannah kenne: ein weiß getünchtes, rechteckiges Backsteingebäude mit einer herrschaftlichen, von Säulen gesäumten Eingangsveranda. Von der Decke dieser Veranda hängen Töpfe mit großen, üppig grünen Farnen. Den Parkplatz teilt sich das Gebäude mit den Nutzern der Bootsrampe, die zu ihren Motorboot-Liegeplätzen im Meeresarm wollen. Jenseits des Meeresarms und eines Kanals, über den ein Pendelzug verkehrt, befindet sich der Hafen, wo millionenteure Yachten und Segelboote im Wasser schaukeln.

Mutters Leiche wiederum liegt im angrenzenden Park und ist inzwischen vermutlich mit einem weißen Laken abgedeckt. Ich starre durch das offene Fenster in diese Richtung, während ich im Büro der Polizeichefin sitze, die gerade einen Stapel Internet-Ausdrucke überfliegt.

Meine mangelhaften menschlichen Augen dringen natürlich nicht bis jenseits des Meeresarms vor, jenseits des von einer Brücke überspannten Kanals, können nicht durch die Segel der Boote im Hafen blicken oder durch die

Bäume im Park. Trotzdem sehe ich plötzlich deutlich Mutters Leiche unter dem weißen Laken vor mir.

»Lisa.«

Ich entdecke eine Stofffalte oberhalb ihrer Zehen.

»Lisa.«

Mein Blick wandert über ihren Körper, und ich stelle fest, dass das Laken sich über ihrem Gesicht nicht auf und ab bewegt. Sie wird nie wieder atmen.

»Lisa!«

Die Polizeichefin hustet, um mich aus meiner Träumerei zu reißen und meine Aufmerksamkeit auf sich zu lenken. Sie heißt Castile. Ich wende mich ihr zu, und sie macht ein bedauerndes Gesicht.

»Mein herzliches Beileid, Lisa. Das muss ein furchtbarer Schock für Sie gewesen sein.«

Wir sitzen in der Polizeiwache eines wohlhabenden Küstenorts, untergebracht in einem prächtigen Südstaatengebäude am Meer. Hier gibt es keine fensterlosen Vernehmungszimmer, denn die sind schlicht unnötig. In der einzigen existierenden Zelle sitzt momentan das Arschloch, das Barbara umgebracht hat, doch normalerweise steht sie leer und wird von Chief Castiles Team zum Kartenspielen genutzt. Das habe ich zumindest den Gesprächsfetzen vor ihrem Büro entnommen, denen ich gelauscht habe, während Castile sich von ihren Mitarbeitern sämtliche Google-Suchergebnisse über mich zusammenstellen und ausdrucken ließ. Der Großteil ihrer Leute ist momentan ausgeflogen und untersucht zusammen mit den Kollegen der State Police die Tatorte in Mutters Haus und am Hafen. Allerdings hat es sich die Polizeichefin nicht nehmen lassen, persönlich hier in ihrem Büro mit mir zu sprechen, mir, ihrer Hauptzeugin und dem einzigen überlebenden Opfer.

Also gut. Zeit für Fragen ohne Antworten.

Sie sieht mich an, und ich überlege, wie viel Erfahrung sie hier, im idyllischen Küstenörtchen East Hanson, wohl in Sachen Mordermittlung haben kann. Einerseits bin ich überzeugt, dass ihr Berufsleben äußerst langweilig ist und sich darauf beschränkt, telefonische Beschwerden über Touristen entgegenzunehmen, die unerlaubt Privatstrände betreten, andererseits habe ich keinerlei gesicherte Beweise für ihre Harmlosigkeit und kann nicht darauf bauen, dass ich ihr – oder den Mitarbeitern, die Zugang zu ihren Dateien haben – trauen kann. Ich werde also keine relevanten Informationen preisgeben.

Der Raum ist erfüllt von salziger Luft und dem Geruch, den die Ebbe mit sich bringt. Eine grauweiße, räudig wirkende Möwe landet auf Castiles Fenstersims. Der Vogel scheint es auf Castiles üppiges und vermutlich schwer zu verspeisendes Sandwich abgesehen zu haben, das mit Kopfsalat und Bergen von Fleisch belegt ist. Castile steht auf, verscheucht die Möwe und knallt das Fenster zu.

»Geier«, sagt sie kopfschüttelnd und lächelt. »Der Kerl versucht, mir jeden Tag das Mittagessen zu stibitzen.«

Ich spähe zu dem Aktenschrank hinter Castile, in dem sie Mutters iPhone eingeschlossen hat. Einer ihrer Männer hat es auf dem Treppenabsatz in Mutters Haus sichergestellt und in eine verschließbare Asservatentüte gesteckt – es war mir aus der Tasche gefallen und ein Stück über den Boden gerutscht. Da Mutter es mit einem Aufkleber versehen hat, auf dem ihr Name und ihre Festnetznummer stehen, konnte ich nicht einfach behaupten, es sei meins. Mutters Notizheft steckt immer noch vorn in meiner Hose, verborgen unter dem T-Shirt mit der Aufschrift NOPE. Ich brauche ihr iPhone. Wenn ich mich nicht irre, hat Castile die Kombination 8933 in das Zahlenschloss des Aktenschranks eingegeben, nachdem sie mit mir ihr Büro betreten und mir ihren Gästestuhl zugewiesen hat. Allerdings könnte ich auch um eine oder mehrere Zahlen danebenliegen.

Bevor die Polizei mich und das Arschloch aus Mutters Haus eskortierte, hörte Liu irgendwann auf, aus Mutters Festnetztelefon zu brüllen, und fing an zu lauschen. Davon gehe ich zumindest aus. »Ich bin eins der Opfer«, sagte ich immer wieder zu den Beamten, die dem Arschloch Handschellen anlegten und Mutters Handy eintüteten. Da die Männer jedoch nicht wussten, was sich genau abgespielt hatte, und da sie Berichte darüber gehört hatten, wie ich Rosa Röckchen – die im Übrigen kurz nach mir vom Tatort geflüchtet war – das Gesicht zerkratzt hatte, näherten sie sich vorerst nicht. Sie durchsuchten mich auch nicht, hielten mich jedoch am Tatort fest und forderten mich auf, sie auf die Wache zu begleiten, um dort einige Fragen zu beantworten. Manchmal geht alles schneller, wenn man sich fügt, und deshalb sitze ich nun hier.

»Hat Boston schon zurückgerufen? Mir ist wichtig, dass das sichergestellte Handy schnellstmöglich kriminaltechnisch untersucht wird!«, ruft Castile von ihrem Schreibtisch nach draußen in den Flur.

»Noch nicht, Chief!«, ruft irgendeine Frauenstimme zurück.

»Sie brauchen bei diesem Handy keine kriminaltechnische Untersuchung«, werfe ich ein.

»Ach nein?«

»Eine solche Untersuchung wird Ihnen nicht verraten, was Sie wissen wollen. Sie ist unnötig.«

Castile beugt sich über ihrem Schreibtisch nach vorn,

stützt ihr Kinn in die Hand und taxiert mich. In den Lachfältchen um ihre Augen ist die Haut heller, ansonsten ist sie tief gebräunt. Jeder Teil ihres Körpers, auch ihr Gesicht, wirkt muskulös. Die Wand hinter ihrem Rücken hängt voll mit Auszeichnungen und Andenken: Urkunden, akademischen Graden, einem orange angemalten Surfbrett und, im Zentrum all dessen, einer Biathlonsiegerplakette. Diese Frau kann also nicht nur gut schießen, sondern auch Ski fahren. Ihr Schreibtisch ist vollgestellt mit gerahmten Fotos von einem Jungen in verschiedenen Sportoutfits, beim Fußball, Stehpaddeln, Skifahren, Basketball. Auf einigen Fotos steht sie daneben und legt den Arm um seine Schultern. Seine Trikots tragen allesamt die Nummer 33. Die Bilder von Castile und ihrem Sohn bilden einen farbenfrohen Regenbogen. Die beiden ähneln in gewisser Weise mir und Vanty, nur dass die stumpfen braunen Augen ihres Jungen nicht so funkeln wie Vantys kristallklare blaue Augen. Castiles Dienstwaffe steckt in einem Holster an ihrer Brust.

Meine Hände liegen flach auf meinen Oberschenkeln, ich sitze kerzengerade auf dem harten Holzstuhl vor dem Schreibtisch.

»Na schön. Was Kriminaltechnik angeht, sind Sie die Expertin, und das meine ich keineswegs ironisch. Ihnen gehört eins der bekanntesten privaten kriminaltechnischen Labors im Land«, sagt Castile anerkennend und greift zu den Internet-Ausdrucken, die sie soeben durchgelesen hat.

»Mein Unternehmen bietet keine IT-Forensik an. Wir beschränken uns darauf, Strafbehörden und private Sicherheitsfirmen in den Bereichen Physik und Biologie zu beraten, manchmal auch in Metallurgie und Chemie. Ich weiß trotzdem, dass Sie keine kriminaltechnische Untersuchung dieses Handys benötigen.«

Normalerweise würde ich nie so viel reden und auch niemandem derartige Belehrungen erteilen, aber ich muss Castile irgendwie davon abhalten, Mutters Telefon in ein Labor zu schicken, wo es für mich nicht mehr erreichbar ist. Liu ist bestimmt längst unterwegs hierher, ich muss also einen Weg finden, mich und Mutters Handy aus diesem Zimmer zu befreien. Zum Glück existieren im Internet keinerlei Fotos von Liu.

»Hm«, brummt Castile und blättert zu einem bestimmten Google-Ausdruck weiter. »Wenn man online nach Lisa Yyland sucht, taucht so einiges auf. Es gibt sogar einen Wikipedia-Eintrag über Sie. Hier steht, dass Sie als schwangere Sechzehnjährige in Ihrem damaligen Wohnort in New Hampshire entführt wurden und fliehen konnten, nachdem Sie Ihren Kidnapper eigenhändig umgebracht hatten. Die Einzelheiten sind einigermaßen verstörend. Tod durch Stromschlag? Oder war es durch Ertrinken?«

Beides.

»Nun ja, im Grunde spielen die Details keine Rolle, nicht wahr? Was auch immer Sie damals getan haben, es war das einzig Richtige, schließlich hatten Ihre Entführer vor, Ihnen nach der Geburt Ihren Sohn wegzunehmen und ihn zu verkaufen, war es nicht so? Ich an Ihrer Stelle hätte wahrscheinlich genau das Gleiche getan.« Sie atmet geräuschvoll durch die Nase aus und betrachtet nachdenklich die farbenfrohen Fotos von ihrem Sohn. »Ja. Ich hätte sogar ziemlich sicher das Gleiche getan. Wie auch immer«, sagt sie und wendet sich wieder mir zu. »Im Anschluss an Ihre Flucht haben Sie das FBI dann auf die Fährte der übrigen Komplizen geführt, damit auch sie verhaftet werden konnten. Stimmt das?«

»Ja.«

Sie liest weiter, überfliegt Seite um Seite.

»Chief Castile«, unterbreche ich sie.

»Eine Sekunde. Hier steht, dass es ein weiteres entführtes Mädchen gab, Dorothy Salucci, das die Gefangenschaft nicht überlebt hat.«

Dorothy hat nicht überlebt, weil ich sie nicht rechtzeitig gerettet habe.

»Das Gebäude, in dem die Entführer Sie beide gefangen hielten, gehört heute Ihnen. Wow. Es ist sogar Ihr Firmensitz. Ein ehemaliges Schulhaus in Indiana, das damals beschlagnahmt und versteigert wurde, woraufhin Sie es erstanden. Ist das so richtig?«

»Ja. Noch einmal, Chief: Sie brauchen das Telefon meiner Mutter nicht kriminaltechnisch untersuchen zu lassen.«

Sie legt die Ausdrucke beiseite. »Wenn ich also angeblich keine kriminaltechnische Untersuchung brauche, verraten Sie mir doch bitte: was dann?«

»Eine kriminaltechnische Untersuchung bräuchten Sie, wenn Sie auf dem Gerät nach bruchstückhaften oder gelöschten inaktiven Daten oder Metadaten suchen wollten. Doch Sie benötigen eigentlich nur das Passwort, damit Sie Zugang zum E-Mail-Account und den Textdateien meiner Mutter erhalten. Und zu ihren gespeicherten Kontakten.«

»Haben Sie dieses Passwort?«

Natürlich habe ich das Passwort.

»Es ist das Passwort meiner Mutter, nicht meins. Sie wissen, dass sie Anwältin ist, oder? Bei Stokes & Crane in Boston. Ich bin mir ziemlich sicher, dass ihre E-Mails und Texte genau wie ihre handschriftlichen Notizen unter das Anwaltsgeheimnis fallen.«

»Das gilt in diesem Fall nicht mehr. Sie ist ... Es tut mir leid, Lisa, aber sie ist ...«

Tot.

»Das Anwaltsgeheimnis ist zum Schutz ihrer Klienten gedacht, nicht zu ihrem eigenen. Sie sollten daher zuerst bei ihrer Kanzlei Stokes & Crane anfragen«, beharre ich. Insgeheim spekuliere ich auf einen Rechtsstreit bezüglich des Zugriffs auf Mutters Daten. Hauptsache, innerhalb der nächsten zwei Tage liest niemand ihre Mails oder Notizen.

»Es handelt sich hier um strafrechtliche Ermittlungen, Lisa. Da finden derartige Regeln keine Anwendung.«

Ich zucke mit den Schultern und überlege, ob ich mit ihr über diesen Punkt diskutieren soll, um das Gespräch zu verlängern und das Einsenden des Handys hinauszuzögern. Ich könnte Chief Castile meine Gefühle entgegenhalten und verlangen, dass sie meine tote Mutter respektiert. Zu diesem Zweck könnte ich vielleicht sogar ein paar Tränen hervorpressen.

Castile beobachtet mich aufmerksam und hält offenbar vergeblich nach einer menschlichen Regung in meinem Gesicht Ausschau. »Ach ja«, sagt sie schließlich, saugt die Lippen ein und greift nach einer ausgedruckten Seite, um sich noch einmal zu vergewissern. »Genau: Die Zeitungen nannten Sie damals den ›Horrorteenager‹. Entschuldigen Sie bitte den Ausdruck, aber so war es doch, oder? In den Berichten stand, Sie könnten keine Gefühle empfinden. Zumindest hat das der Psychologe bei der Gerichtsverhandlung ausgesagt.«

Falsch. Der Psychiater, nicht Psychologe, hat ausgesagt, dass ich die seltene Fähigkeit besitze, mich bewusst für oder gegen Gefühle entscheiden zu können. Ein Gefühl nicht empfinden zu können und sich gegen ein Gefühl zu entscheiden sind zwei grundlegend verschiedene Dinge. Oft entscheide ich mich gegen Gefühle, weil sie mich blockieren und unnötig aufhalten. Die meisten Gefühle führen zu Ineffizienz.

»Ich würde gern zwei Telefonate führen«, verkünde ich.

Castile schiebt das Kinn vor und wiegt den Kopf. Ihr blonder Pferdeschwanz schwingt hin und her. Sie sieht mich mit zusammengepressten Lippen und halb zugekniffenen Augen an.

»Zwei Telefonate?«

»Ja. Ich bin schließlich kein Häftling.«

»Nein, sind Sie nicht. Absolut richtig. Wir wollen Ihnen nur ein paar Fragen stellen, Lisa. Kann es sein, dass Sie noch unter Schock stehen? Soll ich nicht vielleicht doch die Sanitäter rufen?«

»Nein. Ich benutze einfach Ihr Festnetztelefon. Sie können mich ja durch die Glastür im Blick behalten.« Ich weise mit dem Kinn zur Tür, um sie zum Gehen aufzufordern.

Castile kratzt sich unter dem rechten Auge. »Also gut. In Ordnung. Wenn Sie beim Telefonieren hier im Büro bleiben, sind die Anrufe kein Problem. Gut.«

Sie steht auf, umrundet ihren Schreibtisch und stakst an mir vorbei. Ich bewege mich nicht, starre nur auf das Telefon, bis sie weg ist. Aus dem Augenwinkel sehe ich sie hinter der Glasscheibe stehen und ins Zimmer blicken. Ob die Telefonate aufgezeichnet werden, spielt für die unmittelbare Zukunft zum Glück keine Rolle.

Liu muss schon auf meinen Anruf gewartet haben, denn er geht beim ersten Klingeln an sein nicht zurückverfolgbares Wegwerfhandy.

»Was ist eigentlich los, verdammt noch mal?«, fragt er aufgebracht.

»Ich sitze auf der Polizeiwache von East Hanson. Die haben Mutters Handy. Das gefährdet den Plan.«

»Scheiß auf den Plan, wir blasen alles ab. Deine Mutter wurde erschossen. Hör auf mit dem Mist. Rühr dich nicht vom Fleck. Wir sind fast da. Fünf Minuten.«

Wir. Liu und Lola.

Lola – was im Übrigen nicht ihr richtiger Name ist – ist die andere FBI-Agentin, die vor achtzehn Jahren zu meiner Rettung beitrug. Zum Glück gibt es auch von ihr weder im Internet noch an anderen Orten Fotos oder Informationen. Sie hat sich nicht wie Liu in den Ruhestand versetzen lassen, um für mich als Beraterin zu arbeiten, sondern ist nach wie vor in der Verbrechensbekämpfung aktiv, bei einer geheimen Spezialabteilung, die wir unter uns dreien die Beta-Behörde nennen.

»Beeilt euch. Ich lasse mich früher gefangen nehmen.«

Ich tätige meinen zweiten Anruf. Nachdem ich fertig bin, drehe ich mich zur Glastür um und gebe Castile mit einer Handbewegung zu verstehen, dass sie zurück in ihr Büro kommen kann.

Während sie mit einem Kaffeebecher in der Hand eintritt, fragt sie: »Wollen Sie auch einen Kaffee? Wir haben diese praktischen Kapseln, es wäre also kein großer Aufwand. Haselnussgeschmack? Vanille? Donut? Koffeinfrei? Nantucket-Mischung? Was soll ich Ihnen holen?«

»Was für Fragen haben Sie an mich?«

»Okay, also keinen Kaffee.«

Sie nimmt wieder hinter ihrem Schreibtisch Platz, verschränkt die Hände auf der Arbeitsplatte und lässt die Schultern hängen, um harmlos und demütig zu erscheinen – ich kenne diesen Trick, denn ich habe mich ausgiebig mit Körpersprache befasst. Genau in diesem Moment platzt eine Frau ins Zimmer.

»Chief, ein Anwalt ist am Telefon. Er sagt, er sei geschäftsführender Partner bei Stokes & Crane. Offenbar hat er gerade einen Anruf erhalten, bei dem es um das Handy der Toten ging. Sie sollen unbedingt zuerst mit ihm sprechen, bevor Sie auf die Daten zugreifen. Er droht damit, vor Gericht eine einstweilige Verfügung zu erwirken.«

Castile starrt mich an. Ich starre zurück.

»Zwei Anrufe, aha«, knurrt sie und beißt sich auf die Unterlippe, genau wie es mein Mann Lenny immer macht, wenn er sagt, er wäre »frustriert von mir«.

Ich starre weiter.

»Chief, Sie kommen besser sofort zum Telefon. Es klingelt mittlerweile auf allen Leitungen. Wahrscheinlich versuchen uns jetzt auch die übrigen Stokes-Anwälte zu erreichen«, drängt die Frau und blickt dann über die Schulter. »Was hast du gesagt?«

Eine Männerstimme teilt ihr etwas mit. Ich höre das Wort »Boston« heraus.

»Zuerst brauchen wir die Formulare, damit die Beweismittelkette gewährleistet ist. Du hast doch gehört, was Chief Castile gesagt hat. Bring sie her. Ja, ich gebe es an sie weiter«, ruft die Frau zurück. Dann wendet sie sich wieder Castile zu: »Wir können alles zum kriminaltechnischen Labor auf der Clarendon Street bringen, das ist abgeklärt. Aber was ist mit diesen Anwälten?« Sie dreht sich erneut nach hinten und fragt: »Was? ... Ich weiß es nicht.« Sie gibt die Frage an ihre Vorgesetzte weiter: »Chief, wo sind die Beweismittelformulare?«

»Verdammt noch mal«, knurrt Castile und schlägt mit der flachen Hand auf ihren Schreibtisch. »Sagen Sie dem Stokes-Anwalt, er soll in der Leitung bleiben. Niemand nimmt dieses Handy aus dem Aktenschrank, ohne vorher die entsprechenden Formulare ausgefüllt zu haben. Verdammt, die Formulare ... vergessen Sie es, ich kümmere mich selbst darum. Lisa, warten Sie bitte einen Moment. Ich bin gleich zurück.«

Die arme Frau – umgeben von Amateuren. Genau das Chaos, das ich brauche.

Während Castile aufsteht, um erneut den Raum zu verlassen, erwacht in mir der Wunsch, ihr einfach alles zu erzählen. Ich wünschte, ich könnte ihr vertrauen und mir sicher sein, dass niemand von außerhalb Zugriff auf ihre Akten und Dateien hat. Dann könnte sie uns dabei helfen, den inneren Kern dieser Verbrecherbande mitsamt ihrer sadistischen Kundschaft zu schnappen und die Opfer zu befreien.

Zumindest würde Castile dann verstehen, wie sehr die Zeit drängt und wie gefährlich es für die derzeit in Gefangenschaft befindlichen Mädchen ist, dass sie mich hier festhält. Aber ich darf kein Risiko eingehen. Niemand kann mir garantieren, dass Castile in der Lage wäre, ein Geheimnis für sich zu behalten.

KAPITEL FÜNF

Lisa und Velada

Es stimmt: Ich habe dem Kerkermeister, der Dorothy Salucci und mich damals gefangen hielt, einen tödlichen Stromschlag versetzt und ihn gleichzeitig ertränkt, habe seinen Zwillingsbruder, einen vollkommen inkompetenten Arzt, sowie weitere verabscheuenswürdige Komplizen hinter Gitter gebracht. Was ich außer Liu und Lola noch nie jemandem verraten habe, ist, was sich am Abend nach meiner Aussage gegen den Arzt auf dem Parkplatz des Gerichts abspielte.

Es steckt nämlich noch mehr hinter der Geschichte, die vor achtzehn Jahren begann.

Nana pflegt zu sagen, dass einem das Universum bisweilen einen unangenehmen Spiegel vorhält – als wollte die Welt, das Leben, irgendein allumfassender Schöpfer einem sagen: *Sieh dir diese Person an. Genauso nimmt dich deine Umwelt wahr.* Mir war nie klar, was sie damit meinte, bis ich Velada kennenlernte.

Zu unserer Begegnung auf dem Parkplatz kam es 1993, sechs Monate, nachdem mir die Flucht gelungen war. Ich war von meiner Heimat New Hampshire noch einmal nach Indiana gekommen, um gegen den nichtsnutzigen Dreckskerl von Arzt auszusagen. Da es Winter war, war der Himmel über Indiana kalt und grau, und die sich auftürmenden Wolken verrieten, dass ein eisiger Graupelschauer bevorstand. Ich bahnte mir allein meinen Weg durch die auf dem Gerichtsparkplatz abgestellten Autos zum Mietwagen meiner Mutter. Sie selbst wollte noch eine halbe Stunde im Gerichtsgebäude bleiben und mit der Staatsanwaltschaft meine heutige Aussage und die Pläne für den nächsten Tag durchsprechen. Ich war völlig erschöpft, weil ich den ganzen Tag vom Richter, dem Vertreter der Staatsanwaltschaft und den Anwälten der Verteidigung in die Mangel genommen worden war.

Plötzlich knirschten hinter mir Schritte auf der schmutzigen Salzschicht des Parkplatzbelags. Da ich aus Angst, erneut entführt zu werden, in erhöhter Alarmbereitschaft war, sprintete ich sofort los, statt mich umzudrehen und nachzusehen, um wen es sich handelte.

»Halt!«, rief eine weibliche Stimme.

Ich rannte weiter und wechselte die Autoreihe, um nicht an einem grünen Transporter vorbeizumüssen. Einheimisches Nummernschild – 677854. Ich hatte auf die harte Tour gelernt, bei Transportern besonders argwöhnisch zu sein und mir sämtliche Details über sie einzuprägen.

Schließlich blieb ich stehen und drehte mich um. Was ich sah, war zumindest keine *physische* Bedrohung. Eine junge, schwarz gekleidete Frau näherte sich mir, deren Füße anfangs noch nicht sichtbar waren. Aus der Höhe ihres Kopfes in Relation zum Transporter leitete ich ab, dass sie gerade einmal um die ein Meter fünfzig groß war. Ihr Gewicht schätzte ich auf zierliche fünfundvierzig Kilo. Sie war kleiner und schmächtiger als ich, obwohl ich erst siebzehn war. Trotzdem ging sie mit selbstbewussten, schnellen Schritten. Sie war ein paar Jahre älter als ich und hatte schwarze Haare, riesige blaue Augen und dünne

Arme. Je näher sie kam, desto muskulöser und definierter wirkten diese Arme, kräftig und sehnig wie die einer Fledermaus, nur ohne Flügelmembran. Unter den Ärmeln ihres Oberteils wölbte sich je ein vollkommen gerundeter Bizeps. Sie war dünn, aber muskelbepackt, kein Gramm Fett. Eine kompakte, effiziente Maschine.

Irgendetwas an ihr faszinierte mich.

Während meiner Zeit in Gefangenschaft glaubte ich mehrmals, einen schwarzen Schmetterling vor dem hohen dreieckigen Fenster meines Zimmers herumflattern zu sehen. In Zeiten der Schwäche, wenn ich von meinen Gefühlen überwältigt wurde und sie nicht abschalten konnte, malte ich mir aus, dieser Schmetterling wäre mein Retter. Auch wenn ich überzeugt bin, den Schmetterling damals tatsächlich gesehen zu haben, weiß ich aus heutiger Sicht, dass der Gedanke, er könnte mich retten, ein aus der Einsamkeit meiner Isolation entstandenes Trugbild war. Es gibt sogar einen medizinischen Fachausdruck dafür: Gefängnispsychose.

Die Fledermausfrau mit dem Gang einer Serienmörderin hatte einen schwarzen Schmetterling auf die rechte Hand tätowiert, auf die Fläche zwischen Daumen und Zeigefinger.

»Du bist das Mädchen, das Ronald Rice getötet und Dorothy befreit hat, bevor sie starb«, stellte sie mit ausdrucksloser Stimme fest, ohne jede Gefühlsregung.

»Ja«, antwortete ich. Wir waren jetzt nur noch einen knappen Meter voneinander entfernt. Ich stellte fest, dass ich einen halben Kopf größer war als sie. Mein Blick wanderte erneut zu dem schwarzen Schmetterlings-Tattoo an ihrer Hand.

»Ich habe bei der Verhandlung zugesehen. Da ich eine

Perücke aufhatte und hinter den Reportern saß, hast du mich wahrscheinlich nicht bemerkt«, sagte sie monoton.

»Habe ich tatsächlich nicht.«

Ich nahm mir vor, in Zukunft aufmerksamer zu sein.

»Das hast du alles allein geschafft? Rice umgebracht und gegen den Arzt ausgesagt, damit er hinter Gitter kommt?«

»Korrekt.«

»Ich weiß, dass du unter Eid gelogen hast. Aber du hast es getan, damit er nicht ungeschoren davonkommt.«

Ich erwiderte nichts. Starrte sie nur an. Die Fledermausfrau hatte gerade eine Schachpartie gegen mich eröffnet.

»Gut. Dann bist du die Einzige, der ich trauen kann«, sagte sie.

»Stimmt vermutlich.« Auch wenn ich meine Familie bei gewissen Themen anschwindle, um sie nicht in Gefahr zu bringen, sehe ich meist keinen Anlass für Unehrlichkeit. Normalerweise sage ich die Dinge, wie sie sind. Meine Lüge bei der Aussage gegen den Arzt diente einem guten Zweck und war daher gerechtfertigt.

Die kleine Fledermausfrau mit den Sommersprossen auf der Stirn und der schwarzen Schmetterlingstätowierung an der Hand sah sich nach allen Seiten um, vergewisserte sich, dass wir allein waren. »Du hast jemanden verärgert, der im Zentrum des Ganzen steht. Er nennt sich Eminenz, und er hat dich im Visier. Bei seinem nächsten Besuch in den Staaten will er sich ganz speziell um dich kümmern. Ich weiß nicht, wann genau dieser Besuch stattfinden wird, nur, dass es noch Jahre dauern kann. Wie viele genau, versuche ich dir zuliebe herauszufinden. Und mir zuliebe. Du hast eine Einkommensquelle von Eminenz zerstört, indem du den kleinen Menschenhändlerring stillgelegt hast, der Mädchen entführte und ihre Babys verkaufte. Für diese

Verluste will er sich an dir rächen. Meine Informationsquelle ist noch vor Ort. Ich selbst konnte entkommen und versuche seither, einen Weg zu finden, Eminenz zu entlarven oder zu töten. Er soll für das bezahlen, was er mir angetan hat. Wenn du und ich zusammenarbeiten, können wir es schaffen.«

»Wann hast du dir die Schmetterlingstätowierung stechen lassen?«, fragte ich.

»Was?«

»Wenn du den Prozess so aufmerksam verfolgt hast, hast du im Vorfeld bestimmt auch das Interview gelesen, in dem ich den schwarzen Schmetterling erwähnt habe. Vielleicht hast du dir die Tätowierung stechen lassen, um mein Vertrauen zu gewinnen. Weil du mich in eine Falle locken willst.«

»Ich stehe einfach auf Schmetterlinge, okay?«

»Aha.«

Während ich ihr auf dem trostlosen Parkplatz in Indiana gegenüberstand, musterte ich sie prüfend, um herauszufinden, ob sie die Wahrheit sagte. Sie hob nicht den Kopf und blickte anschließend nach links, laut Büchern über Körpersprache das wichtigste Anzeichen für eine Person, die gerade eine Antwort konstruiert. Und sie runzelte auch nicht die Stirn. Stattdessen starrte sie mich, ohne zu blinzeln, an, als wollte sie mich durch reine Willenskraft dazu bringen, ihr zu glauben.

»Den Artikel, auf den du dich beziehst, habe ich übrigens tatsächlich gelesen. Es war garantiert kein Schmetterling, den du da am Fenster gesehen hast. Die Biosphäre hier in Indiana spricht eher für einen Nachtfalter«, sagte die Fledermausfrau.

Sie weiß, was eine Biosphäre ist.

»Natürlich war es ein Schmetterling«, erwiderte ich, weil es ein Schmetterling gewesen sein *musste*. Ich musste recht haben; was diesen Umstand anging, durfte ich mich nicht getäuscht haben.

»Weil du ja voll die Wissenschaftlerin bist, oder?«

»Nein, ich bin Schülerin.«

»Hör zu: Wenn du bereit sein willst für Eminenz, wenn du den inneren Kreis seiner Mitarbeiter und Kunden zur Strecke bringen und dich angemessen für Dorothy rächen willst, müssen wir zusammenarbeiten.« Sie griff nach hinten in ihre Gesäßtasche und zog ein grünes Feuerzeug und eine Zigarette hervor. Nachdem sie das Feuerzeug bedient und an ihrer Zigarette gezogen hatte, was ich mehr als unhöflich fand – statt ihren Gedankengang zu Ende zu bringen, zwang sie mich zum Passivrauchen –, fragte sie: »Du hörst mir doch zu, oder? Es ist wirklich wichtig. Wir müssen zusammenarbeiten.«

»Ich arbeite mit niemandem zusammen.«

»Das tue ich auch nicht, verdammt!« Sie verstummte, um den Rauch auszuatmen. Ich hielt die Luft an, damit ich nichts davon abbekam. »Du glaubst wohl, du wärst total taff, weil du damals entkommen bist. Aber deine Entführer haben dir was zu essen gegeben, stimmt's? Haben dich nicht vergewaltigt. Und dich nur einen Monat gefangen gehalten.«

»Korrekt.«

»Dann hast du keine Ahnung, was es bedeutet, für das Hummerbecken ausgewählt zu werden.«

»Für das was?«

Mental notiert: Hummerbecken.

»Du hast mich schon verstanden. Ich muss jetzt gehen. Eminenz hat sicher Leute damit beauftragt, dich zu beobachten, und ich stehe schon viel zu lange hier mit dir herum.« Sie sah sich über die Schultern nach beiden Richtungen um und sagte dann mit gesenktem Kopf: »Die Männer, die dich entführt haben, waren so etwas wie ein Ableger des kleinen, aber mächtigen Unternehmens, das Eminenz hier in Amerika betreibt. Dieser Ableger hat sich nur mit der Entführung schwangerer blonder Mädchen befasst, eine sehr spezielle Marktnische. Er musste Abgaben leisten an den inneren Kreis aus Eminenz' Mitarbeitern, der ein eng gefasstes, jedoch extrem profitables Menschenhandelsgeschäft betreibt und reichen Arschlöchern ›Erfahrungen‹ verkauft. Reichen und mächtigen Arschlöchern. Diese Erfahrungen sind schrecklich. Ich war selbst ein Opfer des Inneren Kreises und bin in der Nacht geflohen, als sie mich ins Hummerbecken stecken wollten.«

Sie hielt den Blick demonstrativ auf ihre Füße gerichtet, und ich sah, dass sie in der Dezemberkälte des winterlichen Indiana in Flip-Flops dastand. Nachdem sie einen Fuß angehoben und auf die vordere Stoßstange eines Autos gestellt hatte, wurde die verbrannte, runzlige Haut sichtbar, die ihre Zehen und den Vorderfuß bedeckte und sich bis zu ihren Fußknöcheln hinaufzog. Auffallend war, dass ihre Zehen alle gleich lang waren.

Sie behielt den Fuß auf der Stoßstange und erklärte: »Sie haben mich für ihre ›Erfahrungen‹ missbraucht, mich heroinabhängig gemacht. Und ich habe Dinge gesehen, die du dir nicht vorstellen kannst. Ich muss den Inneren Kreis zu Fall bringen, vor allem Eminenz. Über ihn weiß ich nur, dass er in bestimmten zeitlichen Abständen aus Asien herüberkommt. Ich war während meiner Gefangenschaft zu betäubt und zugedröhnt, um mich an mehr als verschwommene Details erinnern zu können. Hier ist der vorläufige

Plan, mehr haben wir nicht: Ich versuche, wieder in den Inneren Kreis hineinzukommen und meine Quelle anzuzapfen, damit ich dich mit Informationen versorgen kann. Es wird Jahre dauern, bis Eminenz erneut in die Staaten kommt, aber wir müssen diese Leute zur Strecke bringen, indem wir sie auf frischer Tat ertappen, sonst funktioniert es nicht. Sie sind gut vernetzt, haben Polizisten, Richter, Politiker, teure Anwälte, die ihnen eine weiße Weste verschaffen. Du wirst von mir hören. Sei bereit. Eminenz hat dich im Visier. Sei bereit.«

Ich neigte den Kopf zur Seite und dachte über ihre Worte nach. Sie schien mich missverstanden zu haben. Ich hatte keineswegs vor, mit ihr zu kooperieren.

»Hast du gehört, was ich gesagt habe? Sei bereit.« Sie zog an ihrer Zigarette und stieß giftigen Rauch aus, der in einer krebserregenden Wolke vor mir über dem kalten Parkplatz schwebte. Ich hielt erneut die Luft an.

»Hallo? Du wirst doch bereit sein, oder?«

»Bereit für was?«

»Bereit für das Hummerbecken. Eminenz hat dich dafür auserwählt. Hallo? Hörst du mir zu? Das Problem ist, dass ich mich kaum noch an den Tag erinnere, als es passierte, ich war völlig weggetreten. Ich weiß nur noch, dass meine Füße plötzlich höllisch brannten und dass es irgendwann vorbei war und ich wieder frei war. Ich fürchte, du musst selbst hinter das Geheimnis kommen. Sei bereit.«

»Wie heißt du?«

»Velada. Mehr musst du nicht wissen.«

Mit diesen Worten ging Velada zu dem zwei Reihen entfernt parkenden grünen Transporter hinüber und stieg ein. Während sie langsam an mir vorbeirollte, ließ sie das Fenster auf der Fahrerseite herunter und sagte abfällig: »Was du gesehen hast, war kein Schmetterling. Das war ein Nachtfalter. Sei bereit.« Sie fuhr davon und drückte ihre zu Ende gerauchte Zigarette in einem Aschenbecher aus, der sich außerhalb meines Sichtfelds befand.

Nächstes Mal besorgst du dir ihre Zigarette und untersuchst sie auf DNA-Spuren.

Nachdem der Prozess vorbei war und meine Eltern und ich zu unserem Alltag in New Hampshire zurückgekehrt waren, schlug ich mich volle zwei Jahre mit einer immer wiederkehrenden, hartnäckigen Emotion herum: einer anhaltenden, lähmenden Liebe zu Dorothy M. Salucci, dem Mädchen, das ich nicht hatte retten können. Ich empfand auch zärtliche Gefühle für den Schmetterling, ein Lebewesen, das ich möglicherweise falsch identifiziert hatte. *Liebte ich etwa eine Illusion? Hatte ich überhaupt je einen Schmetterling gesehen? Können wir Menschen unseren Sinnen trauen? Unserer Sehkraft? Unserem Gehör? Unserem Tastsinn? Unserem Geruchssinn? Unseren Gefühlen?*

Wenn ich zu traumatisiert war von den emotionalen Schlachten, die ich damals schlug, malte ich in einem Birkenwäldchen hinter unserem Haus brachiale impressionistische Bilder.

Doch auch dieses Trauma bewältigte ich schließlich und wurde dank meiner angeborenen Fähigkeit, Gefühle auszuschalten und nichts als die nüchternen Fakten zu sehen, immer widerstandsfähiger. Während ich eines Tages eine spiralförmige Birke mit traurigen, zerlaufenden schwarzen Augen malte, gelangte ich zu einem Fazit, mit dem ich leben konnte: *Liebe ist eine Illusion.* Dadurch kam ich besser mit der Erfahrung zurecht, dass sich Liebe nicht wie die Farben auf meiner Leinwand verwässerte, dass sie nur ihre Gestalt veränderte und größer wurde, je mehr man sie an sich heranließ. Liebe befiel einen wie ein Parasit, wie böses, giftiges Unkraut.

Wen ich zu lieben glaubte, erfand ich mir selbst. Im Grunde liebte ich also meine eigenen Erfindungen. Und Erfindungen können und sollen sich weiterentwickeln, dürfen abgeändert, rückentwickelt, nachgerüstet, neu definiert, auseinandergenommen und wieder zusammengebaut werden, manchmal sogar zerstört. Von da an kontrollierte ich meine Erfindungen von Liebe, weil mir klar geworden war, dass die Liebe ein Spiegelbild meiner Entscheidungen war, meiner Entscheidungen darüber, wie ich die Menschen um mich herum betrachtete, wie ich meine Welt mithilfe menschlicher Sinneswahrnehmungen interpretierte. Was wir Menschen sehen, hören, schmecken, berühren, spüren und riechen, all unsere Empfindungen sind lediglich Wahrnehmungsmodelle unseres Gehirns. Unsere Art, im Chaos den Überblick zu behalten.

Nachdem ich das für mich geklärt hatte, begann ich, mich rund um die Uhr mit der Frage zu beschäftigen, was es mit dem Hummerbecken auf sich hatte. Glücklicherweise hatten Special Agent Roger Liu und Special Agent Lola ebenfalls angefangen, nach den Hintergründen zu forschen. Seither sammeln wir in jeder freien Minute Informationen und Hinweise darauf, was dieses Hummerbecken ist, wo es sich befindet und wann ich von Eminenz dorthin entführt werden soll. Und ich sammle zusätzlich Pluspunkte, kratze alles zusammen, was es mir ermöglichen könnte, aus dem Hummerbecken zu entkommen und den Inneren Kreis und die schlimmsten seiner Kunden auf frischer Tat zu ertappen, sie alle auf einen Schlag zur Strecke zu bringen. Das ist der Plan. Das ist das Team.

Heute, achtzehn Jahre später, auf der Polizeiwache von East Hanson, Massachusetts, denke ich an die Begegnung auf jenem grauen Parkplatz in Indiana zurück, an Veladas Schmetterlingstätowierung, an ihre hypnotischen blauen Augen, die sich in mich hineinbohrten, als wäre ich ihr Eigentum. Ich frage mich, ob Mutter vielleicht noch leben würde, wenn ich Velada damals einfach ignoriert hätte. Hätte Mutter mit ihrer Hartnäckigkeit auf eigene Faust Spuren gefunden, die zum Inneren Kreis führten? *Hat* sie diese Spuren auf eigene Faust gefunden? Ihr Leben war durch meine Entführung völlig aus den Fugen geraten, und sie hatte seither mehr als einmal geschworen, jeden »verfluchten Dämon« aufzuspüren, der auch nur ansatzweise damit in Verbindung gestanden hatte. Darüber hinaus engagierte sie sich als Anwältin ehrenamtlich für das Thema Menschenhandel, widmete diesem Engagement all ihre freie Zeit, wenn sie nicht gerade als Prozessanwältin für Gesellschaftsrecht vor Gericht stand. Ich hatte ihre wütenden Schwüre immer als Gefühlsausbrüche ohne konkrete Auswirkungen betrachtet, zumal ich davon ausging, dass sie genau wie alle anderen glaubte, wir hätten vor achtzehn Jahren bereits die gesamte Verbrecherbande dingfest gemacht. Die Wörter »Velada« und »Mariana Kirche« in ihren Aufzeichnungen bewiesen, dass diese Annahme falsch und gefährlich gewesen war.

Chief Castile liefert sich vor ihrem Büro gerade ein lautstarkes telefonisches Streitgespräch mit einem Anwalt aus Mutters Kanzlei. Ich höre einen Mann im Hintergrund sagen, er habe die Formulare gefunden und werde noch schnell »für kleine Königstiger gehen« und dann Mutters Handy aus Castiles Aktenschrank holen. Ich stehe auf, blicke aus dem Fenster, vor dem die hungrige Möwe saß, und sehe, dass Liu und Lola gerade eintreffen und nach einem Parkplatz für ihren Mietwagen, einen Kleinbus, suchen.

Lautlos gleite ich zu Castiles Aktenschrank hinüber und gebe hastig die Zahlenkombination 8933 ein, die ich zu Anfang beobachtet zu haben glaubte. Nichts passiert.

Ich sehe mich fieberhaft im Büro um. Das Streitgespräch auf dem Flur ist ruhiger geworden und scheint sich dem Ende zuzuneigen. Mir bleiben nur noch wenige Sekunden, um das Schloss aufzubekommen. Einen Versuch habe ich noch. Ich stehe jetzt näher an der Biathlon-Plakette, die offenbar einen wichtigen Stellenwert in Castiles Leben hat, befindet sie sich doch an zentralster, auffälligster Stelle an ihrer vollgehängten Wand. Der Biathlon-Sieg fand 1979 statt. Mein Blick wandert erneut zu den Trikots ihres Sohnes: Er trägt auf allen Fotos die Nr. 33. Also gebe ich 7933 ein. Die Tür springt auf.

Ihr ist wahrscheinlich gar nicht bewusst, wie leicht ihr Zugangscode zu knacken ist.

Ich schnappe mir Mutters Handy in der versiegelten Asservatentüte, gehe erneut zum Fenster und reiße auf dem Weg dorthin die obere Brotscheibe von Castiles ungesundem Sandwich.

Ich schiebe das Fenster auf, steige auf einen darunter stehenden Stuhl, klettere hinaus und platziere die Brotscheibe auf dem Fenstersims.

Dann springe ich hinunter. Während ich zu Liu und Lola hinüberrenne und dabei das Notizbuch in meiner Hose festhalte, kommt hinter dem Kleinbus ein grüner Toyota Prius angefahren. Beide Fahrzeuge befinden sich hintereinander auf derselben Fahrspur des Parkplatzes. Mutters iPhone klingelt. Ich reiße die Asservatentüte auf.

Der Prius steht jetzt leicht versetzt hinter Lius und Lolas

Bus, sodass ich die Fahrerin sehen kann. Ich starre Rosa Röckchen ins Auge, die noch immer ihr Tennisoutfit trägt, jetzt jedoch mit einer braunen Perücke und einer lächerlichen Red-Sox-Kappe. Mutters Handy klingelt immer noch.

Liu öffnet die Fahrertür, stellt einen Fuß nach draußen und verharrt abwartend. Lola rührt sich nicht auf dem Beifahrersitz. Sie beobachtet jede meiner Bewegungen. Ich lege den Finger an die Lippen, um den beiden zu bedeuten, dass sie nicht mit mir reden sollen, und behalte den Blick dabei auf Rosa Röckchen gerichtet.

Ich gehe an Mutters Telefon.

Liu dreht sich nicht nach hinten um. Dass er völlig außer sich ist, erkenne ich daran, dass er immer wieder die Stirn runzelt und unruhig mit den Fingern über das Autodach fährt. Lola hat sich auf ihrem Sitz noch immer nicht gerührt. Ihr Gesicht, ihr Körper, grau und reglos wie ein Felsblock.

»Ich habe deinen Sohn Vanty in meiner Gewalt. Bring mir die Notizen!«, höre ich die Stimme von Rosa Röckchen aus dem Handy schallen.

Ich werde dieser Schlampe nicht nur wehtun, ich werde sie dafür verstümmeln, dass sie mir mit Vanty droht. Sie hat ihn nicht. Kann ihn nicht haben.

Ich lege auf und wähle Sarges Nummer.

»Wo ist Vanty?«, frage ich, sobald er sich gemeldet hat.

»Hier bei mir. Es ist alles vorbereitet.«

»Bring alle an den vereinbarten Ort«, weise ich ihn an.

Sarge hat den Auftrag, für Lennys, Vantys und Nanas Sicherheit zu sorgen, während wir hier in Massachusetts den Plan durchziehen. Ich werde darauf vertrauen müssen, dass er seine Aufgabe erfüllt. Er hat mich noch nie im Stich gelassen. Mein Plan sah eigentlich vor, auch Mutter heute Abend in Sicherheit zu bringen.

Sobald ich aufgelegt habe, klingelt Mutters Handy erneut. Es ist wieder Rosa Röckchen. »Ich werde mir Vanty schnappen. Notizen her, sofort.«

Liu formt mit der linken Hand ein V, das er mit der rechten Hand durchkreuzt. Damit gibt er mir zu verstehen, dass der Plan seiner Ansicht nach gestorben ist. Wir haben vereinbart, dass wir alle zustimmen werden, wenn einer von uns dreien den folgenschweren Entschluss fasst, den Plan abzublasen. Ein solcher Entschluss darf nur unter den widrigsten Umständen und nach reiflicher Überlegung gefasst werden.

Das Gesicht von Rosa Röckchen gleicht dem einer Ratte. Sie wiederholt immer wieder: »Jetzt sofort.« Ich stelle mir vor, wie sie diese Worte in einem anderen Kontext sagt, vielleicht zu einem jungen Mädchen, das in einem fensterlosen Keller dahinvegetiert und sich für irgendeinen Kunden ausziehen soll, der für eine perverse »Erfahrung« bezahlt hat. Ich lege auf.

Mir fehlen noch zwei entscheidende Pluspunkte, zwei winzige elektronische Datenträger aus dem Labor, das mein Vater vor langer Zeit in Manchester, New Hampshire, eingerichtet hat. Mein Vorhaben war, sie heute Abend zu holen (und Mutter dort in Sicherheit zu bringen). Ich brauche sie für den Plan. Falls ich Liu ignoriere, was ein Verstoß gegen unsere vereinbarten Regeln wäre, könnte ich Rosa Röckchen dann dazu bewegen, mich zum Labor meines Vaters zu fahren, bevor ich an den Ort meiner Gefangenschaft gebracht werde? Hoffentlich bläst der Innere Kreis sein Vorhaben, mich zu überwältigen und gefangen zu nehmen, nicht ab, nachdem er von Mutters Beteiligung erfahren und sie umgebracht hat. Das darf ich nicht zulassen. Achtzehn Jahre Planung dürfen nicht einfach umsonst gewesen sein. Ich werde meine verfrühte Entführung forcieren und diese Leute zwingen, ihr Vorhaben durchzuziehen. Nur so kann ich sie alle zur Strecke bringen, bevor Eminenz wieder in seinem Schlupfloch in »Asien« verschwindet. Außerdem ertrage ich den Gedanken, dass Vanty womöglich doch in Gefahr sein könnte, keine Sekunde länger. Ich muss mit Rosa Röckchen reden und mehr herausfinden.

Liu streicht erneut das V durch. Er hebt das Kinn und beißt die Zähne zusammen, was ich im Laufe der Jahre immer dann an ihm beobachtet habe, wenn er sich mühsam verkneift, was ihm auf der Zunge brennt.

Eine flatternde Bewegung in einem hoch über dem Parkplatz aufragenden Baum erregt meine Aufmerksamkeit. Ich beobachte, wie die hungrige Möwe Kurs auf Chief Castiles Fenster nimmt. Sie schnappt sich die Brotscheibe auf dem Sims und hüpft anschließend ins Büro, in das Castile offenbar noch immer nicht zurückgekehrt ist.

Ich richte den Blick auf Lola. Bestimmt hat sie mir an den Lippen abgelesen, was ich ins Telefon gesagt habe, und beobachtet, wie ich den Prius hinter dem Kleinbus fixiert habe. Sie scheint gespannt darauf zu warten, welche Entscheidung ich treffe. Dabei blickt sie unerschütterlich geradeaus, ohne auch nur einmal zu blinzeln. Zwischen ihren Zähnen steckt einer ihrer Finger, der Nagel ist völlig heruntergekaut. Ich starre Lola unverwandt an, um ihr zu verstehen zu geben, dass ich wissen muss, ob sie mit Lius Abblasen des Plans einverstanden ist.

Sie hält zwei Finger ihrer rechten Hand hoch und formt sie zu einem Gewehrlauf. Ich renne los. Als ich an ihrem

Fenster vorbeikomme, weise ich mit dem Kinn zu einer Gasse am hinteren Ende des Parkplatzes und sage: »Gasse, Vanty33. Entriegle die Heckklappe.« An Liu gewandt, füge ich hinzu: »Kümmert euch um Velada.«

Im Büro von Chief Castile bricht unterdessen Tumult aus; unter das Gebrüll der Polizeichefin mischen sich andere rufende Stimmen und die heiseren Schreie einer Möwe.

Bis ich das Heck des Kleinbusses erreicht habe, wo ich nur noch knapp zwei Meter vom Prius entfernt bin, hat Lola über Lius Fahrersitz hinweggegriffen und den Hebel für die Heckklappe betätigt. Ich halte Mutters Handy und das Notizbuch hoch, damit Rosa Röckchen beides sehen kann. Dann wende ich ihr den Rücken zu, strecke die Hand durch die aufgesprungene Heckklappe in den Kleinbus und: Abrakadabra, als ich mich wieder zu Rosa Röckchen umdrehe, sind meine Hände leer.

Mit einem Satz bin ich beim Prius.

»Fahren Sie los!«, rufe ich, während ich auf der Beifahrerseite in den Wagen springe.

Sie will aussteigen, um Mutters Sachen aus dem Kleinbus zu holen, aber ich packe ihren Arm und halte sie fest.

»Fahren Sie!«, wiederhole ich. »Bevor die beiden aussteigen und Ihr Auto sehen. Sofort!«

»Scheiße!«, faucht sie wütend.

»Los jetzt!« Ich lasse ihr keine Zeit, über mein Auftauchen in ihrem Wagen oder das mysteriöse Verschwinden der Gegenstände im Kleinbus nachzudenken.

Sie dreht den Kopf, blickt über die Schulter nach hinten, legt schwungvoll den Rückwärtsgang ein und tritt das Gaspedal durch. Wir schießen kreischend rückwärts.

»Dafür wirst du sterben«, zischt sie mir zu.

Ich lasse mein Fenster herunter.

Auf Höhe der abzweigenden Gasse reißt Rosa Röckchen das Auto herum und rast hinein. Ich lenke sie ab, indem ich auf das Dach der Knights of Columbus zeige, das links von uns aufragt, und »Vorsicht, Scharfschütze!« rufe. Gleichzeitig richte ich meine Aufmerksamkeit auf eine kleinere Quergasse, die rechts zwischen einer Zahnarztpraxis und einer Reihe Zypressen abzweigt. Den rechten Arm strecke ich unauffällig zum offenen Fenster hinaus.

Sobald wir ohne erkennbare Verfolger auf dem Weg zum Highway sind, konzentriert sich Rosa Röckchen auf die Tatsache, dass ich in ihrem Auto sitze. Ich spüre, dass meine Anwesenheit sie beunruhigt.

»Gut, dann nehmen Sie mich mal gefangen. War das nicht der Plan?«, frage ich.

Sie ist völlig unvorbereitet, gehört nicht zu dem Schlägertrupp, von dem ich weiß, dass er mich morgen »überrumpeln« und gefangen nehmen sollte. Trotzdem, sie zählt definitiv zum Inneren Kreis. Hoffentlich hat sie keine Ahnung, dass ich in ihren Reihen eine Informantin habe. An ihrem rechten Ohrläppchen sind dort, wo ich meine Nägel hineingegraben habe, halbmondförmige Wunden zu sehen. Sie reibt darüber.

»Schlampe«, sagt sie und beißt die Zähne zusammen. Ihre Finger zittern.

Das S-Wort.

Mein rechtes Auge fällt zu und zuckt, als hätte ich gerade in eine saure Gummischlange gebissen, und ein kalter Schauer durchfährt meinen Körper.

Ich höre plötzlich wieder die Worte, die sie mir zuflüsterte, während sie mich gegen die Eiche drückte, ihre Versessenheit darauf, Mutters Gedanken und Beobachtungen vom Erdboden zu tilgen. Das Wort *Schlampe* hallt in meinem Kopf wider. Ich denke an die Folterqualen, die Mädchen und Frauen über viele Jahre durch Eminenz erleiden mussten und immer noch erleiden, an sein krankes Hummerbecken, daran, dass Rosa Röckchen ein Teil von alldem ist. Ich lasse noch einmal ihre Drohung Revue passieren, mir meinen einzigen Lebenssinn zu nehmen: meinen Sohn. Und ich sehe Mutters Leiche am Hafen vor mir, das weiße Laken, das kein Atemzug mehr bewegt.

All dies bewirkt, dass ich den Schalter für Hass umlege, diese Emotion in meinem Inneren aktiviere. Hass werde ich für den Rest des Plans ohnehin brauchen. Manchmal hemmt er mich und trübt mein Urteilsvermögen, aber meistens liefert er mir das zusätzliche Adrenalin, das ich brauche, um zu funktionieren. Vor achtzehn Jahren hat er mir gute Dienste geleistet.

Ich fühle mich lebendig, wenn ich hasse, als würde mein Blut brodeln und mein Gehirn unter Strom stehen, allerdings auf geregelte, organisierte Weise. Meine Sinne sind dann geschärft. Meine Augen werden zu blutroten Laserstrahlern, und mein Gehör arbeitet wie eine fein justierte Stimmgabel, filtert Nutzloses heraus und erfasst nur, was ich hören muss.

Ich beäuge Rosa Röckchen von der Seite. Ihre rote Sonnenbrille ist von der billigen Sorte, ich kann durch die Gläser blicken, wenn sie mich ansieht. Ihre Augen sind klein und zusammengekniffen, starren mich böse an.

Du wirst leiden, du Miststück, und ich werde jede verdammte Minute genießen.

KAPITEL SECHS

Roger Liu, Special Agent im Ruhestand

Heilige Scheiße. Wir stehen auf einem verdammten Parkplatz in East Hanson, Massachusetts, und lassen uns von einer Polizeichefin anbrüllen. Dabei haben wir wirklich keine Zeit für diesen Mist. Ich schlucke drei Magensäurehemmer. Mein Hals brennt, und mein Herz ist ein brodelnder Vulkan.

Lola hat Lisa das Gewehrlauf-Zeichen gegeben, also grünes Licht. Diese blöde Kuh. Und jetzt begehen wir mutwillig Behinderung der Justiz, indem wir so tun, als hätten wir nicht gesehen, was für ein Auto vorhin von hier geflüchtet ist, mit quietschenden Reifen und Lisa im Gepäck, die offenbar Beweismittel geklaut und die leere Asservatentüte gut sichtbar im Gras liegen gelassen hat. Der Deputy kam drei Sekunden zu spät draußen an, um das Fluchtauto davonjagen zu sehen. Sein schwarzes Uniformhemd hängt aus dem Bund, sein Bauch wölbt sich über den Gürtel, und sein Haarschopf flattert in der Brise, die vom Meeresarm herüberweht. Als die Polizeichefin hinter ihm herausgerannt kam, stammelte Lola: »O Gott ... ich glaube, es war ein weißer Ford oder so was! Wir hatten furchtbare Angst!«

Angesichts der Situation, in der wir uns befinden, bin ich ab jetzt Dakeel, ein knapp sechzigjähriger, halb-vietnamesischer Rentner, der als Uber-Fahrer arbeitet, um sich zweimal im Monat eine Reise nach Vegas leisten zu können. Lola ist Martha Tannhouse, mein Fahrgast. Das weiß ich, weil sie sich unter diesem Namen der Polizeichefin vorgestellt hat, die uns mit vorgehaltener Waffe davon abhält, uns zu rühren.

Wie Lola dasteht: breitbeinig, in ihrer steifen grauen Hose, mit ihrem eckigen Oberkörper und ihrem kantigen Kopf mit dem grauen Kurzhaarschnitt. Wie aufeinandergestapelte Betonblöcke.

Heilige Scheiße.

»Wir wissen auch nicht mehr als Sie, Chief. Mein Uber-Fahrer wollte mich gerade hier absetzen, damit ich mir bei Phat Boards um die Ecke ein Paddelbrett ausleihen kann«, behauptet Lola. Sie zeigt den Ausweis vor, auf dem sie Martha Tannhouse ist, Sekretärin bei der Regierungsbehörde BetaGov, eine nachprüfbare, wenn auch falsche Identität. Auch ich bin in einer gefälschten Mitarbeiter-Datenbank innerhalb der cloudbasierten Serverfarm von Uber zu finden. Im Gewirr einer Cloud kann man viele Daten einschleusen und verstecken.

»Warum steht Ihre Heckklappe offen?«, will die Polizeichefin wissen.

»Ich wollte gerade mein Gepäck rausholen. Wir haben diese Frau aus dem Fenster springen sehen, total verrückt! Sehen Sie sich ruhig im Wagen um«, fordert Martha-Lola die Polizeichefin auf. »Dakeel, lassen Sie sie einen Blick in den Bus werfen, ja?«

Wir stehen vor unserem Kleinbus, und die Polizeichefin geht nach hinten zur Heckklappe, die Lola – nicht ich – für Lisa geöffnet hat, nachdem die beiden beschlossen hatten, mich vollkommen zu ignorieren.

Ich sage nichts und tue so, als würde ich kaum Englisch sprechen.

Die Polizeichefin ist nicht dumm, ihr Misstrauen ist absolut berechtigt. Allein schon unsere Aufmachung: ich mit grauer Hose, Lola mit grauer Hose. Und dann halten wir auch noch genau in dem Moment vor der Tür, als Lisa mit gestohlenen Beweismitteln aus einem verdammten Fenster springt. Ich will so schnell wie möglich von hier weg, will sehen, was Lisa mit »Gasse« meinte, will herausfinden, wohin sie gefahren ist und mit wem.

»Das ist alles äußerst dubios. Ich traue Ihnen beiden nicht«, sagt die Polizeichefin.

»Chief, es ist wirklich eine Frau aus dem Fenster dort drüben gesprungen. Sie hat einem Auto, das hinter uns stand, etwas zugebrüllt und ist dann auf der Beifahrerseite eingestiegen, bevor es davonraste. Wir haben uns furchtbar erschrocken, stimmt's, Dakeel?«, fragt Lola.

Ich nicke.

Die Polizeichefin beäugt Lola misstrauisch, taxiert sie regelrecht. Ich bin nur ein Anhängsel, ein Versager, der mit offenem Mund danebensteht – als wäre ich nicht das älteste und ranghöchste Mitglied unseres Teams! In meinem Magen hat sich ein steinharter Klumpen gebildet, und in meiner Kehle brennt lavaartige Säure, obwohl ich an die beruhigende Stimme meiner Frau Sandra denke. Lola und ihre Einfälle! Sie wird Lisa noch umbringen, und wir landen wegen Behinderung der Justiz hinter Gittern. Mit ihrem Misstrauen stiehlt uns die Polizeichefin wertvolle Zeit. Sie durchsucht weiter den Kofferraum, während ich Lola wütend anfunkle. Sie zuckt mit dem linken Nasenflügel und weicht meinem Blick aus, indem sie stattdessen meine Nase fixiert.

Die Polizeichefin schaut jetzt in die Mulde für den Ersatzreifen, und ich halte die Luft an. Sie sucht darin herum, drückt auf den Reifen.

»Hm«, knurrt sie.

Wir haben achtzehn Jahre auf diesen Tag hingearbeitet, und jetzt das!

Heilige verdammte Scheiße.

Lolas Scharade ist totale Zeitverschwendung. Wenn sie mir die Sache überlassen hätte, wären wir längst hier weg und hätten Castile als Unterstützerin auf unserer Seite. Das alles teile ich Lola mit, indem ich wütend die Nasenlöcher blähe und den Kopf schüttle.

»Martha. So heißen Sie doch, oder?«, sagt Castile zu Lola.

»Ja«, antwortet Lola.

»Haben Sie ein Problem damit, wenn ich Ihr Gepäck öffne?«

»Es gehört ganz Ihnen, Chief. Nichts Aufregendes drin, fürchte ich.«

Chief Castile klappt einen schwarzen Rollkoffer auf, der hinten im Bus liegt. Er gehört tatsächlich Lola, aber da sie ihr Dienstabzeichen verdeckt trägt und ihre Waffe unsichtbar in einem Beinholster steckt, wird die Polizeichefin vermutlich lediglich mehrere Garnituren von Lolas einziger Uniform finden: weißes Oberteil, graue Hose, weiße Socken. Der Himmel weiß, was sie darunter trägt. Ich will es gar nicht wissen.

Chief Castile lässt vom Kofferraum ab und tritt wieder zu uns.

»Wo wohnen Sie? Laut Ihrem Ausweis kommen Sie aus DC«, sagt sie zu Lola. »Und warum hat Ihr Uber-Fahrer Sie auf dieser Seite des Gebäudes rausgelassen?«

»Ich wohne im Four Seasons in der Innenstadt. Keine Ahnung, warum er hier gehalten hat. Ich möchte zu Phat Boards, um mir ein Paddelbrett zu leihen. Vielleicht wollte er parken und irgendwo auf die Toilette gehen? Ich weiß es nicht.«

Ich stehe da wie der geistig minderbemittelte Schwachkopf, dessen Rolle mir Lola zugedacht hat.

»Ich habe keine Ahnung, was hier wirklich passiert ist, aber wir brauchen auf jeden Fall eine Aussage von Ihnen beiden. Und Ihre hiesigen Adressen, Telefonnummern, alles. Sie müssen mich bitte nach drinnen begleiten.«

Auf dem Weg zum Gebäude steckt mir Lola unauffällig einen vorbereiteten Ausweis auf den Namen Dakeel Rentower zu, auf dem eine Wohnung und ein Festnetzanschluss in Lowell, Massachusetts, vermerkt sind. Das ist eine der fünf Tarnidentitäten, die wir immer griffbereit haben.

Kurz bevor wir die Tür zur Wache öffnen, melde ich mich zu Wort. In gebrochenem Englisch verkünde ich: »Frau zu Fahrerin gesagt, soll sie zu Haus von ihre Mutter bringen.«

Die Polizeichefin zieht eine Augenbraue hoch und sieht mich erstaunt an. Ihre Augen blitzen wütend auf, dann befiehlt sie ihrem Deputy mit einer Mischung aus Dringlichkeit und Widerwillen, uns hineinzubringen und unsere Aussagen aufzunehmen. Kaum hat er genickt, eilt sie im Laufschritt zu ihrem protzigen, militärisch anmutenden SUV. Reiche Kleinstadt.

Im Inneren der Wache redet Lola den armen Deputy an die Wand. Sie wirft mit halbgarem juristischem Jargon um sich, um zu verhindern, dass wir unsere privaten Telefonnummern herausrücken müssen. Dazu sei ein richterlicher Beschluss nötig. Sie gibt vor, um unsere Privatsphäre besorgt zu sein, und behauptet hartnäckig, wir seien nur unschuldige Augenzeugen, die gegen ihren Willen in diese »verrückte Scheiße« hineingezogen wurden.

So verstreicht noch eine elende halbe Stunde.

Endlich werden wir entlassen. Nachdem wir wieder in den Kleinbus gestiegen sind, würde ich am liebsten quer über die Gangschaltung greifen und Lola erwürgen.

»Verdammt noch mal! Wie konntest du? Was hast du dir dabei gedacht?«, stoße ich hervor, während wir ausparken und auf die Gasse zusteuern. Ich blicke in den Rückspiegel und kann keine Streifenwagen entdecken, die uns folgen. Chief Castile scheint noch immer im Haus von Lisas Mutter zu sein, genau wie der Großteil ihrer Mannschaft und die Beamten der State Police. Nur der Deputy hält auf der Wache die Stellung.

»Reg dich ab, Boss. Du weißt genau, dass uns gar keine andere Wahl bleibt, als den Plan durchzuziehen«, erwidert Lola.

Sie hat mich schon immer Boss genannt, tut es auch jetzt noch, obwohl ich inzwischen Berater im Privatsektor bin und sie immer noch Special Agent im Regierungsdienst. Die Anrede ist ein Überbleibsel aus der Zeit, als ich ihr Vorgesetzter beim FBI war.

»Du hast ihr grünes Licht gegeben, nachdem ich den Plan abgeblasen habe? Du hast dich verdammt noch mal über mich hinweggesetzt, Lola! Und begehst skrupellos Behinderung der Justiz, ohne mir vorher auch nur einen fragenden Blick zuzuwerfen? Du tust einfach, was auch immer du willst, nicht wahr, Lola?«

»Wir haben volle Rückendeckung von meiner Abteilung, Liu. Du brauchst also keine Angst vor eventuellen Anklagen zu haben.«

»Deine Abteilung hat keine Ahnung, was wir hier machen. Lisas Mutter wurde ermordet, verdammt! Die Sache muss abgeblasen werden. Sofort. Ermordet, Lola!«

»Ich weiß, ich weiß.« Sie schließt die Augen und wiegt zwei Atemzüge lang den Kopf hin und her. »Boss, das macht es doch nur umso wichtiger, dass wir diese Leute aus dem Verkehr ziehen. Wir haben Rückendeckung. Meine Abteilung wird uns hinterher rauspauken, versprochen. Jetzt fahr weiter, halt in der Gasse an, fahr anschließend zur Mariana Kirche, bleib auf Kurs. Wir müssen sicherstellen, dass Velada noch da ist und Lisa unterstützt.«

»Oh, Mann, du kapierst es einfach nicht, oder? Du weigerst dich, es zu kapieren. Wir beenden die Sache, Lola. Unsere wichtigste Aufgabe besteht jetzt darin, Lisa zu finden und sie da wieder rauszuholen. Wie kannst du nur so … Es ist deine Schuld, wenn sie bei der Geschichte draufgeht!«

»Fahr weiter, Boss«, wiederholt sie, und mir entgeht nicht, dass ihre Hände zittern. Sie klemmt sie sich kurzerhand unter den Hintern.

Wir begleiten Lisa nun schon seit jenem Tag vor achtzehn Jahren, als wir sie aufspürten und zu ihrer Rettung beitrugen. Sie ist für uns wie eine Tochter. Wir haben beide Angst, sind beide wütend.

Ich schüttle den Kopf und fahre die Gasse entlang, werde langsamer, halte an. Lola springt aus dem Bus und sucht die rechte Seite ab, wo Lisa als Beifahrerin saß. Fünfzehn Sekunden später ist sie mit den gestohlenen Beweismitteln wieder zurück: dem iPhone von Lisas Mutter und einem Notizheft.

Lola und ich reden nicht miteinander, während sie den Zugangscode des Handys eingibt: Vanty33. Ich gebe Gas, um mich auf der Hauptstraße von East Hanson in den Verkehr einzureihen, und überlege, ob ich abrupt das Lenkrad herumreißen soll, damit Lola das Gleichgewicht verliert und ans Beifahrerfenster geschleudert wird. Damit sie sich den Kopf stößt, damit ihre Wange aufplatzt.

Aber ich tue es nicht. Werde es nicht tun. Würde es nie tun.

Denn letzten Endes spielt es keine Rolle, wie wütend ich auf Lola bin, mit der ich schon mindestens dreitausend Streits ausgefochten habe. Wie nervenraubend sie auch sein kann, für mich ist sie dennoch die Größte. Sie hat so schreckliche Dinge erlebt, sich in derart gefährliche Situationen begeben, dass ich dieser Frau alles nachsehe, selbst wenn ich sie manchmal, wie jetzt gerade, aus dem fahrenden Auto stoßen und zusehen möchte, wie ihr kantiger, untersetzter Körper eine Böschung hinunterkullert und eine Delle in der Erde hinterlässt. Ich haue aufs Lenkrad. »Verdammt, Lola. Verdammt! Wir blasen die Sache ab.«

Sie sagt nichts, scrollt ungerührt weiter durch das iPhone. Das Notizheft liegt auf ihrem Schoß.

Tja, denke ich, so ist das nun mal, wenn die eigene langjährige Partnerin ein unbelehrbarer Sturkopf ist, eine verbohrte Schnüfflerin, die keine einzige verdammte Regel befolgt. Diese Frau würde alles, buchstäblich alles tun, um Kinder und junge Frauen zu retten. Ich rede mir ein, dass so etwas wohl jeder kennt, der in der Strafverfolgungsbranche arbeitet. Insgeheim weiß ich jedoch, dass es nicht so ist, denn Lola ist eine absolute Ausnahmeerscheinung. Ich mag höherrangig gewesen sein, als wir noch beide beim FBI waren, mag einige Jahre ihr direkter Vorgesetzter gewesen sein, doch die Mutigere von uns beiden ist Lola, immer schon gewesen. Es beunruhigt mich zutiefst, dass ihre Hände zittern, befeuert meine Angst und meine Wut, dass auch ihr offenbar zum Fürchten zumute ist. Jede Entschlossenheit, die ich einmal empfunden haben mag, die Sache durchzuziehen und diese Monster aus dem Verkehr zu ziehen, gerät dadurch ins Wanken.

Lola darf nicht zittern. Lola ist der Granitblock in unserem Team, der Fels in der Brandung.

Ein Beispiel für ihren Mut und ihre Hartnäckigkeit ist die Tatsache, dass sie zwei lange Jahre im Untergrund gearbeitet und dabei so viel über das Hummerbecken herausgefunden hat, wie es uns davor und danach nie wieder gelang. Der Tag, an dem sie uns verriet, was sie zutage gefördert hatte, war der sechstschlimmste Tag in meinem Leben – der schlimmste war der, als ich die Entführung meines eigenen Bruders nicht verhindern konnte, der zweit-, dritt- und viertschlimmste waren seine drei versuchten Selbstmorde, und der fünftschlimmste war der Tag, als wir Lisa und Dorothy fanden und Dorothy verloren. Ich wünschte, ich könnte sämtliche Einzelheiten über das Hummerbecken, die Lola uns an jenem Tag eröffnete, wieder aus meinem Gedächtnis löschen. Jeder, der das Geschehen in diesem Hummerbecken als Zuschauer verfolgt, versündigt sich zutiefst.

KAPITEL SIEBEN

Roger Liu, Special Agent im Ruhestand
Das Hummerbecken

Nachdem Lisa vor achtzehn Jahren auf dem Parkplatz des Gerichts in Indiana von einer jungen Frau angesprochen worden war, die sich Velada nannte und verbrannte Füße hatte, erzählte sie Lola und mir von der Begegnung und lieferte einem Phantomzeichner des FBI (wir mussten Lisa schwören, dass er vertrauenswürdig war und der Einzige, den wir mit hineinziehen würden) eine detaillierte Beschreibung. Zusätzlich besorgten wir uns die Aufnahmen der Überwachungskameras im Gerichtssaal, da die genannte Velada zugegeben hatte, dem Prozess verkleidet beigewohnt zu haben. Obwohl wir Fotos von Ausreißerinnen, Entführungsopfern und Prostituierten wälzten, fanden wir keine Übereinstimmung. Nichts. Wir schickten ein Team, das nichts über die Hintergründe unserer Suche wusste, mit dem Phantombild und den Gerichtsfotos los. Der gestohlene grüne Transporter, in dem Velada davongefahren war, wurde ausgebrannt an einem Flussufer in Indiana gefunden, zwischen dem Stützpfeiler einer Highway-Brücke und einem Dornbusch, der mit zusammengeknüllter Damenunterwäsche dekoriert war, als handle es sich um Christbaumschmuck. Auch der Name »Velada« war nirgendwo in unseren Datenbanken zu finden. Wir vermuteten ohnehin, dass die junge Frau diesen Namen bei ihrem Gespräch mit Lisa spontan erfunden hatte. Und standen mit leeren Händen da.

Insgeheim befürchtete ich, dass Lisa unter einer posttraumatischen Belastungsstörung oder den Nachwirkungen einer Gefängnispsychose leiden könnte, dass die Frau mit dem Schmetterlings-Tattoo vielleicht nur ein Fantasiegespinst war. Trotzdem suchten wir weiter. Zum Glück.

Das von Velada erwähnte Hummerbecken, das angeblich mit ihren verbrannten Füßen in Verbindung stand, erbrachte keinerlei Treffer beim Abgleich mit sämtlichen jemals archivierten FBI-Berichten. Auch die Archive der State Police von Indiana gaben nichts her. Im Laufe der Jahre wurden immer mehr behördliche Unterlagen digitalisiert, und so suchten wir weiter nach der wahren Identität der jungen Frau sowie möglichen Hinweisen auf ein Hummerbecken. Vergeblich.

Auch von der Untergruppierung, die Lisas und Dorothys Entführung eingefädelt hatte, waren keine Hinweise zu erwarten: Einer der Haupttäter war tot, der Anführer der Gruppe, Brad, im Gefängnis und nicht gewillt, mit uns zu reden – auch nicht, als ihm im Gegenzug eine kürzere Haftstrafe in Aussicht gestellt wurde –, und die übrigen Involvierten waren ahnungslose Marionetten, die man im Ungewissen gelassen hatte. Die Tatsache, dass Brad keinerlei Informationen herausrückte und nicht einmal vor Mitinsassen mit seinen Taten prahlte (wir hatten unsere Informanten im Gefängnis), verriet uns, dass es um seine Gunst bei den höheren Tieren nicht zum Besten stand. Sie konnten ihn um die Ecke bringen lassen, wann immer sie wollten, und mir gefiel der Gedanke, dass Brad in ständiger Angst lebte. Aber natürlich brachte uns das keinen Schritt weiter.

Dennoch: Irgendwo musste es Informationen über das Hummerbecken geben. Informationen, die im Untergrund kursierten. Die nie in offiziellen Dokumenten auftauchten.

Da Velada erzählt hatte, sie sei als Sexsklavin gefangen gehalten worden, konzentrierten wir uns aufs Rotlichtmilieu. Unter verschiedenen falschen Identitäten schnüffelten Lola und ich ein halbes Jahr lang in den Clubs, heruntergekommenen Motels, Bordellen, Straßenecken und Casinos des Landes herum. Nichts.

Bis zu einem ganz bestimmten Tag – dem Tag, als Lolas Abstieg in die Unterwelt begann.

Wir frühstückten gerade in einem Diner, wie wir es auch heute noch oft tun. Das war im Frühjahr 1994. Es handelte sich um einen klassischen, altmodischen Diner, der wie ein Straßenbahnwaggon aussah und unter dem Highway 93 in Boston zu finden war. Ein trauriges, nach vorn gekipptes Automatenpferdchen mit abblätternder Farbe wartete vor der Tür auf Kinder mit Vierteldollarmünzen. Im Inneren des Diners roch es nach moderigen Lappen und sumpfigem Wischwasser. Zum Glück vergaß man den hin und wieder vorbeiwabernden Toilettengeruch, sobald einem der starke Geruch nach Kaffee in die Nase stieg. Nachdem wir es uns mit einer wärmenden Tasse Kaffee in einer Sitznische bequem gemacht hatten, bestellte ich gemäß meiner damaligen Diätvorsätze ein pochiertes Ei mit trockenem weißem Toast. Lola bestellte buchstäblich alles andere auf der Speisekarte.

»Boss, wofür willst du abnehmen? Um in einen Bikini zu passen?«, fragte sie, während sie nach meiner Brieftasche griff und einen Zehner herauszog. »Ich muss einen Anruf tätigen. Mein Wegwerfhandy ist tot, und deins kann ich für diese Sache nicht gebrauchen.«

»Warum nimmst du nicht dein eigenes Geld?« Ich grapschte ihr meine Brieftasche aus der Hand, als wäre sie eine nervtötende kleine Schwester.

»Weil du der Boss bist. Und der Boss zahlt.«

Lola stand auf, stellte sich breitbeinig hin und schüttelte die Beine aus, als müsste sie sich im zu engen Schritt ihrer grauen Männerhose die nicht vorhandenen Hoden zurechtrücken. Der Rücken ihrer grauen Jacke beulte sich über ihrer im Holster steckenden Waffe.

»Können Sie mir acht Vierteldollarmünzen und acht Dollarscheine für diesen Zehner geben?«, fragte sie unsere Kellnerin und wedelte ihr mit dem Geldschein entgegen. Ich verfluchte Lola innerlich, weil die Frau ihr nun Geld wechseln musste, statt mir Kaffee nachzuschenken. Lola bekam ihr Kleingeld und steckte sich die Dollarscheine, die eigentlich meine waren, in die Tasche.

Nach etwa zehn Minuten kam sie zurück. Inzwischen war unser Essen serviert worden: Meins nahm kaum die Hälfte eines Tischsets ein, Lolas ihre gesamte Seite des Tisches. Sie schlüpfte zurück in die Sitznische und fing an zu reden, noch bevor sie sich über ihr Essen hermachte. Daraus schloss ich, dass es wichtig sein musste.

»Boss, ich hätte da ein wenig Klatsch und Tratsch für dich. Ich sage nur rosa Tanzbär.«

Rosa Tanzbär war ein Insiderbegriff, der immer dann Anwendung fand, wenn Lola und ich es mit bizarren Indizien oder eigenartigen Zufällen zu tun hatten. Ich riss gespannt die Augen auf. Bisher hatte es jedes Mal zur Lösung eines Falls oder zumindest zu einem entscheidenden Kurswechsel geführt, wenn einer von uns den rosa Tanzbären ins Feld führte. Ich legte die Gabel beiseite, setzte mich aufrecht hin und bedeutete ihr nickend fortzufahren.

»Also, dieser Anruf, den ich machen musste – du erinnerst dich doch, dass wir letzten Monat während des Superbowl den damit zusammenhängenden Sexhandel unter die Lupe genommen und nach dem Hummerbecken gefragt haben?«

»Ja, klar, erzähl weiter.«

»Na ja, im Zuge dessen habe ich unter anderem so einen schmierigen, minderbemittelten Typen mit strähnigen Haaren in die Mangel genommen, der in dem fensterlosen Raum unter dem Stadion-Hotel, wo sie die Minderjährigen festhielten, den Boden wischen musste.«

»Du meinst die Bande, die Team Selig hochgenommen hat? Die mit den zehn Mädchen, die aus Kambodscha eingeflogen wurden?«

Lola und ich hatten während des Superbowl im Gegensatz zu Team Selig verdeckt ermittelt, weshalb wir die Verhaftung der Schuldigen und die Rettung der Mädchen den Kollegen hatten überlassen müssen.

»Eben die. Jedenfalls hat sich der Bodenwischer damals die Nummer meines Wegwerfhandys notiert und mir vorhin auf die Mailbox gesprochen, dass ich ihn zurückrufen soll. Anscheinend hat er inzwischen seinen Ecstasy-Dealer auf das Hummerbecken angesprochen, und der meinte, er hätte von einem Kerl gehört, der darauf spezialisiert ist, auf Müllhalden nach Wertvollem zu suchen, und der auf einer Kippe in New Jersey Porno-Videos zutage gefördert hat. Auf den Bändern war angeblich total krankes Zeug zu sehen, teilweise sogar Snuff-Material. Soweit der Dealer gehört hat, war eins der Videobänder mit ›Verbrannter Hummer‹ beschriftet. Was auch immer auf diesem Video zu sehen war, irgendjemand wollte es anscheinend unbedingt wiederhaben, denn der Mülltyp wurde kurz darauf zerstückelt im Delaware River gefunden. Irgendeine lokale Gang hatte die Absicht, die Hütte des Toten zu plündern, bevor die Polizei dort auftauchte, und es heißt, es wäre schon alles durchwühlt gewesen, und das Einzige, was gefehlt habe, sei das geheimnisvolle Hummer-Video gewesen.«

»Heilige Scheiße. Welche Müllkippe war das? Wo in New Jersey? Wie heißt der Dealer von deinem Bodenwisch-Typen?«

Lola hielt für jede Antwort einen Finger hoch. »Keine Ahnung. Keine Ahnung. Den Namen des Dealers wollte er nicht preisgeben. Unser einziger Weg in den Untergrund besteht also darin, der verwesten Spur des Müllwühlers zu folgen.«

»Scheiße. Wir müssen verdeckt ermitteln, unter absoluter Geheimhaltung. In New Jersey«, murmelte ich.

»Ja. Ich arbeite bereits an meiner Tarnung.« Sie schob den Daumen zwischen die Zähne, um an einem Nietnagel herumzukauen. Ihre Fingerspitzen waren schon ganz weiß und durchweicht, sahen aus wie Radiergummis. »Die Zentrale muss uns so schnell wie möglich grünes Licht für die verdeckte Ermittlung geben. Also iss dein Magerfrühstück zu Ende und kümmere dich um den entsprechenden Papierkram.« Obwohl sie bereits zwei Portionen gebutterten Toast verdrückt hatte, schnappte sie sich auch noch meine letzte Scheibe Weißbrot ohne Butter und biss wie ein zuschnappender Alligator die Mitte heraus.

Ich weiß nicht, was Lola alles tun oder sagen musste, in welche Rollen sie schlüpfen, welche Lügen sie erzählen, welche notwendigen Betrügereien sie durchziehen musste, um das Vertrauen des schlimmsten vorstellbaren menschlichen Abschaums zu gewinnen. Keine Ahnung, was sie als

Türsteherin verschiedener Bordelle alles mit ansehen musste. Sie weigert sich, darüber zu sprechen. Ich weiß nur, dass sie hin und wieder aus dem Untergrund auftauchte, um uns mitzuteilen, dass sie der Sache immer näher komme. Ein paarmal war sie kurz davor, alles hinzuschmeißen, aber dann tauchte sie, die unermüdlichste Soldatin auf dem Schlachtfeld, doch wieder in die Hölle ab. Einmal sagte sie zu mir, bevor sie in einer dunklen Gasse verschwand: »Liu, bei alldem, was ich dort unten gesehen habe – wie diese Ungeheuer Frauen und Kindern die Seele rauben, sie süchtig machen nach allen möglichen Drogen, ihre Körper wieder und wieder verkaufen –, werde ich garantiert nicht eher ruhen, bis wir sie alle zur Strecke gebracht haben.« Immer wieder versorgte sie mich mit Informationen über kleinere Zellen, über Sekten und Bundesstaat-übergreifende Zuhälter, damit ich dafür sorgen konnte, dass das FBI oder die Gesetzeshüter vor Ort sie hochgehen ließen. Dabei behielt sie jedoch stets die Nase am Boden, verlor ihre Spur keinen Moment aus den Augen, schnüffelte nach allem, was mit dem Hummerbecken oder dem geheimnisvollen Video zu tun hatte.

Zwei Jahre später, also zweieinhalb Jahre, nachdem Velada Lisa gewarnt hatte, rief Lola mich und Lisa an. Wir sollten zu ihr in ein Hotelzimmer kommen, das sie in der Nähe von Lisas College, dem Massachusetts Institute of Technology, gemietet hatte. Lisas Sohn Vanty war zu dem Zeitpunkt fast drei Jahre alt und mit seinem Kindermädchen zu Hause in New Hampshire, wo er darauf wartete, dass seine emotionslose Mutter ihre Studien für den Tag beendete, nach Hause fuhr und mit ihm spielte – was Lisa jeden Tag mit der Präzision eines Leibgardisten des Buckingham Palace tat.

Lola hatte sich im Four Seasons eingemietet, in einem Luxuszimmer mit schweren goldblauen Vorhängen, was so untypisch für sie war, dass ich befürchtete, sie hätte durch die Arbeit im Untergrund den Verstand verloren. Ich sagte vorerst nichts dazu, nahm mir jedoch vor, das Thema zu einem geeigneteren Zeitpunkt unter vier Augen anzusprechen.

An jenem Tag hätte man sich auf dem Kingsize-Hoteldoppelbett ausstrecken und den Ausblick über den sommerlichen Boston Common genießen können. Der Park leuchtete sattgrün wie ein Regenwald und war mit farbenfrohen Blumeninseln gesprenkelt, als hätte Jackson Pollock seinen Pinsel in Pastelltöne getaucht und ihn schwungvoll über dem leuchtenden Grün des Parks geschwenkt.

Zimmer und Aussicht bildeten einen eigenartigen Kontrast zu unserer düsteren gemeinsamen Vergangenheit und dem heutigen Anlass.

Lola öffnete mir und Lisa in einem dicken weißen Frotteebademantel mit Four-Seasons-Logo die Tür. Ich war schockiert. Es war das erste und einzige Mal, dass ich Lola ohne ihre Uniformierung als langweilige FBI-Agentin oder ihre Tarnkleidung als Bordell-Türsteherin sah.

Wie erwartet, verkündete sie bei unserem Eintreten: »Boss, dieses Zimmer bezahlst übrigens du.« Als ich nichts entgegnete – es ärgerte mich maßlos, wie selbstverständlich sie davon ausging, dass sie die Rechnung dem FBI schicken und mich dadurch zwingen konnte, die Kosten irgendwie zu rechtfertigen –, fügte sie hinzu: »Und diesen Bademantel auch.«

Ich erkannte die Lola, die da vor uns stand, nicht wieder. Sie strich mit unverhohlenem Vergnügen über den Aufschlag des Bademantels und dachte dabei offenbar an jemand ganz Besonderen. Ich bekam es mit der Angst zu tun.

Doch Lolas kurze Verwandlung in ein normales menschliches Wesen war im Handumdrehen wieder beendet. Sie schnaubte abfällig und knurrte: »Jetzt kommt endlich rein. Ihr werdet nicht glauben, was für eine kranke Scheiße ich für euch habe. Das müsst ihr euch ansehen.«

Lisa, die sich hinter Lola und mir ins Zimmer geschoben hatte, schnappte sich ein Snickers aus der Minibar und starrte mich ausdruckslos an, was ihre Art war, mir mitzuteilen, dass ich hierfür ebenfalls bezahlen würde.

»Mutter klaut in Hotels immer Bademäntel«, teilte sie Lola mit.

»Aha«, erwiderte Lola, und die beiden sahen sich an und nickten, als wollten sie beinharten Frauen, die in Hotels Bademäntel mitgehen ließen, Respekt zollen.

Wenn ich heute, viele Jahre später, an diesen eigentlich nebensächlichen Moment zurückdenke, weiß ich aufgrund meines hyperthymestischen Syndroms noch exakt, wie lange das anerkennende Schweigen zwischen den beiden Frauen im Four-Seasons-Hotelzimmer andauerte, sehe noch genau ihre feierlich dreinblickenden Augen vor mir, ihr viermaliges, in gleichmäßigen Abständen erfolgendes Nicken. Damals ging es um Hotelbademäntel, und Lisas Mutter lebte noch, doch aus heutiger Sicht und mit Wissen um ihre Ermordung wird der Moment gespenstisch prophetisch, ein vorweggenommener Augenblick der Stille und der Trauer.

Als ich damals mit der emotionslosen Lisa und der ruppigen Lola in jenem Hotelzimmer festsaß, sehnte ich mich nach der liebevollen Art meiner Frau Sandra und rief mir in Erinnerung, dass ich bald in Frührente gehen würde.

Seit wir Lisa Yyland und Dorothy Salucci gefunden hatten, schlug ich mich ohnehin nur noch mit Papierkram herum, wälzte unaufgeklärte alte Fälle und unterstützte Lola bei ihrer Untergrundarbeit.

Lola schnipste mit ihren Fingern vor meinem Gesicht herum, um mich dazu aufzufordern, mich zu setzen und ihrer Präsentation beizuwohnen.

»Ich weiß jetzt, was das Hummerbecken ist. Ihr werdet es nicht glauben. Diese junge Frau, die dich gewarnt und dir geraten hat, für den entscheidenden Moment, bereit zu sein, Lisa ... Tja, ich wüsste nicht, wie du für so etwas bereit sein solltest«, sagte sie als Einführung.

Lisa und ich mussten uns beeilen, uns hinzusetzen, denn sie trat ohne Umschweife an einen Videorekorder, der auf dem Röhrenfernseher des Hotelzimmers stand. Lisa machte es sich rasch in einem gemütlichen, mit tropischen Vögeln bedruckten Polstersessel bequem, und ich nahm mit dem harten Holzstuhl vor dem Schreibtisch vorlieb.

»Die Qualität des Videos ist eine Katastrophe. Einer meiner Spitzel, ein Kerl, der Mädchen durch ein System aus unterirdischen Tunneln, Geheimgängen und Kanalwegen von einem Hafen in Philadelphia nach Newark, New Jersey, schmuggelt, hat es in einem Raum aufgenommen, in dem er eigentlich nichts zu suchen hatte. Als er auf eine Videokassette mit der Aufschrift ›Verbrannter Hummer‹ stieß, spielte er sie auf einem Fernsehgerät ab und ließ heimlich einen Camcorder mitlaufen. Noch nie in meinem ganzen Leben habe ich etwas Vergleichbares gesehen. Ja, Boss, ich weiß, dass du eine Million Fragen zu diesem Spitzel und dem Raum und dem Besitzer des Originalvideos und den Metadaten auf dem Band hast, aber das sind leider alles Sackgassen, die uns nicht weiterbringen.« Sie hob die Hand, um meine Fragenflut im Keim zu ersticken. »Warte bitte und schau dir das an. Wie gesagt: Es ist das Schlimmste, was ich je gesehen habe.«

Angesichts der Tatsache, dass Lola und ich schon zerfleischte Leichen, verkohlte Leichen, Wasserleichen und ausgeweidete Leichen gesehen hatten, dass wir einem sechzehnjährigen Mädchen dabei zusehen mussten, wie es starb, während es ein Baby zur Welt brachte, das ebenfalls nicht durchkam, wappnete ich mich, indem ich die Finger fest in den lackierten Holzstuhl krallte. Ich konnte mir beim besten Willen nicht vorstellen, was das Schlimmste sein sollte, das Lola je gesehen hatte.

Lisa nahm ungerührt einen Bissen von ihrem Snickers.

Das Video begann abrupt, und ein verschwommener gelblicher Raum erschien auf dem Bildschirm. Keine Fenster. Offenbar startete die Aufnahme mitten im Geschehen. Lola drückte auf Pause. »Das ist nicht der eigentliche Anfang. Seht ihr, dass die Kameraperspektive erst gerade und ruhig ist und dann wackelig wird und nach oben steigt? Die Person, die gefilmt hat, hat die Kamera offenbar eine Weile auf dem Bett abgelegt und sie dann wieder hochgenommen. Mein Spitzel sagt, dass er leider nicht alles mit dem Camcorder aufnehmen konnte.«

»Mach weiter«, forderte ich sie auf.

Lisa schloss sich mir mit einem Nicken an. Lola drückte auf Play.

Die filmende Person schien mit dem Rücken an einer nicht sichtbaren Wand zu stehen, und in der Mitte des Bildes befand sich ein mit weißen Laken bezogenes Doppelbett. Es war kein Bettrahmen erkennbar, der uns hätte helfen können, den Kaufort des Bettes zu ermitteln. Die Ecke eines offenbar großen, rechteckigen Spiegels war am

Fußende des Betts neben der Tür zu sehen. Da die Person mit der Kamera jedoch parallel dazu filmte, gab es kein Spiegelbild, das sie hätte identifizieren können. Etwa zehn Sekunden lang passierte nichts in dem stillen, leeren, gelblichen Raum. Dann schwenkte die Kamera zur Seite und nach oben, woraufhin die Wand oberhalb des Kopfendes des Bettes sichtbar wurde. Aus dieser Wand ragte ein grob gearbeitetes Glasgehäuse hervor, das knapp zwei Meter hoch und – aus dieser Perspektive schwer zu erkennen – etwa einen halben Meter tief sein musste. Die Kamera verharrte auf der Mitte des Glasbehälters. Darin stand eine nackte junge Frau asiatischer Herkunft. Dass sie schrie, war auf dem Video nicht zu hören, jedoch an ihrem offenen Mund zu erkennen. Die Decke des Raums war ungewöhnlich hoch, vom Boden aus geschätzte vier Meter.

Die Kamera schwenkte schnell zu der Wand am Fußende des Bettes, allerdings nahm sie nur die Tür ins Visier, sodass uns der Spiegel immer noch keine Informationen lieferte. Zwei Personen betraten den Raum: ein riesiger Mann mit einer schwarzen Stoffmaske über dem Kopf und ein weiteres nacktes Mädchen, das er in den Raum hineinstieß. Ihre Arme waren hinter ihrem Rücken gefesselt und ihr Mund mit Klebeband verschlossen. Das Gesicht des Mannes war durch die Maske nicht zu erkennen, er selbst konnte jedoch offenbar hindurchblicken.

Lola drückte erneut auf Pause. »Den Rest wollt ihr nicht sehen. Ich erkläre es euch. Mir war nur wichtig, dass ihr den Glasbehälter seht, das Hummerbecken.«

Meine Schultern versteiften sich, und Übelkeit stieg in mir auf. Ich wusste, dass das weitere Geschehen schlimm sein musste, sonst hätte Lola die Vorführung nicht abgebrochen, um uns zu schonen.

»Spiel es weiter ab«, sagte Lisa und zeigte mit ihrem halb gegessenen Snickers auf den Bildschirm.

Ich holte tief Luft. Auch ich wusste, dass wir uns alles anschauen mussten, um für den Ernstfall gewappnet zu sein.

Lola drückte auf Play.

Der maskierte Mann wandte sich dem Mädchen im Glasbehälter zu. Mit tiefer, grollender Stimme sagte er abgehackt und wie in Zeitlupe: »Du. Kennst. Die Regeln. Der. Prüfung. Wenn du uns nicht zusiehst. Füllt sich. Das Becken. Mit Bleiche. Wenn du zusiehst. Stirbt sie. Keine Bleiche. Du entscheidest, wem das Geschenk. Zuteilwird. In Eminenz zu leben.«

Lola drückte wieder auf Pause. »Ich denke, wir sollten hier abbrechen.«

»Nein, mach weiter«, drängte Lisa, die nun dicht vor dem Fernseher kniete und mit den Fingern den Umriss des Spiegels nachfuhr. »Das ist übrigens nicht Velada dort im Glaskasten. Sie ist auch nicht das nackte Mädchen, das hereingestoßen wurde«, teilte sie uns mit. »Für den Fall, dass ihr euch das gefragt habt.«

»Ich nicht. Mir war klar, dass sie keine von beiden sein kann«, erwiderte Lola düster.

Lisas Blick schoss zu der Fernbedienung in Lolas Hand.

Lola drückte auf Wiedergabe. »Also gut. Ihr wolltet es so. Was jetzt kommt, ist schrecklich. Schlimmer geht es nicht«, warnte sie.

Nachdem der verhüllte Mann das Mädchen im Glaskasten an die Spielregeln erinnert hatte, stieß er das gefesselte und geknebelte nackte Mädchen aufs Bett und knotete seinen schwarzen Bademantel auf. Während er anfing, sie trotz ihrer beherzten Proteste anal zu penetrieren, hielt er sie mit seinen muskulösen Armen im Würgegriff. Ich konnte keinerlei Tätowierungen an den Stellen seines Körpers erkennen, die nun nicht mehr vom Bademantel bedeckt waren – also an seiner Vorderseite von der Brust abwärts bis zu den Füßen. Und glauben Sie mir, ich habe das Video seither unzählige Male Einzelbild für Einzelbild analysiert.

Das Geschehen auf dem Bett wurde unterbrochen, als der maskierte Mann mit dem offenen Bademantel seinen Oberkörper dem Glaskasten zudrehte und brüllte: »Du. Machst die. Augen zu. Bleiche!«

Eine klare Flüssigkeit lief in zwei seitlichen Strömen von oben in den Glaskasten und bedeckte bald die sich windenden Füße des nackten Mädchens. Sie versuchte verzweifelt, an den Wänden hinaufzuklettern, rutschte jedoch immer wieder zurück in die Bleiche.

Außerhalb des sichtbaren Kamerabereichs rief der verhüllte Mann: »Stopp!« Die Ströme versiegten. »Lass. Deine. Augen. Offen.« Die Kamera schwenkte zurück zu ihm und dem Bett und filmte erneut, wie er das geknebelte Mädchen vergewaltigte und würgte. Er lockerte seinen Würgegriff für eine Sekunde, und während sein Opfer keuchend nach Luft rang, beugte er sich hinab, um ein Fleischermesser unter der Matratze hervorzuziehen. Nachdem er die Klinge am obersten Halswirbel des Mädchens angesetzt hatte, drehte er den Oberkörper wieder zum Glaskasten.

»Bleiche!«, schrie er und hob das Messer über dem Nacken des Mädchens in die Luft.

Der Glaskasten füllte sich mit noch mehr Bleiche, diesmal reichte sie bis an die Oberschenkel des darin gefangenen Mädchens.

»STOPP! Du behältst jetzt. Die Augen. Offen. Also. Keine Bleiche mehr!«

Er drehte das geknebelte Mädchen unsanft auf den Rücken, sodass ihre gefesselten Arme nun unter ihrem Körper lagen. Während er begann, sie von vorn zu vergewaltigen, hörte sie allmählich auf, sich zu winden und nach ihm zu treten. Ihr Körper war erschlafft, doch ihre Augen waren panisch aufgerissen und starrten ihn an. Plötzlich hob er das Messer über ihre Brust und stieß es tief in ihr Herz. Blut schoss in die Luft, als er die Klinge herauszog. Er drehte sich zum Glaskasten.

»Bleiche!«, rief er. Dieses Mal ging die Bleiche bis zum Kinn des Mädchens. Die Körperteile, die der ätzenden Flüssigkeit bereits am längsten ausgesetzt waren, begannen sich rot zu färben.

Lola drückte auf Pause. »Ich glaube, deshalb nennen sie das Ganze Hummerbecken. Weil die Haut durch die Bleiche rot anläuft.«

»Dieser Theorie stimme ich zu«, sagte Lisa. »Ich habe genug gesehen. Ich brauche unbedingt eine Kopie des Videos. Wir kopieren es an meinem College. Ich habe dort eine Verbündete an der Fakultät für audiovisuelle Medien.«

Eine Verbündete. Typisch Lisa.

Lisa stand auf, legte eine Hand an ihr Kinn und marschierte grübelnd im Kreis herum. Sie ging zum Standbild auf dem Fernsehbildschirm, das die Mitte des Glaskastens mit dem Mädchen darin zeigte, nicht dessen Ränder. Nur ein winziges Stück der oberen Kante war sichtbar. Lisa maß diese Kante mit den Fingern ab, als hätte sie ein Lineal in der Hand.

»Der Glaskasten ist nicht gerade. Er wurde entweder schief angebracht oder von vornherein schief gebaut«, murmelte sie. »Ich werde versuchen, ihn noch genauer unter die Lupe zu nehmen. Schade, dass wir keine gute Aufnahme von den Rändern haben.« Sie hob den Blick zu mir und erklärte: »Ich gehe jetzt mal rein theoretisch davon aus, dass ich mich darauf vorbereiten muss, nackt, also ohne jegliche Hilfsmittel, aus einem selbst gebauten Glaskasten voller Bleiche zu flüchten. Diese Flucht muss schnell vonstattengehen, bevor er das andere Mädchen, wer auch immer es sein wird, vergewaltigt und umbringt. Und danach muss ich ihn unschädlich machen, dabei seinem Messer ausweichen und mich und das andere Mädchen aus dem Raum befreien. Und wir müssen das alles auf eine Art und Weise bewerkstelligen, die es uns erlaubt, diese Leute auf frischer Tat zu ertappen, damit sich kein Einziger von ihnen einer Strafverfolgung entziehen kann. Velada hat von mächtigen Kunden gesprochen, es muss also Auftraggeber für diese kranke Show geben, die offenbar ebenfalls vor Ort sind. Sonst hätte Velada nicht betont, dass wir sie in flagranti ertappen müssen. Also, wo halten sich diese Leute auf?« Ihr Tonfall war sachlich, ohne jedes Anzeichen von Angst oder Zweifel. Sie schien gar nicht auf die Idee zu kommen, dass ich irgendwelche Einwände haben könnte. So viel hatte ich Lisa noch nie am Stück reden hören.

»Lisa …«, setzte ich an.

Sie hob die Hand, um mich zum Schweigen zu bringen. »Liu, wir schnappen uns diese Arschlöcher und machen sie fertig«, sagte sie.

Ich schüttelte den Kopf. »Darüber müssen wir reden. Darüber werden wir reden.«

Als Antwort blickte Lisa zu Lola. Keine der beiden Frauen sagte ein Wort.

Wir nahmen das Video tatsächlich mit ins Massachusetts Institute of Technology und ließen eine Kopie davon machen. Diesen Schritt rechtfertigte ich damit vor mir selbst, dass Lisa womöglich Details entdeckte, die uns entgingen, oder dass sie vielleicht schon entführt wurde, bevor ich die ganze Sache stoppen konnte. Dann musste sie bereit sein. Ich fuhr sie sogar selbst zum MIT, und wenn ich ganz ehrlich bin, war das meine indirekte, unausgesprochene Einwilligung in den Plan, mit dem wir es heute zu tun haben.

Natürlich hätten Lola und ich derartiges Beweismaterial niemals einer Zivilperson anvertrauen dürfen, schon gar nicht einer Collegestudentin, die drei Jahre zuvor als schwangerer Teenager entführt worden war. Doch was Lisa Yyland betraf, hatten wir längst alle Regeln über Bord geworfen. Ich gab ohnehin nicht viel auf offizielle Dienstwege. Seit ich es als Dreizehnjähriger nicht geschafft hatte, meinen kleinen Bruder aus den Fängen menschlicher Ungeheuer zu retten, trieb mich das unstillbare, mit den Jahren immer stärker werdende Verlangen an, Verbrechern und Bösewichten das Handwerk zu legen, koste es, was es wolle. Und Lola? Tja, Lola ist Lola. Sie hat ihre eigenen Beweggründe.

Um den Rest des Videobandes zusammenzufassen: Das Mädchen aus dem Glaskasten wird später mit von den Zehen bis zum Kinn verätzter Haut in den Raum geschleift. Wir erklärten sie daraufhin für tot, genau wie unsere Kollegen aus der entsprechenden Fachabteilung des FBI. Auch das geknebelte, vergewaltigte und erstochene Mädchen war eindeutig tot. Wir fanden nie Hinweise darauf, wer der vermummte Mann war, wer das Ganze gefilmt oder wer die Bleiche ins Becken gegossen hatte. Wir entdeckten keine Tätowierungen und fanden auch nie die Leichen der getöteten Mädchen. Keine Geräusche im offenbar schallisolierten Raum lieferten den Tonexperten Anhaltspunkte für die Umgebung.

Wir spürten jeden möglichen Hersteller für Glasbehälter auf, für Aquarien und Terrarien, und zeigten ihm Standbilder des Hummerbeckens, von denen wir vorher selbstverständlich das Mädchen entfernt hatten. Sie alle beteuerten, es stamme nicht von ihnen. Man war sich darin einig, dass es sich um eine höchst eigenartige Spezialkonstruktion handelte, wahrscheinlich in irgendeiner Scheune zusammengeklebt oder -geschweißt. Wegen der Unschärfe der Bilder und der wackeligen Kameraführung konnten die Hersteller nicht einmal zweifelsfrei bestimmen, ob das Gebilde tatsächlich aus Glas war oder aus einem anderen Material. Auch die Dicke der Scheiben ließ sich nicht ermitteln.

Selbst die Videoanalysten im FBI-Hauptquartier konnten nichts finden, was uns hätte weiterhelfen können. Da es sich nicht um ein Originalvideo, sondern um Material handelte, das mit einem Camcorder von einem Fernseher abgefilmt worden war, und da die Videokassette konventionell und überall erhältlich war und man zudem die Chargennummer abgekratzt hatte, erbrachte auch die kriminaltechnische Untersuchung nichts. Der Spitzel, der die Aufnahme gemacht hatte, war spurlos verschwunden. Wir hatten nichts vorzuweisen. Was Lisa Yyland allerdings nicht davon abhielt, die Details jedes Einzelbilds ihrer Kopie genauestens zu studieren, all die Jahre lang bis zum heutigen Tag.

Lola und ich biegen auf den Highway ein und fahren auf der Route 128 Richtung Süden, nehmen Kurs auf die

Mariana Kirche in Boston. Das ist der Ort, an dem wir uns »um Velada kümmern« sollen, uns vergewissern sollen, dass sie als Unterstützung für Lisa bereitsteht. Da Lisa gerade überall sein könnte und vielleicht noch gar nicht zum Durchführungsort des Plans unterwegs ist, ist die Mariana Kirche vorerst unser einziger konkreter Anlaufpunkt. Lola sitzt neben mir und ruft verschiedene E-Mails von Lisas Mutter auf, wobei sie etwas von chronologischer Abfolge und Daten vor sich hin murmelt.

»Boss, der früheste Eintrag im Notizheft, der etwas mit dieser Sache zu tun zu haben scheint, stammt von vor einer Woche. Dort steht: ›E-Mail von unbekannter Person erhalten. Ich soll im Krankenhaus nach Rasper sehen.‹ Also habe ich ihre E-Mails von vor einer Woche nach ›Rasper‹ durchsucht. Die Mail, die ich gefunden habe, wurde von der Adresse VVVVVie@gmail.com verschickt. Darin steht: ›Sie kennen mich nicht, aber ich kenne Sie. Sie haben ehrenamtlich ein Menschenhandelsopfer vertreten, von dem ich gehört habe. Suchen Sie in den Krankenhäusern nach Richter Rasper und fragen Sie ihn, warum er Besuch vom Zahnarzt bekommen hat. – *Vie*‹«

»Hat sie diese Mail an irgendjemanden weitergeleitet?«

Lola klickt den Gesendet-Ordner an und durchsucht ihn. »Nichts. Es sei denn, sie hat die weitergeleitete Mail gelöscht.«

»Schau mal in ihren selbst angelegten E-Mail-Ordnern nach.«

»Sie hat keine.«

»Laut Lisa glaubte ihre Mutter, dass das alles miteinander in Verbindung steht. Anscheinend hat sie irgendwo in ihren Notizen die Mariana Kirche und Velada erwähnt. Was genau schreibt sie darüber?«

»Ich weiß es nicht, Boss. Bin noch am Suchen.«

»Vielleicht ist Richter Rasper ein Kunde des Inneren Kreises? Aber wer ist dann der Zahnarzt?«

»Keine Ahnung, Boss. Wir müssen jetzt möglichst schnell zur Mariana Kirche und mit Velada sprechen. Nichts läuft so, wie es eigentlich sollte. Die Sache stinkt zum Himmel.«

»Ach, jetzt gibst du es also auch zu? Ein bisschen spät, was? Lola, wir blasen das Ganze ab.«

Sie schüttelt den Kopf und bläst Luft durch die Nase wie ein Stier.

»Wer zur Hölle ist der Zahnarzt? Warum besucht er diesen Richter Rasper?«, frage ich.

»Weiß ich nicht, Boss. Lass mich lesen.«

KAPITEL ACHT

Josiah Olive, Viebury Grove

Eine Woche zuvor wartete Josiah Olive, genannt Josi, in Viebury Grove auf Richter Rasper. Er stand hinter einem gewaltigen Rhododendronbusch von der Größe eines Schuppens und beobachtete die angrenzende Zufahrt zur Siedlung. Die Zufahrtsstraße wurde an dieser Stelle von einem Metallbogen überspannt, der all jene, die nach Viebury Grove kamen, willkommen hieß oder vielmehr warnte.

Viebury Grove war eine Wohnsiedlung in Massachusetts, die ein wenig abseits von den umliegenden Dörfern lag und in die man nur durch einen einzigen Zugang gelangte – eben jenen gut fünf Meter hohen Torbogen aus Eisen und Kupfer, dessen Kupferteile in verschiedenen Grüntönen gealtert und teilweise bereits moosbewachsen waren. An der höchsten Stelle des Bogens stand in verschnörkelter Schrift: Viebury Grove. *Von hier aus wand sich eine kleine Straße zu der auf einem Plateau liegenden Siedlung empor, die sich aus einigen wenigen Häuschen im viktorianischen und im Cape-Cod-Stil sowie einem steinernen Herrenhaus zusammensetzte. Die Häuser standen größtenteils leer und gehörten fast alle einem geheimen Treuhandfonds. Sie waren weit voneinander entfernt und zusätzlich durch hoch aufragende Kiefern vor Blicken verborgen. Das Herrenhaus war bewohnt, und auch in einigen kleineren Häusern wohnten ältere Menschen, die keinen Ärger wollten und schon ihr ganzes Leben in Viebury Grove beheimatet waren. Josi Olive war der Einzige, der nicht in dieses Muster passte. Er wohnte in einem kleinen weißen Cape-Cod-Häuschen direkt gegenüber dem Herrenhaus.*

Am hinteren Ende des Viebury-Grove-Plateaus erstreckte sich dichter Wald den Hang hinunter, dann folgten Sümpfe, Marschwiesen und schließlich das Meer. Der Wald bestand aus Eichen, Zucker-Ahornen, Birken und Kiefern und ging allmählich in träge Bäche, Tümpel und Morast über. Auch einige Felsvorsprünge aus Granit ragten über die Sümpfe und schimmerten durch ihre Glimmereinschlüsse nachts im Mondlicht.

Durch seine Lage auf einem Plateau, durch den dahinterliegenden Wald und die überschaubare Anzahl von Bewohnern und auch durch die Tatsache, dass am Fuß des Plateaus kilometerweit Äcker und Pferdeweiden folgten, bevor die nächste Ortschaft kam, war Viebury Grove perfekt dazu geeignet, einem kriminellen Unternehmen Unterschlupf zu bieten.

Vor hundert Jahren war hier zunächst ein Friedhof geplant gewesen, der aufgrund seiner Höhe vor Überschwemmungen geschützt sein würde. Damals war auch der Torbogen über der Zufahrtsstraße installiert worden, doch dann war dem Friedhofsprojekt die Zulassung verweigert worden, was einer Vielzahl von politischen Ränkespielen geschuldet war. Man hatte einen lukrativeren Weg eingeschlagen, das Land in Grundstücke unterteilt und als Bauland verkauft. Der einst für den Friedhof gedachte Eingangsbogen jedoch war stehen geblieben, und auch mehrere kunstvolle, von Efeublättern umrankte Friedhofsskizzen waren noch erhalten und hingen gerahmt in der öffentlichen Bibliothek. Alle diese Umstände – die Lage auf dem Plateau und der angrenzende dichte Wald, der Torbogen und die Friedhofsskizzen – verliehen den wenigen Anwohnern von Viebury Grove bis heute das Gefühl, sie selbst seien Untote, ihre Häuser zu groß geratene Mausoleen und die Nebelschwaden, die aus dem Wald emporstiegen, herumgeisternde Gespenster. Dieses Gefühl verstärkte sich noch, als eines Tages, vier Monate, bevor Josi hinter dem Rhododendronbusch wartete, die verbrannten Überreste einer Frau gefunden wurden.

Zwei Hunde, die ihr Herrchen begleiteten, einen Triathleten, der im Wald hinter Viebury Grove trainierte, stießen in den sumpfigen Ausläufern des Waldes auf ein verkohltes Skelett. Eine gewaltige Eiche war auf den Schädel gefallen und hatte ihn zertrümmert, Wind und Wasser hatten ihr Übriges getan, und Vögel und andere Tiere hatten die Zähne und mehrere weitere Skelettteile davongetragen. Überhaupt konnte man die verbliebenen Knochenreste nur noch schwer als menschliches Skelett erkennen. Ehemals vorhandene DNA-Spuren waren weitgehend zerstört worden, was eine Amplifikation von Genmarkern unmöglich machte. Gerichtsmediziner erklärten die Knochen dennoch zweifelsfrei für die eines Menschen, vermutlich einer Frau. Bei der Leiche wurden auch zwei Gegenstände im Schlamm gefunden: ein T-Shirt mit der Aufschrift Sugar Magnolia Coffee House *und ein Metallarmbändchen mit einem eingravierten Dickens-Zitat. Der mutmaßliche Abschiedsbrief der Frau steckte zusammengerollt in einer Flasche in einem Eichhörnchenloch im Stamm einer nahen Eiche. Man ging davon aus, dass es sich um eine Anwohnerin der Gegend handelte, die ihrem Leben freiwillig ein Ende bereitet hatte.*

Josi Olive glaubte diese Geschichte keine Sekunde.

Dabei war er selbst es gewesen, der das Sugar-Magnolia-*Shirt und das Dickens-Armbändchen als Eigentum seiner vermissten Ehefrau identifiziert hatte, als er sich in der Leichenhalle über die verkohlten Überreste gebeugt hatte. Seine Identifizierung beendete sofort jede weitere Ermittlung, zumal er nichts vorbringen konnte, was die Echtheit ihres Abschiedsbriefs in Zweifel zog, in dem sie behauptete, sich selbst verbrennen zu wollen. Er berichtete, sie habe ihn vor einigen Monaten verlassen, um allein zu sein und Richtung Westen zu wandern – als Beweis spielte er der Polizei zwei alte Skype-Gespräche vor, in denen er sie weinend anflehte, zurück nach Hause zu kommen, was sie verweigerte. Die Beamten drückten ihm lediglich die Nummer einer Trauerbegleiterin in die Hand und verschwanden wieder. Sämtliche polizeiliche Untersuchungen kamen zum Erliegen, was in Josi Olive einen unbändigen Zorn entfachte. Er empfand den mangelnden Aufklärungseifer aller Beteiligten als falsch und ungerecht. Dahinter konnten nur zwielichtige Machenschaften stecken.*

Was Josi betraf, war nichts erledigt, nichts zum Erliegen gekommen, nichts aufgeklärt. Seine Frau hatte im Schlaf Dinge gesagt, die er niemals vergessen würde, Dinge über das steinerne Herrenhaus auf der anderen Straßenseite, in dem sie hin und wieder das Catering übernommen hatte. Undeutliches, unzusammenhängendes Traumgemurmel über Männer, die dort feierten, über schreckliche Dinge, die sie dort taten, über dunkle Geheimnisse. Wenn er am nächsten Morgen nachgehakt hatte, hatte sie alles abgestritten, hatte behauptet, es seien nur Albträume oder Josis eifersüchtige Fantasien. Josi hatte kein Wort darüber gesagt, zu niemandem, denn seine Frau hatte ihn gewarnt, er würde ihr die Cateringaufträge vermasseln, wenn er böse Gerüchte verbreitete. Er solle sich um sich selbst kümmern und um seine Musik, das sei zu seinem eigenen Besten.

Nachdem seine Frau wieder einmal im Schlaf schlimme Dinge geflüstert und er sie am nächsten Tag darauf angesprochen hatte, verkündete sie, sie ertrage seine Paranoia nicht mehr und werde ihn verlassen. Sie wolle Richtung Westen wandern, und er solle sie in Ruhe lassen. Dann wurden ihre verkohlten Überreste entdeckt, identifizierbar allein anhand ihres T-Shirts und des Dickens-Armbändchens, das Josi ihr zum Valentinstag geschenkt hatte. Seit seine Frau nicht mehr da war, lauerte er den Männern vom Steinhaus auf, spionierte ihnen nach. Er bekam gewisse Dinge mit, sah Polizisten ein und aus gehen, auch diesen verfluchten Richter Rasper. Ihm war klar geworden, dass er den Mund halten musste, dass er nicht gegen die eingestellten Ermittlungen bezüglich des Verschwindens seiner Frau aufbegehren durfte. Diese Dreckskerle hatten mächtige Verbündete. Er war also ganz auf sich allein gestellt.

Und so versteckte sich Josi an diesem Abend neben dem Torbogen von Viebury Grove und wartete. Er hatte beschlossen, dem schlimmsten dieser Arschlöcher aus dem Steinhaus eine Abreibung zu verpassen. Einen richtigen Plan hatte er nicht. Als er am Morgen die längst vertrockneten Blumen betrachtet hatte, die er seiner Frau vor ihrem Verschwinden geschenkt hatte, war er vollkommen durchgedreht, hatte sich in sein Tonstudio im Keller zurückgezogen und den ganzen Tag vor sich hin gebrütet. Er hatte nicht einen Ton komponiert, nicht einen Akkord gefunden, der seinen Zorn hätte besänftigen können. Irgendwann war er zu dem Schluss gelangt, dass er etwas unternehmen musste. Er würde mit Richter Rasper anfangen, denn der war leicht zu identifizieren: Der Richter war offizieller juristischer Berichterstatter für den *Boston Globe*, weshalb sein Foto regelmäßig in der Zeitung zu sehen war.

Josi hatte das Kommen und Gehen und die Aktivitäten des Richters im Steinhaus genauestens beobachtet. Nachdem er auf einen Baum im Garten geklettert war, war er Zeuge geworden, wie Rasper ein Mädchen gefesselt und vergewaltigt hatte – zumindest sah es ganz nach Vergewaltigung aus, denn das Mädchen wirkte benommen und teilnahmslos und war eindeutig unter sechzehn. Ihr Anblick trug entscheidend dazu bei, dass Josi sich schließlich zum Handeln entschloss. Die Strafbehörden würden nicht das Geringste gegen die Vorkommnisse im Steinhaus unternehmen, dessen war er sich sicher. Schließlich hatte er dort auch Polizeiangehörige ein und aus gehen sehen. Und wegen seiner Frau unternahmen die verdammten Bullen auch nichts. Er musste also selbst aktiv werden und sich einen Dreckskerl nach dem anderen vorknöpfen. Josi wusste, dass er sich auf fremdes, gefährliches Terrain begab. Er war nur ein kleiner Rapper, ein Hip-Hop-Artist, ein Klangkünstler, der keinerlei Erfahrung mit Gewalt vorweisen konnte. Am besten wäre es vermutlich gewesen, abzuhauen und irgendwo ein neues Leben anzufangen. Stattdessen entschied er sich in seiner ziellosen, unkontrollierbaren Wut zu handeln. Nichts um ihn herum ergab mehr einen Sinn, warum sollte er sich also als Einziger sinnvoll und logisch verhalten?

Josi vertrieb sich die Wartezeit, indem er die Rinde von jungen, sprießenden Rhododendronzweigen zog und sich dabei auf einen rauen, unebenen Felsbrocken setzte. Sein schmerzender Hintern passte gut zu den Schmerzen in seinem Kopf und seinem Herzen. Immer mehr kleine Zweige fielen auf die Spitzen seiner schwarzen Stiefel hinunter und bildeten dort wachsende Häufchen. Neben seinem rechten Fuß lag ein Akkubohrer bereit.

Er dachte an seine Frau. Daran, wie sehr er sie vermisste, immer noch. Seine Bewegungen beim Abziehen der Rinde wurden energischer, ein Zweig brach prompt in der Mitte durch. Josis Gedanken wanderten zu dem Abend, als er ihr den Heiratsantrag gemacht hatte. Er hatte sie ausgetrickst und mitten in Boston plötzlich zu ihr gesagt: »Wie wär's, wenn ich mein Baby heute ins Top of the Hub ausführe?« Das Top of the Hub war ein vornehmes Restaurant im 52. Stock des Prudential Center.

»Da bekommen wir an einem Freitagabend doch sowieso keinen Tisch. Außerdem bin ich nicht richtig angezogen«, hatte sie abgewehrt. Er hatte in sich hineingelacht, denn es bereitete ihm diebische Freude, sie mit kleinen Tricks um die Stunde zu bringen, die sie normalerweise brauchte, um sich für Dates mit ihm zurechtzumachen. In seinen Augen war sie perfekt, wie sie war, im Rohzustand, völlig unbehandelt. An diesem Abend trug sie eine Kakihose und einen schlichten grünen Pullover vom Secondhandladen.

»Lass uns nach Hause fahren und Scrabble spielen«, schlug sie vor, denn sie war kurz zuvor zu ihm nach Viebury Grove gezogen. Das Häuschen hatte ursprünglich einem entfernten Onkel von Josi gehört und lange leer gestanden, bis er es als einziges noch lebendes Mitglied der Familie geerbt hatte. Josi war mit fünfundzwanzig Vollwaise geworden, als seine Eltern bei einem Autounfall ums

Leben gekommen waren. Kaum waren die Testamentsangelegenheiten für das Häuschen geregelt gewesen, hatte er absurd großzügige, beinahe aggressive Kaufangebote dafür erhalten, was Josi eigenartig vorkam, war das geerbte Haus in seinen Augen doch eine ziemliche Bruchbude. *Seine* Bruchbude. Sie gehörte ihm ganz allein. Eine Bruchbude mit Garten, um Längen besser als die heruntergekommene Wohnung, die er sich mit zwei ungepflegten Bandmitgliedern in Manchester, New Hampshire, geteilt hatte. Diese Bruchbude, die ihm nun ganz allein gehörte, hatte außerdem Platz im Keller für ein eigenes Tonstudio, in dem er seine Hip-Hop-Beats mixen konnte.

Scrabble war seit dem ersten Tag eine Konstante im Zusammenleben von Josi und seiner Frau: Sie hatten sich in einem Buchladen kennengelernt, wo sie dieses Spiel gerade hatte erstehen wollen und vor ihm in der Warteschlange an der Kasse gestanden hatte. Josi war völlig überrascht gewesen, als sie das Gespräch mit ihm gesucht hatte. Für ihn war es Liebe auf den ersten Blick gewesen. Noch während sie plaudernd in der Schlange standen, hatte er sich Hals über Kopf verliebt. Nachdem sie dann ein Paar geworden waren, räumten sie das Scrabble-Zubehör nie wieder zurück in die Schachtel. Sie hatten sogar einen extra Tisch dafür im Wohnzimmer stehen und spielten so häufig, dass sie absurde neue Regeln erfanden, die nur sie verstanden, und auch Wörter in anderen Sprachen zuließen.

Am Abend des Heiratsantrags hatte Josi auf ihren Scrabble-Vorschlag hin missbilligend mit der Zunge geschnalzt und sie von Kopf bis Fuß mit seinen Blicken verschlungen, als wollte er sie direkt hier, in der Lobby des Prudential Center, vernaschen, vor den Augen all der anderen Trottel, die verzweifelt versuchten, einen Tisch zu ergattern. »Nein, Baby, wir fahren jetzt hoch ins Top of the Hub und versuchen es. Wenn es nicht klappt, können wir immer noch zu Hause Scrabble spielen und Pizza essen«, hatte er gesagt.

Sie fuhren also mit einem Aufzug voller Touristen hinauf in den 52. Stock, wo Josi vorschlug, dass sie neben einer schwarzen Bodenvase auf ihn wartete. Die langen Stiele der hoch aufragenden Blumen sahen aus wie die Hälse der Sumpfvögel von Viebury Grove. Lässig schlenderte er zum Oberkellner hinüber, flüsterte ihm etwas zu und: *Tada*, schon hatten sie einen Tisch! Ihr Blick war Gold wert, ihr glühendes Gesicht, ihr Staunen darüber, dass ihr Freund, der sonst eher in den Hip-Hop-Clubs der Stadt zu Hause war, es geschafft hatte, einen Tisch in einem noblen Restaurant zu organisieren. Noch dazu an einem Freitag! Der Tisch befand sich an einer riesigen Fensterfront mit Blick auf die Bostoner Skyline. Ihre Augen funkelten im Kerzenlicht, und sie unterhielten sich angeregt, während sie ihren aus Hühnchen und Steak bestehenden Hauptgang verspeisten. Er versuchte zu überspielen, dass seine Finger nervös über seine Hosenbeine huschten, als würde er auf den Knien Banjo spielen.

Dann entschuldigte sie sich und ging zur Toilette. Sofort kamen die Kellner herbeigeeilt. Josi fühlte sich ausnahmsweise einmal wie ein König, der alle nach seiner Pfeife tanzen ließ, auch wenn ihm beim Gedanken daran, dass seine Auserwählte Nein sagen könnte, speiübel wurde.

Als sie zurückkam, waren die Teller weggeräumt, und der Tisch war mit einem frischen weißen Tischtuch bedeckt. Darauf hatte Josi die blauen Blütenblätter ihrer Lieblingsblume Rittersporn gestreut – keine kitschigen

Rosenblätter, sie hasste Klischees, das hatte er in dem Jahr seit ihrem Kennenlernen mehrmals warnend zu hören bekommen –, und darüber hatte er mit Scrabble-Buchstaben geschrieben: HEIRATE MICH, BABY!

»Scrabble?«, fragte er und meinte damit die Buchstaben, den Heiratsantrag und ihr Lieblingsspiel, alles gleichzeitig. Als sie ihn verwirrt ansah, geriet er in Panik. »Keine Sorge, Baby. Unser Spiel ist zu Hause. Ich habe extra ein neues im Antiquitätenladen gekauft.«

Sie war diejenige, die neben ihm auf die Knie sank und in seinen Schoß schluchzte, während er sich über sie beugte und sie umschloss wie ein Handschuh. Er interpretierte ihre Reaktion als gewaltiges, lautes JA!

Überall um sie herum klatschten die Restaurantgäste und Kellner entzückt Beifall, und als Josi einen unechten Ring hervorzog, der, wenn er echt gewesen wäre, ein Vermögen gekostet hätte, jedoch nur aus Glas war, stieß eine überkandidelte Frau mit einem toten Tier um den Hals hervor: »Oh, mein Gott!«

»Wir kaufen dir zusammen einen echten«, versprach Josi. »Diesen Klunker habe ich für zehn Mäuse bei T. J. Maxx besorgt. Nur das Beste für mein Mädchen«, erklärte er augenzwinkernd.

Sie warteten einen Monat und heirateten dann still und leise. Das war vor einem Jahr gewesen.

Als er nun am Torbogen von Viebury Grove wartete und an all das zurückdachte, quoll eine Träne aus Josis rechtem Auge, die seinen weiß glühenden Zorn jedoch nicht herunterkühlte, sondern wirkungslos verdampfte. Er hatte das Gefühl, im Zentrum eines lodernden Feuers zu stehen. *Im Auge des Feuers, im Schlamm, im Schmutz, verglüht mein Verstand*, rappte er in Gedanken und nahm sich vor, Akkorde für diese Zeilen zu finden und in seinem Tonstudio einen Song daraus zu machen.

Sie verdiente einen besseren Tod, verdiente die Welt und die Sonne. Doch sie schlugen ihr die Zähne aus – das weiß ich genau. Von wegen zertrümmert von einer Eiche, von wegen von Tieren verschleppt. Ausgleichende Gerechtigkeit – leere Phrase bis heute Nacht.

Josi betrachtete sich gern als lokalen Eminem, auch wenn er dazu neigte, ein wenig Blues, politische Meinungen und Liebeserklärungen in seine Musik einfließen zu lassen. Bevor er seine Frau verlor, war er ein Softie ohne Street Credibility, das war ihm bewusst. Ein Rapper mit Collegeabschluss, ein Hip-Hopper ohne Giftstachel. »Keine Waffen, keine Drogen, keine Stereotypen. Nur ein ganz normaler Typ, der auf dem Land sitzt und Reime mit Klängen mixt«, hatte er früher immer von sich gesagt und war mit einem Lächeln und dem für ihn typischen lässigen Tempo durchs Leben geschlendert. Doch mit diesem inneren Frieden war es vorbei. Alles, was Josi noch in seinem Inneren spürte, war ein wütendes Vibrieren. Er kickte mit der Ferse gegen den Felsbrocken, auf dem er kauerte, drei dumpfe Schläge, malte sich aus, wie an seinem Fuß eine blutgefüllte Blase entstand, irgendetwas Widerliches, Quälendes, das den Zustand seines Herzens widerspiegelte.

Ein silbergrauer Mercedes verließ die Einfahrt des Steinhauses und kam den steilen Hang des Viebury-Grove-Plateaus heruntergerollt. *Dieses Schwein wird als Erstes dran glauben*, dachte Josi. *Der beschissene Richter Rasper.*

Er schnappte sich den Akkubohrer und stand von seinem unbequemen Sitzplatz auf. Die geschälten Zweige fielen zu Boden, verhakten sich zwischen Unkrautbüscheln und Herbstlaub. Josi spähte um den breiten Rhododendronstrauch herum und sah, wie der Mercedes durch den eisernen Torbogen glitt und das Gelände verließ. Links und rechts des Bogens waren auf zwei Steinsäulen ausgehöhlte Kürbisse mit batteriebetriebenen Kerzen aufgestellt, deren gelbes Licht durch gezackte Münder und dreieckige Augen flackerte.

Während Josi den Mercedes mit Argusaugen verfolgte, versperrte ihm einige Sekunden lang ein schwarzer Audi die Sicht. Der Fahrer des Audis schaltete die Scheinwerfer aus, während er ebenfalls durch das Tor mit den Steinsäulen und den Kürbissen rollte, und hielt anschließend unter den hängenden Ästen einer Weide am Straßenrand. Hätte Josi nicht von seinem Versteck aus alles beobachtet, hätte er den Audi nie bemerkt, denn er war nun vollkommen unsichtbar in der schwarzen Nacht.

Josi verstaute den Akkubohrer unter dem Sitz seines Geländemotorrads, zog schwarze Handschuhe an, stieg auf, stülpte sich seinen Helm über und machte sich an die Verfolgung des silbergrauen Mercedes. Er fuhr nicht gern auf dieser wackligen, gefährlichen Maschine, aber sie hatte keine Nummernschilder, konnte nicht zurückverfolgt werden, ein klappriges Ding, das er in Maine am Straßenrand erstanden und seither in seiner Garage versteckt hatte. Als er nun darauf durch die Nacht raste, klopfte sein Herz wie verrückt. Josi hätte nicht zu sagen vermocht, ob es an seiner Angst lag, von dieser Höllenmaschine zu stürzen, oder an dem, was er mit Rasper vorhatte. Er nahm sich vor, nie wieder auf ein derart unsicheres Gefährt zu steigen.

Als er an dem Audi vorbeifuhr, fiel ihm dessen markantes Nummernschild auf: SHARKK. Eine Frau mit üppiger blonder Mähne – etwa in seinem Alter, also Mitte dreißig – stieg aus der Fahrertür und machte Anstalten, sich zu einem Reifen hinunterzubeugen. Offenbar hatte sie eine Panne. Josi kümmerte es nicht. Bestimmt eine reiche Nordküsten-Tussi, die den amerikanischen Automobilclub anrufen und sich abschleppen lassen würde. Er fuhr weiter, verfolgte seine Zielperson, darauf achtend, das Motorrad gerade, seine Arme auf dem Lenkrad parallel und seinen Körper in Balance zu halten.

So schlängelte er sich die kurvige Landstraße entlang, die wegführte von Viebury Grove. Als der Mercedes in ein altes unbefestigtes Seitensträßchen einbog, das nie jemand benutzte, genau wie Josi es beobachtet hatte, als er dem Wagen in der Vorwoche gefolgt war, beschleunigte er und überholte.

Sobald er vor dem Mercedes eingeschert war, verlangsamte er seine Fahrt um einige Stundenkilometer und tuckerte schließlich mit dreißig Sachen vor dem Wagen des Richters her. Rasper begann zu hupen. Erneut verlangsamte Josi seine Fahrt, wurde noch langsamer und noch langsamer. Der Richter hatte mittlerweile das Fenster heruntergefahren und brüllte etwas nach vorn. Josi reagierte, indem er noch weiter abbremste und schließlich stehen blieb. Der Mercedes kam mit quietschenden Reifen hinter ihm zum Halten.

Josi stellte sein Motorrad nicht auf den Ständer. Es fiel krachend zu Boden und wirbelte eine Staubwolke auf. Kurzerhand warf Josi auch noch seinen Helm hinterher, bückte sich, klappte den Sitz des Motorrads hoch und holte die Bohrmaschine und eine schwarze Sturmhaube heraus. Er zog die Haube über und sprang aus dem Staub in die Höhe, stürmte mit dem Akkubohrer in der Hand los wie ein Gangster mit geladener Waffe, aufrecht und ohne jedes Zögern. Richter Rasper war unterdessen fluchend aus seinem Fahrzeug gestiegen, und Josi packte ihn und starrte ihm in die Augen. Ihre Nasen berührten sich fast.

Keine Straßenlaternen. Keine Zeugen. Nur die Scheinwerfer des Motorrads und des Mercedes erhellten die Nacht und bildeten die Bühnenbeleuchtung, ließen den aufgewirbelten Staub tanzen. Ein Windstoß brachte die trockenen Blätter der Bäume zum Rascheln. Es klang wie aufbrandender Applaus in dem Club, in dem Josi manchmal auftrat.

Als Rasper den Akkubohrer in seiner Hand sah, vielleicht auch erst, als er dessen lauter werdendes, bedrohlich anschwellendes Surren hörte, verstummte er und stellte sein dämliches Fluchen ein. Er stützte sich haltsuchend auf der Motorhaube seines Wagens ab und wich erschrocken vor Josi zurück.

»Nicht doch«, sagte er mit Panik in der Stimme.

»Zu den Bäumen, jetzt sofort. Dann lasse ich dich am Leben. Denk nicht mal ans Abhauen. Tu einfach, was ich dir sage, alter Mann.«

Rasper war verglichen mit Josi ein Greis, außerdem war er kleiner und hatte gut zwanzig Kilo zu viel auf den Rippen. Sein Bauch bildete Speckfalten, und sein Mehrfachkinn verlieh ihm Ähnlichkeit mit einer Käferlarve, genau wie die ungewöhnlich kleinen Ohren, die seitlich an seinem kahlen Schädel saßen. Hals und Kinn vibrierten beim Sprechen.

»Äh, also, ich habe doch nie etwas … Was hat das zu bedeuten? Wissen Sie überhaupt, wer ich bin? Was soll das werden, eine Entführung mit Lösegeldforderung? Was wollen Sie von mir, junger Mann?«

Josi versetzte Rasper einen energischen Kopfstoß, um ihn zum Schweigen zu bringen, packte seinen schwabbeligen Arm, drehte ihn unsanft Richtung Straßenrand und schob ihn vorwärts.

»Ja, ich weiß, wer du bist, du Arschloch«, knurrte er. »Lehn dich gegen diese Kiefer.«

Rasper befolgte seine Anweisung. *Dieser Schlappschwanz. Ein hässlicher, fetter Schlappschwanz, der seinen Frust an jungen Mädchen auslässt,* dachte Josi, um sich für sein Vorhaben Mut zu machen. Er selbst hatte vermutlich mehr Angst, als dieser *Schlappschwanz* jemals verspüren konnte, aber noch größer als seine Panik war seine Wut. In Gedanken sah er seine Frau vor sich, und das arme Mädchen, an dem sich diese Arschlöcher im Steinhaus vergangen hatten.

Josi stopfte Rasper einen Kniestrumpf in den Mund, fesselte dessen Hände mit einem gelben Seil, das er aus seiner Sweatjacke gezogen hatte, hinter dem Rücken und band sie an der Kiefer fest. Mit Raspers Beinen tat er das Gleiche. Nachdem er fertig war, schob er sich dicht an Rasper heran. Auge in Auge standen sie da. Neben ihren sich beinahe berührenden Mündern ließ Josi den Akkubohrer aufheulen.

Er schwitzte bereits unter seiner wollenen Sturmhaube.

»Du wirst weiterleben, du Arschloch, aber nur unter Schmerzen. Ich weiß, dass du zu niemandem ein Wort sagen wirst, dass du niemals zugeben wirst, auch nur in der Nähe von Viebury Grove gewesen zu sein. Warum, brauche ich dir ja wohl nicht zu erklären. Ich habe eine ganze Festplatte voll mit Bildern von dir in diesem Haus, dir und den Mädchen. Außerdem habe ich natürlich Back-ups in verschiedene Clouds hochgeladen. Du kranker Wichser. Ich beobachte dich und die anderen seit Monaten. Oh ja, ich weiß, wer du bist. Euer *Ehren.* Müssen die Mädchen dich so nennen, während du sie vergewaltigst? Der ehrenwerte Richter Rasper wird von nun an mit Schmerzen leben. Und seine Richterfreunde werden gehörig ins Grübeln geraten, werden sich fragen, was ihr Kollege mit dem Narbengesicht wohl getan hat, um so etwas zu verdienen.«

Josi machte einen halben Schritt nach hinten und ließ erneut den Akkubohrer aufheulen. Um den Richter davon abzuhalten, den Kopf zu schütteln, rammte er ihm den Unterarm unters Kinn. Mit der anderen Hand drückte er den rotierenden Bohraufsatz gegen Raspers Kiefer, bohrte sich durch Haut und Fleisch, bis er auf die Zähne des Richters traf und schließlich durch sie hindurchbrach. Diese Prozedur wiederholte er anschließend auf der anderen Seite von Raspers Gesicht, als würde er einem Warzenschwein die Hauer entfernen.

Irgendwann wurde der Richter ohnmächtig und sackte Richtung Boden, wurde jedoch von dem gelben Seil aufrecht gehalten, mit dem Josi seine Arme an den Baum gefesselt hatte. Josi betrachtete den zusammengesunkenen Körper und trat Rasper prüfend gegen die Brust. Blut lief am Hals des Richters hinunter und tropfte auf den Boden. Josi zog mit seinen immer noch in Handschuhen steckenden Fingern eine Handvoll Scrabble-Steine und eine Tube Sekundenkleber aus der Tasche. Dann klebte er die Buchstaben auf Raspers Stirn:

DER ZAHNARZT

Da sich Josi mit seiner Frau unzählige Wiederholungen alter CSI-Folgen angesehen hatte, wusste er, dass er alles mitnehmen musste, worauf seine DNA zu finden sein könnte, auch wenn er sicher war, dass der Richter niemandem etwas über die Hintergründe des Vorfalls erzählen würde. Nachdem er das Seil und den Strumpf an sich genommen hatte, stieg er wieder auf seine Geländemaschine und fuhr davon. Dabei dachte er trotzig: *Wer braucht schon Pläne? Ich knöpfe mir einfach nacheinander die Arschlöcher aus dem Steinhaus vor, wann immer mir danach ist.*

KAPITEL NEUN

Lisa Yyland: Fahrt im grünen Prius

Einer psychologischen Studie zufolge, auf die sich Eva Heller in *Wie Farben wirken* bezieht, hassen besonders viele Menschen die Farbe Rosa. Nur Braun wird noch mehr gehasst. Aus psychologischer Sicht könnte man also sagen, dass ich mit einem Großteil der Menschheit darin übereinstimme, dass ich Rosa verabscheue. Ich habe keine Ahnung, wie diese Unperson heißt, die mich in ihrem grünen Prius durch die Gegend fährt, und es ist mir auch egal, aber angesichts der Tatsache, dass ich Hass eingeschaltet habe und diese Emotion sich derzeit hauptsächlich gegen sie und ihr rosa Outfit richtet, werde ich sie von jetzt an Eva nennen.

»Und was genau sieht dieser angebliche Plan vor? Wo soll ich dich hinbringen? Was weißt du alles?«, fragt mich Eva.

Ich will Velada nicht preisgeben. Eva soll nicht erfahren, dass ich in Kontakt mit ihr stehe. Der Grund ist nicht etwa, dass ich sie beschützen möchte – wenn ich ehrlich bin, traue ich ihr noch immer nicht ganz über den Weg. Trotzdem: Ich darf auf keinen Fall erkennen lassen, dass ich eine Informantin habe oder glaube, eine zu haben. Diese Leute sollen nicht anfangen, an ihrem Vorhaben zu zweifeln, mich gefangen zu nehmen und ins Hummerbecken zu stecken.

»Was weißt du alles?«, wiederholt Eva mit erhobener Stimme.

»Sie brauchen mich nicht anzuschreien.«

Sie hebt die Hand, als wollte sie mich schlagen, hält sich jedoch zurück. Unbewusst reibt sie ihr verletztes Ohrläppchen. Ihr ist deutlich anzumerken, dass sie mich am liebsten schnellstmöglich wieder aus ihrem Auto entfernen würde.

»Hat deine Mutter mit noch jemandem über das gesprochen, was sie über Richter Rasper herausgefunden hat?«, bohrt Eva weiter.

»Was hat meine Mutter denn über Richter Rasper herausgefunden?«

»Verschone mich mit diesem Mist. Das weißt du verdammt noch mal genau.«

Ich zucke mit den Schultern, als wüsste ich es wirklich. *Dabei weiß ich es nicht.*

»Ich habe keine Ahnung«, beteuere ich.

»Stell dich nicht dumm. Da, mach das Handschuhfach auf. Wir sind über alles im Bilde.«

Ich öffne das Handschuhfach, und eine Aktenmappe fällt mir entgegen.

»Na los, überzeug dich selbst. Wir wissen über alles Bescheid. Über deine Mutter. Über das, was letzte Woche passiert ist. Was du – der ›Zahnarzt‹ – Rasper angetan hast. Du bist wirklich ein kranker Mensch! Aber niemand wird je den Inneren Kreis zu Fall bringen. Nicht deine Mutter. Und ganz sicher nicht du.«

Ich bin der Zahnarzt? Und habe Rasper etwas angetan?

In der Mappe liegen mehrere Fotos. Das erste ist eine Nahaufnahme von einem Mann in einem Krankenhausbett. Seine Augen sind geschlossen, und aus seiner Kehle ragt eine Tracheotomiekanüle. Sein Gesicht ist angeschwollen und weist auf beiden Seiten eine offene Wunde auf. Auf seiner Stirn steht mit Scrabble-Buchstaben geschrieben: DER ZAHNARZT.

»Da hast du deinen Richter Rasper. Das ist es, was du ihm angetan hast. Der Richter hat Wundstarrkrampf, eine Sepsis, kann weder sprechen noch essen. Du bist wirklich krank.«

»Woher haben Sie dieses Bild?«

»Ach, bitte!«

»Woher? Nach dem notfallmäßigen Luftröhrenschnitt wurden die Wunden doch sicher sofort verbunden und die Buchstaben entfernt?«

»Als ob wir keine Verbindungen hätten! Blättere ruhig weiter. Wir wissen alles.«

Ich blättere zum nächsten Foto: eine unscharfe Aufnahme von Mutter im Profil, wie sie am Fuß von Raspers Krankenhausbett steht. Sie hält den Kopf gesenkt und schreibt Bemerkungen in ihr Notizheft, eben jenes Notizheft, das ich in die Gasse geworfen habe. Das Foto wurde offenbar heimlich vom anderen Ende des Flurs aus geschossen, möglicherweise mit einem Smartphone. Die Bildschärfe lässt, anders als beim vorherigen Foto, zu wünschen übrig, aber es ist eindeutig Mutter.

»Deine Mutter. Kommt einfach in Raspers Krankenhauszimmer und stellt ihm alle möglichen Fragen. Natürlich vergeblich – er liegt seit einer Woche auf der Intensivstation und kann noch immer nicht sprechen. Dass sie dort aufkreuzt und herumschnüffelt, ist trotzdem schon genug. Genug, um sie zum Schweigen zu bringen. Dass sie ihn ernsthaft gefragt hat, wer ihm das angetan hat und warum! Sie weiß ganz genau, dass *du* das warst, schließlich hast *du* sie überhaupt erst auf diese Fährte gebracht. Warum wäre sie sonst so kurz nach dem Vorfall im Krankenhaus aufgetaucht?«

Ich antworte nicht. Erstens, weil ich nicht getan habe, was sie mir vorwirft, und zweitens, weil ich an den Worten *genug, um sie zum Schweigen zu bringen* hängen geblieben bin. Mein Hass flackert auf, als hätte jemand mit einem Schürhaken in der Glut herumgestochert.

»Blättere weiter, Lisa. Sieh dir alles an.«

Ich starre Eva an und denke darüber nach, wie befriedigend und erlösend es sein wird, wenn ich sie irgendwann packen und ihr die Luft abschnüren werde. Dann wende ich mich wieder der Mappe zu und blättere zum nächsten Bild. Doch bevor ich es mir ansehen kann, fällt es mir aus der Hand, weil Eva gerade mit hoher Geschwindigkeit um eine scharfe Kurve biegt. Sie fährt durch den Friedhof von East Hanson. Friedhöfe sind in meinen Augen reine Platzvergeudung, genau wie Golfplätze. Tote Menschen zu meiner Rechten, tote Menschen zu meiner Linken, meine tote Mutter am Hafen hinter mir, eine zukünftige Tote am Steuer des Autos, in dem ich sitze. Die Herbstluft ist immer noch warm, der Himmel blau, die wenigen Schäfchenwolken sind schneeweiß. Die Bäume auf dem Friedhof erstrahlen noch in ihrer ganzen Farbenpracht. Am Rückspiegel baumelt ein Lufterfrischer in Kirschenform und verbreitet im Inneren des Wagens seinen chemischen, unnatürlichen Gestank.

Ich rate ins Blaue. »Rasper ist also ein Kunde Ihres ekelhaften Unternehmens. Wenn nicht, hätten Sie Mutter nicht so dringend zum Schweigen bringen wollen«, sage ich, während ich mich bücke, um das Foto vom Boden aufzuheben.

Eva holt geräuschvoll Luft, dreht den Kopf von mir weg und dann wieder zu mir hin und rollt mit den Augen, als wäre sie genervt von mir. Ich habe keine Ahnung, was dieser Gesichtsausdruck bedeutet, gehe jedoch davon aus, dass ich ihn als Bestätigung meiner Theorie werten kann.

Ich senke den Blick auf das heruntergefallene Foto. Ich muss es näher ans Gesicht halten, weil das Bild so grobkörnig und unscharf ist. Es wurde nachts im Freien aufgenommen, überall sind Schatten. Aus der Nähe erkenne ich Mutters Audi, das SHARKK-Nummernschild und schließlich eine verschwommene Person, die sich dahinter bewegt. Nachdem ich noch eine Weile darauf gestarrt habe, geht mir auf, dass ich diese Person bin.

»Du. In der Nacht, als du Rasper mit einer Bohrmaschine das Gesicht zerstört hast. Nachdem er gefunden wurde, haben wir uns die Bilder der Sicherheitskameras am Viebury-Torbogen genauer angesehen«, sagt Eva.

Chaos. Unberechenbare Zufälle.

»Und wo ist das Video, auf dem ich Rasper angeblich mit der Bohrmaschine attackiere?« Ich muss herausfinden, ob Videoaufnahmen von mir existieren, wie ich auf dem Gelände von Viebury Grove herumschleiche. Vermutlich nicht, denn sonst würde mich Eva nicht so voller Überzeugung des Angriffs auf Rasper bezichtigen – als ob dies das Einzige wäre, was ich in jener Nacht getan hätte. Dabei habe ich es noch nicht einmal getan.

»Ich bitte dich!«, erwidert sie verächtlich.

»Sie haben also kein Video von mir, wie ich Rasper mit der Bohrmaschine attackiere.«

»Müssen wir auch nicht. Du warst da. Du hast es getan.«

»Erwischt«, sage ich und blättere noch einmal rückwärts durch die Bilder.

»Wir werden die Notizen und das Handy deiner Mutter aus dem Wagen holen, in dem du beides versteckt hast.«

Ich betrachte sie einen Moment nachdenklich. Grüble über ihre oberste Mission nach, Mutters Aufzeichnungen in die Finger zu bekommen, und darüber, was nun meine oberste Mission ist.

»Sie wissen aber, dass sie wahrscheinlich Sicherheitskopien in ihrer Partnerkanzlei in Manchester, New Hampshire, deponiert hat, oder? Bringen Sie mich dorthin, dann besorge ich sie Ihnen.« Das Labor meines Vaters, aus dem ich meine zwei äußerst wichtigen Datenträger holen muss, ist nur einen Häuserblock von der Stokes-&-Crane-Kanzlei entfernt.

»Du redest einen derartigen Müll«, faucht sie mich an.

»Fahren Sie mich sofort dorthin.«

Sie greift nach ihrem Handy und schreibt eine Textnachricht, die ich nicht sehen kann. Jetzt ist sie es, die mich nachdenklich betrachtet, während wir an einem Stoppschild warten. »Hm«, macht sie und grinst mich höhnisch an. Nun, da sie ihre Textnachricht abgeschickt hat, wirkt sie selbstsicherer, als hätte sie eine abschließende Entscheidung getroffen. »Du glaubst, du kennst Velada, nicht wahr?«, fragt sie in einem Tonfall, der mich offenbar treffen und verletzen soll. Tatsächlich kostet es mich einige Mühe, keine sichtbare Reaktion auf die Tatsache zu zeigen, dass sie Veladas Namen als Erste ins Spiel bringt. Ich bin einerseits überrascht und andererseits nicht. Immerhin weiß ich jetzt, was ich mich von Anfang an gefragt habe: ob sich Velada nur mir gegenüber so nennt oder auch innerhalb des Inneren Kreises.

»Der Name sagt mir gar nichts«, behaupte ich.

»Na klar«, antwortet sie und lacht in sich hinein.

»Velada, lächerlich. Tja, jetzt haben wir dich. Velada war nie auf deiner Seite. Also, erzähl mal: Was genau hattest du vor? Bei was, glaubtest du, würde Velada dir helfen? Was auch immer sie dir gesagt hat, es war eine Lüge.«

Nichts, was ich ihr darauf antworten könnte, wäre wirklich von Belang. Was ich will, sind meine Datenträger aus dem Labor meines Vaters. »Was glauben Sie denn, was Velada mir gesagt hat?«, frage ich.

»Ach, machen wir jetzt immer so weiter? Statt uns zu antworten, stellen wir uns gegenseitig Fragen und nehmen uns auf den Arm?«

Anatomische Metaphern. So unnötig.

»Sie könnten mich stattdessen einfach nach Manchester bringen, und ich besorge Ihnen dort die Aufzeichnungen meiner Mutter. Wenn ich ehrlich bin, würde ich auch gerne wissen, was sie geschrieben hat.«

»Deine Mutter wusste zu viel, deshalb musste sie sterben. Ich werde alles, was sie an Informationen hinterlassen hat, finden und vernichten.«

In meinem Kopf klingt der Halbsatz »deshalb musste sie sterben« nach, und ich kämpfe gegen einen mächtigen Hebel in meinem Inneren an, einen, den ich in der Vergangenheit nicht immer erfolgreich ausschalten konnte: blindwütige Mordlust. Mit aller Kraft stemme ich mich gegen diesen Hebel, schiebe ihn mühsam zurück an Ort und Stelle und fixiere ihn dort. Ich muss mich an den Plan halten.

Meine Gedanken wandern zu Evas Behauptung, Velada hätte mich angelogen. Für mich ist es unerlässlich, dass Velada vor Ort ist und mich unterstützt. Das wissen diese Arschlöcher zum Glück nicht, denn selbst Velada kennt nicht meinen ganzen Plan. *Hoffentlich ist sie da, wo ich sie brauche.* Mir ist vollkommen egal, was für einen Mist mir Velada bezüglich ihrer Rolle bei dieser ganzen Sache aufgetischt hat. Fick dich, Velada. Sei einfach vor Ort. Sei einfach *bereit.*

Und wenn es tatsächlich so ist, dass du mir gegenüber ein falsches Spiel spielst und beide Seiten mit Informationen versorgst, dann ist es eben so.

Niemand weiß – weder Velada noch Liu noch Lola –, dass ich im Laufe der letzten achtzehn Jahre auf eigene Faust einige wichtige Dinge in Erfahrung bringen konnte.

Wir biegen auf die Landstraße ab, die stadtauswärts führt, und Eva tritt heftig auf die Bremse, um nicht auf einen schwarzen Toyota Tundra zu prallen, der langsam vor uns her tuckert. Ein orangefarbenes Paddelbrett eiert unbefestigt auf der Ladefläche des Toyota hin und her, und der Lufterfrischer an Evas Rückspiegel wird durch das Abbremsen herumgewirbelt und verteilt noch mehr krebserregende, nach Chemiekirsche stinkende Luftpartikel. Ich halte den Atem an.

Evas penetrante Fragen ignorierend, starre ich aus dem Beifahrerfenster. Diese dämliche falsche Tennisspielerin in Schweinchenrosa. Wir schlängeln uns durch den Herbsttouristen-Verkehr Richtung Highway, und ich kann nur hoffen, dass Eva meiner Forderung nachkommt, auf den Highway 95 nach Norden abzubiegen. Während ich weiter aus dem Fenster starre, feuert sie weiter wütend ihre Fragen ab. Ich ziehe an einer Locke meines künstlichen Haars, die aus meiner Haarklammer gerutscht ist. Diese Locke erinnert mich daran, dass ich eine funktionstüchtige Waffe bin. Mein Körper ist der wichtigste Pluspunkt in dieser Schlacht, und ich bedaure es, dass ich meine beiden Zehenprothesen nicht spüren kann. Sie bestehen aus speziell geformtem Kunststoff und Magneten und haben ein geheimes Innenleben.

Als wir am Saleo Country Club vorbeifahren, wirft Eva einen prüfenden Blick hinüber, als wollte sie sich vergewissern, dass dort alles in Ordnung ist. *Interessant.*

Sie ordnet sich weder in die Abbiegespur zur Route 128 Richtung Norden noch in die Richtung Süden ein. Wir sind noch etwa fünfzig Meter von der entscheidenden Stelle entfernt. Der Verkehr gerät ins Stocken. Als er wieder ins Rollen kommt, gibt Eva Gas und fährt geradeaus, vorbei an der Route 128. Auch auf dieser Strecke könnte man noch zum Highway 95 nach Norden gelangen, allerdings würde es deutlich länger dauern. In mir wächst der Verdacht, dass Eva vorhat, an einer abgeschiedenen Haltebucht im Wald zu stoppen, wo uns niemand sehen kann. Fieberhaft überlege ich, wie ich in diesem Fall weiter vorgehen werde.

Und tatsächlich: Eva biegt von der Straße ab und rumpelt in einen Feldweg hinein. Wir kommen neben einem roten Lastwagen zum Stehen, der seltsame hölzerne Transportboxen auf der Ladefläche hat. Auf der Seitenwand des Lastwagens steht mit weißer Farbe geschrieben:

RED'S HENS
SALISBURY, MASSACHUSETTS

Bevor ich am Türgriff des Prius reißen, hinausspringen und mich in Kampfstellung bringen kann, geht die Beifahrertür auf und ein Mann packt mich bei den Haaren und zerrt mich nach draußen. Normalerweise würde ich jetzt mit aller Kraft auf seinen Fuß stampfen, ihm ausweichen und ihm anschließend in die Leiste treten, und wenn er sich vor

Schmerzen vorbeugen würde, würde ich ihm von unten den Ellbogen gegen die Nase rammen und auf diese Weise entkommen. Aber ich darf nicht zulassen, dass er mir die dicken, künstlichen Haarsträhnen ausreißt, die mit meinen echten Haaren verwoben sind. Also füge ich mich vorläufig und drehe den Kopf in seine Richtung, damit der Druck nachlässt, gehe mit jeder seiner Bewegungen mit. Kurz darauf kommt ein zweiter Mann hinter dem Lastwagen hervor, woraufhin mich die beiden Männer in die Mitte nehmen. Sie sind deutlich größer und kräftiger als ich und sehen aus, als wären sie mit Steroiden vollgepumpt. Unsanft schleifen sie mich zu einer der roten Transportboxen auf der Ladefläche, heben mich an und stopfen mich waagrecht hinein. Ich kauere mich sofort ans hintere Ende, will Schwung holen, indem ich mich mit den Füßen von der Rückwand abstoße, doch bevor ich wieder hinausschnellen kann, greift einer der Männer hinein, zieht mich nach vorn und hält mich fest, während eine u-förmige Metallklammer von oben herunterfährt und meinen Hals fixiert. Da ich auf dem Bauch liege, muss ich das Gesicht zur Seite drehen, um atmen zu können. Hoffentlich hat sich die herunterfahrende Metallklammer nicht in meinen künstlichen Haarsträhnen verhakt.

Nachdem die Männer mir noch ein Stück Klebeband vor den Mund geklatscht haben, schließen sie die Klappe der Transportbox, die oben mit einer durch Maschendraht gesicherten Atemöffnung versehen ist. Ich liege unbeweglich da, kann mich nicht hochstemmen, um hinauszuspähen.

»Niemand wird dich hier finden. Gesichter aufbohren – dafür verpasst dir Eminenz schon bald, was du verdienst«, zischt Eva durch die Atemöffnung zu mir hinein.

Ich bin wie ein Stück Vieh in einen verdammten Lastwagen gepfercht, bei dessen Anblick kein vernünftiger Mensch darauf kommen würde, dass er einen gekidnappten Menschen enthält. Wahrscheinlich glaubt jeder, dass die Transportboxen mit Hennen bestückt sind. Der Motor des Lastwagens geht an, lässt meinen Körper und meine Trommelfelle erzittern. Wir fahren los. Ich kann nur hoffen, dass wir bald einen Unfall bauen.

Nachdem wir wieder glatten Asphalt erreicht und meine Ohren sich an das leisere Surren der Reifen gewöhnt haben, nehme ich aus der angrenzenden Transportbox ein Geräusch wahr. Jemand tritt gegen die Seitenwand. Ich halte ganz still. Die Luft riecht abgestanden, nach Schweiß und warmem Holz.

»Mein Klebeband ist abgefallen!«, schreit eine Mädchenstimme laut. Ihre Besitzerin weint und scheint vor Panik zu hyperventilieren. Bestimmt vernebeln ihr die Tränen die Sicht. »Die haben gesagt, Eminenz hat mich ausgewählt. Was soll diese Scheiße? Was soll das alles? Was geht hier vor? Hilfe! Helfen Sie mir!«

Da ist es also, das Mädchen, das ich in Gefahr gebracht und diesem Martyrium ausgesetzt habe.

Ich wusste, dass dieser Moment kommen würde. Der Moment, in dem ich die andere »Auserwählte« kennenlernen würde, die junge Frau, die von Eminenz vergewaltigt werden soll, während ich zusehen muss, um nicht mit Bleiche übergossen zu werden. Ich bin vorbereitet auf diesen Moment und habe eine wichtige Rolle für dieses Mädchen, das neben mir auf der Ladefläche des Lastwagens schreit. Dennoch überkommen mich Panik und vor allem Schuldgefühle, als ich ihr nun so unerwartet und unter derart gefährlichen Umständen begegne. Ich muss an Dorothy denken. *Ich denke immer an Dorothy.* Wenn mein Klebeband sich doch auch gelöst hätte – dann hätte ich die um sich tretende junge Frau beruhigen können, hätte ihr von den Fertigkeiten erzählen können, die ich ihr beibringen werde. Aber das kann ich nicht. Also lausche ich und denke nach.

KAPITEL ZEHN

Lisa Yyland: Veladas zweiter Besuch

Als Velada das zweite Mal unangekündigt zu mir kam, platzte sie mitten in meine Promotionsfeier hinein. Ich hatte nicht damit gerechnet, dass sie genau an diesem Tag auftauchen würde, aber ich hatte schon auf sie gewartet, weil ich ihr ebenfalls etwas zu erzählen hatte und weil ich mir etwas von ihr besorgen wollte. Letztendlich war das, was sie mir bei unserer zweiten Begegnung zu sagen hatte, geradezu irrsinnig. Und was ich ihr mitteilte, mag auf den ersten Blick irrelevant wirken, ist jedoch wesentlich für den Plan. Meine ganzen achtzehn Jahre Planung spielen dabei eine Rolle, vor allem aber Informationen über ein gewisses Insekt und andere Tierchen.

Laut der Website des Instituts für Entomologie und Nematologie der University of Florida ist »Actias luna womöglich der schönste aller Nachtfalter«. Glaubt man Forschern auf dem Gebiet der Angewandten Physik ist er außerdem ein besonders schlaues Kerlchen, denn er überlistet Fledermäuse, indem er seinen doppelten Schwanz so aufzwirbelt, dass dieser verwirrende Schallwellen aussendet und die ansonsten unfehlbare Echoortung von Fledermäusen durcheinanderbringt. Diese Fakten zum Thema Schallwellen sind allerdings nicht der Grund dafür, dass ich meinen Beschützer als den genialen Actias luna identifizieren konnte, statt ihn weiter für einen einfachen schwarzen Schmetterling zu halten.

Inzwischen war ich dreiundzwanzig Jahre alt – ich besaß schon seit zwei Jahren das Internatsgebäude in Indiana, in dem ich damals gefangen gehalten worden war (an meinem einundzwanzigsten Geburtstag hatte ich Zugang zu einem Treuhandfonds erhalten und es mit diesem Geld erstanden) – und ärgerte mich immer noch über Veladas höhnische Kommentare über meine Schmetterlingskenntnisse während unserer ersten Begegnung im Jahr 1993. In den Jahren seither hatten Liu, Lola und ich herausgefunden, was es mit dem Hummerbecken auf sich hatte. Wir hatten angefangen, Nachforschungen zu dem Verbrannter-Hummer-Video anzustellen, und ich hatte mein Studium abgeschlossen und mit meiner Doktorarbeit begonnen. Während dieser ganzen Zeit fertigte ich immer wieder Skizzen von dem schwarzen Schmetterling an, um genau in Erinnerung zu behalten, was für ein Insekt ich als schwangerer Teenager in Gefangenschaft hoch oben vor jenem dreieckigen Fenster gesehen hatte.

Als ich eines Tages auf einem gepolsterten Korbstuhl auf Nanas Veranda in Savannah saß, meinen Skizzenblock auf dem Schoß und Farbstifte auf den Armlehnen, erlöste mich Nana von meinem Verdruss. Meine weißhaarige, hellhäutige Nana, die sich in allen Regenbogenfarben zu kleiden pflegt.

Die silbrig weiße Südstaatensonne stieß gleißende Speere durch die grünen Wedel der Hängefarne und schuf so ein rasterartiges Lichtmuster auf den Holzdielen und den blauen Teppichen von Nanas Veranda. Da wir eine Familie von Katzenliebhabern sind, lag Nanas dicker, rot getigerter Kater zu meinen Füßen und schnarchte wie ein

Zirkuslöwe im Ruhestand. Eine warme Brise trug den Duft von Nanas Frangipani herüber.

Mein achtjähriger Sohn Vanty war tagsüber in einer Ferienbetreuung untergebracht, die sich Piratenlager nannte. Mir erschien dieses Lager weder besonders sicher noch seiner zukünftigen Ausbildung förderlich, aber Nana hatte erklärt, dass eine solche Ferienbetreuung gut sei für Vantys »soziale Entwicklung« und daher sehr wohl förderlich und keineswegs vergeudete Zeit.

»Das ist ein Actias luna, Liebes«, sagte Nana und schob einen alten vergilbten Briefumschlag über meine Schulter. »Hier, schau, 1987 hat das US-Postamt eine Briefmarke mit diesem Nachtfalter herausgegeben.« Auf der Briefmarke des Umschlags war tatsächlich ein Falter zu sehen, der in Form und Größe haargenau mit meinem »schwarzen Schmetterling« übereinstimmte. Nana sammelt Briefmarken. »Aber du malst ihn immer schwarz, Liebes. Warum? Der Actias luna ist grün. Oder blau. Oder blaugrün.«

Worin man sich bei diesem Nachtfalter nicht täuschen kann, ist sein charakteristischer Schwanz, der im Ruhezustand zweigeteilt ist, sich jedoch umeinanderzwirbelt, wenn Fledermäuse in der Nähe sind. Außerdem hat der Falter sowohl auf den vorderen als auch auf den hinteren Flügeln dekorative Augen. Beide Merkmale, den doppelten Schwanz und die Augen, hatte ich jahrelang gezeichnet, aber wie konnte ich mich in der Farbe derart geirrt haben? Ist es möglich, Grün mit Schwarz zu verwechseln? Auf diese Frage musste ich eine Antwort finden. Ich musste unter genau den gleichen Bedingungen wie während meiner Gefangenschaft Experimente durchführen und so hoffentlich hinter des Rätsels Lösung kommen.

Ich tippte eine Tabelle mit Anweisungen für Vantys

Betreuung, druckte sie aus und überreichte sie Nana. Sie stellte ihren viel zu vollen Kaffeebecher darauf und hinterließ braune Abdrücke auf den wichtigen Zeilen bezüglich des Heimlich-Handgriffs bei drohendem Erstickungstod und der Notwendigkeit, meinen Sohn zweimal täglich nach Zecken abzusuchen. Bei Auseinandersetzungen mit Nana bin ich noch nie als Siegerin hervorgegangen, weshalb ich die Sache aus Gründen der Effizienz auf sich beruhen ließ.

Ich fuhr also im Eiltempo zu meinem Schulhaus in Indiana, das ich ersteigert hatte, nachdem es enteignet worden war. Es befand sich damals in der zweiten von gefühlt hundert Renovierungsphasen. Die Hummerbecken, die ich zum Üben benötigte, wurden gerade in einem der vier dreistöckigen Gebäudeflügel gebaut, deshalb verschaffte ich mir bei der Gelegenheit einen Überblick über die Baufortschritte. Ich war noch nicht zufrieden mit der Tiefe der beiden in die Wände eingelassenen Glasbehälter und bat meine Konstrukteurin, die unter strengster Geheimhaltung arbeitete, noch einmal von vorn anzufangen. Sie glaubte, es handle sich um Versuchsbecken für die Erforschung von Reptilien und Wasserpflanzen. Nachdem ich ihr die nötigen Anweisungen gegeben hatte, machte ich mich auf den Weg zu dem Raum im zweiten Stock, in dem ich mit sechzehn Jahren gefangen gehalten worden war und meinen Kerkermeister schließlich durch Stromschlag getötet hatte. Die dreieinhalb mal siebeneinhalb Meter große Zelle war längst leer geräumt und saubergefegt worden.

Ich pflückte mehrere Blätter in genau den richtigen Farben von jungen Bäumen im umliegenden Wald – entweder hellgrüne für den männlichen Actias luna oder blaugrüne für den weiblichen – und bat einen Arbeiter des Renovierungstrupps, sie mir von außen an das dreieckige Fenster zu kleben. Dann erfasste ich zwölf Stunden lang meine Farbeindrücke bei unterschiedlichem Sonnenstand. Das Ergebnis war immer dasselbe: schwarz. Meine damalige Wahrnehmung hatte sich in die Irre führen lassen, weil ich natürlich nicht berücksichtigt hatte, dass der Baum vor dem Fenster Lichtwellen blockierte und umleitete. Ich hätte die wahre Farbe des Nachtfalters gar nicht erkennen können, denn ich besitze das Handicap, mit einem ungenügenden menschlichen Sehvermögen ausgestattet zu sein, das genau wie mein Hörvermögen, mein Geschmacks- und mein Tastsinn schnell an seine Grenzen stößt. Leider bin ich keine Fledermaus, die bis zu einem Bereich von hundert Kilohertz hört, und auch kein Raubvogel, der aus mehreren Kilometern Höhe Nagetiere auf dem Boden wahrnimmt. Evolutionswissenschaftler vertreten den Standpunkt, dass uns gerade die Beschränktheit unserer Wahrnehmungen das Überleben sichert, weil wir wahnsinnig werden würden, wenn wir ebenso viel hören oder sehen könnten wie gewisse Lebewesen aus der Tierwelt. Mir ging auf, dass ich aus ebendieser Fehlbarkeit Kapital schlagen konnte, denn sie betraf nicht nur mich, sondern alle Menschen. Ich konnte meine Feinde täuschen, indem ich falsche Anblicke, falsche Töne erzeugte, sie gezielt irreführte. Indem ich ihre eigenen vorgefassten Definitionen der Welt gegen sie verwendete.

Ich beschloss, meine neuen Erkenntnisse zum Thema Sinneswahrnehmungen für meine Flucht aus dem Hummerbecken zu nutzen. Schließlich würde ich dort nackt sein und ansonsten wenig zur Verfügung haben. Nachdem ich mein Insekt als Actias luna identifiziert hatte und wusste, dass es sich in der Tat nicht um einen Schmetterling, sondern um einen Nachtfalter gehandelt hatte, wartete ich auch aus diesem Grund auf einen weiteren Besuch von Velada. Ich wollte sie darüber informieren, dass die Tätowierung an ihrer Hand ein falsches Motiv zeigte, nämlich einen schwarzen Schmetterling. Falls sie auf etwas basierte, was ich nach meiner Befreiung in einem Interview gesagt hatte, lief Velada mit einem Missverständnis herum.

Sie kam just an dem Tag, als ich meine Doktorarbeit in Physik verteidigte, genauer, meine Doktorarbeit über Schallwellen. Oder noch genauer: über die biophysischen Aspekte einer Verwendung von Ultraschall zum *Anlocken* – nicht zum Abschrecken – von Nagetieren und anderem Ungeziefer. Diese Doktorarbeit erwies sich beim Austüfteln meines Plans als äußerst nützlich.

Am Tag meiner Disputation war ich fünfundzwanzig, deutlich jünger als die meisten meiner Kommilitonen beim Erwerb ihres Doktortitels. Während der Feier, die aufgrund meiner bereits angemeldeten Patente und meiner Vergangenheit als Entführungsopfer für einiges Aufsehen gesorgt und zu einer Pressemitteilung der Fakultät geführt hatte, ging Velada mit dem Daumennagel zwischen den Zähnen vor der Uni-Cafeteria auf und ab. Sie wartete darauf, dass ich mich von dem unnötig riesigen Kuchen löste, der mit Schallwellen in blauem Zuckerguss dekoriert war. Diese wurden mit blauer verschnörkelter Schrift als »20kHz ULTRASCHALL« betitelt, was absolut nicht zutraf. Die abgebildeten Schallwellen bewegten sich höchstens im Bereich von etwa dreißig Hertz. Es handelte sich also um eine tiefe, für gewöhnliche menschliche Ohren hörbare Frequenz, nicht um die in meiner Dissertation vorkommenden höherfrequenten Ultraschallwellen, die nur Nagetiere und

Fledermäuse mit ihren hocheffizienten Sinnen wahrnehmen. Die Aufschrift auf dem gewaltigen Blechkuchen ergab aus wissenschaftlicher Sicht keinen Sinn, und ich spürte den Drang in mir, meiner Familie und den anwesenden Fakultätsmitarbeitern noch einmal zu erklären, wie Schall funktionierte. Aber ich hielt den Mund, weil Nana mir zwischen zusammengebissenen Zähnen zuraunte: »Einfach lächeln, Liebes.«

Anfangs zwang mich ein eigenartiger Impuls, Velada warten zu lassen. Sie sollte nicht denken, dass sie allein den zeitlichen Rahmen unserer Begegnungen bestimmte. Ich weiß noch genau, wie oft Velada von einem Fuß auf den anderen hüpfte und wie oft sie auf die Uhr blickte: Es waren siebenundzwanzig Hüpfer und fünfunddreißig Blicke auf die Uhr in vier Minuten und siebenundfünfzig Sekunden. Sie schien in Eile zu sein. Schließlich erbarmte ich mich und wies mit dem Kinn zur Damentoilette, in der es nur eine einzige Kabine gab. Als ich ihr hineinfolgte, registrierte ich die Umrisse eines Feuerzeugs und einer Zigarette in ihrer Gesäßtasche. *Sehr gut,* dachte ich und schloss die Tür hinter uns ab.

Feuerzeug und Zigarette scheinen ihre ständigen Begleiter zu sein. Sie in der Gesäßtasche aufzubewahren ist ein festes Verhaltensmuster.

Wieder war sie ganz in Schwarz gekleidet, trug ein enges schwarzes T-Shirt, das ihren dünnen Körper und ihre muskulösen Fledermausarme betonte. Natürlich fehlte auch das schwarze Schmetterlings-Tattoo auf ihrer Hand nicht. Wie schon beim letzten Mal trug sie Flip-Flops, vermutlich, um mir ihre Verätzungen in Erinnerung zu rufen. Wieder fielen mir ihre gleich langen Zehen auf, eine angeborene Besonderheit.

Nachdem ich die Tür verriegelt hatte, damit uns niemand störte, drehte sich Velada ruckartig um und lehnte sich mit dem Rücken gegen ein Waschbecken. Ich lehnte mich ihr gegenüber an die Wand.

Es war neun Jahre her, seit ich sie das letzte Mal gesehen hatte – ein sehr langes Schachspiel, das sie da auf jenem Parkplatz in Indiana begonnen hatte.

»Erinnerst du dich noch an mich?«, fragte sie.

»Natürlich.«

»Aha.«

Ich erwiderte ihren stechenden Blick. Glaubte sie etwa wirklich, ich hätte sie einfach wieder aus meinem Gedächtnis gelöscht, statt die letzten neun Jahre damit zu verbringen, mich zwanghaft mit jedem ihrer Worte zu beschäftigen?

»Wie auch immer«, sagte sie unvermittelt. »Ich habe nicht viel Zeit. Seit unserem letzten Gespräch habe ich getan, was ich konnte. Inzwischen arbeite ich wieder mit meiner Quelle vor Ort zusammen und versuche so viele Informationen wie möglich von ihr zu bekommen. Hast du mittlerweile herausgefunden, was das Hummerbecken ist?«

»Ja.«

»Okay ... sehr gut. Wow.« Sie schien zu zögern, sich selbst davon abzuhalten, weiter nachzuhaken. Dann schüttelte sie den Kopf, biss sich auf die Unterlippe und sagte: »Auch ich weiß jetzt, was sie mir damals genau angetan haben. Echt krank.«

»Ja.«

»Und weißt du auch, wo das Hummerbecken ist?«, fragte sie und trat näher an mich heran, schien gespannt auf meine Antwort zu lauern.

»Nein.«

»Hm«, machte sie und drehte sich weg, um ihr Gesicht vor mir zu verbergen. Sofort war ich auf der Hut. Nachdem sie sich wieder zu mir umgewandt hatte, sagte sie: »Tja. Es wird noch kränker.«

»Du kannst hier drinnen übrigens rauchen, wenn du willst. Es gibt keinen Rauchmelder«, teilte ich ihr mit.

Sie riss überrascht die Augen auf. »Meinst du?«, fragte sie zögernd. Ich beobachtete, wie sie nach hinten griff und ein grünes Feuerzeug und eine einzelne Zigarette aus ihrer Jeanstasche zog – genau wie beim letzten Mal.

Menschen und ihre seelischen Trostpflaster – man erkennt sie so mühelos.

Während sie weiterredete, rauchte sie voller Genuss ihre Zigarette, genau wie damals auf dem Parkplatz in Indiana. Diesmal empfand ich es nicht als unhöflich, schließlich hatte ich es ihr erlaubt.

»Das mit meinen Füßen passierte zwei Jahre vor unserem letzten Gespräch. Ich weiß jetzt auch, warum mir die Bleiche nur bis zu den Füßen reichte und warum sie mich vorzeitig wieder aus dem Becken zogen: Es war ein Streit zwischen ihnen ausgebrochen. Sie hätten die Hummerbecken-Zeremonie nicht noch einmal eigenmächtig durchführen dürfen, sondern hatten Anweisung, zwanzig Jahre zu warten, bis Eminenz zurückkehrte. In jenem Jahr war bereits ein Mädchen mit Bleiche verätzt worden, in Anwesenheit von Eminenz. Der Mann, den ich gesehen habe, als sie mich ins Becken sperrten, war hingegen irgendein anderes Arschloch. Meine Quelle sagt, der Mann sei anschließend erschossen und ins Meer geworfen worden, weil er das Hummerbecken von Eminenz benutzt und versucht habe, die ›nur ihm vorbehaltene‹ Handlung zu vollziehen.«

Sie haben damals also schon ein Mädchen ins Hummerbecken gesteckt. Das muss das Mädchen gewesen sein, das wir auf dem Video gesehen haben.

»Warum die Anweisung, zwanzig Jahre zu warten?«

»Ein Grund dafür könnte sein, dass der Anführer des Inneren Kreises – er nennt sich Eminenz – furchtbar abergläubisch ist.«

Sie brach ab und hustete. *Du bist auch abergläubisch, benutzt immer nur eine einzelne Zigarette und ein grünes Feuerzeug,* dachte ich. *Sehr aussagekräftig.*

»Mehr weiß ich auch nicht. Der Kerl teilt anscheinend alles in Zwanzigerzyklen ein. Deshalb findet das Hummerbecken lediglich alle zwanzig Jahre statt. Ein anderer Grund könnte sein, dass die Kunden natürlich Höchstpreise dafür zahlen, live bei der Hummerbecken-Zeremonie zuzusehen, wenn sie diese Erfahrung nur alle zwanzig Jahre machen können. Genau wie ich konntest du übrigens nur herausfinden, was das Hummerbecken ist, weil der Innere Kreis *will*, dass die Unterwelt davon erfährt. Natürlich lässt sich nie etwas beweisen. Das Ganze wird nur als diffuse urbane Legende am Köcheln gehalten.«

Live zuzusehen? Von wo?

»Ich muss dir noch mehr erzählen«, verkündete sie und hielt inne, um an ihrer Zigarette zu ziehen und den Rauch rasch wieder auszustoßen. »Es gibt gewisse Regeln, und auf die musst du vorbereitet sein. Es sind keinerlei elektronische Geräte erlaubt, nichts aus Metall, keine Peilsender. Sie werden dich sofort bei Ankunft durchsuchen, und wenn sie irgendetwas finden, wird es zerstört, und du wirst bestraft. Nur durch diese rigorosen Sicherheitsvorkehrungen ist es ihnen gelungen, so lange nicht auf dem Radar aufzutauchen. Niemand, und ich meine wirklich niemand, nähert sich dem Inneren Kreis mit irgendeiner Art von technischem Gerät. Weder mit einem GPS-Empfänger noch mit sonst etwas. Alles läuft vollkommen analog ab, wie im Mittelalter. Die nächste Schwierigkeit ist, dass du irgendwie verhindern musst, dass sie dich heroinabhängig machen. So machen sie die Mädchen gefügig, bringen sie zum Schweigen. Mit Drogen.«

»Das sind also die Regeln des Spiels«, murmelte ich und blinzelte langsam.

Velada starrte neben mir ins Leere, als stünde dort eine dritte Person, und warf die Hände in die Luft, als würde sie diese unsichtbare Person bitten, ihr meine Denkweise zu erklären. »Die Regeln des was?«

»Des Spiels, auf das wir uns einlassen. Hummerbecken nur alle zwanzig Jahre, keine technischen Geräte, kein Heroin.«

»Das hier ist kein Spiel, Lisa. Es geht um Leben oder Tod, kapierst du das nicht?«

»Wenn man nichts fühlt, ist alles nur ein Spiel.«

»Ach ja? Das Leben etwa auch?«

»Ja.« Ich hielt irritiert inne, weil sie erneut hilfesuchend die unsichtbare dritte Person neben mir anstarrte. »Ein sehr kompliziertes, das gestehe ich dir zu. Das Leben verlangt ein noch strategischeres Vorgehen als eine Schachpartie.«

Sie atmete geräuschvoll aus. »Unglaublich. Einfach unglaublich. Aber was soll's? Denk doch, was du willst. Ich habe keine Zeit für philosophische Diskussionen.«

»Von philosophisch kann keine Rede sein.«

»Du ... du glaubst das wirklich, nicht wahr? Du bist so was von krank. Mit dieser Denkweise will ich nichts zu tun haben.« Sie spannte ihre Kiefermuskeln an und betrachtete mich ein paar Sekunden lang prüfend. »Nein, warte mal.

Warte. Einen Moment. Wenn das Leben ein Spiel ist, wie gewinnt man dann dieses Spiel?«

»Das ist eine der Fragen, die ich mit kompliziert meine. Alles im Leben ist subjektiv und hängt davon ab, wie man seine Sinne einsetzt, seine Wahrnehmungen. Aber es gibt zweifellos Gewinner im Leben. Und es gibt Verlierer. Und eine ganze Menge Leute dazwischen.«

»Hast du gerade auf mich gezeigt, als du von Verlierern geredet hast?«

»Wenn, dann unbewusst.«

Sie riss ihren Blick abrupt von der nicht existierenden dritten Person los und starrte mich an, wobei sie auf irgendetwas in ihrem Mund herumzukauen schien. Dann schnippte sie unwirsch Asche auf den Boden. »Du bist so ein Miststück«, sagte sie.

»Wo ist das Hummerbecken?«

»Keine philosophischen Abhandlungen mehr? Keine Beleidigungen?«

»Wo ist das Hummerbecken?«

Sie schloss die Augen und atmete tief durch, schien ihre aufgebrachte Stimmung zurück auf neutral zu stellen. »Ich werde so was von erleichtert sein, wenn ich mit dir fertig bin.« Sie nahm noch einen Zug von ihrer Zigarette, drehte den Kopf nach oben, um den Rauch Richtung Decke auszustoßen, und sagte: »Ich weiß nicht, wo das verdammte Hummerbecken ist, okay? Alles, was ich herausfinden konnte, ist, dass Eminenz vorhat, dich zwanzig Jahre nach dem letzten Mädchen in besagtes Hummerbecken zu sperren. Für ihn steckt irgendeine Bedeutung in diesem zeitlichen Abstand.«

»Zwanzig Jahre nach dem letzten Mädchen wäre etwa zehn Jahre ab heute. Aber in welchem Monat? An welchem Tag? Und wo?«

»Ich habe keine Ahnung, an welchem Tag oder Monat. Die Adresse hat mir meine Quelle auch noch nicht verraten. Dieses verdammte Hummerbecken unterliegt strengerer Geheimhaltung als alles, was sich im Pentagon abspielt. Von jedem Arschloch, das live zusieht, werden Millionen von Dollar verlangt. Je länger der Innere Kreis zwischen den Zeremonien wartet, desto gewaltiger und finsterer wird die urbane Legende, und desto höher wird auch der Preis. Eine ganz einfache Rechnung.«

Live zusieht. Für Millionen von Dollar.

»Aber du hast doch sicher eine ungefähre Ahnung von der Gegend, in der sich das Hummerbecken befindet, oder? Du musst zumindest wissen, in welchem Bundesstaat du warst, als dir die Flucht gelang.«

Sie zuckte kaum merklich zusammen und nahm dann hastig einen Zug von ihrer Zigarette. In der Toilette vermischten sich Putzmittelgeruch und Rauchgestank, und über unseren Köpfen surrte lautstark ein Deckenventilator. »Weißt du, das …« Sie brach ab und verdrehte genervt die Augen. »Ich habe nicht die geringste Ahnung, okay? Ich weiß nur noch, dass mich jemand in einen Bus gesetzt hat. Ich wusste tagelang nicht, wo ich war. Dann bin ich neben einem Hardee's-Schnellrestaurant in Roanoke aufgewacht. Wie auch immer: Es mag noch zehn Jahre dauern, bis du gefangen genommen wirst, aber der Tag rückt trotzdem näher. Halte dich bereit.«

Die schnellen Bewegungen ihrer Pupillen lassen auf bewusste Täuschung schließen. Ich muss sie weiter beobachten.

Velada nickte mir zu und wollte die Toilette verlassen, wobei sie immer noch ihre Zigarette in der Hand hielt. Ich packte sie beim Arm.

»Ich muss gehen. Jetzt sofort!«, zischte sie und riss sich los.

»Gib mir deine Zigarette. Dort draußen hängen überall Rauchverbotsschilder.«

Velada betrachtete mich etwas zu lange, musterte mich von Kopf bis Fuß. »Hier«, sagte sie schließlich und reichte mir ihre Zigarette so langsam und vorsichtig, als handelte es sich um eine geladene Waffe.

»Was verschweigst du mir?«, fragte ich.

Ich hielt die Zigarette zwischen den Fingern. Sie starrte mich weiter an, als wollte sie mich dazu auffordern, einen Zug zu nehmen. Ich erwiderte ihren Blick ohne jede Regung meines Gesichts. So machten wir noch eine Weile weiter, und ich hätte die Sache noch länger durchgezogen, hätte Velada nicht irgendwann den Blick abgewendet.

»Du bist einfach nur paranoid, Lisa. Ich bin hier diejenige, die dir Informationen liefert. Was, wenn ich dir überhaupt nichts von dem Hummerbecken erzählt hätte? Was dann? Dann wüsstest du nicht, dass du bereit sein musst. Wirst du bereit sein?«

Ihre Frage war ganz offensichtlich ein Ausweichmanöver, aber ich drang nicht weiter in sie. Sie würde mir ohnehin keine ehrliche Antwort geben. In mir reifte der Entschluss, mich nicht auf sie zu verlassen, sondern selbst Informationen zu sammeln und sie persönlich zu verifizieren. Ich bedeutete ihr mit einem Nicken, dass sie gehen konnte, und hielt die Zigarette dabei weiterhin seitlich am Körper. Sie schnaubte verächtlich und ging zur Tür.

»Es war übrigens tatsächlich ein Nachtfalter, kein Schmetterling. Die Tätowierung auf deiner Hand ist also falsch. Es war ein grüner oder blaugrüner Nachtfalter. Ein Actias luna«, rief ich ihr hinterher.

Sie blieb stehen, kratzte sich an ihrem falschen Schmetterlings-Tattoo und drehte sich zu mir um. »Dann hatte ich also recht«, sagte sie mit einem Lächeln, das ich anhand eines erlernten und abgespeicherten Spektrums an Gesichtsausdrücken als hochmütig und spöttisch erkannte.

Und dann war sie weg.

Ich verstaute ihre inzwischen erloschene Zigarette in dem verschließbaren Plastikbeutel, den ich zu diesem Zweck seit Jahren in der Tasche herumtrug, und gesellte mich wieder zu Nana und den anderen, um ein Stück von dem Kuchen mit der unzutreffenden Verzierung zu essen. Während ich erneut die falschen Schallwellen aus blauem Zuckerguss betrachtete und darüber nachdachte, wie trügerisch die menschliche Wahrnehmung sein konnte, die mich veranlasst hatte zu glauben, ein grüner Nachtfalter sei ein schwarzer Schmetterling, ging ich in Gedanken durch, an welchen Gegenständen und Fähigkeiten ich in meinem Versuchsraum in Indiana würde arbeiten müssen.

KAPITEL ELF

Lisa Yyland: Einzug in Indiana

Direkt nachdem ich mit dem Studium fertig war und meinen Doktortitel in der Tasche hatte, schnappte ich mir den neunjährigen Vanty und zog in das inzwischen vollständig renovierte Schulgebäude in Indiana, das der Firmensitz meines Unternehmens 15/33 wurde. Lenny, mein Lebensgefährte und Vantys Vater, war damals noch nicht mein Ehemann. Er studierte zu dem Zeitpunkt Lyrik und unterrichtete Englisch in Johannesburg.

Das Zimmer mit den beiden in die Wand eingelassenen Glasbehältern richtete ich mir als Test- und Übungsraum ein. Ich stellte einen Edelstahl-Arbeitstisch hinein und versah den Raum mit einer über zehn Zentimeter dicken Stahltür, die sich nur öffnete, wenn man auf dem daneben angebrachten Bedienfeld den richtigen Code eingab und sich zusätzlich per Fingerabdruck identifizierte. Ich konnte also sicher sein, dass niemand hereinkam, während ich an meinen Erfindungen arbeitete oder für das Hummerbecken trainierte. Bis auf eine dreimonatige intensive Trainingsphase, in der ich von früh bis spät eine ganz bestimmte Fähigkeit übte, sah mein Tagesablauf von da an so aus, dass ich Vanty zur Schule fuhr, danach ein bis zwei Stunden pro Tag damit verbrachte, mich auf das Hummerbecken vorzubereiten, anschließend mein Fitnesstraining mit

Sarge absolvierte und nachmittags an meinen verschiedenen Patenten arbeitete und in den anderen Räumen des Gebäudes meine Beratungsfirma mit integriertem kriminaltechnischem Labor aufbaute. Zwischendurch blickte ich dem Koch auf die Finger, der in dem Gebäudeflügel, in dem meine Familie ihre Privaträume hatte, das Essen zubereitete.

Im Rahmen meiner Vorbereitung auf das Hummerbecken machte ich mich unter anderem daran, zwei technisch anspruchsvolle Hilfsmittel für die Umsetzung meines Plans zu entwerfen und mir gewisse Fähigkeiten anzueignen, die ebenfalls mit dem Thema Sinnestäuschung zu tun hatten.

Die Wände meines Übungsraums verwendete ich als Leinwand, auf der ich einem gemalten Birkenwäldchen immer dann weitere Schichten und Details hinzufügte, wenn ich wieder einmal ein gedankliches Problem wälzte. Am Anfang waren nur eine Birke und ein paar blaue Farbkleckse für den Himmel zu erkennen, doch im Laufe der Jahre entwickelte sich mein gemaltes Birkenwäldchen ebenso weiter wie mein Informationsstand, mein Training und meine Pläne für den Tag, an dem mich Eminenz ins Hummerbecken sperren würde.

Auf meinem Edelstahltisch experimentierte ich mit verschiedenen Materialien herum und baute eine ganze Reihe von Datenträger-Prototypen, die nicht nur zum Abspeichern von Schallwellen geeignet sein mussten, sondern diese auch zum richtigen Zeitpunkt abspielen sollten. Eine der größten Hürden bestand anfangs darin herauszufinden, wie sich diese Datenträger mit Energie versorgen ließen und wie ich sie einschalten konnte. Ich würde keine konstante Stromquelle zur Verfügung haben und konnte auch nicht genau vorhersagen, wann sie aktiviert werden mussten.

Also schleppte ich haufenweise wissenschaftliche Fachliteratur (oft fremdsprachige, die ich erst übersetzen lassen musste) über mechanische Energie in meinen Übungsraum. Neben Materialproben und zerfaserten Kabeln stapelten sich bald Artikel aus Fachzeitschriften mit Titeln wie »Die Energie menschlicher Schritte nutzbar machen« und »Menschliche Energie«. Im Grunde steckt hinter mechanischer Energie das gleiche Prinzip wie bei Windrädern, die Windenergie einfangen und in großen Kondensatoren speichern. Nur dass dieses Konzept hier stark verkleinert und auf am Körper befestigte Bänder übertragen wurde, die die aus der menschlichen Bewegung entstehende Energie aufnehmen. Auf meinem Arbeitstisch entstand nach und nach ein fleischfarbener, selbsthaftender Streifen, den ich mir in die Kniekehle klebte. Der erste Prototyp brauchte noch einen Kondensator von der Größe einer Limette, um die durch die Beugebewegungen meiner Knie entstehende Energie zu speichern. Ich musste ihn mir separat um die Oberschenkel schnallen. Diese Art der Energiegewinnung war keineswegs revolutionär und auch nicht besonders kompliziert, aber ich fühlte mich unwohl mit dem Kniestreifen und natürlich noch viel mehr mit der Größe des Kondensators. Selbst wenn ich es schaffte, ihn deutlich zu verkleinern, konnte ich mir nicht vorstellen, dass er oder die Kniebänder während meiner Gefangenschaft unbemerkt bleiben würden. Wie es immer so ist bei schwierigen wissenschaftlichen Problemen, kam ich eines Tages an den Punkt, an dem ich des Rätsels Lösung vollkommen aus den Augen verlor. Ich gab es fürs Erste auf, meine Kniestreifen und meinen Kondensator verbessern zu wollen, und vertraute darauf, dass die Lösung irgendwann von allein zu mir kommen würde. Unterdessen trainierte und testete ich auf andere Weise weiter fürs Hummerbecken.

Nun zu den speziellen Fähigkeiten, die ich mir aneignete.

Zwanzig ist die Zahl, die die ganze kranke Hummerbeckengeschichte bestimmt wie eine Zwangsneurose, und Zwanzig ist zufällig auch eine »Magische Zahl« in der Physik. Ich selbst habe mit Magie nichts am Hut, Magie ist nicht real, ich glaube nicht daran. Aber mit genügend Übung kann sich jeder Mensch Fähigkeiten aneignen, die wie Magie wirken. Die Art von Magie, die mir vorschwebte, war eine Kombination aus den Gesetzen der Physik, aus körperlichen Fähigkeiten, aus Sinnestäuschung und Psychologie.

Inspiriert hatte mich die Erinnerung an eine Reise nach New York City, die ich im Jahr meiner Promotion mit Mutter unternommen hatte. Mutter und ich hatten in einer Restaurantkette in Midtown zu Mittag gegessen, und Mutter hatte mich darüber belehrt, dass das wahre New York in SoHo zu finden sei und nicht etwa am »ekelhaft überfüllten« Times Square, und schon gar nicht in der Nähe des »protzigen« Trump Towers. Das Restaurant, in dem wir saßen, bezeichnete sie als »furchtbar prosaisch« mit seinen »billigen« roten Kunstledersitzen und den »proletenhaften« Bierschildern mit Leuchtschrift. Aber es war eine florierende, landesweit operierende Restaurantkette, geführt von einem ihrer Klienten, den wir hier in New York treffen sollten und dem verschiedene Wirtschaftsdelikte vorgeworfen wurden. Mutter sträubte sich und zog sich in die dunkelste Ecke unserer Sitznische zurück, als ein Entertainer an unserem Tisch erschien, der sich Magic Mouse nannte und ein Mäusekostüm trug. Wäre Nana da gewesen, hätte sie mir bestimmt den Hinweis gegeben, dass das Ganze witzig sein sollte, aber Mutter lächelte nicht, und so blieb auch ich ernst.

Aufmerksam beobachtete ich Magic Mouse' Zaubertricks. Meine Neugier erregte er, indem er Mutters Geldbeutel aus einer Tasche seines braunen Kostüms zog, eben jenen Geldbeutel, der sich eigentlich in ihrer Valentino-Handtasche hätte befinden müssen, die sie seit unserem Eintreffen fest auf dem Schoß umklammert hielt.

Genau dieser Magic Mouse fiel mir in meinem Übungsraum in Indiana nun wieder ein, und ich machte seine Telefonnummer ausfindig und rief ihn von einer abhörsicheren Leitung aus an. Ich stellte ihn als Berater ein, ließ ihn eine Verschwiegenheitserklärung unterzeichnen und verlangte von ihm, dass er für drei Monate bei mir im Schulgebäude einzog und mich Tag und Nacht trainierte.

Drei Monate sind natürlich nicht annähernd genug Zeit, um sich das Können eines Berufszauberers anzueignen, aber mir reichte es, um das Nötigste über das Verbergen von Gegenständen und gewisse in die Irre führende Bewegungen zu lernen.

Magic Mouse erfuhr nie, wofür er mich trainierte, und bekam meinen Übungsraum mit den beiden Glasbehältern nie zu sehen. Ich wusste selbst noch nicht genau, wie ich meine neuen Fähigkeiten einsetzen würde, aber ich ahnte, dass sie mir am entscheidenden Tag eine große Hilfe sein würden. In dem Fitnessraum, den ich für meine Familie im Keller des Schulgebäudes eingerichtet hatte, übte ich unter Magic Mouse' Aufsicht jeden Tag sieben volle Stunden, wie man Gegenstände hinter den Händen und am Körper verbirgt. Er gab mir zu diesem Zweck eine Vielzahl verschiedener Gegenstände: Vantys Tennisbälle, Dominosteine, kleine Felsbrocken, Flaschen, Äpfel, Orangen, Käsewürfel, Schokoladenriegel, einfach alles, was er in der näheren Umgebung fand. Und ich musste diese Dinge mithilfe meiner Hände und Arme vor ihm verstecken. Er brachte mir einfache Methoden zur Irreführung meiner Zuschauer bei, ein flüchtiges Fingerschnipsen hier, ein dahingeworfenes Wort da. Die in meinem Kniestreifenkondensator gespeicherte Energie war an den Tagen mit ihm immer voll aufgeladen. Magic Mouse zeigte mir auch, wie ich meine Nacken- und Rückenmuskeln spielen lassen konnte, um für einen Überraschungseffekt und somit für Ablenkung zu sorgen, während meine tatsächlichen Bewegungen – zum Beispiel nach Verlassen des Hummerbeckens – unbemerkt blieben.

KAPITEL ZWÖLF

Roger Liu, Special Agent im Ruhestand

Bei Lisas zweitem Treffen mit Velada erfuhren wir, dass das grausame Ritual des Verätzens eines Mädchens im Hummerbecken alle zwanzig Jahre stattfand. Numerologen und Symbolspezialisten beim FBI und bei Lolas Abteilung waren sich darin einig, dass Zwanzigerperioden die Vollendung eines Zyklus symbolisieren, einer Geduld erfordernden Wartezeit. Mit anderen Worten: In der verqueren Welt von Sekten und Kulten kann zwanzigtägiges, -wöchentliches, -jähriges Warten einen Initiationsritus symbolisieren, eine Prüfung von Durchhaltevermögen oder Geduld, das Erreichen einer kultischen Erleuchtung. In diesem Fall war es der Aberglaube des Großmeisters Eminenz, der der Zahl zwanzig ihren besonderen Wert verlieh und dafür sorgte, dass die Teilnehmer an seiner abscheulichen Hummerbecken-Zeremonie volle zwanzig Jahre auf den Vollzug ihres »Initiationsritus« warten mussten. Wir hatten es ganz offensichtlich mit einem Geisteskranken zu tun.

Aber wer war dieser Eminenz, und wo hielt er sich auf? Um dies herauszufinden, recherchierten wir ausgiebig zu der Zahl zwanzig. Mein Ziel bestand darin, diesen kranken Psychopathen aufzuspüren und die ganze Scheiße zu beenden, bevor er oder seine Leute Lisa erneut entführen konnten.

Eine ganze Weile stießen wir beim Durchforsten einer landesweiten, vom FBI zusammengestellten Datenbank über Sekten- und Gang-Symbole nur auf frustrierende, in die Sackgasse führende Hinweise. Wir gingen jeder noch so weit hergeholten Theorie nach, spielten unzählige verschiedene Möglichkeiten durch, fanden jedoch nichts. Bis eine Expertin für Symbole aus Lolas Abteilung uns eine E-Mail schrieb mit dem Inhalt: »Keine Ahnung, wo dieses Foto aufgenommen wurde. Ein anonymer Hinweisgeber hat es uns geschickt, ohne Anmerkungen, ohne alles. Die Metadaten der Bilddatei wurden gelöscht.«

Auf dem Foto war eine Backsteinmauer zu sehen, die ein kleines Sträßchen oder eine Gasse zu begrenzen schien. Auf die Mauer war mit verblichener weißer Farbe ein Drache gemalt, dessen einzige Klaue ein 二 bildete und dessen Schwanz sich zu einem 十 aufstellte, was zusammengenommen ein 二十 ergab: die Zahl zwanzig auf Mandarin. In diesem Moment hätte ich mir am liebsten in den Hintern gebissen. Ich konnte es nicht fassen, dass wir auf so etwas Offensichtliches nicht gekommen waren: Wir hatten es bei unserer Recherche doch tatsächlich versäumt, die Zahl zwanzig auch in andere Sprachen zu übersetzen. Der Mann in dem Verbrannter-Hummer-Video hatte Englisch gesprochen, aber das war keine Entschuldigung. Lola versuchte mich zu trösten: »Selbst der Chefarzt der Chirurgie einer großen Klinik in den Südstaaten macht manchmal Anfängerfehler und amputiert Patienten den falschen Arm. Nur so als Beispiel.« Ich fand Lolas Vergleich reichlich eigenartig und vor allem wenig tröstlich.

»Welcher Chirurg aus den Südstaaten?«, hakte ich nach.

»Ist doch egal, Boss. Vergiss es«, antwortete sie.

Mir entging nicht, dass ihr Gesicht plötzlich knallrot

angelaufen war. *Scheint was Persönliches zu sein.* Ich musste unwillkürlich daran zurückdenken, wie Lola damals in dem weißen Hotelbademantel im Four Seasons gestanden und zärtlich über den Stoff gestrichen hatte.

Die Spezialistin, die das Foto geschickt hatte, hatte das ニナ eingekreist und mit rotem Filzstift »= 20« daneben geschrieben. Das half meinem Gedächtnis auf die Sprünge, und ich war mir plötzlich sicher, das Motiv des Fotos schon einmal gesehen zu haben. Mein hyperthymestisches Syndrom meldete sich, und ich musste mich hinsetzen und tief durchatmen. Auf einmal war alles wieder da: Ich erinnerte mich in sämtlichen qualvollen Details an den Weg zu einer von Backsteinmauern gesäumten Gasse in Chinatown, Boston.

Im Laufe der Jahre hat mich meine Ermittlungsarbeit in eine Vielzahl amerikanischer Städte geführt, und Boston war eine davon. Angesichts meines Gedächtnisdefekts – oder meines Gedächtnisvorteils, je nach Situation – schlendere ich manchmal stundenlang ziellos durch die Straßen einer Stadt, schaue mich um und speichere ab, was ich sehe. Bisweilen, wie auch im Fall des Drachen mit dem ニナ, verwandeln sich diese Spaziergänge von scheinbar sinnlosen Stadtbummeln in wertvolle Ermittlungsarbeit. Dann werde ich zu einer Bildsuchmaschine, und mein Gedächtnis spuckt plötzlich etwas aus. Als ich damals den gemalten Drachen in jener Gasse sah, dachte ich mir natürlich nicht das Geringste dabei.

Nachdem ich mich von meiner Erinnerungsreise erholt hatte, schnappte ich mir Lola, und wir fuhren nach Boston. Das war vor acht Jahren.

Ich fand die Gasse auf Anhieb wieder, ohne auch nur einmal falsch abzubiegen. Wir betraten sie, indem wir zwischen einer Karaoke-Bar zur Rechten und einem die ganze Nacht geöffneten Sushi-Imbiss zur Linken hindurchgingen. Die weiße Farbe war zwar im Laufe der Jahre immer weiter verblichen, ausgewaschen vom häufigen Regen und den zerstörerischen Graupelschauern Neuenglands, aber auf der Backsteinmauer war immer noch unser Drache zu erkennen.

Wir waren also am richtigen Ort und betraten kurzerhand eine gegenüberliegende, von der Gasse abzweigende Hintertür. Da wir zuvor die zur Straße hin geöffneten Läden gesehen hatten, wussten wir, dass wir uns im Sushi-Imbiss befanden, genauer: in einem höhlenartigen, mit schwarzen Stoffen verhängten Flur. Dieser führte zu einem schleusenartigen Durchgangszimmer, das mit einer ebenfalls ganz in Schwarz gehaltenen Küche verbunden war. In dem Durchgangszimmer war blecherne Musik zu hören, die von einem gurgelnden Wasserspiel übertönt wurde. Das Zimmer war fensterlos, und es befanden sich nur drei Dinge darin: das Wasserspiel, das sich als riesiges Aquarium herausstellte, ein Tisch mit vier Stühlen und ein Mann. Das Aquarium enthielt ausschließlich schwarzes Meeresgetier: schwarze Seeigel, einen schwarz gesprenkelten Hummer und einen dicken schwarzen Fisch.

Der Mann stand mit einem tropfenden Netz über die Öffnung des Aquariums gebeugt da. Er drehte sich nicht um, um uns zu begrüßen.

»Hinsetzen«, sagte er.

Mit seinem weiten braunen Bowling-Hemd und seiner braunen Hose erinnerte er an einen Mönch. Als er sich schließlich doch umdrehte, starrten uns seine leeren, milchig-weißen Augen entgegen. Er war blind. Seine Haare waren weiß und seine Gesichtszüge asiatisch.

»Seid ihr hier, um zu spielen?«, fragte er. Seine blinden Augen schienen durch uns hindurchzublicken.

»Ja«, antwortete ich und brachte Lola zum Schweigen, indem ich ihr den Ellbogen in die Rippen stieß. Langsam schob ich mich näher an den Mann heran. Er hielt immer noch das Netz in der Hand, von dem Wasser auf den weißen Boden tropfte.

»Zuerst müsst ihr bei mir vorsprechen. Habt ihr die Münzen dabei?«

Lola und ich hatten keine Ahnung, wovon er redete. Die Umstände ließen jedoch darauf schließen, dass er in irgendeinem Hinterzimmer einen illegalen Poker-Salon unterhielt.

Wir setzten uns an den Tisch.

»Die Dame rechts von mir, der Mann links«, sagte er und nickte uns zu, während er sich uns gegenübersetzte. Aus der Nähe war noch besser zu erkennen, dass er vollkommen blind war. Ich vermute, dass es andere Sinne waren, mit denen er sich orientierte.

»Wir sind nicht hier, um zu spielen«, verkündete ich.

Der blinde Asiate versuchte nicht einmal, sein Glücksspielunternehmen geheim zu halten, was bedeutete, dass er jemanden bei der Polizei hatte, der ihn beschützte. Oder vielleicht war die Polizei auch am Geschäft beteiligt. Vermutlich beides.

Er zeigte keinerlei Regung. »Warum sind Sie dann hier? Um mich zu meinem Schöpfer zu führen?« Er lachte. Ich schätzte ihn auf etwa fünfundachtzig.

»Nein, Sir, wir sind nicht hier, um Sie zu Ihrem Schöpfer zu führen«, antwortete ich. »Wir interessieren uns für den Drachen auf der Backsteinmauer, hinten in der Gasse.«

Sein Lächeln erstarb. Er stand abrupt auf, schob seinen

Stuhl nach hinten und machte zwei Schritte vom Tisch weg.

»Gehen Sie. Sofort.«

Lola schlug auf den Tisch. Der metallische Knall wurde von den Wänden zurückgeworfen. »Ich mache dieses Drecksloch dicht, wenn Sie sich nicht auf der Stelle wieder hinsetzen und mit uns reden«, drohte sie.

Der alte Mann kehrte langsam zu seinem Stuhl zurück und fragte: »Warum interessieren Sie sich dafür? Was bedeutet Ihnen der Drache? Sind Sie vom Inneren Kreis?«

Bingo.

»Vielleicht«, sagte ich und war froh, dass er blind war, denn meine Finger zitterten sichtlich. In all den Jahren der Suche war uns noch nie jemand begegnet, der zugab, auch nur irgendetwas über diesen »Inneren Kreis« zu wissen, den Velada gegenüber Lisa erwähnt hatte.

»Wenn Sie vom Inneren Kreis sind, wissen Sie Bescheid. Dann brauche ich Ihnen nichts zu erzählen.«

»Tun Sie es trotzdem«, forderte Lola ihn auf.

»Wie heißen Sie, Sir?«, fragte ich ihn.

»Reno.«

»Das ist bestimmt nicht Ihr echter Name«, schnaubte Lola verächtlich.

»Wen kümmert es, wie ich heiße! Für Sie bin ich verdammt noch mal Reno, Lady.«

»Na schön, Reno«, sagte ich und bemühte mich um einen beruhigenden Tonfall. »Wir wollen nur wissen, was der Drache auf der Mauer bedeutet. Warum er die Zahl zwanzig auf Mandarin enthält und für wen diese Zahl steht.«

»Wenn ich Ihnen das sage, tut er mir beim nächsten Mal noch etwas viel Schlimmeres an. Er hat mich geblendet.

Dieser Schweinehund hat mich geblendet, als er das letzte Mal da war! Vor zwölf Jahren. Seit zwölf Jahren bin ich blind. Wie wollt ihr mich vor ihm beschützen? Ihr Dummköpfe könnt mich nicht beschützen. Ich weiß nicht mal, wer ihr seid!«

»Niemand wird je von diesem Gespräch erfahren. Wir sind Gesetzeshüter.«

Ich war zu diesem Zeitpunkt nicht mehr aktiv beim FBI, und Lolas Arbeitgeber wollte ich ihm nicht nennen. Also hielt ich es allgemein und hoffte, dass er nicht näher nachfragte.

»Gesetzeshüter, ha!«, sagte er und lachte. »Der war gut.«

»Bitte. Sie scheinen ein guter Mensch zu sein. Ich habe gesehen, wie fürsorglich Sie sich um Ihre Fische kümmern. Wir wollen anderen Opfern helfen und sie vor diesem Mann, wer auch immer er ist, beschützen.«

Reno schloss den Mund, ließ den Kopf hängen und versank in seiner eigenen Gedankenwelt. Wir störten ihn nicht.

Irgendwann hob er den Kopf und sagte: »In dieser ganzen Zeit ist nie jemand hereingekommen und hat nach dem Drachen gefragt. Nie. Meistens steht sowieso ein Müllcontainer davor.« Er lachte in sich hinein, verstummte, ließ erneut den Kopf hängen, wiegte ihn hin und her. Ich streckte die Hand nach Lola aus, legte sie ihr auf die Schulter, um ihr zu verstehen zu geben, dass sie ruhig bleiben und Reno Zeit zum Nachdenken geben sollte. Nachdem wieder eine ganze Weile verstrichen war, hob er den Kopf und lachte erneut. »Ich sterbe. Der Arzt sagt, es ist Lungenkrebs. Drei Monate. Pech für mich, aber Glück für euch, wer auch immer ihr seid. Scheiß drauf. Es heißt, er wird in acht Jahren wiederkommen. Alle zwanzig Jahre.

Ich weiß nichts darüber, was der Innere Kreis tut. Vor zwölf Jahren ließ er jemanden den Drachen mit der Zahl zwanzig auf meine Mauer malen, um mein Lokal ›als seinen Ort zu markieren‹, wie er es nannte. Er meinte, mein Restaurant gehöre jetzt ihm, er habe Leute bei der Polizei und könne mein Pokergeschäft lahmlegen, wenn ich mich wehrte. Also musste ich mich fügen. Er kam manchmal hierher, um zu spielen. Und dann hat er mir, wie bereits gesagt, eines Nachts das Augenlicht genommen. Ich glaube, er tat es, weil er dachte, ich hätte sein Gesicht gesehen, aber das stimmte nicht. Er hat mir Bleiche in die Augen gegossen, während seine Leibwächter mich festhielten. Er brüllte mich an, ich solle ja den Mund halten, wenn er wieder in Shanghai sei. Seine Leute bei den Bullen würden mich im Auge behalten, bis er zurückkäme. Er drohte mir, ich solle besser noch da sein bei seiner Rückkehr, genau wie der Drache an meiner Mauer. Dieser Mann ist krank. Wahnsinnig. Grausam. Ich verlor das Bewusstsein. Als ich wieder zu mir kam, war er verschwunden. Sie müssen in Shanghai nach einem Mann suchen, der besessen ist von der Zahl zwanzig. Mehr weiß ich auch nicht über ihn. Und jetzt gehen Sie. Ich kann ihn nicht näher beschreiben. Er hat hier im Gebäude eine schwarze Maske getragen und war eindeutig der Boss. Alle, die er mitbrachte, standen unter seinem Kommando. Bei jedem Besuch hatte er zwei oder drei Männer dabei. Seine Männer.«

»Wer war sonst noch mit ihm hier? Haben Sie irgendwelche Namen für uns?«, fragte ich.

»Machen Sie, dass Sie wegkommen. Ich bin fertig.«

»Wir könnten per richterlichem Beschluss die Herausgabe Ihrer Kamerabilder erzwingen. Sie haben sicher Überwachungskameras in Ihrem Restaurant«, drohte Lola. Ein reiner Bluff, schließlich führten wir unsere Ermittlungen verdeckt durch, um keine Mitwisser zu warnen.

Reno lachte. »Da muss ich Sie enttäuschen, Lady. Ich bin aus dem vorletzten Jahrhundert. Keine Kameras. Bei den anderen Läden um uns herum ist es genauso. Wir sind alle alte Hasen im Geschäft. Und jetzt raus hier.«

Nach unserem Besuch bei Reno starteten wir unsere Suche neu und hielten in Shanghai gezielt Ausschau nach einem Mann, der sich »Eminenz« nannte und besessen von der Zahl zwanzig war. Diese dürftigen Anhaltspunkte waren aus der Entfernung nur schwer weiterzuverfolgen, und es drohten diplomatische Spannungen, falls wir Visa für eine Chinareise beantragten, waren wir doch aktuelle beziehungsweise ehemalige Mitarbeiter amerikanischer Regierungsbehörden. Ich appellierte an Lisa, die weiteren Ermittlungen an Lolas Abteilung zu übergeben, die auch verdeckt operierende Kontaktpersonen in China hatte. Sie lehnte kategorisch ab und erinnerte uns daran, wie wichtig es sei, dass die Sache unter uns dreien blieb, wenn wir auch an die wohlhabenden, einflussreichen Kunden von Eminenz herankommen wollten. Die mächtigen Dreckskerle auf dieser Welt hätten schon immer schreckliche Verbrechen begangen, und wie sehr sich die Gesetzeshüter auch anstrengten, sie zu schnappen, die dicken Fische kämen normalerweise ungeschoren davon. Urbane Legenden, wie grotesk und unsäglich sie auch schienen, enthielten immer auch einen wahren Kern, und wenn wir auch nur die geringste Chance haben wollten, die ominöse Hummerbecken-Legende aufzudecken und uns die dicksten aller Fische zu angeln, müssten wir es anders machen als die offiziellen Strafermittler, unter anderem, indem wir unseren Kreis möglichst klein hielten. Ansonsten würden wir scheitern wie so viele vor uns.

Lisa hatte recht: Wenn wir die reichen Kunden oder die Angehörigen des Inneren Kreises versehentlich warnten, würden wir ihre Identitäten nie erfahren. Damals, vor acht Jahren, wussten wir noch nicht einmal, an welchem Ort sich das Hummerbecken befand. Wir waren so blind wie Reno.

KAPITEL DREIZEHN

Lisa Yyland: Shanghai Teil I

Laut eines auf der Seite des Oakton Community College veröffentlichten Artikels von William K. Tong über die sogenannte wissenschaftliche Methode »kann es viele Jahre oft erbittert geführter Auseinandersetzungen dauern, bis ein strittiger Punkt geklärt ist und eine neue Theorie eingeführt, abgewandelt oder aussortiert wird [...] Nur wenige wissenschaftliche Theorien überdauern über einen sehr langen Zeitraum sämtliche bekannten Angriffe und werden daher wissenschaftliche Gesetze genannt. Ein Beispiel hierfür ist Newtons Gesetz der Schwerkraft.«

Ich hatte meinen Plan, Eminenz und seine Leute zu schnappen, von Anfang an mithilfe dieser wissenschaftlichen Methode entwickelt und musste Annahmen und vermeintliche Fakten daher immer wieder nachprüfen, abändern oder für nichtig erklären und den Plan entsprechend anpassen. Unglücklicherweise hatte ich es nämlich nicht mit einem unveränderlichen wissenschaftlichen Gesetz wie dem der Schwerkraft zu tun, sondern mit der reichlich eigenwilligen Foltermethode eines Psychopathen, der dafür einen selbst gebauten Glasbehälter voller Bleiche benutzte.

Vor Lius und Lolas Gespräch mit Reno hatten wir über Eminenz nur das gewusst, was mir Velada gesagt hatte: dass er »aus Asien herüberkam«. Asien ist rund fünfundvierzig Millionen Quadratkilometer groß und besteht aus siebenundvierzig Ländern, von denen jedes eine eigene komplexe Gesetzgebung hat. In Asien werden viele Hundert Sprachen gesprochen, zu denen noch viel mehr Dialekte hinzukommen. Die Bevölkerung übersteigt mittlerweile vier Milliarden Menschen, und es gibt Millionen und Abermillionen Schlupfwinkel und Hütten, Hochhäuser und Felder, Bauernhöfe und Bambusdschungel, in denen sich menschlicher Abschaum verbergen kann. Gründe der Effizienz und der Durchführbarkeit sowie die Sprachbarriere und die Korruptheit vieler Regierungen hatten mich bisher davon abgehalten, Zeit mit dem Thema Asien zu vergeuden.

Aber dann begegnete uns Reno mit seinem Hinweis auf Shanghai. Eine konkrete Stadt, ein winziger Punkt verglichen mit dem gesamten Kontinent Asien.

Lius und Lolas Suchbemühungen in Shanghai blieben erfolglos.

Meine nicht.

Ich wusste nämlich mehr als die beiden über das Verbrannter-Hummer-Video. Nachdem Lola uns 1996 das Videoband vorgeführt hatte, ging sie mit Liu in die Uni-Cafeteria, um einen Cheeseburger zu essen, während ich zusammen mit meiner Verbündeten auf die Beendigung des Kopiervorgangs wartete. Mir war am Ende des Videos etwas ganz Bestimmtes aufgefallen, daher schnitt ich in Abwesenheit der beiden vier wichtige Sekunden aus einer Kopie heraus, die ich Liu hinterher als Lolas Original unterjubelte (was angesichts der massenproduzierten, überall erhältlichen Videokassette und der weggekratzten Seriennummer nicht schwerfiel). Meine Geheimniskrämerei hatte damit zu tun, dass ich schon früh das Vorhaben ins

Auge gefasst hatte, die Täter und Mitwisser nicht nur zu schnappen, wie es Liu und Lola beabsichtigten, sondern auch ihre Opfer zu rächen.

Das Originalvideo enthielt einige kaum zu erkennende Hinweise auf eines der Opfer. Wenn man diese Hinweise zu der Information hinzurechnete, dass sich Eminenz in Shanghai befand, konnte man mit Fug und Recht von einer brauchbaren Spur sprechen. Ich benötigte dennoch drei weitere Jahre, um in den dunkelsten Winkeln des Dark Web eine echte Chance darauf aufzustöbern, vor Ort, also in Shanghai, tatsächlich fündig zu werden.

»Liu, Lola, hört mal zu«, sagte ich eines Tages, als wir in der Firmenzentrale von 15/33 an einem Fall arbeiteten, der nichts mit diesem zu tun hatte. Lius Frau Sandra war gerade in den Obstgarten hinausgegangen, um einen Korb Golden Delicious zu ernten, Vanty war in der Schule, und Lenny war mit seinem neuesten Gedichtband auf Lesereise. »Ich fliege wegen einiger Patentangelegenheiten nach Shanghai«, verkündete ich. »In einer Woche bin ich wieder da. Nana kommt her, um Vanty zur Schule und zum Basketball zu bringen.«

Liu merkt es, genau wie Nana, immer sofort, wenn ich lüge. Er warf seine Lesebrille auf den Schreibtisch und funkelte mich aufgebracht an. »Ach ja? Du musst ganz zufällig nach Shanghai? Wegen Patentangelegenheiten? Hältst du mich für vollkommen verblödet? Das fasse ich als Beleidigung auf.«

Ich warf Lola einen hilfesuchenden Blick zu. Sie sah mich mit hochgezogenen Augenbrauen an. Im Gegensatz zu Liu wusste sie ganz genau, dass ich sie und Liu nicht für dumm verkaufen wollte. Ich war nur der Ansicht, dass die beiden zu sehr von ihren Gefühlen und Skrupeln behindert wurden. Meine nächste Frage richtete ich direkt an Lola: »Kennst du irgendjemanden in Shanghai, der mich als Fahrer unterstützen könnte? Jemanden von deiner Abteilung?«

»Also wirklich, Lisa!«, ging Liu dazwischen. »Manchmal kannst du einen ganz schön vor den Kopf stoßen. Als ob wir nicht merken würden, dass du vorhast, Eminenz aufzuspüren! Du fliegst nicht nach Shanghai, basta! Und wenn doch, dann auf keinen Fall allein!« Er schob seinen fahrbaren Bürostuhl nach hinten und lehnte sich mit verschränkten Armen zurück.

»Mein Flug geht in zwei Tagen. Du hast kein Visum, Liu, und du wirst bis dahin auch sicher keins mehr bekommen. Dein Arbeitgeber, also ich, wird nämlich nicht bezeugen, dass ein dringendes geschäftliches Anliegen vorliegt. Du kannst nicht mit. Unmöglich. Und Lola würde einen internationalen Zwischenfall provozieren, wenn sie versuchen würde mitzureisen.«

Lola schnalzte mit der Zunge, atmete geräuschvoll aus und stand auf, um im Zimmer auf und ab zu gehen. Das tut sie immer, wenn sie wütend ist. Sie hat mir einmal erzählt, dass sie so ihren inneren Druck abbaut. Normalerweise richtet sie ihre ganze Wut gegen Liu, unabhängig davon, auf wen sie gerade wütend ist. Ich war also nicht überrascht, als sie plötzlich rief: »Verdammte Scheiße, Liu, was soll denn das schon wieder? Ständig lässt du sie schlecht vorbereitet irgendwo herumrennen! Anscheinend will sie unbedingt umgebracht werden.«

»Ja, sieht ganz danach aus«, knurrte er und fing an zu kauen, als hätte er Kaugummi im Mund. Das tut er immer, wenn er sich ärgert. Ich weiß das, weil ich ihn nach dieser seltsamen Angewohnheit gefragt habe.

Ich blickte zwischen den beiden hin und her und überlegte, wie ich das Gespräch in die richtige Richtung lenken konnte. Ich würde nach Shanghai fliegen, ob es ihnen nun passte oder nicht, aber ich war auf Lolas Hilfe bei der Suche nach einer vertrauenswürdigen Kontaktperson vor Ort angewiesen. Sie wusste, was ich mit »Fahrer« meinte. Es war nicht das erste Mal, dass sie mir diskret mit einem solchen aushalf.

»Was hast du Neues herausgefunden, Lisa? Was glaubst du, was du vor Ort erreichen kannst?«, fragte mich Lola zähneknirschend vor Wut.

Um sämtliche Dreckskerle auf frischer Tat ertappen und mich für das Leid der Mädchen an ihnen rächen zu können, war es ungeheuer wichtig, dass ich Liu und Lola stets einen Schritt voraus blieb und einen möglichst großen Wissensvorsprung ansammelte. Ich starrte stumm in Lius Richtung.

»Lisa?«, hakte Lola nach.

»Liu, kannst du bitte unsere Geschäfte weiterführen, während ich weg bin? Sobald die Patentangelegenheiten erledigt sind, bin ich wieder da.«

Ich verließ den Raum und hörte Lola hinter mir gegen einen Metallschrank treten.

An diesem Abend klingelte Lola an der Tür meines hermetisch abgeriegelten Übungsraums und unterbrach mein Training, das ich zu Chopins *Nocturne in cis-Moll* abhielt. Ich stand in einem meiner beiden Glasbehälter (am anderen fanden gerade wichtige Nachrüstungen statt), als ihr kantiges Gesicht auf dem Monitor neben der Tür auftauchte. An der Wand, die den Monitor umgab, war mein gemaltes Birkenwäldchen bereits vollendet. Zu diesem Zeitpunkt fehlte nur noch die gegenüberliegende Wand.

Ich hatte an meinem Übungsbehälter vorübergehend die Vorderwand entfernt, weil ich gerade Sprünge übte. Bald würde ich anfangen, nackt zu trainieren, aber im Moment übte ich noch in meinem blaugrünen Surfanzug mit langen Ärmeln und Brustreißverschluss, denn ich nutzte mein Training gleichzeitig als schweißtreibendes Herzkreislauf-Work-out. Ich sprang aus dem Glasbehälter ab und landete auf einem Doppelbett, einer exakten Kopie des Betts im Verbrannter-Hummer-Video. Bei der Landung geriet ich ins Wanken und taumelte fast zehn Zentimeter zu weit nach rechts, dabei war es unerlässlich, dass ich sicher aufkam und mich kontrolliert nach vorn beugte, bis mein Rücken einen vollkommenen Bogen formte. Mein mangelndes Gleichgewicht ärgerte mich. Ich hüpfte barfuß vom Bett – damals waren noch alle meine Zehen intakt –, schaltete Chopin am Bedienfeld neben dem Monitor aus, öffnete die Tür und trat hinaus, damit Lola nicht ins Zimmer konnte.

Sie drückte mir ein Blatt Papier und einen winzigen Passwort-Generator in die Hand, wobei sie mir so nah kam, dass ich an die Wand des Flurs zurückwich. Ihre Augen waren weit aufgerissen, und sie blinzelte nicht, machte auch keinen ihrer üblichen, von ihr selbst als »sarkastisch« bezeichneten Kommentare über meinen seltsamen Aufzug.

»Lisa, lüg mich ja nie wieder an.«

Ich wollte mich rechtfertigen, doch sie hob die Hand und brachte mich zum Schweigen.

»Oh nein. Ich will keinen Ton hören. Du denkst, du hättest mich nicht direkt angelogen und wärst deshalb fein raus, so viel habe ich kapiert. Ich kenne dich und die Art, wie dein Gehirn funktioniert, Mädchen.« Sie tippte sich an die Schläfe. »Hab's verstanden, jawohl. Du hast versucht, mir auf deine Weise mitzuteilen, was du vorhast, indem du mich nach einem Fahrer gefragt hast. Trotzdem, für mich war das eine Lüge. Lüg mich nie wieder an.«

»Ich werde dich nicht anlügen, Lola. Es sei denn, um dir das Leben zu retten.«

Sie schlug so fest gegen die Wand, dass ich die Vibrationen im Rücken spürte.

»Nein! *Bzzzz.* Falsche Antwort. Du lügst mich *nie wieder* an. Die Entscheidung, ob und wie ich meine eigene Haut rette, überlässt du bitte mir. Haben wir uns verstanden? Wie würde es *dir* gefallen, wenn ich eigenmächtig entscheiden würde, wann ich dir die Wahrheit sage und wann nicht? Wenn ich darüber bestimmen würde, was du erfährst und was nicht, wenn ich ganz allein beschließen würde, dir das Leben zu retten oder auch nicht?«

Während ich über ihre hypothetischen Fragen nachdachte, regte sich in meinem Inneren ein unbestimmtes Gefühl der Wut, als würde der Wutschalter von mir verlangen, eingeschaltet zu werden. Ich schloss mein linkes Auge, um gegen die aufsteigende Hitze in meinem Körper anzukämpfen. Lola machte einen Schritt nach hinten in die Mitte des Flurs. Ich blieb an die Wand gepresst stehen, wie angewurzelt.

»Also? Wie würde dir das gefallen, Lisa?«

»Ich glaube, das würde mich wütend machen.«

»Dann ist die Sache ja ganz einfach: Lüg mich verdammt noch mal nie wieder an, dann muss auch keine von uns sauer werden. Okay? Abgemacht?«

Eine Ablehnung ihres Vorschlags schien für mich und meine Ziele nicht förderlich zu sein. Wenn sie voller Groll auf mich aus meinem Leben verschwand, konnte ich sie nicht beschützen.

»Einverstanden«, log ich.

Lola machte ein Blubbergeräusch mit den Lippen und legte den Kopf schräg, um mich und meinen Surfanzug von oben bis unten zu mustern. »Yeah, Surfergirl!«, sagte sie und machte mit der rechten Hand das »Hang Loose«-Zeichen.

Während sie davonging, kicherte sie in sich hinein und blieb zweimal stehen, um sich breitbeinig hinzustellen und so zu tun, als würde sie auf einer Welle reiten, wobei sie seltsame Sätze sagte wie: »Tod den Surfnazis« und »Kowabunga!« Dann verschwand sie den dunklen Flur entlang.

Auf das Blatt Papier, das sie mir unsanft in die Hand gedrückt hatte, hatte sie eine Dark-Web-Adresse und vier Passphrasen gekritzelt, mit deren Hilfe ich mich gegenüber dem »Fahrer« aus Shanghai identifizieren konnte. Er stellte sich mir als »Dan« vor, und nach der ersten Kontaktaufnahme kommunizierten wir nur noch vierfach verschlüsselt miteinander. Die Zugangscodes wechselten ständig und wurden mir mithilfe des kleinen Generators mitgeteilt, den Lola mir gegeben hatte.

Manchmal kommt es vor, dass Menschen mit dem Sterben länger warten. Sie tun es, um noch etwas ganz Bestimmtes loszuwerden oder eine ganz besondere Person wiederzusehen. Oder um ein Unrecht geradezubiegen, ein Verbrechen auszumerzen. Die Zeit dieser Menschen ist eigentlich längst abgelaufen, und sie sollten nicht mehr auf dieser Erde weilen, zumindest nicht in der Gestalt, in der sie geboren wurden. Sie sollten zu Staub zerfallen sein, und doch harren sie aus wie eine stumme Sirene in einem verschlossenen Turm, die nur darauf wartet, endlich loszuheulen. Genauso ein Mensch war die Frau, die ich in Shanghai aufspürte.

Lius und Lolas größter Fehler bei der Verwertung von Renos Hinweis, Eminenz halte sich in Shanghai auf, bestand darin, dass sie dort *nur* nach Eminenz suchten. Na ja, nach wem hätten sie auch sonst suchen sollen, glaubten sie doch, das verätzte Mädchen aus dem Video sei tot.

Dabei ist in den letzten vier Sekunden des Originalvideos zu erkennen, dass das Mädchen, das aus dem Glasbehälter gezogen und ins Zimmer geschleift wird, atmet, dass sich ihre Brust kaum merklich hebt und senkt. Dieses Detail entgeht einem leicht, wenn man das Video nicht in extremer Zeitlupe betrachtet. Meine Verbündete von der Uni, die ihr eigenes hochmodernes AV-Labor besaß, hatte mir das Videoband außerdem überarbeitet und die Bildqualität deutlich verbessert. Das Mädchen atmete also, trotz allem, was es durchgemacht hatte. Ich ging dementsprechend davon aus, dass es überlebt hatte, und stellte die Theorie auf, dass es zurück nach Asien geflogen worden war, wo Eminenz vermutlich ebenfalls eine Zelle seines Menschenhändlerrings unterhielt. Die Anweisungen, die er im Verbrannter-Hummer-Video gab, legten seine bizarre Denkweise offen, seine kranke Wahrnehmung, das Hummerbecken sei ein Geschenk für die Mädchen, bei dem es zunächst freilich darum ging, wer von ihnen überlebte. Sie erhielten von ihm die »Chance, ein Leben in Eminenz« zu erlangen. Der Überlebenden wurde das »Privileg« zuteil, in seiner Nähe zu sein, etwas Besonderes für ihn zu sein – so zumindest meine Interpretation. Es war eine meiner Theorien, die es nun zu verifizieren galt.

Liu und Lola ließen ihre Kontaktpersonen weiterhin nach einem Mann namens »Eminenz« suchen, der von der

Zahl zwanzig besessen war, doch niemand wollte preisgeben, ob er irgendetwas über eine Person dieses Namens wusste; offenbar hatte Eminenz jeden in seiner Umgebung wirkungsvoll zum Schweigen gebracht. Velada hatte uns erzählt, und auch Reno hatte angedeutet, dass sein Unternehmen in den USA ein sehr kleines war, dass nur zwei oder drei Leute in die Geschäfte eingeweiht waren. Der Innere Kreis war winzig, das betrachtete ich mittlerweile als gesicherten Fakt. Zu bestätigen schien dies das kaum existierende Wissen über das Hummerbecken, genau wie die archaische Bauweise des Glasbehälters, der im Video zu sehen war. Eminenz' Kundschaft mochte breiter gefasst sein, aber das Unternehmen an sich beschränkte sich auf maximal eine Handvoll Entscheidungsträger, die in strategischen Abständen streng begrenzte Informationen ausspuckte, um das Interesse an der urbanen Hummerbecken-Legende am Leben zu erhalten.

Nachdem ich in Shanghai gelandet war, machte ich mich auf den Weg in das Hotel PuLi, ein Fünf-Sterne-Hotel im Stadtzentrum. Auf dem Weg dorthin chauffierte mich mein großer, magerer, schweigsamer »Fahrer« Dan an endlosen Feldern vorbei, auf denen Aberhunderte unbewohnte Hochhäuser in den Himmel ragten. Die Bilder, die davon im Internet kursieren, vermitteln nicht einmal annähernd die Realität, die ich nun sah. Die Wohnblocks, die an einem vorbeiziehen, wenn man in Städte wie New York oder Chicago hineinfährt, müsste man mit hundert multiplizieren und sämtliches Zubehör, das auf menschliches Leben hinweist – Vorhänge an den Fenstern, trocknende Wäsche auf den Balkonen –, entfernen, um eine Ahnung von dieser endlosen, apokalyptischen Ebene voll leer stehender Wolkenkratzer zu bekommen. Ich würde Dunkelbraun und verschiedene Grautöne wählen, um Shanghai zu malen, und ich würde Erde mit Lack mischen, um die groben Schmutzpartikel in der Luft darzustellen. Was einen nie verlässt, wenn man in Shanghai ist, sind der ständige Smog und der Gestank von verbrannter Luft.

Ich hatte mir sofort nach meiner Ankunft eine elektrische N95-Atemschutzmaske über Nase und Mund gestülpt – keine einfache Baumwollmaske mit Filter, wie sie gewöhnliche Touristen tragen –, denn beim Studieren von durchgesickerten Berichten über die Luftqualität war mir klar geworden, dass die Verschmutzung in Shanghai noch schlimmer sein musste als in den gängigen Reisewarnungen dargestellt. Als ich im Schutz meiner halbwegs sicheren Atemmaske aus dem Autofenster starrte und die trostlosen Eindrücke entlang der Schnellstraße auf mich wirken ließ, wäre ich am liebsten sofort wieder in den Flieger gestiegen. Ich würde das verätzte Mädchen aufspüren und es befragen, würde versuchen, es zu befreien, und dann würde ich dieser Stadt so schnell wie möglich den Rücken kehren.

Nachdem wir vor dem PuLi gehalten hatten, besprach ich die weitere Planung mit Dan und checkte in das Luxuszimmer ein, das ich im Voraus reserviert hatte. Dort befolgte ich sämtliche Ratschläge zur Bekämpfung von Jetlag: Ich duschte, ließ mich im Spa massieren, schlief zwölf Stunden, trank jede Menge Wasser, machte ein leichtes Work-out und kehrte rundum erfrischt zu meinem schweigsamen Dan zurück, der nicht nur als mein ortskundiger Fahrer, sondern auch als Übersetzer und Bodyguard fungieren würde. Er hatte mir geraten, meinen kleinen Koffer und mein Visum ständig bei mir zu tragen und nichts im

Hotelzimmer zurückzulassen, also warf ich alles in den Kofferraum.

Es überraschte mich nicht, dass Dan erneut auf die Schnellstraße fuhr und wir wieder an den apokalyptisch anmutenden Wohnsiedlungen vorbeikamen. Er hielt sich an die Koordinaten, die ich ihm gegeben hatte, und nahm kurz darauf eine Ausfahrt. Wir schlängelten uns zwischen den leeren Hochhäusern hindurch und stießen auf eine kleine Ansammlung alter, winziger Hütten, die im Schatten der hoch aufragenden Wohnblocks überdauert hatten wie Steine in einem ausgedörrten Garten. Die Häuschen waren quadratisch oder rechteckig, bestanden aus bröckelnden Lehmwänden und hatten teilweise Grasdächer. In ihrer Mitte stand ein größeres Gebäude aus Beton, das ich in Gedanken das Chefgebäude nannte. Hier in diesem kleinen Weiler gab es endlich Anzeichen für menschliches Leben: Wäsche, die auf Leinen trocknete, eine im Freien aufgestellte Waschmaschine, Matratzen neben der unbefestigten Zufahrt, eine sogar auf einem Dach, herumstreunende Hunde, zwei barfüßige Jungen, die Pokemon-T-Shirts trugen und Fußball spielten.

Mein Fahrer deutete auf eine schmale schwarze Tür im Erdgeschoss des Chefgebäudes. »Das ist der Eingang zu dem Wohnheim für Prostituierte, das Sie identifiziert haben. Ich habe es die letzten drei Tage observiert und nur Frauen ein und aus gehen sehen. Wir betreten das Gebäude, und ich sage, dass Sie eine verätzte Frau suchen, von der wir gehört haben, für einen amerikanischen Geschäftsmann, der einen Fetisch für solche Verletzungen hat«, fasste Dan noch einmal das geplante Vorgehen zusammen.

»Ja.«

Wir öffneten die unverschlossene Tür und stiegen eine enge Treppe hinauf. Rote, spitz zulaufende Ziergegenstände baumelten von der hohen Decke und streiften meinen Kopf. Dan klopfte an eine grüne Holztür, vor der die Treppe endete. Ich verscheuchte zwei Fliegen von meinem Arm. Die Ziergegenstände flatterten über uns im Wind, als die Tür aufging und die abgestandene Luft aufgewirbelt wurde. Der Geruch, der uns entgegenwehte, war eigentlich der von gekochtem Fleisch, aber da ich durch den Türspalt nur Staub und Dreck sah, speicherte ihn mein Gehirn als den von trockenem Lehm ab. Zwischen der Tür und einer Zimmerecke voller Spinnweben war ein Drache auf die Wand gemalt, dessen Augen die Zahl zwanzig auf Mandarin bildeten.

Eine Frau mit fliehendem Kinn und zerrissenem rotem Kleid spähte durch den Spalt zu uns nach draußen, wirkte überrascht, als sie mich sah, und richtete eine erhitzte Tirade auf Mandarin an meinen Fahrer. Er beantwortete alle ihre Fragen und reichte ihr schließlich einen dicken Stapel Yuan-Scheine, woraufhin die Tür weit genug aufging, dass wir uns hindurchzwängen konnten. Die Frau schlug die Tür hinter uns zu und verschloss sie dreimal – eine sinnlose Sicherheitsvorkehrung, da sie dafür nur gewöhnliche Riegel mit Türketten zur Verfügung hatte. Jeder Vollidiot könnte sich mit einem einfachen Tritt Zugang zu diesem trostlosen Gebäude verschaffen.

Die Frau verschwand in einem weißen Flur, von dem auf beiden Seiten Türöffnungen abgingen. An den Wänden dazwischen waren Bilder von Katzen in der freien Natur zu erkennen, von denen die meisten schief hingen. Geflüster auf Mandarin drang aus einem Zimmer am dunklen Ende des Flurs zu uns herüber. Es brannten keine Lichter im

Gebäude, daher warteten Dan und ich neben einem schmutzverkrusteten Fenster in einer Art Wohnzimmer mit uringelbem Sofa und einem Flickwerk aus wild zusammengewürfelten kleinen Teppichen. Ich zählte genau zwanzig. Sämtliche Textilien sahen aus, als würden sie von Bettwanzen und Läusen strotzen, deshalb zog ich in meinen Schuhen unwillkürlich die Zehen ein. Mein fleischfarbener Kniestreifen dehnte sich, als ich die Beine streckte, und der damit verbundene und inzwischen nur noch weintraubengroße Kondensator bohrte sich unter meiner Trekkinghose in meinen Oberschenkel. Die elektrische Belüftung meiner Atemschutzmaske surrte.

Aus dem tiefen Schatten am Ende des Flurs schob sich langsam eine Gestalt, von der ich annahm, dass sie das Hummerbecken-Mädchen war, mittlerweile natürlich eine erwachsene Frau. Sie näherte sich gebeugt und schlurfend, wie ein geprügelter Hund. Bei uns angekommen, schielte sie durch ihre langen Ponyfransen nach oben, nickte uns – ihren vermeintlichen Kunden – zu und krümmte dann in meine Richtung den Finger, um mir zu bedeuten, ihr den Flur entlang zu folgen. Ich hörte plötzlich Nanas Stimme, die mich zur Höflichkeit mahnte, und entfernte meine N95-Maske, weil die Frau, die hoffentlich tatsächlich das Hummerbecken-Mädchen war, auch keine trug. Während wir den Flur entlanggingen, unterdrückte ich ein Husten, und als sich meine Augen an das Dämmerlicht gewöhnt hatten, erkannte ich, dass statt Türen dunkelblaue Vorhänge in den Türöffnungen hingen, schmale Stoffstreifen, an denen man auf beiden Seiten vorbeispähen konnte. Es waren zwanzig winzige Zellen, zehn auf jeder Seite des Flurs. Die meisten waren leer, nur in zweien lag je eine auf einer Bodenmatte ausgestreckte Frau. Ich zählte zwanzig schiefe Katzenbilder zwischen den Türöffnungen.

Die Frau und ich betraten ein Zimmer ganz am hinteren Ende, das als einziges eine richtige Tür hatte. Sie schloss diese Tür hinter uns und zeigte auf eins von nur zwei Möbelstücken im Raum, ein Bett mit Bettrahmen. Dann begann sie sich auszuziehen. Ich setzte mich auf die Bettkante. Über dem Bett waren zwanzig Sonnen an die Wand gemalt. Dan hatte der Frau mit dem fliehenden Kinn gesagt, dass sich die verätzte Frau für mich ausziehen sollte. Ich wolle mich davon überzeugen, dass sie vernarbt genug sei für meinen Auftraggeber mit seinem kranken Fetisch. Nachdem sie aus einem Ärmel geschlüpft war, sagte ich ihr, sie solle aufhören. Ich hatte schon jetzt genug gesehen, um mir beinahe sicher zu sein, dass sie das Mädchen aus dem Video war. Ihre Haut wies stark gerötete, großflächige Areale auf, durchsetzt von schwarzen Flecken, runzligen Stellen und Unebenheiten, genau wie es bei Verätzungen der Fall ist.

»Ich Englisch sprechen«, sagte sie, als ich Anstalten machte, Dan zu holen, damit er den Rest unseres Gesprächs übersetzte.

»Wie heißen Sie?«, fragte ich.

»Candy?«, antwortete sie mit einem Fragezeichen in der Stimme und gab mir damit zu verstehen, dass ich diesem Namen zustimmen oder ihn ablehnen konnte. Ich lehnte ihn ab.

»Nein, wie lautet Ihr echter Name?«

»Ich nie Name gehabt. Meine Familie mich nennen Eimer. Vor lange Zeit. Kunden mich nennen, wie wollen.«

Ich setzte mich über Nanas Ratschlag hinweg, Gespräche zunächst mit einigen belanglosen Höflichkeiten zu beginnen, und fiel direkt mit der Tür ins Haus: »Sie waren in Amerika und wurden in einen Glasbehälter gesperrt, der anschließend mit Bleiche gefüllt wurde, nicht wahr?«

Ihr Rücken straffte sich, sie zitterte und starrte mich an, als wäre ich der Teufel persönlich. Sie wollte zur Tür eilen, aber ich sprang auf und verstellte ihr den Weg.

»Ich bin hier, um Ihnen zu helfen. Setzen Sie sich, bitte«, sagte ich. »Ich muss sämtliche Einzelheiten über den Tag erfahren, an dem Sie ins Hummerbecken gesperrt wurden.«

Ich musste meine ganze Überredungskunst aufbieten. Zum Glück hatte ich mich in den letzten Jahren eingehend mit Geiselnehmerverhandlungen befasst und die Methoden der Verhandlungsführer genauestens studiert. Psychologisch betrachtet gab es für mich keinen großen Unterschied zwischen der Verhandlung mit einem Geiselnehmer und der Verhandlung mit einer gefangenen, misshandelten Person. In beiden Fällen kommt es ganz auf Vertrauensbildung an. Nachdem ich mich eine Stunde lang redlich bemüht hatte, steckte ich den Kopf aus der Tür und wies meinen multifunktionalen Fahrer an, für eine weitere Stunde mit Melanie zu bezahlen. Diesen Namen hatte sie sich selbst gegeben, eine radikale Veränderung gegenüber ihren Kindheitsjahren als Eimer.

»Ja, Hummerbecken. Da drin sie mich verätzt«, räumte sie schließlich mit gesenktem Kopf ein, zusammengesunken auf ihrem Bett sitzend. Ihre nackten Füße waren ebenfalls unregelmäßig rot verfärbt. Am liebsten hätte ich mich sofort auf die vielen Fragen gestürzt, die ich vorbereitet hatte. Ich wollte alle Einzelheiten bezüglich der Stunden erfahren, die der Hummerbecken-Zeremonie vorausgegangen waren, brauchte eine detaillierte Schilderung sämtlicher Ereignisse und eine unabhängige Bestätigung der Informationen, die ich von Velada hatte. Doch Melanie hob einen Finger, um mir zu bedeuten, dass ich warten sollte. Sie stand auf und ging zu dem anderen Möbelstück im Raum, einer Kommode mit drei Schubladen. Als sie sich bückte, breitete sich ihr dünnes gelbes Kleid auf dem Betonboden aus. Sie zog ein schwarzes Stück Stoff aus der untersten Schublade, ballte es in der Faust zusammen und kam damit zu mir zurück.

Die Art und Weise, wie sie mir die Faust entgegenstreckte, war eine wortlose Aufforderung an mich, die Hände zu öffnen. Als ich es tat, legte sie das schwarze Stoffknäuel hinein. Es entfaltete sich in einer langsamen Metamorphose, breitete gemächlich seine Nylonfasern aus.

Ich hielt es mir vors Gesicht und erkannte eine transparente schwarze Stoffmaske, wie Eminenz sie im Video getragen hatte. Das Nylongewebe war wie ein Sieb, und ich entdeckte mehrere hängen gebliebene Haare.

»Gehört diese Maske ihm, dem Mann, der Sie verätzt hat?«

»Er viele Masken. Diese er lässt hier, für wenn kommt hierher.«

»Er kommt hierher?«

»Ja.«

»Wo wohnt er?«

»Ich nicht wissen.«

»Wann kommt er?«

»Immer wenn will.«

»Sind alle seine Masken aus diesem Nylonstoff?«

»Ja, ich denke.«

Ich rieb den Stoff zwischen meinen Fingern – ein billiges Synthetikprodukt – und nahm mir vor, ihn in meinem Labor in Indiana auf seine Brennbarkeit zu prüfen.

»Könnte er auch jetzt, in diesem Moment, hier auftauchen?«, fragte ich.

»Ja.«

»Sie müssen mit mir kommen. Ich kann Sie irgendwo in diesem Land verstecken, Ihnen einen Einwanderungsanwalt für die USA organisieren, Sie unter Schutz stellen. Ihnen besorgen, was auch immer Sie brauchen. Aber wir müssen jetzt los.«

Ich hielt immer noch die Maske in der Hand. Sie antwortete nicht.

»Warum Sie wollen wissen über Tag von Hummerbecken?«, fragte sie schließlich. Sie hatte den Blick zu Boden gesenkt, spielte an ihren Fingern herum. Dann setzte sie sich wieder aufs Bett, dieses Mal auf die Kante, immer noch mit gesenktem Kopf.

»Wenn ich sämtliche Details kennen würde, an die Sie sich erinnern, könnte ich vielleicht weitere Mädchen vor dem Hummerbecken bewahren«, antwortete ich.

Sie wandte mir ihr Gesicht zu und starrte mich an. Ihre Finger hörten auf, sich zu bewegen.

»Er nennt sich selbst Eminenz, nicht wahr?«, fragte ich.

»Er sagt, er eminent, überlegen allen anderen Wesen auf Erde.«

»Wir können uns weiter unterhalten, sobald wir an einem sicheren Ort sind. Packen Sie Ihre Sachen.«

Ihre Lippen bebten, und sie öffnete den Mund, rang mühsam nach Worten. Ich glaubte schon, sie würde sich einverstanden erklären, doch dann hämmerte Dan mit der Faust an die Tür und verlangte, dass ich aufmachte.

»Wir müssen hier weg. Der Chef des Hauses ist auf dem Weg hierher. Die Frau, die uns hereingelassen hat, hat ihn angerufen und ihm erzählt, dass Sie seinem ›Stolz‹ – so hat sie sie genannt – Fragen stellen. Ich habe das Telefonat mitgehört; sie ließ sich nicht davon abhalten.«

»Sie sofort verschwinden«, sagte Melanie und sprang vom Bett, um sich an mir vorbeizudrängen. »Sonst landen in China-Gefängnis, und dann nie wieder rauskommen. Eminenz, er Leute kennen bei Polizei. Botschaft Ihnen nicht helfen. Sie gehen! Ich nicht können mitkommen, er töten alle Mädchen, wenn ich weg. Er mich nennen Stolz, er mich nennen Stecknadel, die hält Haus zusammen. Er verrückt!«

»Aber ich habe nur zwei andere Frauen in den Zimmern gesehen. Die können wir auch mitnehmen, Melanie.«

»Sie nicht verstehen. In diesem Haus gibt zwanzig Mädchen, außerdem mich und Hexe, die Tür aufmacht. Zwanzig sind für Schichtdienst, jeden Tag Arbeit in Stadtzentrum. Sex in Hotels, mit amerikanische Geschäftsmänner. Stammkunden. Jeden Abend, ich schicke Video für Eminenz, damit sieht, dass alle Mädchen wieder da, und ich zähle Geld vor Kamera. Wenn ich nicht da und nicht schicke Video, er kommen und alle umbringen. Das seine Regeln. Zwei Frauen, die sind hier, heute Tag frei.«

Ich atmete tief ein und starrte Melanie an, bis sie den Blick abwandte. Mir blieb offenbar keine andere Wahl, als sie zunächst hierzulassen. »Ich komme wieder, Melanie. Ich hole Sie hier raus. Wir müssen unser Gespräch fortsetzen.«

Melanie verließ zuerst ihr Zimmer, und Dan und ich folgten ihr den Flur entlang. Auf dem Weg klopfte Melanie je einmal an die Türrahmen der beiden Mädchen, vermutlich, um ihnen zu bedeuten, dass sie sich nicht vom Fleck rühren sollten. Ihre dunkelblauen Türvorhänge bewegten sich, als wir vorbeieilten, und gaben den Blick auf ihre reglosen Gestalten auf den Bodenmatten frei. Melanie begann, die Frau mit dem fliehenden Kinn anzuschreien und ihr mit der Faust zu drohen. Die Frau zog den Kopf ein und ließ die Schultern hängen. Ich glaube, sie wiederholte immer wieder auf Mandarin, dass es ihr leidtue.

»Sie dumme Frau. Ich sagen Eminenz, dass sie verwirrte Schlampe, dass sie verscheucht hat gute Kunde für mich. Er nicht wird erfahren von Ihnen. Jetzt Sie müssen gehen. Schnell!«

KAPITEL VIERZEHN

Lisa Yyland: Shanghai Teil II

Dan und ich hasteten im Eilschritt die Treppe hinunter. Mein Adrenalinspiegel stieg ins Unermessliche, denn ich hatte genügend Reisewarnungen gelesen, um zu wissen, dass es vollkommen unmöglich war, aus einem chinesischen Gefängnis auszubrechen, geschweige denn, auf juristischem Wege wieder hinauszugelangen. Falls mir die von Eminenz geschmierten korrupten Polizisten kein Verbrechen unterschoben, dann würde er mich vermutlich selbst gefangen nehmen und in China festhalten, was mir als noch schlimmeres Schicksal erschien, da ich auf so etwas völlig unvorbereitet war. Dan trat schon aufs Gaspedal, bevor ich die Autotür hinter mir zugezogen hatte. Ich wurde in den Fußraum vor der Rückbank geschleudert und zog mich mühsam nach oben, um die Tür zu schließen.

»Ich muss das Gebäude weiter beobachten!«, rief ich zu Dan nach vorn.

Er antwortete nicht.

Wir rasten davon, bogen um Ecken, schlängelten uns durch die leer stehenden Hochhäuser. Nach einem Blick in den Rückspiegel sagte Dan: »Die Luft ist rein.« Er riss ohne jede Vorwarnung das Lenkrad herum, machte eine abrupte Neunziggraddrehung und fuhr anschließend im

Schritttempo weiter. Wir rollten mit vier oder fünf Stundenkilometern dahin, und ich war im Fußraum des Wagens so orientierungslos, dass ich nicht mehr hätte sagen können, in welche Richtung wir fuhren. Nach mehreren Häuserblocks blieb Dan stehen.

»Bleiben Sie sitzen«, wies er mich an. »Bleiben Sie dort, wo Sie sind.«

Er stieg aus dem Auto, und ich hörte ein metallisches Schleifen. Er schien irgendetwas zu ziehen oder zu schieben. Dann war ein leises Quietschen zu hören. Dan sprang zurück in den Wagen, dessen Motor immer noch lief, legte seinen Arm quer über die Rücklehne des Beifahrersitzes, blickte über die Schulter nach hinten und fuhr rückwärts eine Rampe hinab. Es wurde immer dunkler, je weiter wir zurücksetzten.

»Wir sind in einem Gebäude, das an das Hüttendorf angrenzt. Von den oberen Stockwerken können wir alles überblicken. Ich habe Zielfernrohre dabei. Den Zugangscode der Tiefgarage habe ich geknackt. Leider sind die Fahrstühle noch nicht an die Stromversorgung angeschlossen, wir müssen also die Treppe nehmen.«

»Gut. Dann los«, sagte ich und nahm mir vor, Dan doppelt so viel wie vereinbart zu zahlen, weil er so schnell einen so genialen Plan ausgetüftelt hatte.

Ich hatte inzwischen wieder meine Atemschutzmaske aufgesetzt und wartete im Auto, während Dan auf dem Bedienfeld neben der Tiefgaragenrampe herumdrückte, um das Garagentor zu schließen. Anschließend nahm er eine große schwarze Tasche aus dem Kofferraum und reichte mir meinen Koffer mit dem Visum.

»Mein Beobachtungsposten liegt im zwanzigsten Stock.«

»Ihr Beobachtungsposten?«

»Was glauben Sie, von wo aus ich die letzten drei Tage die Hütten und das Wohnheim observiert habe?«

In Gedanken multiplizierte ich Dans Bezahlung mit drei.

Im zwanzigsten Stock folgte ich Dan durch ein Labyrinth aus Fluren. Kabel ragten aus den nackten Wänden, und es gab nirgendwo Lampen oder Glühbirnen. Einige Räume waren mit Plastikplanen abgetrennt.

»Es müsste noch so viel Arbeit in die Fertigstellung dieser Wohntürme gesteckt werden«, seufzte Dan. »Ich glaube, es ist gar nicht beabsichtigt, dass sie je fertig werden. Alles reine Show. Kommen Sie, hier hinein.«

Dan führte mich in eine Wohnung ohne Innenwände oder sonstige Ausstattung. Er baute mit geübter Leichtigkeit sein Kaliber-50-Gewehr zusammen, legte ein Magazin ein und stützte das Zweibein auf die Fensterbank. Dann stellte er sein Zielfernrohr ein und baute anschließend ein zweites Zielfernrohr für mich auf.

»Sie nehmen das hier«, sagte er und zeigte auf das Zielfernrohr ohne Gewehr. »Wir werden von hier aus alles beobachten. Keine Sorge, die Fenster sind von außen verdunkelt. Niemand kann uns sehen.« Dan hockte sich auf den Boden und zog zwei Flaschen Wasser aus seiner schwarzen Tasche. Nachdem er eine neben mich und eine neben sich gestellt hatte, fügte er hinzu: »Ich habe Proteinriegel dabei, falls Sie Hunger bekommen. Wenn Sie auf die Toilette müssen, steigen Sie ein Stockwerk weiter hoch und suchen sich eine Ecke. Meine Ecke liegt ein Stockwerk tiefer. Primitive Verhältnisse, aber wir laufen Gefahr, gesehen zu werden, wenn wir das Gebäude bei jedem Bedürfnis verlassen.«

»Verstanden.«

Es gefiel mir, wie knapp und effektiv sich Dan ausdrückte.

Schweigend blickten wir durch unsere Zielfernrohre. Ich sah auf meine Armbanduhr. Zweiundvierzig Minuten später hielt ein schwarzer SUV vor dem Chefgebäude. Heraus trat ein großer, kräftiger Mann mit einer schwarzen Maske über dem Kopf: Eminenz. Während er zu der schmalen schwarzen Tür ging, blieb sein Fahrer im Wagen.

Nachdem ich ihn so viele Jahre lang auf Video gesehen hatte, hatte ich irgendwann angefangen, ihn wie eine Filmfigur zu betrachten und seine reale Existenz infrage zu stellen. Bis er in Shanghai aus jenem SUV stieg und damit ohne jeden Zweifel bewies, dass es ihn tatsächlich gab.

»Das ist Eminenz«, teilte ich Dan mit.

»Entschuldigen Sie, dass ich Sie dort unten so zur Eile angetrieben habe. Wir hätten offenbar problemlos noch länger bleiben können. Der Verkehr in dieser Stadt ist eine Katastrophe, es überrascht mich also nicht, dass er eine Stunde gebraucht hat, um hierherzukommen.«

»Besser so. Auf diese Weise können wir alles beobachten und vorausplanen«, sagte ich.

»Warum warten?«, fragte Dan und wies mit dem Kinn auf den Abzug seines Gewehrs. »Zwei Schüsse, ganz einfach. Einen für die Glasscheibe, einen für ihn.«

Ich dachte an all die Werkzeuge zum Zerschneiden oder Zerschlagen von Glas, die sich in meinem Übungsraum in Indiana stapelten, an meine vielen Fehlversuche. Daran, dass beim Zerschneiden einer stehenden Glasscheibe keine gleichbleibenden, verlässlichen Ergebnisse zu erzielen sind, selbst wenn man die Art der Verglasung und die Dicke der Scheibe kennt und eine große Saugglocke mit integrierter Klinge an einem rotierenden Arm zur Verfügung hat. Man muss dabei gleichbleibenden Druck ausüben, und das, während man in einem engen Glasbehälter eingezwängt ist. Ich warf einen abschätzenden Blick auf Dans langen Scharfschützengewehrlauf. Die Einfachheit und Effizienz einer Gewehrkugel sagten mir durchaus zu, aber mir gefiel der Gedanke nicht, dass wir uns damit um die Chance bringen würden, Eminenz' Mitwisser und Kunden ebenfalls aus dem Verkehr zu ziehen.

»Er muss am Leben bleiben, damit ich ihn zusammen mit seinen Komplizen und Kunden in die Falle locken kann«, erklärte ich. »Wenn wir ihn jetzt eliminieren, wird irgendein anderes Arschloch seinen Platz einnehmen, und dann verpasse ich die einzige Gelegenheit, sie alle gemeinsam zu erwischen.«

»Verstanden«, sagte Dan. Wir beobachteten weiter das Geschehen im Hüttendorf.

Eminenz blieb zweiunddreißig Minuten und fünfzehn Sekunden im Chefgebäude. Als er am Fuß der Treppe wieder auftauchte, blickte er sich weder um noch hob er den Kopf. Er schien nicht zu ahnen, dass wir ihn von hier oben beobachteten, sondern stieg schnurstracks in seinen SUV und fuhr davon.

»Was wollen Sie jetzt tun?«, fragte Dan.

»Weiter observieren, bis heute Abend die anderen Frauen zurückkommen. Morgen erneut observieren, um diesen Ablauf zu bestätigen. Und einen Plan ausarbeiten.«

»Ich kenne den Ablauf. Sie kommen mit einem Bus um Mitternacht. Viele von ihnen fahren am nächsten Morgen mit demselben Bus um acht Uhr wieder los. Der Bus bleibt die ganze Nacht hinter dem Gebäude stehen. Wo er sich tagsüber befindet, weiß ich nicht.«

»Ich muss es persönlich überprüfen.«

»Dann beobachten wir weiter.«

Es lief genau so ab, wie Dan prophezeit hatte: Um

Mitternacht tauchte ein alter blauer Kleinbus auf und parkte hinter dem Chefgebäude. Der Fahrer schlief im Bus. Am Morgen pinkelte er hinter sein Fahrzeug und fuhr mit den Mädchen um acht Uhr wieder los, nur um in der darauffolgenden Nacht zurückzukehren. Ein ewiger Kreislauf. Zu keiner Zeit sah ich Melanie oder die Frau mit dem fliehenden Kinn das Chefgebäude verlassen. Irgendwann unterbrach ich unsere Observierung, um einige Telefonate zu tätigen. Dann klopften Dan und ich den Plan fest. Am dritten Tag um drei Uhr morgens, als es im Hüttendorf ruhig war und alles schlief, stand ich auf und sah Dan an.

»Bereit?«

»Bereit.«

Er warf mir seinen Autoschlüssel zu.

Dan hatte bereits seine Zielfernrohre und sein Gewehr abgebaut und unsere Flaschen und Proteinriegelverpackungen eingesammelt. Ich vergewisserte mich, dass meine Laufschuhe mit Profilsohlen fest zugeschnürt waren. Auch Dan zupfte seine schwarze Funktionshose und sein Shirt zurecht und zog die Schnürsenkel seiner Schuhe fester. Als wir im Treppenhaus die zwanzig Stockwerke hinunterschlichen, war es um uns herum totenstill. In der Tiefgarage wartete ich im Schatten einer Wand, während Dan erneut auf dem Bedienfeld das Tor öffnete. Ich verstaute meinen Koffer mit dem Visum hinten im Wagen, verschloss das Auto wieder und versteckte den Schlüssel in einem kleinen Fach neben dem Hinterrad. Dieses Mal ließ Dan das Tor offen, und das Auto blieb in der Garage zurück.

Auf dem Weg zum Chefgebäude bewegten wir uns im Schatten der Hochhäuser und Hütten und traten möglichst leise auf. Diesmal war die schmale schwarze Tür verschlossen. Ich knackte sie mit einem Dietrich und ging hinein; Dan umrundete unterdessen das Gebäude und schlich wie geplant zu dem geparkten Bus, um den schlafenden Fahrer kampfunfähig zu machen, ihn zu fesseln und irgendwo zu verstecken und anschließend seinen Platz einzunehmen.

Ich erklomm leise die Treppe und lauschte auf Anzeichen dafür, dass die Frauen bereits erwachten. Es war nichts zu hören. Während ich die Stufen hinaufstieg, streckte ich die Hände aus und berührte die Wände. Der Treppenaufgang war so schmal, dass ich meine Arme nicht ausstrecken konnte. Am oberen Ende streiften erneut die von der hohen Decke baumelnden Zieranhänger meinen Kopf. Ich nahm ein dünnes Metallplättchen, das mir Dan gegeben hatte, zwängte es zwischen Tür und Dichtung und schob es mit Schwung nach oben, woraufhin die lächerlichen Türketten aufflogen. Mein erstes Ziel im Inneren des Gebäudes bestand darin, die Telefonleitung in der Küche zu durchtrennen, damit die Frau mit dem fliehenden Kinn nicht wieder Eminenz anrufen konnte. Mein zweites Ziel war, zu Melanie zu gelangen, ohne dass mich eine der anderen Frauen sah und Alarm schlug.

Ich ging in die Küche. Dort roch es immer noch nach kochendem Fleisch oder trockenem Lehm.

Zuerst glaubte ich, dass ich Glück hatte, denn ich fand tatsächlich sofort das Telefonkabel, doch als ich mich nach einem Gegenstand umsah, mit dem ich es durchtrennen könnte, bemerkte ich die Frau mit dem fliehenden Kinn: Sie war wach und stand wie angewurzelt und mit erschrockenem Gesicht neben der Spüle. Mit zwei Schritten war ich bei ihr, nahm sie in den Schwitzkasten und stopfte ihr einen mitgebrachten Knebel in den Mund, den ich anschließend fest hinter ihrem Kopf verknotete. Als Nächstes schlug ich sie bewusstlos, indem ich ihr meinen Ellbogen in die Schläfe rammte, und fing sie auf, bevor sie zu Boden sank. Ich schleifte sie in eine kleine, von der Küche abgehende Kammer und fesselte ihr mithilfe von Kabelbindern, mit denen mich Dan ausgestattet hatte, die Hände hinter dem Rücken und band ihr die Füße zusammen. Dann verließ ich die Kammer und klemmte von außen einen Küchenstuhl unter die Klinke, damit die Gefesselte auf keinen Fall entkommen konnte. Ich schnappte mir ein großes Küchenmesser, das im Spülbecken lag, trennte die Telefonleitung durch und schlich auf Zehenspitzen zu dem Flur mit den zwanzig schief hängenden Katzenbildern.

Bevor ich ihn betrat, legte ich das Messer auf einem Tischchen ab; dabei spürte ich, dass ich beobachtet wurde.

Ich hob den Kopf und sah, dass Melanie in einem weißen Nachthemd am Ende des Flurs vor ihrer beleuchteten Zimmertür stand, reglos und steif.

Sehe ich Gespenster? Nein, bleib rational. Natürlich ist sie kein Gespenst.

Melanie hob einen Finger an ihren Mund, um mir zu bedeuten, dass ich stumm bleiben sollte. Ich schlich lautlos den Flur entlang. Aus den Zimmern der anderen Frauen war kein Laut zu hören, nichts bewegte sich. Nachdem ich hinter Melanie ihre Kammer betreten hatte, schloss sie die Tür.

»Ich schon gewartet«, sagte sie.

»Mein Fahrer wird die Frauen zu einem sicheren Ort bringen, den ich für sie organisiert habe. Sobald sie im Bus sitzen und dorthin unterwegs sind, werden Sie und ich separat an den betreffenden Ort fahren. Auf der Fahrt können wir reden. Machen Sie sich fertig. Wir brechen sofort auf.«

»Die Frauen noch viele Stunden schlafen. Wir jetzt reden, falls gibt Probleme.«

»Oder wir wecken sie auf, verfrachten sie in den Bus und fahren los.«

»Das keine gute Idee. Frauen müssen steigen in Bus ohne Misstrauen. Sie eigentlich nicht dürfen Handy haben, aber ich glauben, dass manche trotzdem haben. Könnten Panik kriegen, Eminenz anrufen. Wir lieber warten, bis ist normale Zeit.«

Mir gefiel dieser Plan ganz und gar nicht, auch wenn mir ebenfalls schon der Gedanke gekommen war, dass einige der Frauen in Panik geraten könnten und dass sie vermutlich heimlich Handys besaßen. Sie waren nicht durch Fesseln oder verschlossene Türen an diesem Ort gefangen, sondern durch seelische Abhängigkeit, durch den Glauben, sie besäßen keine anderen Optionen, durch die Angst, diejenigen, die blieben, durch ihre Flucht zu gefährden.

Seelische Ketten.

»Was mit blöde Frau von Hauseingang? Sie gekümmert um sie?«, fragte Melanie.

Ich nickte. »Allerdings werde ich noch einmal nachlegen müssen. Haben Sie irgendwelche Betäubungsmittel im Haus?«

Sie ging zur obersten Schublade ihrer Kommode und wühlte darin herum. Nachdem sie gefunden hatte, was sie suchte, drehte sie sich zu mir um und reichte mir ein Fläschchen mit Halcion-Tabletten, einem hochwirksamen Schlafmittel.

»Ich gekauft auf Schwarzmarkt. Eine Tablette, und ich stundenlang bewusstlos. Geben Sie blöde Frau drei.«

Nachdem ich die Pillen zerrieben und sie der Frau mit

dem fliehenden Kinn auf die Zunge gelegt hatte, wartete ich, bis sie sich aufgelöst hatten, verschloss die Kammer mit einem Schlüssel, den mir Melanie gegeben hatte, und schob den Stuhl zurück unter den Küchentisch. Alles wirkte völlig normal.

Melanie und ich setzten uns auf das uringelbe Sofa in dem schäbigen Wohnzimmer mit den zwanzig Teppichen und dem schmutzverkrusteten Fenster. Während alle anderen im Haus weiterschliefen, vertraute mir Melanie um halb vier Uhr morgens ihre Lebensgeschichte an. Sie flüsterte so leise, dass ich mein Ohr dicht an ihren Mund halten musste, so dicht, dass ihre Lippen immer wieder mein Ohrläppchen streiften. Während sie erzählte, rollte sie einen kleinen Stapel mit Zetteln zwischen den Fingern, den sie aus ihrer Kammer mitgebracht hatte.

Melanie war in einer Bretterbude vor den Toren Guangzhous aufgewachsen. Ihre Mutter war bei ihrer Geburt gestorben, war auf dem Lehmboden der Hütte, in der sie mit ihrem Mann lebte, verblutet. Nachdem die Familie des Vaters die Leiche der Mutter neben einer Müllhalde verscharrt hatte, behauptete sie, ihr Tod sei die Strafe dafür gewesen, dass sie ein Mädchen in sich getragen hatte. Fünf Tage lang versteckten der Vater und die Großmutter die neugeborene Melanie vor den anderen Leuten der Siedlung, weil ihre Mutter gegen die Ein-Kind-Politik verstoßen und die Schande noch verdoppelt hatte, indem sie eine weibliche Eizelle aus ihren gierigen Eierstöcken ausgewählt hatte. Ich korrigierte Melanies erschreckend falsches Wissen über den Fortpflanzungsvorgang nicht. Mir klang noch Nanas Ermahnung bezüglich der unzutreffenden Aufschrift meines Promotionskuchens im Ohr. »Manchmal gebietet es die Höflichkeit, andere Leute nicht auf ihre Fehler hinzuweisen«, pflegte sie zu sagen.

Am fünften Tag von Melanies Dasein auf diesem Planeten versuchte ihr Vater, sie in einem Eimer Wischwasser zu ertränken. Melanies Großmutter hielt ihren Sohn zurück und erklärte ihn für dumm: Sie könnten doch noch Profit aus dem Mädchen schlagen und es als Hure verkaufen, sobald es alt genug sei, sich selbst zu ernähren. Als Melanie acht Jahre alt war, erhielt die Familie umgerechnet 80,99 Dollar für sie. Davor musste sich Melanie fast jeden Tag die Geschichte von ihrer Geburt und ihrem Beinahe-Tod im Eimer anhören, denn ihr Vater und ihre Großmutter wiederholten sie jeden Morgen, während Melanie ihnen Teigtaschen servierte. Der besagte Wischeimer hing an einem rostigen Nagel über dem undichten Spülbecken der Bretterbude, als ständige Erinnerung daran, wie barmherzig es doch von ihrer Familie gewesen war, sie am Leben zu lassen. »Eimer«, sagten ihr Vater und ihre Großmutter und zeigten erst auf den Wischeimer und dann auf sie. »Du bist nicht besser als dieser Eimer. Du bist ein Eimer.«

Mit acht Jahren verließ Melanie also zum ersten Mal in ihrem Leben die Hütte ihrer Familie und stieg in einen schwarzen SUV, der sie einige Stunden herumfuhr und schließlich vor einem eingezäunten, bewachten Grundstück hielt. Ein Mann schleifte sie an den Haaren zu einem Verschlag, in dem zwei Männer warteten. Der eine hielt sie fest, während der andere in abgehackter Sprechweise und mit tiefer Stimme sagte: »Ich bin Eminenz. Du gehörst mir. Jetzt wirst du. Englisch lernen. Wenn du. Fünfzehn bist. Wirst du nach. Amerika reisen. Um dir deinen. Unterhalt zu verdienen. Bei unseren besten Kunden. Du wirst vor.

Ihren Augen eine. Große Prüfung absolvieren. Bestehst du sie. Lasse ich dich. Am Leben und. Du kehrst hierher zurück. Um mir als. Mein Stolz zu dienen. Und um. In Eminenz zu leben.«

Theorie verifiziert.

Während sie darauf wartete, dass sie fünfzehn wurde, lebte Melanie im Keller des Hauses mit dem umzäunten Grundstück, wo von ihr erwartet wurde, dass sie Englisch lernte und Kleider bestickte, die Jungen anschließend auf den Straßen Shanghais an Touristen verkauften. Auf jedem Kleid war eine Sonnenblume mit zwanzig Blütenblättern zu sehen, nicht mehr, nicht weniger. Nachts vergewaltigte Eminenz entweder sie oder eins der anderen zwanzig Kellermädchen. Mädchen. Immer unter fünfzehn. Immer zwanzig.

Mein erster Gedanke war, dass Melanies Vergangenheit für mich irrelevant war, dass sie mir nicht die Fakten lieferte, für die ich nach Shanghai geflogen war. Ich war auf jede noch so kleine Bewegung aus, die Melanie am Tag der Hummerbecken-Zeremonie gemacht hatte, auf alles, was sie in den Stunden davor und auch währenddessen gesehen und gehört hatte. Dennoch ließ ich zu, dass sie ihr Leben vor mir ausbreitete, schien ich doch die Erste zu sein, mit der sie so offen über all dies sprechen konnte. Außerdem betonte Nana immer, dass man Menschen, die gerade etwas Emotionales durchleben, nicht unterbrechen soll, auch wenn man selbst ihre Emotionen »nicht nachempfinden kann«, wie sie es ausdrückte. Also ließ ich Melanie reden. Je mehr sie redete, desto mehr bedrohte die himmelschreiende Ungerechtigkeit des von ihr Erlebten meine nüchterne Gleichgültigkeit und damit mein reibungsloses Funktionieren. Es lag so viel sinnlose Barbarei in dem, was sie mir schilderte, so viel Grausamkeit. Ich konnte nicht verhindern, dass sich der Hass, den ich während meiner eigenen Gefangenschaft zugelassen hatte, auch jetzt wieder einschaltete. Verglichen mit dem, was Melanie erlebt hatte, waren meine Erlebnisse eine vergnügliche Achterbahnfahrt gewesen. Zu meinem Hass gesellten sich die zärtlichen, wehmütigen Gefühle, die ich bis heute für meine damalige Mitgefangene empfinde, für Dorothy, deren Leben ich nicht hatte retten können. Ich erkannte, dass mein Plan zu etwas immer Größerem heranwuchs, dass es nicht mehr nur darum ging, mich für mein und Dorothys Schicksal zu rächen. Es ging um sämtliche Mädchen und Frauen, die je durch skrupellose Verbrecher wie meine Entführer und Eminenz zu Schaden gekommen waren, um sämtliche Dorothys, sämtliche Melanies.

»Eminenz mir sagen, dass ich erstes Mädchen, das absolvieren seine Prüfung. Er sagen, wenn ich bestehen, darf weiterleben«, erzählte Melanie. Nachdem sie ihre traurige Geschichte losgeworden war, rollten ihre Finger nicht länger nervös die Zettel in ihrer Hand, und ihre Stimme wurde fester. Jetzt stieß sie ihre Sätze geradezu hervor, in zunehmend wütendem Tonfall. Vor allem diese letzten beiden Sätze blieben mir im Gedächtnis, denn sie bestätigten, was Velada mir erzählt hatte: dass Eminenz das Becken selbst entworfen hatte, dass es seins war.

Ich bedeutete Melanie fortzufahren und hoffte, dass sie bald auf das Wesentliche zu sprechen kommen würde. Seit einiger Zeit waren Anzeichen dafür zu hören, dass die Frauen aufwachten. Beim Weitersprechen sah mich Melanie nicht mehr hilfesuchend an, als wollte sie mich auffordern, ihr Mut zu machen. Stattdessen starrte sie geradeaus und sagte mit monotoner, hasserfüllter Stimme: »Eminenz mir sagen, dass er anderes Mädchen Geschenk machen wird, in Hummerbecken zu sein, aber erst in zwanzig Jahre. Er mir sagen: ›Die Macht der Zahl zwanzig wird euch erlösen.‹ Er das sagen jeden Tag. Zahl zwanzig auch auf sein Rücken tätowiert, in Mandarin. Alles in zwanzig. Sogar Brot muss sein in zwanzig Scheiben.« Diese Informationen deckten sich mit dem, was Reno und Velada über den zwanzigjährigen Zyklus des Hummerbecken-Rituals gesagt hatten. Ich war verwirrt, weil ich nicht verstand, warum ich Velada trotz dieser Übereinstimmung noch immer nicht traute. Meine Diagnose bezüglich Eminenz' Geisteszustand stand hingegen fest: extreme Zwangsstörung und Besessenheit von der Zahl zwanzig, gepaart mit psychotischem Aberglauben. Doch die Hintergründe für das kranke Verhalten dieses Mannes interessierten mich nur am Rande. Für mich gab es zwei entscheidende Fragen: *Was kann ich Zielführendes in Erfahrung bringen?* Und: *Wie kann ich es in Erfahrung bringen?*

Inzwischen waren eindeutig die ersten Frauen aufgestanden, die Tür zum einzigen Badezimmer ging auf und zu. Melanie erhob sich, in den Händen immer noch ihre gerollten Zettel. Sie beugte sich in den Flur und sagte zu den Frauen, die aus ihren winzigen Zellen kamen: »Küchenfrau heute kein Frühstück gemacht. Sie krank. Ihr euch anziehen und in Bus steigen. Essen in City. Mich nicht stören, ich hier reden mit reiche amerikanische Kundin. Heute niemand freie Tag. Alle zu Hotels mit Bus«, sagte sie auf Englisch, vermutlich, damit ich es ebenfalls verstand.

»Melanie, wir müssen uns beeilen«, drängte ich, als sie zum Sofa zurückkehrte. »Haben Sie alles bei sich, was Sie brauchen?«

Sie antwortete nicht, starrte nur auf die Zettelrolle in ihren Händen. Sie wirkte wie erstarrt, kein Muskel bewegte sich. »Eminenz mir jeden Tag erzählen, wie Ritual wird ablaufen, und an Tag mit Hummerbecken, alles genauso passiert. Er sagen, Zeremonie immer genau gleich. Ich alles auf Zettel aufgeschrieben für Sie. Hier.« Sie reichte mir die gerollten Papiere. Sie fühlten sich feucht an. Mir fiel auf, dass sich im tief eingefallenen Hohlraum über Melanies Schlüsselbeinen Schweiß gesammelt hatte.

»Haben Sie Fieber?«, fragte ich sie.

»Ich nur nervös.«

»Auf diesen Zetteln stehen Einzelheiten über den Tag, an dem Sie ins Hummerbecken mussten?«

»An diesem Tag ich für immer gestorben. Ich nie vergessen, was passiert ist. Alles für Sie aufschreiben. Nehmen Sie Zettel. Nehmen Sie und retten Sie andere Mädchen.«

Nachdem vorübergehend tiefes Schweigen zwischen uns einkehrte, wandte ich mich noch einmal an Melanie: »Warum verbindet er die Zahl zwanzig mit einem Drachen? Ist das ein chinesisches Symbol?«

»Nein. Eminenz weiß. Seine Eltern aus Amerika oder Europa, kommen hier, um aufbauen große Schuhfirma. Sie sehr reich. Eminenz tragen schwarze Maske, um zu verstecken verbrannte Gesicht. Von Feuer in sein Haus, als kleiner Junge war. Dabei gestorben seine Eltern und Großteil von Familie. Er gekommen in chinesische Waisenhaus. Niemand ihn wollen, so hässlich, viele Narben in Gesicht. In Waisenhaus Drachen als Spielzeug, zwanzig Drachen. Er dort müssen Boden wischen mit Bleiche, jeden Tag. Aber seine Eltern ihm vererbt Geld in Amerika, und alte Haus. Geld für ihn angelegt in Fand? Frond?«

»Sie meinen in einem Fonds?«

»Ja. So er bekommen Geld, wenn volljährig, und haben Kapital für Unternehmen.«

Eine Frau erschien mit hängenden Schultern im Wohnzimmer.

»Wie ich schon gesagt, ich können Ihre Chef mit in Kundenliste aufnehmen, drei Mädchen, immer abwechselnd, nächste Woche fängt an«, wechselte Melanie geschickt das Thema, ohne zu der Frau aufzublicken.

Ich spielte mit. »Und was wäre der Preis für die drei Mädchen?«, fragte ich.

Melanie wandte ruckartig den Kopf zu der im Wohnzimmer erschienenen jungen Frau. Sie sah aus, als würde sie keine vierzig Kilo wiegen, und trug ein billiges Spitzenkleid. »Du in Bus steigen, sofort! Was du beleidigen Kundin mit lange Gesicht?«, herrschte Melanie die Frau an.

Diese drehte sich zitternd um und ging die Treppe hinunter.

»Sie wird in Bus steigen. Alle einsteigen jetzt.«

Melanie behielt recht. Alle Frauen verließen stumm und folgsam den Flur mit den Schlafkammern, gingen hintereinander die Treppe hinunter und wagten es nicht, in das Wohnzimmer zu blicken, in dem Melanie und ich so taten, als wollte ich drei ihrer Mädchen für meinen nicht vorhandenen Arbeitgeber anheuern. Eine nach der anderen verschwand, mit gesenktem Kopf, den Blick auf die Füße gesenkt. Sie trugen dünne, durchsichtige Kleidung; ihre Schuhe waren einfache Pantoffeln.

Nachdem die letzte das Haus verlassen hatte, drehte sich Melanie mit Tränen in den Augen zu mir um. »So viele Jahre ich das machen.« Ihre Stimme versagte. »So viele Jahre ich sie anschreien. Sie wehtun. Sie bestrafen.

Damit machen keine Dummheiten, damit er sie nicht erwischen und töten. Bitte, Sie retten meine Mädchen!«

»Sie werden sie selbst retten«, sagte ich. Melanie zitterte und schluchzte leise vor sich hin. Es war das erste Mal während unserer kurzen gemeinsamen Zeit, dass ich sie weinen sah, dabei hätte sie allen Grund dazu gehabt. Offenbar war sie ein sehr starker Mensch, stärker noch als die unerschütterliche Lola. Wir beobachteten durchs Fenster, wie die Frauen eine nach der anderen in den Bus stiegen. Dan tischte ihnen vermutlich gerade die Lüge auf, ihr alter Fahrer sei ausgetauscht worden, weil er in der Nacht gegenüber Eminenz ungehorsam gewesen sei. Dan war Chinese und in Shanghai geboren, daher hoffte ich, dass die Frauen ihm glaubten. Er würde sie auffordern, ihre Handys bei ihm abzugeben, falls sie welche besaßen. Ich hatte keine Ahnung, wo er den ursprünglichen Fahrer versteckt hatte, und es war mir auch egal. Wichtig war nur, dass er ihn nachhaltig aus dem Verkehr gezogen hatte.

Der Bus fuhr los, machte sich auf den Weg an den sicheren Ort, den ich mithilfe meiner eigenen Kontakte und eines Bekannten von Dan organisiert hatte.

»Kommen Sie, Melanie, es wird Zeit«, sagte ich.

Melanie packte ihre Tasche, während ich die Frau mit dem fliehenden Kinn aus der Kammer zog und ihre Hand- und Fußfesseln durchschnitt. Ich legte sie auf das gelbe Sofa, wo sie gleichmäßig vor sich hin schnarchte. Melanie tauchte wieder auf und legte eine handgeschriebene Nachricht für die Frau vor dem Sofa auf den Boden. Sie übersetzte die Botschaft für mich: »Du wegrennen. Wir geflüchtet.«

Auch wir machten uns nun daran, die schmale Treppe hinunterzusteigen. Ich ging voraus und hielt die gerollten

Zettel fest umklammert, Melanie war hinter mir. Am Fuß der Treppe wartete ich auf sie. Sie schien zu zögern, verharrte auf jeder Stufe, fuhr mit den Fingern die Wände entlang.

»Beeilen Sie sich!«, drängte ich.

»Ich nie diese Treppe hinuntergehen«, flüsterte sie mit tränenerstickter Stimme.

»Hören Sie auf zu weinen. Sie müssen sich beeilen!«

Sie hörte nicht auf zu weinen. Sie beeilte sich nicht.

Plötzlich hörte ich das Brummen eines Motors und das Knirschen näher kommender Reifen. Ich wandte den Kopf nach links und sah einen SUV um eines der unheimlichen leeren Hochhäuser biegen. Rechts von mir bot sich das gleiche Bild. Beide Fahrzeuge fuhren schnell, näherten sich uns von zwei Seiten, schlossen uns ein. Vor mir ragte das Hochhaus auf, von dem aus Dan und ich tagelang das Geschehen beobachtet hatten, hinter mir befanden sich das Chefgebäude und das Hüttendorf. Melanie war immer noch dabei, im Schneckentempo die Treppe herunterzuschleichen.

Scheiße.

Uns blieb nur eine Möglichkeit: uns ein paar zusätzliche Minuten zu erkaufen, indem wir uns im Chefgebäude verbarrikadierten und den Vorteil seiner schützenden Wände und der erhöhten Position im Obergeschoss nutzten. Also machte ich hastig kehrt, schob auch Melanie herum und zwang sie, die nach Fleisch riechende enge Treppe wieder hinaufzusteigen.

Wir kamen nicht weit, da Melanie mehrmals stolperte und sich nur mühsam wieder aufrappelte. Als ich seine Stimme hinter uns am Fuß der Treppe hörte, machte ich mich auf alles gefasst.

»Stopp! Ihr bleibt. Jetzt sofort stehen!«, brüllte Eminenz.

»Melanie, weiter nach oben, los!«, drängte ich und schob sie von hinten an. »Nehmen Sie die Zettel und verstecken Sie sie«, fügte ich hinzu und drückte ihr unauffällig die zusammengerollten Zettel in die Hand.

Ich drehte mich nicht um, um Eminenz hinter mir die Treppe heraufstürmen zu sehen. Melanie war immer noch zwei Stufen vom oberen Ende der Treppe entfernt. Kurz entschlossen stemmte ich links und rechts die Hände gegen die Wände, stieß mich mit den Füßen vom Boden ab und sprang hoch. Ich wollte mich an den Wänden abstützen und mich auf diese Weise irgendwie in den speicherartigen Raum hinaufhangeln, von dem die Ziergegenstände hingen, doch Eminenz erwischte im letzten Moment meine Beine und zog mich wieder nach unten. Bevor ich krachend auf die Stufen stürzte, konnte ich gerade noch die Hände vors Gesicht schlagen. Melanie stand kreischend auf dem Treppenabsatz.

Der runde Kondensator, der an meinen Oberschenkel geschnallt war, bohrte sich durch den Aufprall so tief in meine Haut und den darunterliegenden Muskel, dass es sich anfühlte, als hätte er meinen Knochen durchschlagen. Bestimmt würde sich der Bluterguss über meinen gesamten Oberschenkel ausbreiten.

»Kümmere du. Dich um sie. Ich nehme mir. Die hier vor«, sagte Eminenz über meinen Kopf hinweg zu einem zweiten Mann, den ich nun die Treppe hinaufrennen hörte.

Er selbst rammte mir ein Knie in den Rücken und drückte mich damit zu Boden, fixierte mich zusätzlich mit einer Hand am Nacken. Mit der anderen gelang es ihm, meine Arme zu packen und sie festzuhalten. Ich schätzte sein Gewicht auf über hundert Kilo reine Muskelmasse, seine Hände waren groß wie Porzellanteller.

Da ich sein Gesicht noch nie gesehen hatte, konnte ich ihn nicht anhand dessen identifizieren. Es war seine Stimme, an der ich ihn erkannte, die stockende Art zu sprechen, der tiefe Tonfall. Es war dieselbe Stimme, die ich so viele Jahre immer wieder gehört hatte, wenn ich mir das Hummerbecken-Video angesehen hatte.

Er schob mich an den Rand der Treppe, hielt mich dort eisern fest, während sich der zweite Mann vorbeizwängte, um zu Melanie nach oben zu gelangen.

»Laufen Sie, Melanie! Na los! Schließen Sie Ihre Tür ab!«, rief ich und hoffte, dass sie die Zettel in ihrer Matratze versteckte.

»Halt. Verdammt. Noch mal. Das Maul, Schlampe!«, stieß Eminenz wütend hervor. Er ließ meinen Nacken los und packte stattdessen eine Handvoll meiner Haare. Bevor ich darüber nachdenken konnte, was er vorhatte, ließ er mit der anderen Hand meine Arme los. Ich zögerte nicht und schob meine Hände unter mich, um mich von der Stufe abzustoßen und nach hinten gegen ihn und sein Knie zu stemmen, in der Hoffnung, ihn aus seinem einfüßigen Gleichgewicht zu bringen und die Treppe hinunterzustürzen. Doch er zog blitzschnell eine Messerklinge hervor und legte sie an meinen Nacken, unterhalb des Haarbüschels, das er umklammert hielt.

»Wenn du. Dich bewegst. Schlitze ich dich auf.«

Ich überlegte fieberhaft, was ich tun sollte.

Das Ganze war ein hinterhältiger Trick, denn er fing auch ohne jede Bewegung von mir an, mich aufzuritzen. Während er das Haarbüschel nach oben hin straff zog, schnitt er ein zwei mal zwei Zentimeter großes Stück Kopfhaut von meinem Schädel.

Es brannte entsetzlich, glühende Hitze erfasste meinen Nacken. Blut floss als zähflüssiges Rinnsal meinen Hals und meine Wirbelsäule hinunter. Ich wollte nach hinten greifen und ihn stoppen, aber es gelang mir nicht. Also stieß ich mich stattdessen von der Treppe ab, stemmte mich mit meiner ganzen Kraft gegen ihn und hoffte, ihn so destabilisieren zu können, schließlich stand er immer noch auf einem Bein, während sein Knie auf meinem Rücken lag.

Er gab keinen Zentimeter nach.

»Wo. Sind. Meine Mädchen? Du Schlampe.«

Dan hat es also geschafft.

»Was. Hast du mit. Ihren Handys getan?«

Dan hat ihnen die Handys abgenommen. Er weiß, dass er sie zerstören, sie loswerden muss. Verhindern, dass sie zurückverfolgt werden können.

Ich stemmte mich ein zweites Mal ruckartig nach hinten. Eminenz rührte sich nicht, bohrte sein Knie nur noch fester in meinen Rücken. Blut tropfte an meinem Hals entlang auf die Treppenstufe, auf der mein Gesicht lag, und sammelte sich dort. Die Schmerzen schossen mir durch den ganzen Körper.

»Mein Fahrer hat. Mir nicht seine übliche. Textnachricht geschrieben. Wo ist er?«

Das hat uns also verraten.

Während Eminenz seine letzte Frage brüllte, war er so voller Wut, dass sein Knie sich minimal von meinem Rücken hob. Als ich mich dieses Mal mit voller Wucht nach hinten stemmte, geriet er auf seinem einen Fuß ins Wanken. Das genügte mir, um mich unter seinem Knie hervorzurollen. Ich versteifte meinen Körper und rutschte mit den

Füßen voran den Rest der Treppe hinunter. Als ich unten ankam, schnellte ich auf die Beine und machte einen Satz nach vorn, fand mich genau in der Mitte zwischen den beiden abgestellten SUVs wieder, deren Kühlerhauben einander zugewandt waren. In einem von ihnen saß ein Fahrer.

»Gib Gas!«, brüllte Eminenz hinter mir.

Mir blieb keine Zeit wegzurennen – ich saß in der Falle. Der SUV mit dem Fahrer war nur einen Meter von mir entfernt. Ich sprang in die Luft und hoffte, dass ich nicht von den Kühlergrills eingequetscht wurde. Beinahe hätte ich es geschafft, doch mein rechtes Bein blieb zwischen den beiden Motorhauben hängen.

Es gelang mir nicht, es herauszuziehen. Ich saß fest.

Ich drehte mich verzweifelt zur Seite und sah Eminenz langsam auf mich zukommen. Er war riesig, ein Schrank von einem Mann, genau wie in dem Video. Und er trug wieder eine seiner schwarzen Masken. Die Brandnarben, die angeblich sein Gesicht entstellten, wurden jedoch nicht nur von dem schwarzen Stoff verdeckt, ich war auch zusätzlich von der aufgehenden Sonne geblendet, die mir durch den Smog Shanghais direkt ins Gesicht schien.

»Wo. Sind. Meine Mädchen?«, fragte Eminenz mit donnernder Stimme.

Ich lächelte ihn an.

Er blieb stehen, neigte den Kopf zur Seite und schien mein Gesicht prüfend zu mustern. Dann lachte er.

Er trat näher an mich heran und bedeutete dem Fahrer des SUVs mit einer Handbewegung, den Rückwärtsgang einzulegen. Sobald der Wagen sich nach hinten bewegte und mein Bein freigab, packte Eminenz meinen Fuß, zog mich herum und sorgte dafür, dass ich rücklings zu Boden stürzte. Er ließ mich los und sprang mir fast mit seinem ganzen Gewicht auf die Brust, um mir anschließend die Arme über dem Kopf zu Boden zu drücken. Seine Bewegungen waren fließend und geübt. Er wusste, was er tat. Meine Beine lagen so unter seinem Körper, dass ich nicht nach ihm treten konnte.

»Bring mir. Den Reifenheber«, rief er dem Fahrer zu, der inzwischen aus dem Wagen gestiegen war.

Eminenz beugte sich so dicht über mein Gesicht, dass der schwarze Stoff seiner Maske meine Nase streifte. Wieder stieß er sein höhnisches Lachen aus.

»Du bist nichts. Als ein kleines Insekt. Ich beobachte. Dich seit Jahren. Du bist. Mein Geschenk. Bald wird es. Mir überbracht. Mein Geschenk. Für das. Hummerbecken.«

Ich bin sein Geschenk? Und werde ihm überbracht? Ich dachte, ich soll gekidnappt werden. Immerhin hat er bestätigt, dass ich für das Hummerbecken bestimmt bin.

Sein Atem drang durch die Maschen des Stoffs an mein Gesicht, penetrant und unangenehm wie Müllgestank.

Ein Stiefelpaar tauchte neben meinem Kopf auf.

»Ich werde sie. Jetzt hinstellen. Du hältst ihre. Arme fest. Damit sie sich. Nicht rührt«, wies er den Fahrer an, der den gewünschten Reifenheber, eine gerade, zum Ende hin gebogene Eisenstange, neben Eminenz' Füße gelegt hatte. Sobald ich aufrecht stand und der Fahrer mich fixierte, trat Eminenz mit seinem gewaltigen, schweren Stiefel auf meinen linken Fuß und hielt mich so am Boden fest. Dann bückte er sich, griff nach dem Reifenheber und richtete seinen riesigen Körper so langsam wieder auf, als würde er an mir emporkriechen. Seine Haut und sein stinkender Atem waren mir so nah, als würden wir miteinander tanzen. Er blies mir erneut seinen Mundgeruch ins Gesicht. Ich würgte.

»Ich vernichte dich. Mit Insektengift«, sagte er.

Ohne seinen Stiefel von meinem linken Fuß zu nehmen, holte er mit dem Reifenheber aus und schlug ihn mir auf den rechten Fuß. Mein Schuh bot nur wenig Widerstand. Eminenz schlug noch einmal zu, und dann noch einmal. Ich sah, dass sich seine Lippen bewegten, dass sie lautlos mitzählten. Vermutlich hatte er vor, den Reifenheber zwanzigmal auf meinen Fuß herabsausen zu lassen, aber in diesem Moment stieß Melanie an einem Fenster im Obergeschoss des Chefgebäudes einen schrillen Schrei aus. Die Erde schien aufzuhören, sich zu drehen.

Eminenz hielt mitten im Schlag inne, und wir blickten beide nach oben.

Dort stand sie mit ihrem weißen Nachthemd im offenen Fenster, wie ein Gespenst. Der Wind ließ den hauchdünnen Stoff um ihren mageren Körper flattern, und ich erhaschte einen flüchtigen Blick auf die zusammengerollten Zettel im Bund ihrer Unterhose. Ich konnte nur hoffen, dass Eminenz sie nicht ebenfalls gesehen hatte. Dann sprang Melanie plötzlich kopfüber aus dem Fenster. Schon bevor sie landete, war mir angesichts der Höhe des Fensters und ihrer Flugbahn klar, dass sie sich beim Aufkommen das Genick brechen würde.

Ich hielt die Luft an, spannte jeden Muskel in meinem Körper an, konzentrierte mich ganz auf einen Sonnenstrahl über meinem Kopf. Diese Methode hatte mir Sarge beigebracht, um Folter zu überstehen und um zu verhindern, dass Emotionen in mir aufflackerten und mir die Sinne vernebelten. Dennoch schmeckte ich Galle auf meiner Zunge und spürte, wie mir der kalte Schweiß ausbrach.

Ich werde Eminenz auf die denkbar schmerzhafteste

Weise töten und ihn dann vom Erdboden tilgen. Er wird verschwinden, jede Faser von ihm, für immer ausgelöscht. Er wird nichts sein, absolut nichts.

Eminenz ließ von mir ab und taumelte nach hinten, stürzte nach Luft ringend und keuchend zu Melanie. Das Knacken ihres Genicks, als sie auf dem harten Boden aufkam, wird mich nie wieder verlassen.

Ich wurde immer noch von Eminenz' Fahrer festgehalten und überlegte, welche Befreiungstaktik aus meinem Selbstverteidigungsrepertoire ich am besten anwenden sollte. Aber zuerst musste ich einige Sekunden abwarten, bis der Schmerz in meinem zertrümmerten Fuß nachgelassen hatte.

»Du hast. Meinen Stolz getötet!«, brüllte Eminenz in meine Richtung. Er betastete den Saum von Melanies weißem Nachthemd, hob ihn leicht an. Aus meiner Perspektive sah es so aus, als wollte er die Zettel an sich nehmen. Bevor ich mich aus der Umklammerung des Fahrers befreien und ihn davon abhalten konnte, tauchte der Mann, der oben bei Melanie im Chefgebäude gewesen war, am Fuß der Treppe auf und bedeutete den anderen beiden, dass sie sofort von hier verschwinden müssten. Ich weiß bis heute nicht, warum. Vermutlich gab es doch noch einige Polizisten in Shanghai, die nicht unter Eminenz' Kontrolle standen. Der Mann, der mich festhielt, stieß mich zu Boden. Mir fiel auf, dass keiner der Hüttenbewohner aus der Tür trat, um nachzusehen, was hier vor sich ging, oder um mir zu helfen.

Bevor sein Wagen davonfuhr, ließ Eminenz das Beifahrerfenster herunter und sagte zu mir: »In nicht mehr. Allzu ferner Zeit. Werden wir uns. Wiedersehen. Du wirst. Die Hummerbecken-Prüfung. Nicht bestehen. Und in der. Bleiche umkommen. Du Insekt.« Der SUV fuhr davon.

Und du wirst mich winselnd um Gnade anflehen, du Monster. Ich werde keinen Finger für dich rühren, es sei denn, um ihn in deine Wunde zu legen und deinen Schmerz noch zu verstärken.

Humpelnd bewegte ich mich zu Melanie, zog ihren schmächtigen, blutenden Körper in meine Arme und schleppte ihn zur Treppe und anschließend die schmalen Stufen hinauf. Sie war ein Hauch von einem Mensch, so leicht wie eine Fliege. Ich zog sie den Flur mit den zwanzig schiefen Katzenbildern entlang, legte sie auf ihr Bett und breitete ein weißes Laken über ihren Körper und ihr Gesicht, nachdem ich die Zettel an mich genommen hatte. Kein Atemzug hob mehr ihre Brust, während der ganzen vier Minuten nicht, die ich dastand und sie betrachtete. Sie war tot, und ich konnte nichts mehr für sie tun. Im winzigen Badezimmer der Frauen goss ich ein Fläschchen Wasserstoffperoxid über meine Wunde am Hinterkopf und biss in ein Handtuch, um den Schmerz zu ertragen. Dann verband ich mich notdürftig mit einem halbierten Waschlappen und dem Klebeband, das ich unter der Küchenspüle gefunden hatte. Anschließend wandte ich mich meinem rechten Fuß zu. Ich wagte es nicht, ihn mir näher anzusehen, während ich eine elastische Bandage um ihn wickelte, die ich in einem Schränkchen im Bad gefunden hatte. Ich nahm ein möglichst großes Paar Stoffpantoffeln aus einer der Kammern der Frauen und zwängte den verbundenen Fuß hinein. Hoffentlich konnte ich auf diese Weise irgendwie zurück nach Amerika schlittern. Das alles dauerte insgesamt etwa fünfzehn hochriskante Minuten. Ich musste hier weg, denn ich war mir sicher, dass einer der Bewohner des Hüttendorfs die Polizei gerufen hatte.

Hastig humpelte ich die Treppe hinunter, schleppte mich zu dem Hochhaus, in dem Dans Auto versteckt war, und umrundete es. Irgendwie schaffte ich es, in die Garage hinunterzugelangen, einzusteigen und davonzufahren, ohne dass die Polizei auftauchte und sich mir entgegenstellte. Vielleicht kam sie überhaupt nicht. Vielleicht war ihr dieses elende Drecksloch am Rande der Stadt vollkommen egal.

Auf keinen Fall würde ich ein chinesisches Krankenhaus aufsuchen, um meine Verletzungen verarzten zu lassen. Ich wollte Shanghai so schnell wie möglich verlassen. Es hätte ohnehin nichts gebracht, noch länger in China zu bleiben und zu versuchen, Eminenz in seinem Schlupfloch aufzuspüren, wo auch immer sich dieses befand. Je länger ich in diesem Land blieb, desto größer die Gefahr für meine Gesundheit und mein Leben. Ich würde nicht zur amerikanischen Botschaft gehen und auch nicht auf meinen regulären Rückflug in drei Tagen warten. Stattdessen fuhr ich direkt zum Flughafen und nahm den ersten Flieger, der Shanghai verließ. Zehn Stunden später landete ich in London. Während des Fluges hatte ich die Schmerzen in meinem Fuß, meinem Kopf und meinem Oberschenkel mit mehreren Wodkas und einer starken Schmerztablette betäubt, die ich für Notsituationen dabeihatte. In der Damentoilette des Londoner Flughafens zog ich den Pantoffel aus und sah, dass meine zertrümmerte Morton-Zehe – die zweite Zehe, die in meinem Fall länger ist als der große Zeh – von einer schweren aseptischen Knochennekrose befallen war. Auch die Spitze des mittleren Zehs schien betroffen zu sein, jedenfalls deutete die schwärzliche, rot umrandete Färbung darauf hin. Meine Diagnose lautete, dass ich außerdem akut von einer Blutvergiftung bedroht war. Mit Blutvergiftungen und Nekrosen ist nicht zu spaßen, also begab ich mich direkt in eine Londoner Notaufnahme, die dort »Unfallabteilung« genannt wird. Ich verlangte eine möglichst umfassende Bekämpfung der genannten Komplikationen und stimmte zu, als die diensthabende Chirurgin mir vorschlug, die ohnehin nicht mehr zu rettende Morton-Zehe und die Spitze der mittleren Zehe zu amputieren. Doch zunächst verpasste sie mir eine Antibiotika-Infusion. Während die Medikamente in mich hineintröpfelten, rief ich einen Verbündeten am Massachusetts Institute of Technology an, einen ehemaligen Dozenten im Fach Biomechanik.

Meine gehäutete Stelle am Hinterkopf behandelte das Pflegepersonal mit topischen Steroiden, topischen Antibiotika und einem Eisbeutel. Während mein Gehirn derart eisgekühlt wurde, las ich noch einmal die relevanten Punkte von Melanies ausführlichen Notizen durch und überlegte, wie ich meinen bisherigen Plan entsprechend anpassen konnte.

* *Tag des Todes sie mich kleiden in rote Gewand mit weite Ärmel.*
* *Mit diese Gewand ich müssen zu Hummerbecken laufen.*
* *Vorher in Zimmer, um hübsch zu machen, ohne Fenster, Keller. Ich sitzen mit andere Mädchen. Mädchen, das er vergewaltigen, das er töten.*
* *Vor Hummerbecken wir bekommen letzte Mahlzeit. Dürfen aussuchen, was wollen.*
* *Ich ganze Tag mit Mädchen verbringen. Essen zusammen. Eminenz mir sagen, er wollen Bindung zwischen uns.*

Ich werde also Zeit haben, das andere Mädchen zu trainieren, dachte ich beim Lesen.

* *Nach letzte Mahlzeit – für mich Bandnudeln mit Zitrone – sie mich Steinflur entlangführen. Wir unter Erde.*
* *Am Ende von Flur, ich gehen Treppe hoch in Bereich von Haus, das sie nennen »Dort oben«. Andere Mädchen dort, sie nicht dürfen mich anschauen. Ich halte Kopf hoch, sie schauen auf zerkratzte Holzboden. In »Dort oben« windig. Alte Haus. Viele Kamin mit Feuer drin. Eminenz sagen, das so sein, weil Feuer bedeuten »Allmacht«. Deshalb Feuer überall an meine letzte Tag, bevor ich gestorben. Ich glauben, dass insgesamt drei Kamin. Alle mit Feuer.*
* *Mann mit Maschinengewehr mich schubsen in leere Raum. Ich nirgendwo andere Wachmann sehen. Wie in China nur zwei Männer bei Eminenz. Ich mich fragen: Wie er so viel Macht, wenn haben so wenig Leute? In »Dort oben« ich niemand anders sehen mit Waffe. Nur Frauen. Nur Mädchen.*
* *Zwei Frauen sitzen auf Boden in Raum, wo er mich hineinschubsen. Auch hier Kamin mit Feuer. Große, viereckige Brileycon-Kanister überall auf Boden. X25 stehen auf Etikett. Sie später gießen X25 auf mich, sie mich verätzen. Aber erst heben zwei Bretter in Boden hoch. Sie nehmen mein Gewand. Sie mich an Armen hinunterlassen in Hummerbecken. Ich ganze Zeit schreien. Niemand helfen. Niemand mir schauen in Augen. Mann richten Maschinengewehr auf mich von oben.*
* *In Hummerbecken ich mich drehen zur Seite, aber*

Seiten berühren Schultern, deshalb ich mich drehen nach vorn zu Zimmer. Niemand drin außer Mädchen mit Videokamera. Ich sehen nur Bett und große Spiegel. Sonst nichts. Hässliche alte Zimmer. Kein Fenster.

* *Ich Angst haben, dass stecken bleiben in Behälter. Glas sehr dick. Sehr dick und nicht klar. Trüb. In Ecken man sehen Klebstoff zwischen Scheiben. Nicht ordentlich, Seiten nicht gerade. Eminenz, er selbst gemacht Hummerbecken. Er mir erzählen. In Scheune.*

* *Männer kommen in Zimmer, sie nackt, aber alle lachen, ha ha ha, lachen mit zweite Wachmann. Er dafür sorgen, dass gehen hinter Spiegel. Aber er kein Gewehr, er wie Freund von Männer. Dann lachende Wachmann gehen raus, stehen vor Tür. Ich schreien. Niemand interessiert.*

* *Mädchen neben Bett alles filmen. Sie legen Kamera hin und schließen Spiegel mit Holzriegel ab.*

* *Wenn sie gießen X25 auf mich, ein paar Tropfen fließen raus aus Ecken, wo Klebstoff nicht dicht.*

Melanies Aufzeichnungen enthielten auch Details zu den Vorgängen, die wir im Verbrannter-Hummer-Video gesehen hatten. Sie beschrieb, wie die Bleiche auf sie niederging, wie sie versuchte, vor den unerträglichen Schmerzen zu fliehen, wie sie sich nach dem Hummerbecken-Ritual langsam und mühsam von ihren Verletzungen erholte, wie sie schließlich nach Shanghai zurückkehrte. Diese zusätzlichen Schilderungen enthielten jedoch nichts, was ich nicht schon gewusst hätte, und waren für meine Flucht und meine Rache nicht von Belang.

Im Laufe der nächsten Jahre las ich Melanies Notizen immer wieder durch, um meine Entschlossenheit, Eminenz zur Strecke zu bringen, weiter zu festigen, aber ich ließ zu keinem Zeitpunkt zu, dass sich der Schalter für Zuneigung in meinem Inneren umlegte und ich zu großes Mitgefühl für Melanie entwickelte. Aus schmerzhafter Erfahrung wusste ich, dass ich das bei Leidensgenossinnen nicht tun durfte. Trotzdem bekannte ich mich zu Melanie und ihrem Vermächtnis. *Melanies Leben war nicht umsonst. Sie war kein Müll, kein wertloser Eimer. Sie hat mir befohlen, die anderen Mädchen zu retten. Ich bin eine Waffe in ihrem Krieg.*

KAPITEL FÜNFZEHN

Lisa Yyland: Zurück in Indiana

Nana sagt immer: Wenn das Leben dir alte Bananen austeilt, dann backe einen Bananenkuchen. Und so kehrte ich damals, vor fünf Jahren, mit meinen verifizierten Fakten, meinen neu in Erfahrung gebrachten Informationen und meinen erlittenen Verletzungen in die Firmenzentrale in Indiana zurück, um den Plan völlig neu aufzustellen.

Auf Krücken kam ich durch die rote Küchentür des ehemaligen Schulgebäudes gehumpelt, in dem ich wohnte und arbeitete. Als ich es gekauft hatte, war die Küche eine langweilige Großküche gewesen, dafür ausgestattet, sämtliche Schüler und Mitarbeiter des Appletree-Internats zu verköstigen. Im Zuge der Renovierung hatte ich die beiden langen Kücheninseln aus Edelstahl in der Mitte der Küche behalten, den Rest des Raums jedoch völlig umgestaltet und in leuchtenden Farben streichen lassen. Es gab einen apfelgrünen Mixer und einen dazu passenden apfelgrünen Kühlschrank, eine rote Garderobe für Jacken und Mäntel, einen meerblauen Geschirrschrank und einen türkisblauen Teppich. An den himmelblauen Wänden hingen Vantys gesammelte Werke aus dem Kunstunterricht in Rahmen aus grobem, unbehandeltem Holz. Studien haben ergeben, dass Farben die natürliche Ausschüttung von Endorphinen unterstützen. Endorphine unterstützen wiederum die kreative Schaffenskraft des Menschen, also dekorierte ich alles in meinem Heim möglichst farbenfroh.

Der dreizehnjährige Vanty wartete bereits am korallenroten Küchentisch auf mich und hielt mir einen selbst gebackenen Kuchen hin. Darauf hatte er mit grünem Zuckerguss geschrieben: »Schade um deine Zehen, Mom.« Sogar einen lädierten Fuß hatte er mit rosa Zuckerguss daneben gemalt.

»Du hast ihm doch sicher ein bisschen geholfen, oder?«, sagte ich zu Nana, die während meiner Abwesenheit dafür gesorgt hatte, dass Vanty in die Schule, zum Basketball und zu seinen Freunden kam. Lenny war immer noch auf Lesereise, einer ziemlich langen Lesereise, wie mir schien, aber ich kannte mich mit solchen Dingen nicht aus. Im Laufe unserer immerhin schon seit der Highschool andauernden Beziehung hatte ich irgendwann den Überblick verloren über Lennys Kommen und Gehen. Unsere Hochzeit sollte noch in diesem Jahr stattfinden, deshalb hatte Nana einige aufgeschlagene Brautmodenkataloge auf die Küchentheke gelegt und mit Klebezetteln markiert, welche Kleider ich ihrer Ansicht nach in Betracht ziehen sollte.

»Nein, Liebes, der Kuchen ist ganz allein Vantys Werk«, antwortete sie und eilte zu mir, um mich zu umarmen, wobei sie ihre Arme noch weiter als sonst ausbreiten musste, um die unförmigen Krücken mit einzuschließen. Sie flüsterte mir ins Ohr: »Gut, dass du wieder da bist. Vanty hat Angst um dich und macht sich große Sorgen. Du musst ihm deine Liebe zeigen und ihn umarmen.«

Also schaltete ich meine Liebe für Vanty ein, und sobald ich das getan hatte und erneut den liebevoll dekorierten Kuchen betrachtete und sah, wie Vanty gegen seine Tränen ankämpfte, war es um mich geschehen. Fast wäre ich heulend zusammengebrochen.

»Mir geht's gut, sind doch nur zwei Zehen«, beschwichtigte ich meinen Sohn und ging einfach über den gut sichtbaren Wundverband an meinem Hinterkopf hinweg. Er kam zu mir gerannt, und ich riss ihn in die Arme, wobei ich mich auf seiner Schulter abstützen musste, die er ein wenig absenkte, denn er war inzwischen dreizehn und größer als ich.

»Mom«, sagte er mit kieksender Stimme in meine Haare hinein. »Kannst du bitte nie wieder so lange Geschäftsreisen machen und dann ohne Zehen zurückkommen?«

Mir war klar, dass er seine Angst hinter einer Prise Humor zu verstecken versuchte. Um ihn ein wenig zu beruhigen, log ich ihn an, so wie ich meine Familie immer anlüge, um sie zu schützen und ihr Glück nicht zu gefährden. »Vantaggio, das mit meinen Zehen hätte überall passieren können, das hatte nichts mit meiner Arbeit zu tun. Es war ein völlig unvorhersehbarer Unfall. Ein Taxi ist mir über den Fuß gefahren.«

»Und was ist mit dem Verband an deinem Hinterkopf?«

»Wenn einem ein Taxi über den Fuß fährt, fällt man eben hin und kann sich schlecht abfangen. Mir geht es gut, mach dir keine Sorgen.«

Ich löste mich aus unserer Umarmung und strich ihm tröstend über die Wange. Dann blickte ich zu Nana, die hinter Vantys Rücken anerkennend nickte.

»Wie gut, dass du einen Kuchen gebacken hast, Vanty. Mr Cam besucht uns nämlich morgen, und du weißt ja, wie sehr er auf Selbstgebackenes steht. Er kommt extra aus seinem privaten Biomechanik-Labor, um neue Zehen für mich anzufertigen.«

»Cool!«, sagte Vanty. »Mr Cam bringt mir immer irgendwas Interessantes mit.«

»Ich weiß, Schatz.« Mein Herz fühlte sich plötzlich übervoll an. Wie schmerzhaft und gleichzeitig erfüllend Mutterliebe doch war – zwei miteinander konkurrierende Wahrnehmungen, die dafür sorgten, dass ich mich lebendig fühlte, wie ein echter Mensch. Vanty hat mich noch nie im Stich gelassen, mir noch nie Angst eingejagt. Noch nie habe ich ihn oder seine Intelligenz infrage gestellt. Er ist der lebende Beweis dafür, dass mein Leben einen Sinn hat, und verleiht mir ein Gefühl der Zufriedenheit und Vollständigkeit. In solchen Momenten, wenn mein Herz für ihn überläuft, glaube ich fest daran, dass meine Liebe zu ihm kein subjektives Empfinden, sondern eine solide Tatsache ist, die sich selbst beweist und zu einem festen wissenschaftlichen Gesetz geworden ist, unumstößlich wie das Gesetz der Schwerkraft.

»Komm, wir bereiten alles für Mr Cam vor. Aber zuerst esse ich ein Stück Kuchen«, sagte ich und reichte ihm meine Krücken. Er lehnte sie in die Ecke neben den Kühlschrank, und ich nahm auf einem Küchenhocker Platz. Nana ging zum Herd, setzte Teewasser auf und stellte drei Becher auf den Tisch.

»Ach ja, Lisa: Dein Vater kommt morgen Nachmittag auch zu Besuch. Einerseits natürlich, um uns zu sehen, und andererseits, um ein Einstellungsgespräch mit einer neuen Physikerin für sein Labor in Manchester zu führen. Offenbar kommt sie hier aus der Gegend«, erzählte Nana. Damals war mein Vater noch nicht »von uns gegangen«.

»Kommt Mutter auch?«, erkundigte ich mich bei Nana.

»Nein, Liebes. Sie ist zu sehr mit ihrem derzeitigen Prozess beschäftigt.« Nanas Antwort klang sachlich, ohne den verurteilenden Tonfall, in dem mein Vater solche Dinge über meine Mutter sagte.

Nachdem wir Kuchen gegessen und Tee getrunken hatten, ging ich zu meinem Übungsraum, und Vanty machte sich an die Chemie-Aufgaben, die ich mir für ihn ausgedacht hatte, um ihn seiner Intelligenz entsprechend zu fördern. Die Chemie-Hausaufgaben, die er in der Schule aufbekam, waren dagegen ein Witz. Ich sah mich in dem Raum mit den beiden Glasbehältern um. Mein Birkenwäldchen war beinahe fertig; ich musste nur noch die verschiedenen Blaunuancen des Himmels perfektionieren und einige kleinere Details hinzufügen, zum Beispiel ein paar Marienkäfer auf den Birkenästen oder einen Rotkardinal in seinem Nest.

Ich blickte zu dem Glasbehälter hinauf, von dem aus ich verschiedene Sprungtechniken trainierte. Im Laufe der Jahre hatte ich das Durchschneiden vieler unterschiedlicher Glasarten getestet, die entsprechenden Scheiben lehnten noch in den Zimmerecken – Aufzugglas, normalerweise um die 1,3 cm dick, Aquariumglas, das es in allen möglichen Dicken gab, einfaches Fensterglas, Windschutzscheibenglas, das aus zwei Verbundscheiben mit einer dünnen Schicht Kunststofffolie dazwischen besteht. Ich hatte alle möglichen Werkzeuge und Klingen ausprobiert, um diese Glasscheiben zu durchtrennen. Sobald ich ein Werkzeug fand, das möglichst viele verschiedene Glasscheiben in stehendem Zustand – nicht liegendem, das ist ein wichtiger Unterschied – zertrümmern oder zerschneiden konnte, würde ich mir überlegen, wie ich es mit ins Hummerbecken schmuggeln konnte.

So zumindest mein bisheriger Plan. Inzwischen war ich stutzig geworden. Melanies Notizen bestätigten keineswegs, dass das Hummerbecken tatsächlich aus Glas bestand. Sie beschrieb die Wände als »milchig« und »dick«, als in den Ecken mit hervorquellendem Klebstoff zusammengefügt. Das untermauerte die Theorie, dass der Glasbehälter in Wirklichkeit aus Polymethylmethacrylat gefertigt und mit Cyanacrylat zusammengefügt war, mit anderen Worten: aus dicken, mit Sekundenkleber zusammengeklebten Plexiglasscheiben bestand. Da Plexiglas beinahe bruchsicher und sogar noch schwerer zu zerschneiden ist als Glas und da ich nicht hundertprozentig sicher sein konnte, dass das Hummerbecken wirklich aus Plexiglas bestand, konzentrierte ich mich stattdessen auf die einzige Information von Melanie, die wenig Spielraum für Interpretationen bot: den herausquellenden Klebstoff in den Ecken. Wenn der Klebstoff herausquoll, hieß das, dass es einen Hohlraum zwischen den Scheiben geben musste.

Ich musste aus dem Klebstoff und diesem Hohlraum Kapital schlagen.

Also setzte ich mich an meinen Arbeitstisch und recherchierte im Internet zum Thema Plexiglas und Klebstoff. Dann bestellte ich zur Probe einige Produkte.

Meine nächste Recherche widmete ich dem Thema Zehenprothesen.

Nachdem ich einige Artikel zur Geschichte und zum aktuellen technischen Entwicklungsstand von Prothesen durchgelesen hatte, ging ich zu meinem Birkenwäldchen-Gemälde und arbeitete zwei Stunden an der Akzentuierung einer Wolke vor dem blauen Himmel. Dabei dachte ich nach. Laut einem amerikanischen Artikel, der Andreas Nerlich zitierte, einen Pathologen der Ludwig-Maximilians-Universität in München, war die weltweit älteste bekannte Trägerin einer Prothese »eine ägyptische Frau ... die knapp 1000 vor Christus mit einer hölzernen Zehenprothese ausgestattet worden war«. *Glücklicherweise hat sich die Prothetik in den letzten dreitausend Jahren entscheidend weiterentwickelt*, dachte ich. Mr Cam, mein Verbündeter vom MIT, forschte nicht nur auf dem Gebiet der Biotechnologie, sondern war zufällig auch einer der weltweit führenden Experten für Prothetik und Medizintechnologie. Er hatte sogar einmal vier Roboterpfoten für eine heldenhafte Hündin entwickelt, die von einer Highway-Brücke gesprungen war, um einen Jungen am Kragen aus einem brennenden Auto zu ziehen. Ihm Entwurf und Bauweise meiner künstlichen Zehen anzuvertrauen war daher die offensichtlichste und effizienteste Vorgehensweise.

Mir blieb gar nichts anderes übrig, als meine Verletzungen in Vorteile umzumünzen, denn für das Hummerbecken *bereit zu sein*, bedeutete, dass ich im nackten Zustand kampffähig sein musste.

Mr Cam traf am nächsten Morgen bei uns ein, als Nana, Vanty und ich gerade in unserer knallbunten Küche frühstückten. Über dem Tisch hing eine gerahmte Seite aus Vantys Erstklässler-Schreibheft. Aufgabe war gewesen, eine Meinung und eine Tatsache aufzuschreiben, und Vantys Sätze lauteten: *Montaks sollte shulfrei sein. Ich kann mein Ellbogn nich ablecken.* Mr Cam überreichte Vanty als Erstes den Prototypen eines Roboterarms, den er »übrig hatte«, eine »frühere Version« des Arms, an dem er gerade in seinem Labor arbeitete. Der Roboterarm sah so echt aus, dass Nana einen Schrei ausstieß und ihre Gabel mit Pfannkuchen fallen ließ. Sie glaubte, Mr Cam hätte einen echten menschlichen Arm mit in unser Haus gebracht. Vanty und ich verschränkten die Arme vor der Brust und schüttelten grinsend die Köpfe über sie.

»Ihr zwei«, sagte Nana und stand auf, um unsere Pfannkuchenteller abzuräumen, Mr Cam eine Tasse Kaffee zu machen und ihm ein Stück von Vantys Kuchen abzuschneiden. Das Telefon klingelte. Es war Lenny. Ich versicherte ihm, es gehe mir gut, und er erzählte, seine Lesereise dauere noch eine weitere Woche. Ich gab das Telefon an Vanty weiter, damit er mit seinem Vater sprechen konnte, und machte mich mit Mr Cam an die Arbeit.

Wir verbrachten die Zeit bis zum Mittagessen damit, in meinem Büro – nicht im Übungsraum – meine Anforderungen an Zehenprothesen durchzusprechen und entsprechende Skizzen anzufertigen. Mr Cam maß sorgfältig meinen Fuß und meine verbliebenen Zehen aus, machte unzählige Fotos und nahm vier verschiedene Abgüsse. Als er sich verabschiedete, um in sein Labor in Massachusetts zu fahren, versprach er, umgehend mit der Umsetzung zu beginnen.

Während er unsere lange Zufahrt hinunterfuhr, durch einen Apfelgarten auf der einen und großen Eichen auf der anderen Seite, kam ihm mein Vater entgegen (ich hatte ihm per Knopfdruck das Tor geöffnet). Fast, als würden sich die beiden einen Staffelstab weiterreichen, dachte ich, als ich auf den Überwachungsmonitoren in der Küche sah, wie sich ihre Autos auf halbem Weg begegneten. Neben meinem Vater saß eine Frau mit langen roten Haaren, die mich an die Schauspielerin Geena Davis erinnerte. Vor dem Haus stieg er aus und rief mir entgegen: »Hallo, Schätzchen, freut mich, dass du aus China zurück bist! Nana hat dir hoffentlich ausgerichtet, dass ich herkomme und deine Räumlichkeiten für ein Vorstellungsgespräch nutze. Das hier ist Dr. …« Ein Windzug sorgte dafür, dass ich ihren Namen nicht verstand, aber das spielte keine Rolle. Diese Frau war nur eine von vielen, ständig wechselnden Physikerinnen, die mein Vater in seinem Labor in New Hampshire beschäftigte. Außerdem würde ich sie in Gedanken sowieso nur Geena Davis nennen. Ich begrüßte meinen Vater, bereitete alles für sein Vorstellungsgespräch vor und einigte mich mit ihm, Vanty und Nana darauf, dass wir gebratene Ravioli und *ziti al forno* zu Abend essen würden.

Nach der ganzen Aufregung zog ich mich in die Stille meines Übungsraums zurück, verriegelte sämtliche Schlösser hinter mir und holte meine Nanogenerator-Streifen hervor, mit denen sich mechanische Energie erzeugen ließ. Ich rieb über die riesige, blutunterlaufene Beule, wo sich in Shanghai der traubengroße Kondensator in meinen Oberschenkel gebohrt hatte. Nachdem ich mich wieder an den Arbeitstisch gesetzt hatte, hielt ich die Streifen in der einen und einen früheren Prototypen des Kondensators in der anderen Hand. Ich blickte zwischen den beiden hin und her, wog ihre Größe ab, dachte noch einmal darüber nach, warum ich sie zu brauchen glaubte: um meine Datenträger mit Energie zu versorgen. Seit ich angefangen hatte, für meinen Plan zu experimentieren, zu entwerfen und zu üben, hatte sich die Technik enorm weiterentwickelt. Es gab inzwischen äußerst effiziente Fernsteuerungsgeräte und winzige, hochpotente Batterien. Während ich an meinem Edelstahltisch in der Mitte zwischen den beiden in die Wände eingelassenen Glasbehältern saß, dachte ich noch einmal gründlich über die Notwendigkeit mechanisch gewonnener Energie nach und überlegte, ob ich nicht stattdessen jemanden außerhalb des Gebäudes postieren könnte, in dem man mich festhalten würde, jemanden, der mithilfe einer Fernsteuerung die Datenträger einschaltete und mit Energie versorgte.

Aber wie sollte ich demjenigen das Signal zum Einschalten der Datenträger geben?

Wie ließ sich das Ganze richtig timen?

Ich dachte an die Kamine, die Melanie in ihren Aufzeichnungen erwähnt hatte, und berührte den Verband, der die kahle Stelle an meinem Hinterkopf bedeckte. Meine Gedanken wanderten zu der Information weiter, dass ich mir meine Henkersmahlzeit würde aussuchen dürfen. Mir fiel ein, was Melanie zur Bedeutung von Feuer in Eminenz' Vergangenheit erzählt hatte. Auch für das Hummerbecken-Ritual schien Feuer in Gestalt der lodernden Kamine von großer Bedeutung zu sein. Plötzlich fügte sich alles in meinem Kopf zusammen: das Signal zum Einschalten, meine kahle Stelle, Feuer, meine Henkersmahlzeit.

Ich setzte mich aufrecht hin, zog meinen Laptop näher heran, gab ein paar Suchanfragen ein und las während der nächsten halben Stunde die Ergebnisse. Dann sprang ich von meinem Hocker auf, ging zum abhörsicheren Telefon an der Wand und rief Mr Cam auf seinem Handy an.

»Sind Sie schon in den Flieger gestiegen?«

»Nein, ich betrete gerade das Flughafengebäude.«

»Drehen Sie um und kommen Sie zurück. Ich werde ein paar dicke, künstliche Haarsträhnen brauchen, die sich unauffällig am Hinterkopf befestigen lassen. Lang müssen sie sein. Und dick genug, um eine pudrige Substanz zu verstecken.«

»Verstehe. Bin schon auf dem Weg«, antwortete er.

Mit leisem Bedauern betrachtete ich meine Nanogenerator-Streifen und meine Kondensator-Prototypen auf dem Tisch. Wie ärgerlich, dass ich so viel Zeit und Arbeit in sie gesteckt hatte. Mein Blick wanderte zum zweiten Glasbehälter, den ich nicht zum Trainieren benutzte.

Ich drehte mich im Raum um die eigene Achse und bewunderte mein Wandgemälde: das leuchtende Blau des Himmels, das schwarz getigerte Weiß der Birkenstämme, das Gelb und Grün der Blätter, das Moos auf dem Waldboden. Mir fehlten immer noch ein Rotkardinal in seinem Nest, zwei oder drei Marienkäfer auf Blättern und ein paar andere kleine Details. Während ich mich drehte, ließ ich nachdenklich den Blick schweifen, über meine Streifen, meine Kondensatoren, meinen Übungsbehälter, den zweiten, unberührten Glasbehälter.

Und dann machte es plötzlich klick.

Mir fiel noch eine ganz andere Verwendung für meine Nanogeneratoren ein, und ich gebe zu, dass sofort mein Schalter für Mordlust umsprang und ich vor Vorfreude auf das befreiende, erlösende Gefühl, das sie mir verschaffen würden, boshaft grinste. Ich dachte daran, was Eminenz Melanie und so vielen anderen Frauen und Mädchen angetan hatte. Meine mechanische Energie würde eindeutig einem guten Zweck zukommen.

Du wirst leiden, du Arschloch.

Ich bin nicht dein Insekt. Ich bin dein Teufel.

Und jetzt bin ich hier in Massachusetts, fünf Jahre nach meiner schmerzhaften Reise nach Shanghai, und liege seit Stunden auf der Ladefläche eines Hühnertransporters, während neben mir verzweifelt ein Mädchen schreit. Irgendwann verstummt ihre Stimme. Der Lastwagen bleibt stehen, und es hört sich so an, als würde man sie aus ihrer Transportbox zerren. Dann setzen wir unsere Fahrt fort.

Inzwischen bin ich völlig dehydriert. Als sich die Klappe meiner dunklen Box öffnet, blendet mich das plötzliche Licht. Ein Arm greift herein, löst die Klammer um meinen

Hals, zieht mich heraus, als wäre ich ein zusammengeroll-ter Teppich, und lässt mich auf den Boden fallen. Blinzelnd schaue ich mich um. Nachdem sich meine Augen an die hellere Umgebung gewöhnt haben, sehe ich, dass wir uns in einer geschlossenen Scheune befinden. Die beiden Männer, die mich in die Transportbox gesperrt haben, zerren mich zu einer Öffnung im Betonboden der Scheune und lassen mich daneben liegen. Ich bin zu erschöpft, um mich zu wehren. Vielleicht ist es ohnehin besser, dass ich mich füge, Energie spare und Informationen sammle. Zum Glück haben sie mir nicht die Augen verbunden.

»Fesselt ihr die Hände«, sagt Eva. »Und dann tastet sie ab.«

Einer der beiden Männer geht ein Seil holen, während der andere mit einer modernen Ultraschallsonde, die nur wenig größer ist als ein Kugelschreiber, über meinen Körper streicht. Das Gerät piepst an meinen Zehen.

»Zieh deinen Schuh aus!«, befiehlt mir Eva.

»Das ist nur mein Zehenring. Er fixiert meine Prothese mithilfe eines integrierten Magneten.«

»Eines was?«, fragt sie. »Gib mir das Ding.«

Sie darf mir den Zeh auf keinen Fall wegnehmen.

Ich gebe ihr den Magneten und tue so, als wollte ich auch meinen künstlichen Zeh abnehmen, um ihn ihr ebenfalls zu reichen.

»Das ist meine Prothese. Dafür brauche ich den Zehenring.«

»Ist ja ekelhaft.« Eva wirft den Ring zurück zu mir auf den Boden. »Fesselt sie, ihr Idioten!«

KAPITEL SECHZEHN

Josi Olive: Der Zahnarzt

Josi Olive geht gern mit seiner Katze, die er nur Cat nennt, in Viebury Grove spazieren. Cat ist wie mein Schatten, denkt er, ein Raubtier mit dunklem Fell, das mir an den Fersen klebt. Heute ist die Herbstluft warm und der Himmel strahlend blau – eigentlich das perfekte Wetter für einen Strandtag. Nur die herbstlich bunten Bäume passen nicht dazu. Mit ihren satten Farben sehen sie aus wie die Tüte Skittles, die Josi in seinem Tonstudio liegen hat. Es riecht nach Feuerholz, und er hat Lust, herumzuschlendern und herauszufinden, welches Haus in Viebury am gruseligsten für Halloween dekoriert ist. Allerdings sind nur ein paar Häuser bewohnt, und die unbewohnten sind auch ohne Dekoration unheimlich genug. Vielleicht wird ihm irgendeine gespenstische Alte auf einer Veranda ein Stück Apfelkuchen anbieten.

Tief in diese Gedanken versunken, tritt Josi aus seinem Häuschen, und Cat reibt sich begeistert an seinen Stiefeln.

»Bring mich ja nicht zum Stolpern, Junge«, warnt Josi und zieht die Tür hinter sich zu.

Während er eine Hand in die Tasche schiebt, um den Hausschlüssel hervorzuziehen und abzuschließen, dreht er sich um und sieht einen roten Hühnertransporter mit Transportboxen auf der Ladefläche in die Scheune des großen Steinhauses rollen. Sofort verfinstert sich seine Miene. Wie gut, dass er wenigstens diesen verfluchten Richter Rasper aus dem Verkehr gezogen hat. Die üblen Machenschaften der Bewohner des Steinhauses hat er vor lauter Vorfreude auf seinen Spaziergang doch tatsächlich eine Minute lang vergessen. Der Lastwagen erinnert ihn wieder daran, dass ihm nicht einmal dieser kurze, vergängliche Moment des Friedens vergönnt ist. Was für ein Narr ist er doch zu glauben, er könnte einfach so mit Cat herumbummeln, als wäre nichts passiert! Als wäre seine Frau nicht in einem schlammigen Sumpf ermordet worden. Als hätten diese Arschlöcher ihren Tod nicht unter den Teppich gekehrt.

Schon wieder dieser verdammte rote Lastwagen, denkt er. Er weiß, dass sie so die Mädchen ins Haus bringen. *Es muss so sein.*

»Los, Cat, zurück ins Haus. Ich habe zu tun.«

KAPITEL SIEBZEHN

Roger Liu, Special Agent im Ruhestand
Mariana Kirche

Lola und ich sind auf dem Weg zur Mariana Kirche. Unser dortiges Erscheinen war eigentlich als verhältnismäßig einfacher Einstieg in den Plan gedacht: Wir gehen rein, fragen nach Velada, sprechen mit ihr. Sagen ihr, dass Lisa bereit ist, gefangen genommen zu werden. Das Ziel unserer Fahrt zur Mariana Kirche lautet immer noch, nach Velada zu fragen, und dann habe ich vor, diese ganze Scheiße abzublasen. Wenn es stimmt, dass Velada aus dem Inneren Kreis heraus verdeckt als Doppelagentin operiert, müsste sie bereits wissen, dass Lisa in der Gewalt ihrer Auftraggeber ist.

Da der Plan nun jedoch früher ins Rollen gekommen ist als geplant, könnte es sich als gefährlich herausstellen, einfach so in die Mariana Kirche zu spazieren. Lola und ich sind auf der Hut. Vielleicht war die Verabredung dort von Anfang an eine Falle.

Die Mariana Kirche ist eine typische Bostoner Kirche: alt und aus Granitstein. Die ursprüngliche Kirche ist winzig, hat etwa die Größe eines Doppelhauses, aber der ganze Komplex aus verschiedenen Anbauten und Nebengebäuden ist riesig. Das Steinkirchlein selbst könnte auch auf einer grünen Wiese in Irland stehen. Auf halber Höhe scheint es vorwitzig die Hüfte herauszustrecken, denn dort schließt sich, durch eine steinerne Außentreppe erreichbar, ein moderner, einstöckiger Kasten an. Hinter diesem Ensemble bilden hohe Apartmentgebäude aus Backstein mit weit herausragenden Holzbalkonen eine urbane, rötlich braune Kulisse. Das eigenartigste architektonische Element in diesem Wirrwarr aus Granit, Backstein und Holz ist eine Art begehbarer Kanal, der direkt vor der Kirche parallel zum Gehweg verläuft.

Wir nehmen Kurs auf den modernen Anbau der Kirche, indem wir die Steintreppe hinaufgehen. Er beherbergt einen Tagestreff für Obdachlose. Das alles haben wir bereits vor einem Monat in Erfahrung gebracht, als uns dieser Ort als Treffpunkt mit Velada genannt wurde. Lola und ich haben die Kirche daraufhin eine Zeit lang observiert und Nachforschungen zu ihren Hintergründen angestellt, wobei allerdings nichts Ungewöhnliches zum Vorschein kam.

Der Tagestreff ist ein kantinenähnlicher Raum mit abgehängter Decke und Klapptischen. Obdachlose spielen mit eselsohrigen Karten Gin Rommé, durchsuchen die Stellenanzeigen und Wohnungsangebote in den Kleinanzeigen der örtlichen Zeitung oder sitzen mit ehrenamtlichen Anwälten zusammen, um Erwerbsunfähigkeitserklärungen oder Anträge für Sozialwohnungen auszufüllen. Lola mit ihrer grauen Hose und ihrem grauen Blazer und ich in meinem grauen Anzug mit weißem Hemd und Krawatte passen weder zu den Anwälten, die sich ihrer Klientel angepasst haben und Freizeitkleidung tragen, noch zu den Obdachlosen.

Eine Nonne in schwarz-weißem Habit, der nur einen Ausschnitt ihres Gesichts freilässt, fängt uns – die auf den ersten Blick erkennbaren Eindringlinge – neben dem Eingang ab.

»Was kann ich für Sie tun?«, fragt sie. Sie ist winzig und erinnert an eine Maus. Ich suche nach einer erkennbaren Nase und finde nur zwei kleine Punkte als Nasenlöcher. Die Nonne kann höchstens einen Meter fünfzig groß sein und wirkt durch ihre gebeugte Haltung sogar noch kleiner.

»Wir sind auf der Suche nach Velada«, erkläre ich.

Die Nonne lässt den Kopf hängen und blickt auf ihre Schuhe hinunter. Ihr Gesicht ist nun vollkommen vor uns verborgen, weil der Stoff ihres Schleiers nach vorn fällt.

Lola mustert sie mit halb zusammengekniffenen Augen. Ihr Gesichtsausdruck verrät mir, dass sie Gefahr wittert. Aber von wem sollte uns Gefahr drohen? Von dieser Puppenstubenfrau? Ich runzle die Stirn und werfe Lola einen fragenden Blick zu.

»Keine Nonne«, formt sie mit den Lippen.

Ich schüttle den Kopf.

Die Nonne hebt den Kopf und sieht uns an. »Lassen Sie uns in die Kapelle hinübergehen«, sagt sie.

Während wir ihr folgen, zupft Lola an meinem Ärmel und zeigt auf ihr eigenes Handgelenk, um mir zu verstehen zu geben, dass ich mir das Handgelenk der Nonne ansehen soll.

Als diese die Tür zu einer kleinen Kapelle öffnet, erhasche ich einen flüchtigen Blick auf ihre linke Hand, kann jedoch nichts Verdächtiges entdecken.

Was denn?, frage ich Lola mit hochgezogenen Augenbrauen. Sie starrt erst mich und dann die Hand der Nonne an, um mich aufzufordern, noch einmal genauer hinzusehen.

Die Ordensschwester geht vor uns in den Raum hinein,

die Hände um den Bauch gelegt, als wäre sie tief ins Gebet versunken. »Diese Kapelle dient als Gebetsraum für die Obdachlosen und als Veranstaltungsort für die Gemeinde«, erklärt sie. Gegenüber von uns befindet sich eine Bühne, und darüber hängt ein lebensechter Jesus an einem aus Eisenbahnschwellen zusammengeschweißten Kreuz. Im Zuschauerraum sind schmutzig graue Klappstühle aufgestellt, von denen der Lack blättert. An der Seitenwand reihen sich drei Beichtstühle aneinander, und daneben liegt ein namenloser steinerner Heiliger schlafend in einem offenen Sarg. Ich zucke zusammen, als ein Luftzug mein Gesicht streift, weil ich eine Fledermaus befürchte, doch es ist nur ein an der Wand angebrachter Ventilator, der sich in meine Richtung gedreht hat. Ich betrachte die Schatten in den Ecken der Kapelle, die zitternden Spinnweben oberhalb des Wandventilators, und überlege, ob es kindisch von mir ist, an einem heiligen Ort wie diesem an Geister und Dämonen zu denken.

Die Nonne dreht sich zu uns um, die Hände immer noch vor dem Bauch verschränkt, die Finger fest ineinandergeschoben. Ihre Hände werden zusätzlich von ihrem schwarzen Nonnengewand verdeckt. Lola drückt ihre Zungenspitze vor die untere Zahnreihe. Das tut sie immer, wenn sie Trug und Täuschung wittert.

»Also, was ist mit Velada? Ist sie hier?«, frage ich mit einem Lächeln.

Die Nonne erwidert das Lächeln.

Ich frage noch einmal, und Lola umrundet die kleine Frau, wobei sie immer noch mit der Zunge an ihren Zähnen herumspielt.

Die Nonne kichert und senkt den Blick auf ihre schwarzen Schuhe.

»Entschuldigen Sie, Schwester, aber was ist so lustig?«, erkundige ich mich.

»Nichts. Ihre Partnerin erinnert mich nur an eine ziemlich wilde Ausreißerin, der wir vor vielen Jahren einmal geholfen haben.«

»Eine wilde Ausreißerin«, wiederholt Lola verächtlich.

Die Nonne blickt unter ihren runzligen Schlupflidern zu Lola empor.

Lolas Blick wandert von der Nonne zu dem im Sarg ruhenden Heiligen, als hätte sie Lust, die Ordensschwester zu ihm hineinzustopfen.

»Was ist jetzt mit Velada?«, fragt sie und baut sich vor der winzigen Nonne auf.

»Velada war den ganzen Tag noch nicht hier«, antwortet diese.

Unsere Information war, dass Velada diese Woche jeden Tag zwischen neun und siebzehn Uhr hier sein würde, komme, was wolle. Laut ihrer eigenen Aussage war dies vor allem deshalb wichtig, weil wir sie brauchen würden, um Lisa rechtzeitig aus den Fängen des Inneren Kreises zu retten.

»Wissen Sie, wo wir sie finden können, Schwester?«, frage ich mit gequältem Lächeln, während Lola sich vorbeugt und am Hals der Nonne schnuppert.

Die Frau weicht überrascht zurück. »Was soll das?«, herrscht sie Lola an.

»Sie verwenden ganz offensichtlich diese Crabs-in-a-Tree-Lotion. Meine Frau nimmt die auch immer«, sagt Lola.

Frau? Es heißt übrigens Crabtree & Evelyn, Lola.

»Ich persönlich bin kein großer Fan davon. Zu pudrig und süßlich für meinen Geschmack. Und zu moschus-artig«, fährt Lola fort. »Als hätten Sie vor zwei Tagen einen Lappen mit Babypuder und süßer Schlagsahne in Ihre Vagina gestopft und ihn seither nicht mehr herausgeholt.«

O Gott, Lola!

Die Nonne macht stirnrunzelnd einen Schritt zurück und rümpft die Nase, als würde Lola stinken. Ich schließe die Augen und lasse die Schultern hängen.

Lola tritt zwischen mich und die Nonne, baut sich erneut direkt vor ihr auf. »Eigenartig. Mir ist noch nie eine Nonne begegnet, die eine so aufdringlich riechende Lotion verwendet. Wann haben Sie Ihr Gelübde abgelegt, Schwester?«

»Als ich volljährig wurde. Ich war schon immer eine Dienerin Gottes«, beeilt sich die Nonne zu sagen und fügt hinzu: »Aber das geht Sie überhaupt nichts an, Sie taktloser, unhöflicher Mensch! Das muss ich mir nicht bieten lassen!«

»Wo ist Velada?«, wiederholt Lola.

Ich schiebe mich unauffällig etwas zur Seite, stelle mich neben die vorderste Reihe alter Klappstühle und beobachte das Geschehen von dort.

Die Nonne hat den Rücken gestrafft und ihre Hände aus der Verschränkung gelöst, und jetzt sehe ich, warum Lola so aufgebracht ist: Unter dem weiten Ärmel des Nonnenhabits blitzt eine schwarze Tätowierung hervor, drei kreisförmig angeordnete, sich überlappende »L« auf der Innenseite des Handgelenks. Der Ärmel fällt rasch wieder herunter, doch ich habe gesehen, was Lola mir zeigen wollte. Die Nonne hat nichts von meiner Entdeckung mitbekommen. Ich nicke Lola zu, und sie nickt zurück.

Blitzartig überfällt mich die Erinnerung, und mir wird klar, wer diese Frau sein muss, oder vielmehr, zu welcher

Gruppierung sie einmal gehört haben muss. Vor meinem inneren Auge erscheint ein Skizzenbuch voller Tätowierungen, auf das Lola und ich während unserer jahrzehntelangen Ermittlungen in Sachen Kindesentführung und Menschenhandel schon häufiger zurückgreifen mussten. Die drei kreisförmig angeordneten Ls waren im Frauengefängnis von Ost-Tennessee das Erkennungszeichen einer Gruppe inhaftierter Zuhälterinnen, die jeden Freitagmorgen beim Frühstück die Neuankömmlinge meistbietend an schon länger Inhaftierte versteigerte, damit sie sich übers Wochenende mit ihnen vergnügen konnten. Dass die vermeintliche Nonne das Erkennungszeichen am linken Handgelenk trägt, bedeutet, dass sie zur Führungsebene gehört hat.

Sofort wächst in mir die Vermutung, dass diese Frau bis heute in Menschenhandel verwickelt ist. Vermutlich schlüpft sie nur in ihr Nonnenkostüm, um obdachlose Ausreißerinnen in die Falle zu locken. Eine ziemlich ungewöhnliche Masche, aber ich habe schon fast alles erlebt, was die Methoden von Menschenhändlern angeht – diese Leute ködern bevorzugt Ausreißer und von der Gesellschaft Benachteiligte und kennen keinerlei Skrupel. Unsere Nonne ist also kein Fall für den rosa Tanzbären.

»Loretta liebt Liebe – dreimal L: der Name Ihrer Gang im Gefängnis«, sage ich unvermittelt. »Sie gehörten zur Führung.« Ich lächle Lola an, und sie lächelt zurück.

Wir nehmen die falsche Nonne in die Mitte, die uns aufreizend angrinst, als wollte sie sagen: *Ihr habt mich entlarvt, na und? Was wollt ihr jetzt tun?* Gut vernetzte Verbrecherinnen wie diese Frau können mühelos Lebensläufe und Referenzen fälschen und sich so in finanziell klamme Kirchengemeinden einschleusen. Identitätsbetrug kommt überall vor. Sobald die Betrüger einmal im System sind, haben sie nichts mehr zu befürchten.

»Velada ist nicht hier«, wiederholt die Nonne mit ruhiger, eiskalter Gelassenheit.

Lola tritt noch näher an sie heran, und ich weiß, was sie vorhat: Sie will die Frau nach draußen zerren, durch eine rückwärtige Tür, und sie hinter dem Gebäude zum Reden zwingen. Doch als Lola gerade die Arme heben will, um zuzupacken, kommt durch den seitlichen Bühneneingang ein Pfarrer in die Kapelle und ruft erschrocken: »Was ist denn hier los?«

»Hochwürden, diese Leute bedrängen mich, bitte sorgen Sie dafür, dass sie gehen«, antwortet die falsche Nonne mit zittriger Altfrauenstimme. Sie hat inzwischen wieder ihre gebeugte Haltung eingenommen.

Ich gehe davon aus, dass der Pfarrer nicht mit ihr unter einer Decke steckt und tatsächlich ein echter Geistlicher ist, aber da wir keinen Aufruhr wollen, ziehen wir uns zurück, ohne den Bluff der Nonne aufzudecken.

»Schon gut, wir wollen Ihnen keinen Ärger machen. Ihre Ordensschwester hatte schlechte Nachrichten für uns, und es fiel uns zunächst schwer, sie zu akzeptieren. Nicht wahr, Schwester?«, sagt Lola an die falsche Nonne gewandt.

Diese nickt zögernd. Was bleibt ihr auch anderes übrig, als mitzuspielen, wenn sie nicht auffliegen will?

»Wir gehen schon. Entschuldigen Sie die Umstände«, füge ich hinzu. Natürlich werden wir uns draußen an den Ausgängen postieren und warten, bis sich die falsche Nonne aus der Deckung wagt.

Aber zunächst gehen wir erneut durch den kantinenartigen Aufenthaltsraum, vorbei an den Tischen, an denen die Obdachlosen Karten spielen und Formulare ausfüllen. Wir verlassen das Gebäude und steigen gerade die Treppe zum Gehweg und zur Straße hinunter, als uns gleichzeitig der eigenartige Kanal ins Auge fällt, der vor der alten Granitkirche nach rechts führt. Offenbar dient er der Entwässerung, doch momentan ist er trocken und passierbar. Er ist hoch genug, dass man an ihm entlanggehen kann, ohne den Kopf einzuziehen, und verläuft auf einer Länge von mehreren Häuserblocks. An einigen Stellen ist er überdacht, an anderen Stellen wird er lediglich von Stromleitungen überspannt.

Etwa zehn Meter von uns entfernt steht ein Mann in dem Kanal und unterhält sich flüsternd mit unserer Nonne, die in einer Art Schotttür zwischen Kirchenanbau und Kanal steht. Der Mann ist mager wie eine Vogelscheuche und trägt ein rot-schwarz kariertes Flanellhemd und eine schmutzige Jeans, die ihm mindestens drei Nummern zu groß ist. Als er uns sieht, macht er kehrt und rennt den Kanal entlang davon. Lola und ich nehmen sofort die Verfolgung auf, ich im Kanal und Lola auf dem parallel verlaufenden Gehweg. Es ist lange her, dass wir zusammen einen Verbrecher gejagt haben.

Ich bin mittlerweile zwar fast sechzig, aber noch gut in Form, die Verfolgungsjagd wird mich also hoffentlich nicht allzu sehr ins Schwitzen bringen. Der skelettartig abgemagerte Mann hingegen wird im Handumdrehen außer Atem sein. Allerdings darf er uns nicht in irgendeinem abzweigenden Abflussrohr oder in einer Haustür oder Kellerluke entkommen. Noch habe ich ihn gut im Blick, er muss beim Rennen seine dreckverkrustete Hose festhalten. Als ich mich der Nonne nähere, will sie die Schotttür nach außen schieben, um den Kanal zu blockieren und mir den

Weg zu versperren. Ich stoße die aufschwingende Tür mit beiden Händen zurück und befördere sie mitsamt Nonne zurück ins Gebäude. Dann renne ich weiter.

Ich komme an den Untergeschossen von Wohnhäusern vorbei und passiere Strecken ohne Bebauung. Voller Erregung stelle ich fest, dass ich der Vogelscheuche immer näher komme. Plötzlich biegt der Trottel links ab und rennt auf den Gehweg zu. Ich höre einige dumpfe Schläge.

Ich muss nicht erst um die Ecke biegen, um zu wissen, dass Lola unsere Maus gefangen hat. Der Mann musste gezwungenermaßen nach links abbiegen, weil der Kanal endete und ein Haus den Weg nach rechts blockierte. Lola stand vermutlich schon mit ausgestreckten Armen bereit, um den armen Kerl in den Würgegriff zu nehmen, denn genau so finde ich die beiden vor.

»Wo ist Velada?«, brüllt Lola.

Der Mann ringt gurgelnd und würgend nach Luft.

»Lola, lass ihn runter«, sage ich, denn sie hat ihn am Hals in die Luft gehoben.

Nachdem sie ihn losgelassen hat, sinkt er auf dem Boden zu einem elenden Häufchen zusammen.

Drohend ragen wir über ihm auf. »Wo ist Velada?«, wiederhole ich.

Er hebt schützend seine dürren Arme über den Kopf. »Ist ja schon gut, ihr müsst mich nicht so anschreien. Ich bin nur der Fahrer, ich weiß nichts. Eine Velada kenne ich nicht.«

Lola bückt sich, rammt ihm ihre Waffe in die Rippen und setzt sich in aller Seelenruhe rittlings auf ihn, wobei sich ihre graue Hose gefährlich spannt. In gelassenem Ton teilt sie ihm mit: »Ich blase dir die Teerlunge aus dem Leib, und zwar jetzt gleich. Macht mir wirklich nichts aus.

Wenn du uns nicht sagst, was du mit dieser falschen Nonne zu tun hast und wo Velada ist, kannst du dich von dieser Welt verabschieden. Bye-bye, Mister Gangy Man.«

Ich habe keine Ahnung, was »Mister Gangy Man« bedeutet, aber nett gemeint ist es ganz sicher nicht.

»Okay, okay, okay«, stößt der Trottel auf dem Gehweg keuchend hervor. Lola rammt ihm den Lauf noch fester in die Seite. »Scheiße, ich bin im Arsch«, jammert er. »Die Nonne kriegt sicher mit, dass ich mit euch geredet habe. Ich bin nur einer der Fahrer, okay? Ich dachte, es gibt heute vielleicht eine Lieferung für mich, aber Fehlanzeige. Wer Velada ist, weiß ich wirklich nicht. Ich bin nur ein Fahrer. Mir sagen sie gar nichts. Eigentlich hätte ich heute überhaupt nicht hier sein sollen. Ich hab's trotzdem versucht, weil ich dringend Geld brauche.«

»Fahrer für was?«, hake ich nach.

Der magere Kerl schiebt das Kinn vor und reißt die Augen auf, als wäre das eine dämliche Frage, deren Antwort doch offensichtlich sein müsste. »Mädchen«, sagt er und macht ein Gesicht, als hätte er am liebsten *Was denn sonst?* hinzugefügt. »Ich fahre Mädchen auf einem Hühnertransporter. Bezahlt werde ich pro Kopf. Den Hauptlaster fahren andere. Ich bin noch neu. Mann, ich bin nur ein Fahrer, mehr nicht!«

Lola, die immer noch auf ihm sitzt, dreht den Kopf zu mir und schüttelt ungläubig den Kopf. Auch mich erinnert das Ganze auf absurde Weise an den Tag, als wir bei der Suche nach der entführten Dorothy M. Salucci auf einen entscheidenden Zeugen stießen, einen Hühnerfarmer. Ich bin daher nicht überrascht, als Lola knurrt: »Hühnertransporter … immer irgendwas mit Scheißhühnern.«

»Und wo fährst du die Mädchen hin?«, frage ich.

»Zu einem der Orte, wo sie festgehalten werden. Hängt vom Tag ab.«

»Wohin wären sie heute gebracht worden, wenn es eine Lieferung gegeben hätte?«, will Lola wissen.

»Keine Ahnung, Ma'am.«

»Nenn mich verdammt noch mal nicht Ma'am!«

Mister Gangy Man blickt hilfesuchend zu mir. Von mir hat er allerdings weder Hilfe noch Mitgefühl zu erwarten. Für Menschen wie ihn habe ich nichts als Verachtung übrig.

»Du hast also keine Ahnung? Wie kann das sein?«

»Ich sage Ihnen doch, dass es jedes Mal ein anderer Ort ist, an den sie gebracht werden. Und von dort werden sie dann irgendwann abgeholt. Die Mädchen, meine ich.«

Lola beugt sich nach unten und brüllt ihm ins Gesicht: »Wohin? Wohin kommen sie nach dem Abholen?«

»Hören Sie, Lady, ich weiß nur, dass uns ein Ort genannt wird, an dem sie eine Weile untergebracht werden. Und dann kommt jemand und transportiert sie zu einem Haus in Viebury, wo sie vorbereitet werden.«

»Einem großen Steinhaus?«

»Ja.«

Lola nickt mir zu, und ich nicke zurück. Wir kennen das Steinhaus in Viebury. Dort soll übermorgen Nacht das »Hummerbecken-Ritual« über die Bühne gehen. Auch das hat Lisa letzten Monat von Velada erfahren, und sie behauptet, sie hätte es bereits »selbständig überprüft« – wie, das will sie uns nicht verraten. Fest steht, dass wir Velada so schnell wie möglich finden müssen, damit ich dem ganzen Spuk vorzeitig ein Ende machen kann.

»Was meinst du mit ›vorbereitet werden‹, Mister Gangy Man?«, fragt Lola.

»Ich weiß es nicht. Ich glaube, sie machen sie hübsch. Mädchenzeug, Sie wissen schon.«

»Nein, ich weiß nicht, was Mädchenzeug sein soll, du verdammter Idiot!«

Mister Gangy Man fordert mich mit einer Handbewegung dazu auf, ihr zu erklären, was er meint – als müsste ausgerechnet ich, der Mann, wissen, was Mädchenzeug ist. Ich soll es dieser seltsamen Frau, die da auf ihm sitzt, begreiflich machen.

»Meinst du vielleicht, dass sie frisiert werden und die Nägel gemacht bekommen, so was alles?«, frage ich ihn.

»Ja, genau. Glaube ich zumindest. Ich bin nur der Fahrer, Mann!«

»Wen interessiert es, was du bist …« Lola dreht das Gesicht zu mir und wirkt zutiefst angewidert von dem ganzen Wortwechsel. Dann blickt sie wieder Mister Gangy Man an und fordert ihn auf: »Zeig uns den Hühnertransporter. Und dann bringst du uns zu sämtlichen Orten, an denen die Mädchen untergebracht werden.« Sie stemmt sich hoch und befreit ihre Beine von dem Knäuel Mensch auf dem Boden. »Steh auf, du Idiot.«

Während ich Lola, die Mister Gangy Man vor sich her stößt, durch die Gassen folge, packt mich eine so heftige Migräne, dass ich von der Sonne geblendet die Augen schließe. Ich lehne mich für zwei Sekunden gegen eine Hauswand, mache mir Sorgen, dass es ein Schlaganfall sein könnte, und atme tief ein und aus. Sobald ich mich ein wenig beruhigt habe, schleppe ich mich mühsam weiter und zwinge mich, die Augen einen Spalt offen zu halten. Vor mir steht ein Lastwagen, auf dessen Seite steht: RED'S HENS, FREILANDEIER, SALISBURY, MASSACHUSETTS. Auf der Ladefläche des Lastwagens reihen sich rechteckige

Käfige für Hühner aneinander, die sich bei näherem Betrachten als enge Transportboxen herausstellen, in die mit Mühe ein Mensch passt. Oder vielmehr ein Mädchen, das wie menschliche Ware von einem Ort zum anderen transportiert wird. An einer Seite der Boxen befinden sich vergitterte Öffnungen, die für Luftzufuhr sorgen. Gangy Man sagt, der andere Lastwagen sei genauso ausgestattet.

Was für eine barbarische Konstruktion zum Schmuggeln von Menschen, denke ich. *Und der Laster ist auch noch rot, als wollten diese Leute uns und allen übrigen Gesetzeshütern den Mittelfinger zeigen.*

KAPITEL ACHTZEHN

Lisa Yyland: Die Scheune

Ich blinzle ins Licht und habe Mühe, meine Umgebung scharfzustellen, nachdem ich so lange in der dunklen Transportbox lag. Verschwommen nehme ich durch einen Spalt im rückwärtigen Schiebetor die Umrisse eines Mannes mit Wollmütze wahr, der wie eine Erscheinung im gleißenden Sonnenlicht steht. Der Mann späht in die Scheune, während Evas Schergen mir die Arme hinter dem Rücken fesseln. Barbaras Mörder sitzt zum Glück in Chief Castiles Gefängniszelle. Zusammen mit diesen beiden Schlägertypen macht das drei minderbemittelte Idioten. Wenn Velada bei unserem Treffen vor einem Monat nicht gelogen hat, habe ich inzwischen also Eminenz' gesamte amerikanische Belegschaft kennengelernt, bis auf eine zweite Frau, von der ich nur weiß, dass sie sehr klein und schon älter ist.

Der spionierende Mann mit der Wollmütze ist vielleicht nur eine Halluzination, ein weiteres Trugbild, genau wie der vermeintliche schwarze Schmetterling. Mein Gefühl sagt mir dennoch, dass ich keine Aufmerksamkeit auf seine Anwesenheit lenken sollte. Ich richte den Blick fest auf Eva, starre sie blinzelnd an.

»Ich brauche Wasser«, sage ich zu ihr.

Ihre beiden Gorillas sind unterdessen mit dem Fesseln fertig – sie haben mir ein dünnes, aber stabiles Seil mehrmals um die Hände und zwischen den Handgelenken hindurch gewickelt und das Ganze anschließend fest verzurrt. Ohne Werkzeuge oder Hilfe von einer zweiten Person kommt man aus so einer Fixierung nicht heraus. Jetzt stehen diese beiden Vollidioten vor mir und blicken mit offenen Mündern schwer atmend auf mich herab. Ich hätte Lust, auf dem Hinterteil herumzuwirbeln und sie ins Wanken zu bringen, indem ich meine ausgestreckten Beine wie eine Sichel gegen ihre Fußgelenke schlage. Anschließend würde ich sie mit dem Kopf voran in das Loch im Scheunenboden schubsen, das neben uns klafft, und mir anhören, wie die Knochen in ihrem Genick brechen. *Knack.* Das gleiche Geräusch wie nach Melanies Sprung aus dem Fenster, nur dass es diesmal nicht der schreckliche Begleitton einer Selbsttötung wäre, sondern die süße Melodie der Vergeltung.

Ihr elenden Schweine.

Mein Hass ist mittlerweile zu rasendem Zorn angeschwollen. Ich lasse es zu, begrüße es sogar.

»Ach, du brauchst Wasser, Lisa? Soll ich dir ein heißes Bad einlassen? Dir vielleicht deine Lieblingspralinen dazu reichen?«, höhnt Eva mit süßlicher Stimme.

»Einfach nur ein Glas Wasser, Schlampe.«

Sie starrt mich an, steht vor mir in ihrem hässlichen rosa Outfit, mit nackten Beinen. Eine widerliche menschliche Bestie. In der großen, hohen Scheune, die Platz für mehrere Fahrzeuge bietet, riecht es nach Landwirtschaft, nach einer Mischung aus Motoröl und Gras. An der Wand hängen Werkzeuge.

Eva schüttelt naserümpfend den Kopf, als würde ich übel riechende Gase absondern, und sagt: »Ich hatte dich auch gleich umbringen sollen, als ich deine Mutter erschossen habe.«

Die Schlampe hat Mutter erschossen?

Mein Kopf macht eine unwillkürliche, zuckende Bewegung.

Die Schlampe hat Mutter erschossen?

Meine Augen blinzeln rasch hintereinander, ich kann sie nicht davon abhalten.

Die Schlampe hat Mutter erschossen?

Ich zittere am ganzen Körper.

Der Griff ihres Tennisschlägers. Eine versteckte Schusswaffe. Die Schlampe hat Mutter erschossen.

Während mein Gesicht vor weißglühendem Zorn heiß wird und sich zu einer wütenden Fratze verzieht, neigt Eva den Kopf zur Seite und betrachtet mich belustigt, als könnte sie meine Gedanken lesen. Sie grinst wieder genauso boshaft wie im Park, als sie mich gegen die Eiche gedrückt hat.

Die Schlampe hat Mutter erschossen.

Ich starre Eva an und habe das Gefühl, dass selbst das Weiße in meinen Augen blutrot wird. Sie wendet sich an die beiden Schlägertypen: »Steht nicht mit offenem Mund da herum, ihr dämlichen Mistkerle! Wir müssen diese Sauerei beseitigen, bevor Eminenz vom Golfen zurückkommt. Er darf nicht erfahren, dass die Mutter von diesem Flittchen Rasper einen Besuch abgestattet hat. Nichts davon darf ans Licht kommen.«

Mein rasender Zorn hat die nächste Stufe erreicht und sich in blinde Mordlust verwandelt. Ich habe keine Kontrolle mehr darüber, kann ihn nicht ausschalten. Mein Körper zittert und zuckt, und meine Arme scheinen hinter meinem Rücken in Flammen zu stehen und sich durch die Windungen und Knoten des Seils zu brennen. In Gedanken schlage ich wild um mich, knalle den hässlichen Schädel dieser verdammten Schlampe gegen den Betonboden der Scheune. Ihr rosa Outfit wird mit spritzendem Blut besudelt, während ich ihr Gesicht immer wieder und wieder auf den Beton prallen lasse. Ich bin so in meine Vision versunken, so orientierungslos vor grellem Licht und Dehydrierung, dass ich nicht mehr alles mitbekomme, aber ich glaube, Eva sagt als Nächstes zu einem der beiden Wachmänner: »Wir müssen unbedingt den Kleinbus finden, in dem sie ihr Handy und ihre Notizen deponiert hat. Hol mir den GTO und deck meinen Prius ab. Ich fahre mit ihr zur Kanzlei ihrer Mutter in Manchester. Wir holen uns sämtliche Kopien ihrer Aufzeichnungen, notfalls stecken wir das ganze verdammte Gebäude in Brand. Eminenz wird erst nach Mitternacht zurück sein, uns bleibt also noch Zeit. Ich hoffe nur, dass dieses Flittchen nicht gelogen hat.« Ich nehme undeutlich wahr, dass sie jetzt mich ansieht, und stelle mir vor, ich würde ihr mit ihrem Autoschlüssel die Augen auskratzen. »War das mit Manchester eine Lüge? Na los, spuck's aus!«

Die mehr als gerechtfertigten Mordfantasien, die von mir Besitz ergriffen haben, sorgen dafür, dass ich wie wild die Hände aneinander reibe, mich sinnlos hin und her winde, um meine Fesseln abzustreifen. Inzwischen stehe ich auf beiden Beinen, obwohl ich mich nicht daran erinnern kann, aufgesprungen zu sein. Der Aufruhr in meinem Inneren spielt sich auf einer separaten mentalen Ebene ab. Ich lasse ihn zu, auch wenn mich der vernünftige Teil meines Gehirns anfleht, mich ganz auf die Realität zu konzentrieren. Mit Lava speienden Augen starre ich die mit mir redende Eva an und kratze ihr weiter mit dem verdammten Schlüssel die Augen aus, bevor ich ihr in die leeren Augenhöhlen spucke.

Offenbar schreie und spucke ich tatsächlich, denn sie brüllt: »Bringt sie verdammt noch mal zum Schweigen! Schlagt sie bewusstlos!«

Ich bin überzeugt, dass meine Hände hinter meinem Rücken blutbefleckt sind, dass die Fesseln sich tief in mein Fleisch gegraben haben. Etwas bewegt sich in meine Richtung, es ist einer der beiden Idioten, der nach einem Bleirohr in der Ecke der Scheune gegriffen hat. Wenn meine Arme frei wären, wäre dieses Rohr längst meins und ich hätte Eva damit ihr verkümmertes Gehirn zertrümmert. Ich male mir aus, dass ich das Rohr fallen lasse, dass ein Klirren durch die Scheune hallt, als Metall auf Beton trifft, dass das Rohr noch mehrmals aufspringt, ein Stück weiterrollt und dann liegen bleibt. In meiner Vision kralle ich die Finger in Evas braune Perücke und reiße sie ihr vom Kopf, als würde ich sie skalpieren. Doch meine Arme sind immer noch hinter meinem Rücken gefesselt, und sie trägt immer noch ihre Perücke.

Zusammen mit einem ihrer Gorillas geht sie auf eine Tür in dem Gebäude zu, an das die Scheune angebaut ist. Dabei glaube ich Sätze zu hören wie: »Schau nach, ob dort oben alles in Ordnung ist …« »Denen geht's gut, die sind high …« »Acht hier in Viebury. Acht Mädchen …« »Wir kriegen das schon hin.« »Alles muss wie geplant stattfinden …« »Zu viel Geld, das sonst flöten geht.«

Alles muss wie geplant stattfinden. Zu viel Geld, das sonst flöten geht.

Wir sind in Viebury Grove.

Der Trottel, der nach dem Rohr gegriffen hat und mich bewusstlos schlagen soll, kommt immer näher. Ich stelle mich breitbeinig hin.

Eva bleibt noch einmal in der Tür stehen, dreht sich zu

mir um und mustert mich von Kopf bis Fuß. So verharrt sie scheinbar endlos. Mein Zeitgefühl lässt mich im Stich, ist genauso trügerisch geworden wie alle anderen Sinneswahrnehmungen. Irgendwann sagt Eva: »Du bist nicht gut genug für dort oben. Falls du das Hummerbecken überlebst, wirst du eine Kellerhure.«

Ein dumpfer Schlag erschüttert meinen Schädel, dröhnt in meinen Ohren und bringt mich ins Wanken. Ich höre Eva noch sagen: »Jetzt bist du nicht mehr so taff wie mit der Bohrmaschine in der Hand, was?«

Dann wird alles um mich herum schwarz.

Ich glaube, ich sinke zu Boden. Ich glaube, das Arschloch mit dem Rohr verschwindet. Ich glaube, ich schlachte in Gedanken immer noch Eva ab. Meine Augen sind rote Lachen, ihr Schädel knallt gegen den Boden, ich skalpiere sie, spüre jedoch nichts in meinen Händen, sehe nur Schwarz, nichts als Schwarz. Dann folgt das Nichts, ein lang andauerndes Nichts. Vielleicht leckt eine Katze mit gelben Augen meine Nase, vielleicht fliegen Vögel durch meinen Gehörgang und meine Nasenlöcher in meinen Kopf und nisten in meinem Gehirn, wo sie ihre lautstarke Vogelsymphonie trällern, mitten in einem tropischen Regenwald voll schriller Tierlaute. Vielleicht bewege ich mich, vielleicht fliege oder schwebe ich dahin. Vielleicht bin ich gestorben, hauche all meine Energie aus, werde zu Licht. In meinem Inneren herrscht Hitze, um mich herum ist es hell, doch in meinem Inneren ist Schwärze. Schwärze ist alles, was ich sehe.

KAPITEL NEUNZEHN

Roger Liu, Special Agent im Ruhestand
Irrfahrt mit Mister Gangy Man

»Was um alles in der Welt soll ›Mister Gangy Man‹ bedeuten?«, frage ich Lola, während wir den Anweisungen des kleinen Ganoven folgen und zu einem der Orte fahren, an dem angeblich die Mädchen untergebracht werden.

Lola sitzt neben ihm auf der Rückbank unseres gemieteten Kleinbusses und tut so, als hätte sie mich nicht gehört.

»Okay, du hast den Namen also einfach erfunden? Ein völlig willkürlicher Name?« Ich sehe sie im Rückspiegel an.

Lolas Kopf ruckt zur Seite, ich scheine einen Nerv getroffen zu haben. »Es ist einfach nur ein Name, Liu, nichts, worüber du dir Gedanken machen müsstest«, beteuert sie und scheint eine unliebsame Erinnerung abzuschütteln. »Bitte.«

»Okay.« Ich spüre, dass der Name Mister Gangy Man für sie ein ernstes Thema ist. Vermutlich hat es mit Lolas Vergangenheit zu tun, der Vergangenheit, von der sie nie spricht. Andererseits spricht sie auch nicht über ihre Gegenwart.

Unser Mister Gangy Man hat natürlich auch einen richtigen Namen, den wir inzwischen in Erfahrung gebracht haben: Rod Razen. Ein Strippername, wenn man auf klapperdürre Männer steht, die unter Skorbut leiden und von Crystal Meth zerstörte Zähne haben.

Gangy Mans Hände sind mit den Handschellen gefesselt, die Lola noch auf dem Gehweg aus der Tasche gezogen hat. Danach hat sie ihm halbherzig seine Rechte vorgelesen.

Seit eineinhalb Stunden fahren wir nun mit diesem Kerl durch die Gegend. Der erste Unterbringungsort für die Mädchen war ein leeres Haus in Lynn. Wir durchsuchten es gründlich, fanden nichts und beschlossen, zur nächsten Adresse weiterzufahren. Dorthin sind wir jetzt unterwegs, auf der Suche nach Lisa, nach Velada, nach dem Auspuffgestank eines weiteren Hühnertransporters. Lola beharrt darauf, dass unsere Mission allein darin besteht, uns zu vergewissern, dass Velada einsatzbereit ist und uns vor Ort unterstützt. Ich dagegen bin fest entschlossen, die ganze Sache abzublasen.

»Hey, hey! Hier nach links!«, ruft Mister Gangy Man. Kurz darauf taucht das Schild des Saleo Country Clubs vor uns auf. Wir sind also wieder am Ortsrand von East Hanson. Ich mache mir Sorgen, dass Chief Castile unseren Bus innerhalb ihres Gemeindebezirks entdeckt und uns sofort wieder festnimmt, weil ich doch eigentlich der Uber-Fahrer Dakeel Rentower aus Lowell bin und mein Fahrgast Lola alias Martha Tannhouse längst ausgestiegen sein sollte.

Gangy hat uns bereits ganz am Anfang erzählt, einer der Unterbringungsorte sei »so ein beschissener Club für Arschlöcher, die sich ganz in Weiß anziehen und mit Schlägern nach kleinen Bällen schlagen«. An den Namen des Clubs konnte er sich nicht erinnern. Natürlich nicht. Er ist nicht nur ein Schwachkopf, er zuckt und zittert auch, weil er gerade von seinem Meth-High runterkommt. Seine geistigen Fähigkeiten sind momentan also deutlich eingeschränkt. Wir sind auf kleinen Seitenstraßen hierhergefahren, und da er sich oft nicht sicher war mit seinen Anweisungen, sind wir mehrmals falsch abgebogen und mussten umdrehen. Und so wird mir erst jetzt klar, dass wir wieder dort sind, wo wir heute Mittag angefangen haben: in East Hanson.

Ich befolge Gangy Mans Anweisung und biege scharf links ab. Wir fahren eine einspurige, auf beiden Seiten von hohen Ahornbäumen gesäumte Zufahrtsstraße entlang. Zwischen den Bäumen zur Linken schimmern Tennisplätze hindurch, auf denen weiß gekleidete Spieler ihre Schläger schwingen. Jenseits der Tennisplätze folgt das endlose, sanft gewellte Grün eines Golfplatzes. Zwei Platzwarte laufen mit auf den Rücken geschnallten Staubsaugern zwischen den Löchern herum und saugen Herbstblätter weg. Sie erinnern mich an den Film *Ghostbusters*.

Vor uns taucht ein schlossähnliches Backsteingebäude auf, vor dem die Zufahrt in einem Kreis aus Schotter endet. Riesige Tontöpfe mit roten Chrysanthemen flankieren eine Doppeltür mit Fenstern aus geschliffenem Kristall, die das Abendlicht in Prismen aus hundert winzigen Regenbogen und tausend funkelnden Diamanten reflektieren. Auf den Parkplätzen zähle ich nicht weniger als drei Rolls-Royce und verschiedene Varianten schwarzer SUVs. Zwei ältere schwarz gekleidete Chauffeure sitzen in ihren jeweiligen Fahrzeugen und lesen Zeitung, während sie auf ihre menschliche Fracht warten. Unser blauer Minibus fällt in dieser opulenten Umgebung unangenehm auf. Die Sonne steht schon tief, aber der Rasen des Golfplatzes ist immer noch mit Clubmitgliedern gesprenkelt.

Ich zwänge unseren Wagen zwischen einen matt schwarzen und einen glänzend schwarzen SUV. Dann steige ich aus und öffne Gangys Tür, während Lola ihm die Handschellen abnimmt.

»Hör zu, Arschloch. Du wirst uns jetzt dahin mitnehmen, wo du sonst immer hingehst, und du wirst dein verdammtes Maul halten. Wenn du das Spielchen mitspielst und brav bist, sorge ich vielleicht dafür, dass du mildernde Umstände kriegst.«

»Ja, ja, schon gut. Normalerweise gehe ich direkt ins Clubgebäude, zur Bar. Der Barkeeper gibt mir einen Umschlag. Dann muss ich mit dem Hühnertransporter hinters Gebäude fahren und zum Dienstboteneingang im Untergeschoss gehen. Manchmal liefere ich auch Koks hierher, aber …«

»Nichts aber!«

»Doch! Ich war noch nie tagsüber oder abends hier. Normalerweise werde ich in den frühen Morgenstunden herbestellt, damit mich niemand sieht. Die Clubmitglieder und so.«

»Tja, heute werden sie dich sehen. Zeig uns, wo du normalerweise hingehst«, fordere ich ihn auf.

»In den *frühen Morgenstunden*«, murmelt Lola verächtlich. Dann fährt sie mit lauterer Stimme fort: »In den *verdammten frühen Morgenstunden*!« Sie schlägt Gangy Man auf den Hinterkopf. »Halt die Klappe und rede nicht so vornehm daher, du Mistkerl.«

Wir gehen zur Tür mit den Kristallfenstern, wobei ich meine Hand wie eine Schraubzwinge um Gangys Arm lege.

Keiner von uns ist ganz in Weiß gekleidet wie die Clubmitglieder, die jenseits der Tür in Grüppchen zusammenstehen oder -sitzen. Und es trägt auch keiner von uns Schwarz wie die beiden Chauffeure, die mit Sicherheit Jeeves oder James heißen. Lola in ihrem grauen Outfit, ich in meinem grauen Anzug, Mister Gangy Man mit seiner schmutzigen Jeans und seinem rot kariertem Flanellhemd – so betreten wir das Clubgebäude. Alle Köpfe drehen sich zu uns um.

Ein Mann in einem dünnen weißen Kaschmirpullover und weißer Golfhose kommt zu uns herübergeschlendert.

»Richter Frackson. Schön, Sie kennenzulernen. Und Sie sind?«, begrüßt er uns mit aufgesetztem Lächeln und hochnäsigem Tonfall.

»Wer wir sind, spielt keine Rolle«, antwortet Lola.

Der Richter bedenkt sie erst mit einem angespannten Lächeln, dann mit einem breiten Grinsen. Schließlich stößt er ein lautes, prustendes Lachen aus, als hätte sie gerade einen Witz gemacht. Er forciert eine witzige Situation, für uns und für die in der Nähe stehenden Clubmitglieder.

»Was kann ich für Sie tun? Wen darf ich über Ihren Besuch unterrichten?«, fragt er, als wäre er hier der Butler, dabei ist er eindeutig ein führendes Mitglied des Golfclubs. An seiner Körpersprache – dem leichten Zucken um seinen Mund, als Lola seine Frage abblockt, an seiner angespannten Kieferpartie – erkenne ich, dass er nervös ist. Hinter ihm sehe ich die übrigen Clubmitglieder miteinander flüstern. Einem von ihnen lese ich von den Lippen ab: »Sieht aus, als hätten sie unseren Koks-Dealer geschnappt.«

»Gibt es hier eine Frau, die Drogengeschäfte mit diesem Mann gemacht haben könnte?«, frage ich. Mehrere Clubmitglieder senken die Blicke auf ihre Drinks und bewegen sich ein paar Schritte von uns weg, einige verschwinden ganz. Wenn es Ärger gibt, wollen sie nichts damit zu tun haben.

»Eine Frau? Eine Angestellte, meinen Sie?«, hakt Richter Frackson nach und bestätigt damit meine Vermutung, dass Frauen keine Clubmitglieder werden können. Er behält den Tonfall eines zwanglosen Foyergesprächs bei, was zweifellos den herumstehenden Zuhörern geschuldet ist. Der feindselige Ausdruck in seinem uns zugewandten Gesicht steht in krassem Widerspruch dazu, seine uns wütend anfunkelnden Augen, die geweiteten Nasenlöcher. Seine Haut ist gleichmäßig gebräunt und so geschmeidig, als würde er die Cremes seiner Frau verwenden. Mir fällt auf, dass er Lola und Mister Gangy Man keines Blickes würdigt. Auch bei mir fällt es ihm schwer, Augenkontakt zu halten. Unter den Herumstehenden sehe ich nur weiße Männer. Kein einziges Clubmitglied ist dunkelhäutig, hat eine afroamerikanische, asiatische oder lateinamerikanische Herkunft. Durch eine offen stehende Seitentür erkenne ich einen Außenpool und eine einsame Frau auf einem Liegestuhl, die im Schatten ihres breitkrempigen Huts und mit einer Decke auf dem Schoß eine Zeitschrift liest. Offenbar die Gattin eines Clubmitglieds. Lola würde man hier niemals als Mitglied zulassen, und ich mit meiner halb vietnamesischen Abstammung würde sicher ebenfalls abgewiesen werden. An einer Wand des Clubgebäudes hängen etwa zwei Dutzend Porträtaufnahmen von gegenwärtigen und ehemaligen Clubmitgliedern. Da sie mit Messingnamensschildern ausgestattet und alphabetisch geordnet sind, finde ich rasch das Porträt eines gewissen »ehrenwerten« Richters Malcolm Rasper.

»Wie wird man denn Mitglied in diesem *durchlauchten* Verein?«, fragt Lola und rümpft verächtlich die Nase.

Frackson straft Lola mit Nichtachtung und dreht sich demonstrativ zu mir um, um mich von Kopf bis Fuß zu mustern, als hielte er mich für übles Gesindel. »Sie wollten wohl eigentlich zum Sussex Country Club. Der liegt ein Stück die Straße entlang.« Das Wort *Sussex* spricht er so angewidert aus, als wäre der genannte Club genau der richtige Ort für Abschaum wie mich. »Es kommt häufiger vor, dass die Leute irrtümlich bei uns landen, aber wir sind ein gänzlich anderer Verein.« Er erhebt die Stimme, damit ihn die beiden in der Nähe verbliebenen Clubmitglieder hören: »Mit dem Sussex Country Club haben wir nun wirklich nichts gemein, nicht wahr, Jungs?« Seine beiden Speichellecker schieben sich noch ein wenig näher heran und lachen wiehernd über diese Herabwürdigung des benachbarten Golfclubs. »Ihr wollt sicher zum Sussex«, schließt Frackson mit kühlem, bösartigem Lächeln.

»Nein«, antworte ich und imitiere dabei den emotionslosen Tonfall meiner jungen Arbeitgeberin Lisa Yyland.

Lola zieht hinter Frackson ihre Kreise durchs Clubgebäude und schnüffelt unverhohlen in die Luft.

»Ich denke, Sie gehen jetzt besser. Ich weiß immer noch nicht, nach was oder wem Sie suchen, aber Sie sollten uns nun verlassen«, zischt mir Frackson leise zu, um seine Bedrängnis vor den beiden mithörenden Clubmitgliedern zu verbergen. *Es sind also offenbar nicht alle in die Sache mit den Mädchen und den Drogen eingeweiht.*

Lola marschiert unterdessen schnuppernd auf eine Tür zu, die einen Spalt offen steht und hinter der sich eine ins Untergeschoss führende Treppe befindet. Als Frackson die unverschlossene Tür sieht, stößt er ein leises *Verdammt!* zwischen den Zähnen hervor. Lola ist so schnell, dass es ihm nicht mehr gelingt, sie aufzuhalten. Während sie die

Stufen hinuntereilt, zieht sie ihre Waffe aus dem Holster. »Crabs in Trees!«, ruft sie mir zu, und nun nehme auch ich den penetranten Geruch wahr, der in der Luft liegt.

Ich schiebe Mister Gangy Man zur Treppe und zwinge ihn, ebenfalls hinunterzugehen. Als ich an Richter Frackson vorbeikomme, flüstere ich: »Ich habe keine Ahnung, ob Sie wissen, was dort unten vor sich geht, aber Sie sind sicher vernünftig genug, nicht die Polizei zu rufen.« Ich werfe den anderen beiden Clubmitgliedern einen warnenden Blick zu. »Sorgen Sie bitte dafür, dass uns keiner Ihrer Freunde nach unten folgt, sonst hänge ich Ihnen eine Klage wegen Konsums und Handels mit Kokain an den Hals. Verstanden?«

Die beiden Clubmitglieder heben abwehrend die Hände und machen einige Schritte zurück. »Mit Drogen haben wir nichts am Hut, Officer«, beteuert einer von ihnen.

»Für Sie gilt das Gleiche«, sage ich zu Frackson.

Fracksons Nicken verrät mir, dass er über die Vorgänge im Untergeschoss Bescheid weiß. Er kann keine Polizei im Club gebrauchen, denn dann würden die nichts ahnenden Mitglieder Wind von der Sache bekommen, zumal sicher nicht alle Polizisten der Gegend geschmiert sind. Stattdessen wird Frackson die Zeit dazu nutzen, seine eigenen Leute um sich zu scharen. Mir ist nicht entgangen, dass dieser verschlafene, wohlhabende, dekadente Club nachlässig geworden ist: An diesem beschaulichen Herbsttag scheint keinerlei Sicherheitspersonal vor Ort zu sein. Die Chauffeure vor der Tür sind nur Fahrer, keine Bodyguards, und ich habe beim Hereinkommen auch keine dezent in den Ecken herumstehenden Wachleute gesehen. Man ist offenbar überzeugt davon, dass es niemand wagen würde, ohne Einladung die heiligen Hallen des Saleo Country

Clubs zu betreten. Das Sicherheitspersonal muss also erst gerufen werden, was uns ein wenig Zeit verschafft, wenn auch nicht besonders viel. Eilig folgen wir dem *Crabtree-and-Evelyn*-Duft nach unten.

Lola und ihr feines Näschen.

Die Treppe wird von einem kitschigen Gipsbogen überspannt, der die Stuckfassade einer bröckelnden italienischen Villa darstellen soll. In Dreierformation gehen wir die Stufen hinunter, wobei der zwischen uns stolpernde Gangy eher ein Hindernis darstellt. Auch ich habe inzwischen meine Waffe gezückt.

Am Fuß der Treppe schnüffelt Lola erneut, und wir biegen nach links ab, gehen einen dunklen, gewundenen Flur entlang und landen in einem unbeleuchteten, tiefer gelegenen Bereich des Untergeschosses. Eine grau gestrichene Metalltür ist Lolas Ziel. Auch sie steht einen Spalt offen. Dahinter verbirgt sich ein schummriger langer Gang, von dem auf beiden Seiten Türen abzweigen und an dessen Ende ein Neonschild in Form violett geschminkter Lippen leuchtet. Das Ganze wirkt wie ein heruntergekommenes Stundenhotel. Lola geht weiterhin dem pudrigen, süßlichen Geruch nach, und ich folge ihr mit Gangy Man und öffne unterwegs einige Türen. Jeder Raum weist die gleiche spärliche Einrichtung auf: ein Bett und verspiegelte Wände. Hier geht es eindeutig um bezahlten Sex, auch wenn sich derzeit weder Frauen noch Freier in den Räumen befinden. Meine Vermutung ist, dass dieser Ort nur nachts und zu besonderen Anlässen benutzt wird. Das schließe ich aus der Nationalfeiertags-Dekoration, die an alten, nachlassenden Klebebandstreifen baumelt. Der amerikanische Nationalfeiertag war am vierten Juli. Jetzt ist Oktober.

Am hinteren Ende des Flurs bleibt Lola vor einer verschlossenen Tür stehen. Es ist eine hölzerne Lamellentür, durch deren Spalten wir gedämpfte Atemzüge hören. Lola nimmt auf einer Seite der Tür Aufstellung, ich auf der anderen, wobei ich Gangy Man fest umklammere. Wenn ich nur ein bisschen fester zupacken würde, würde ihm wahrscheinlich der magere Arm brechen.

Lola atmet ein und bestätigt mit einem Nicken, dass die *Crabtree-and-Evelyn*-Duftspur hinter dieser Tür endet. Auch mir ist der starke, süßliche, leicht modrige Geruch inzwischen zuwider. Unsere Nonne aus der Mariana Kirche muss sich in dem Raum hinter der Tür befinden. Vermutlich ist sie hierhergefahren, während wir uns an Gangy Mans Fersen geheftet, ihn eingefangen und Zeit damit vergeudet haben, den Unterbringungsort in Lynn aufzusuchen und seinen benebelten Anweisungen zu folgen. Die angespannten Atemzüge klingen allerdings, als wäre die Nonne nicht allein und als hätten sie und die zweite Person im Raum unsere sich nähernden Schritte gehört.

Lola tritt kurzerhand die Tür ein, ihr schwarzer Stiefel durchstößt gleich mehrere Lamellen.

Wir gehen hinein.

Dort sitzt sie, unsere Ordensschwester. Sie trägt immer noch ihren Habit, aber Schleier und Haube sind verschwunden. In der Hand hält sie eine Waffe, mit der sie eine zweite, ebenfalls sehr kleine Frau bedroht. Über den Köpfen der beiden surrt ein Deckenventilator.

Wir senken unsere Blicke auf die Füße der kleinen Frau.

Sie trägt Flip-Flops.

Ihre Füße sind von roten Narben gezeichnet.

Lola starrt sie an.

Die Frau erwidert wütend ihren Blick.

Für mich ist nicht erkennbar, ob sie mit der Ordensschwester unter einer Decke steckt, uns die beiden also hinters Licht zu führen versuchen, oder ob sie wirklich von der Nonne bedroht und gefangen gehalten wird.

Sie ist genau so, wie Lisa sie all die Jahre beschrieben hat: eine winzige, zierliche Frau mit den muskulösen Armen einer Fledermaus. Es ist das erste Mal, dass Lola und ich ihr von Angesicht zu Angesicht gegenüberstehen. Während unserer tagelangen Überwachung der Mariana Kirche haben wir zwar mehrmals eine kleine, hinter Kappe, Kapuzenpullover und Sonnenbrille versteckte Frau gesichtet, aber sie kam und ging jeweils zu schnell, als dass wir uns ihr in den Weg hätten stellen können. Zumal ich Lisas warnende Worte im Ohr hatte: »Tut bitte nichts, was den Argwohn des Inneren Kreises erregen könnte. Redet nicht mit ihr. Auf keinen Fall. Wir sind so dicht dran.«

»Velada«, sagt Lola und richtet ihre Waffe auf die Nonne.

»Wo ist Lisa?«, frage ich.

Die falsche Nonne lacht. »Lisa Yyland ist jetzt in unserer Gewalt. Verpisst euch also«, sagt sie und richtet ihre Waffe noch ein wenig entschlossener auf Velada, was eine indirekte Bedrohung für Lisa darstellt, denn wir brauchen Velada für die Umsetzung unseres Plans. Was die Nonne jedoch nicht weiß. Oder doch?

»Velada ist Geschichte«, verkündet sie und hält inne, um Lola mit einem höhnischen Grinsen zu bedenken, nur für einen Sekundenbruchteil, bevor sie – das scheint offensichtlich – den Abzug drücken will. Dieses flüchtige Innehalten ist ein Fehler. Lola zögert nie.

Ein Knall hallt durch den Raum. Lola hat auf den Deckenventilator geschossen, und die Nonne lässt erschrocken die Waffe fallen und springt nach hinten. Lola wiederum macht einen Satz nach vorn und zieht Velada zu uns heran, gerade rechtzeitig, bevor der Ventilator, der einige atemlose Sekunden schief von der Decke baumelt, zwischen uns und der Nonne auf den Boden kracht.

Ich lege Mister Gangy Man die Hand vor den Mund, um seine aufgeregten Schreie zu ersticken, und Lola stürzt auf die falsche Nonne zu, überwältigt sie und fesselt ihr die Handgelenke mit Kabelbindern. Mir fällt auf, dass aus der Innentasche von Lolas Jacke noch mehrere Ersatz-Kabelbinder ragen. Ich blockiere die Tür und halte Gangy im Zaum, während Lola sich Velada zuwendet und sie losbindet. Die Knoten ihrer Fesseln kommen mir ein wenig zu locker vor, um überzeugend zu sein. Meine Zweifel wachsen.

»Sie kam gerade hier an, kurz vor euch«, berichtet Velada. »Sie hat Angst, dass ich ihr und den anderen das Hummerbecken-Geschäft vermassle. Der Innere Kreis besteht darauf, dass das Ritual trotz allem stattfindet, weil zu viel Geld auf dem Spiel steht, um es abzublasen. Eminenz ist völlig wahnsinnig, ihm sind Risiken vollkommen egal. Sie wollte mich umbringen, kam extra deswegen hierher. Ihr zwei habt sie aufgeschreckt, indem ihr in der Kirche nach mir gefragt habt. Sie hat mir sowieso nicht getraut. Eigentlich hätte sie heute gar nicht in der Kirche sein sollen.«

»Und warum zur Hölle waren *Sie* nicht dort?«, fragt Lola.

»Weil Lisa alles durcheinandergebracht hat, deshalb! Als sie vor der Polizeiwache einfach in das Auto gestiegen ist und damit ihre vorzeitige Gefangennahme erzwungen hat, sind alle völlig ausgeflippt. Warum seid ihr trotzdem zur Mariana Kirche gefahren? Ich hatte gehofft, dass ihr schlau genug seid wegzubleiben. Ich musste hier im Club bleiben, damit sich alles ein bisschen beruhigt, musste sicherstellen, dass alles seinen gewohnten Gang nimmt. Er ist nämlich …« Sie bricht ab, weil sich Gangy Man in diesem Moment meinem Griff entwindet. Ich nehme sofort die Verfolgung auf, hetze heute schon zum zweiten Mal hinter diesem kleinen Arschloch her. Er flüchtet den Gang mit den Zimmern entlang, biegt um Kellerecken, klettert aus einem Schacht nach draußen, rennt weiter. Irgendwann stolpert er, und ich erwische ihn am ersten Loch des Golfplatzes. Weiß gekleidete Clubmitglieder weichen erstaunt vor uns zurück. Die Schatten der Abenddämmerung vertiefen sich, und die meisten Golfspieler scheinen um diese Zeit auf dem Weg zurück zum Clubgebäude zu sein.

Ich ziehe einen meiner eigenen Kabelbinder aus der Jackentasche und fessle Gangy vorsichtshalber wieder, setze mich auf ihn, während er bäuchlings auf dem Rasen liegt. Weil er sich wehrt, stemme ich ihm ein Knie in die Wirbelsäule und einen Ellbogen in den Nacken. Sobald er fixiert ist, kauere ich mich auf die Fersen zurück und atme tief durch. Dabei fällt mir ein Golfcart in der Nähe auf, auf dessen Nummernschild die Zahl 20 steht. Ein großer schwarzhaariger Mann sitzt auf dem Beifahrersitz und dreht mir den Rücken zu. Im Gegensatz zu allen anderen Golfern um mich herum blickt er nicht in meine Richtung, will offensichtlich nicht sein Gesicht zeigen.

Ich starre auf das Nummernschild.

Der Fahrer des Golfcarts reckt den Hals, um mich besser sehen zu können, aber der Beifahrer, hochgewachsen und muskelbepackt wie ein Wrestler, blickt immer noch von mir weg. Um die beiden herum stehen andere weiß gekleidete Golfspieler und starren in meine Richtung, ohne dass ihre Gesichter Beunruhigung oder Angst ausdrücken würden. Die Clubmitglieder benehmen sich, als ob nichts Besonderes vorgefallen wäre. Für sie scheine ich nur so etwas wie ein lästiger Vogel zu sein, der vorübergehend auf ihrem Green gelandet ist. Der Fahrer des Golfcarts mit der »20« auf dem Nummernschild grinst, ein emotionsloses, boshaftes Grinsen.

Ich lasse den Blick über die versammelten Clubmitglieder schweifen und lockere meinen Griff um Mister Gangy Mans Beine, damit er sich unter mir hervorschlängeln kann. Die Natur um uns herum wirkt verschwommen und verzerrt, die Luft ist voll mit schmelzendem Sonnenlicht. Der Wind scheint mit den verstreichenden Minuten Tauziehen zu spielen, sie immer wieder anzuhalten und dann wieder vor sich her zu peitschen. Selbst meine Sinneseindrücke und Gedanken kommen mir schief und verzogen vor.

Die meisten Golfer machen einen unbekümmerten Eindruck, weil sie vermutlich glauben, ich hätte nur einen kleinen Koksdealer zur Strecke gebracht, der sich leicht ersetzen lässt. Ein paar Herren dieser elitären Runde grinsen. Einen von ihnen kenne ich von Wahlplakaten, er ist aktueller Senatorenanwärter. Sie alle eint, dass sie Macht besitzen, dass sie auf mich herabblicken, mich, den ehemaligen Gesetzeshüter und jetzigen Berater, der viele Nullen weniger auf dem Gehaltszettel hat, der keine lukrativen Geschäfte abschließt, mich, ein minderwertiges menschliches Wesen. Sie betrachten mich, als wäre ich eine armselige, lästige Fliege. Falls sich unter ihnen Eingeweihte befinden, die über die Vorgänge in Viebury Grove Bescheid wissen, werden sie unbeirrt mit ihrem Treiben fortfahren, weil sie davon überzeugt sind, dass ihnen niemals jemand etwas anhaben wird, dass sie niemals gefasst werden. Sie haben Beziehungen und glauben, alles kontrollieren zu können. Einige der Anwesenden sind als Zuschauer für das Hummerbecken-Ritual vorgesehen, das weiß ich, das spüre ich, das erkenne ich an der Art, wie der Fahrer des Golfcarts mich ansieht. Und ich spüre auf dieselbe Weise, dass der Golfcart-Beifahrer, der immer noch nicht den Kopf in meine Richtung drehen will, Eminenz ist.

Lola betritt die Bühne durch die Kellertür. Der Golfcart-Fahrer bemerkt ihr Eintreffen, und sein Blick wandert zwischen ihr und mir hin und her. Ein noch breiteres Grinsen erscheint auf seinem selbstgefälligen Gesicht, ein Grinsen, das bedeutet: *Tut, was ihr nicht lassen könnt. Uns lässt das völlig kalt.* Wut steigt in mir auf, doch diese Wut ist zwecklos, und so überkommt mich ein Gefühl der Ohnmacht. Ich erhebe mich mühsam aus meiner kauernden Haltung und mache rückwärts einen Schritt in Lolas Richtung. Dabei erwidere ich den starren Blick des Fahrers, ohne zu blinzeln. Da ich nicht mehr neben ihm hocke, erhebt sich auch Gangy vom Boden, wirft mir einen unsicheren Blick zu und rennt dann in das angrenzende Wäldchen davon, die Hände hinter dem Rücken gefesselt.

»Was soll die Scheiße, Liu, fang ihn wieder ein!«, herrscht mich Lola an, ohne auf die Idee zu kommen, ihm selbst hinterherzurennen. Sie scheint zu spüren, dass mich seine Flucht nicht beunruhigt, und bleibt abwartend neben mir stehen. »Velada hat sich von mir an ein Heizungsrohr im Keller binden lassen. Ich traue ihr nicht. Sie wartet dort auf uns. Mit der Nonne habe ich das Gleiche gemacht«, berichtet sie leise.

»Lass Velada frei«, fordere ich sie flüsternd auf.

»Ich dachte, du willst die Sache abblasen. Inzwischen muss ich dir zustimmen. Velada soll uns sagen, wo wir Lisa finden, und dann machen wir den Laden dicht. Jetzt sofort. Es ist alles zu sehr aus dem Ruder gelaufen.«

»Nein, Velada muss auf ihrem Posten bleiben. Egal, was wir tun, es spielt für diese Leute keine Rolle. Wir können die Nonne zum Schweigen bringen, Velada mitnehmen, Lisa finden, den Laden dichtmachen, Gangy befragen, die ganze Bande verhaften – völlig egal. Diese Männer sitzen am längeren Hebel, sie werden ihre Hummerbecken-Nacht durchziehen, genau wie sämtliche weiteren kranken *Erfahrungen* in der Zukunft. Weil sie Macht besitzen. Schau ganz genau hin. Wenn wir die Sache jetzt abblasen, wird er niemals aufhören, Lisa zu jagen. Er wird sie umbringen. Schau genau hin.«

Mit einem letzten Blick präge ich mir den schwarzhaarigen Hinterkopf des Golfcart-Beifahrers ein, brenne ihn mir ins Gedächtnis.

»Geh in den Keller zurück, bevor Frackson Gelegenheit hat, mit der Nonne zu sprechen. Er darf nichts von ihrem Misstrauen gegenüber Velada erfahren«, raune ich Lola zu.

»Mach dir wegen der Nonne mal keine Sorgen, ich hab diese Stinkwanze k.o. geschlagen.«

»Ich wollte euch gerade mitteilen, dass Eminenz hier ist, als dieser Idiot von Koksdealer die Flucht ergriffen hat. Ihr müsst die Nonne hier rausschaffen und verhindern, dass sie mit den anderen spricht«, sagt Velada, während sie mir gleichzeitig ein Tütchen Kokain in die Hand drückt.

»Hören Sie, wenn Sie uns verarschen und Lisa auch nur ein Härchen gekrümmt wird, bringe ich Sie persönlich zur

Strecke und verarbeite Ihren kleinen Hintern zu Hackschnitzeln, haben wir uns verstanden? Das ist gar kein Problem, ich habe einen Häcksler zu Hause«, sagt Lola warnend zu Velada. »Sie dürfen das also wörtlich nehmen.«

»Ich weiß, das haben Sie schon ungefähr fünfhundert Mal gesagt. Ihr müsst hier weg, jetzt sofort«, drängt Velada.

Lola hält die gefesselte, immer noch bewusstlose Nonne im Arm, als wäre sie ein Baby. Wir steigen die Treppe mit dem pseudo-toskanischen Stuckbogen hoch. Velada ist unterwegs zu ihrem Büro am anderen Ende des Kellers, wo sie mit Kopfhörern auf dem Kopf und bei geschlossener Tür so tun wird, als wäre sie vollauf mit der Buchführung für den Country Club beschäftigt und hätte nichts von unserem Besuch mitbekommen. Zumindest ist das die Version, die sie uns auftischt.

Oben wartet Frackson auf uns. Ich halte das Tütchen mit dem Kokain hoch und verkünde laut, damit es alle im Foyer hören: »Der Drogenbehörde gefällt es sicher gar nicht, dass wir offen herumliegendes Kokain im Untergeschoss gefunden haben und dass sich auf dem Gelände gleich zwei Koksdealer herumtreiben. Der eine ist uns abgehauen, aber die hier haben wir uns geschnappt. Sie hat ein langes Strafregister, wir nehmen sie also mit.«

Frackson mustert mich von oben bis unten, ein anerkennender und gleichzeitig irritierter Blick, als würden wir miteinander Schach spielen und ich hätte nach meinem letzten Spielzug gerade »Schach!« gerufen, aber noch nicht »Schachmatt!«

»Leider können einige Gentlemen nicht von ihren schlechten Gewohnheiten lassen. Vertrauen Sie mir, ich werde dafür sorgen, dass es keine Probleme mehr mit dem

Saleo Country Club gibt, Officer. Kommen Sie, ich bringe Sie noch zur Tür.«

Während wir zu unserem Mietwagen zurückgehen, achtet Frackson darauf, uns von den anderen Clubmitgliedern fernzuhalten. Ich habe den Verdacht, dass er meine Warnung missachtet und sich in den Keller geschlichen hat, während Lola und ich draußen mit Gangy zu tun hatten. Das Zeitfenster dafür war klein, aber möglich wäre es. Als wir den Kleinbus erreichen, geht mir auf, dass Frackson die Zeit auf andere Weise genutzt hat.

»Sie verstehen sicher, dass ich meinen Club schützen und sicherstellen muss, dass Fremde keinen Sprengstoff aufs Clubgelände schmuggeln«, erklärt er, als er sieht, wie ich die offene Heckklappe betrachte, den Radkasten, auf dem der Deckel fehlt, Lolas aufgeklappten schwarzen Koffer, ihre überall verstreuten Kleider.

Ich trete dicht an Frackson heran, während Lola unsere kleine, in sich zusammengesackte Nonne auf den Rücksitz verfrachtet. »Ich freue mich schon darauf, dich im Gefängnis zu besuchen, Arschloch. Dort gibt es kein Solarium, du wirst also genauso bleich sein wie die anderen Gefängnisratten.«

Richter Frackson antwortet mit einem höhnischen Grinsen. »In deiner Haut möchte ich jedenfalls nicht stecken. Was für ein trauriges Leben muss das doch sein«, sagt er und bedenkt mich mit einem übertrieben mitleidigen Blick. »Bis bald!«, flötet er und winkt.

Lola, die inzwischen die Nonne festgeschnallt und selbst auf dem Beifahrersitz Platz genommen hat, zeigt dem Richter den Mittelfinger.

Ich steige ins Auto, knalle die Tür zu und schieße rückwärts aus der Parklücke.

»Dakeel, bringen Sie mich zu Ihrer Wohnung in Lowell. Dort bunkern wir diesen menschlichen Müll, bis die ganze Scheiße vorbei ist«, sagt Lola.

»Jawohl, Ma'am«, antworte ich.

Als wir von der Zufahrt auf den Highway abbiegen, blicke ich in den Rückspiegel und entdecke einen SUV der Polizei von East Hanson.

»Kopf runter. Sofort«, fordere ich Lola auf.

Je weiter wir uns vom Ortsrand entfernen, desto langsamer wird der SUV hinter uns.

Ich bin mir ziemlich sicher, dass Chief Castile am Steuer saß. Vielleicht. Schwer zu sagen.

KAPITEL ZWANZIG

Lisa Yyland: Erwachen

Ich habe das alles schon einmal erlebt. Beim ersten Mal war ich sechzehn. Das Monster, das mich gefangen hielt, schleifte mich zu einem mit Wasser vollgelaufenen Steinbruch und zeigte mir eins seiner zerstückelten Opfer, ein junges Mädchen, aufgedunsen und mit aufgeschlitzter Gebärmutter, unter Wasser angekettet wie eine makabre Trophäe oder Warnung. Bei ihrem Anblick fiel ich in Ohnmacht, sank bewusstlos auf die Granitfelsen in dem Wald in Indiana, der heute mir gehört. Als ich damals wieder zu mir kam, wurde ich von Wellen aus Weiß und flackerndem Grau begrüßt, dann von hüpfenden Farben und zusammenhanglosen Geräuschen. Diese Sinneswahrnehmungen stürmten urplötzlich auf mich ein, verschwanden kurz darauf wieder und ließen mich für eine kurze Atempause zurück in die Dunkelheit sinken. Dann folgte der nächste Ansturm von Eindrücken, diesmal länger, dann erneut erholsame Schwärze, und so weiter, bis ich mich schließlich bereit erklärte, endgültig aufzuwachen. Heute, achtzehn Jahre später, durchlaufe ich wieder den gleichen Zyklus aus weißen Wellen, flackerndem Grau, hüpfenden, mich bestürmenden Farben. Nur dass die Farben und Geräusche diesmal im Rhythmus eines Liedes zu mir gelangen und mein Kopf noch von dem Schlag mit dem Metallrohr hämmert.

Ich spüre kaltes Leder an meiner Wange und warme Luft, die von oben auf meinen Körper geblasen wird, wie Heizungsluft aus den Belüftungsschlitzen einer Klimaanlage. Wenn ich den Kopf bewege, bleibt meine Wange an dem Leder kleben. Ich bin weich gebettet und liege offenbar auf der Seite. Zaghaft öffne ich mein oberes Auge einen Spalt. Verschwommene Bilder dringen in mein Bewusstsein vor, Braun- und Blautöne, die Umrisse eines Mannes, der singt und riesige Kopfhörer auf den Ohren hat. Ich schließe das Auge wieder. Die Stimme des Mannes wird allmählich lauter und deutlicher, und die Bässe, die aus seinen Kopfhörern dringen, lassen auf moderne Beats schließen, ähnlich der Rapmusik, die ich beim Fitnesstraining höre.

Wieder öffne ich das obere Auge einen Spalt, dann auch das untere. Jetzt lassen sich die braunen und blauen Schlieren voneinander trennen und zuordnen: Das Braun stammt von den braun getäfelten Wänden und das Blau vom Jeanshemd des Mannes, das bis zum Brustbein aufgeknöpft ist. Er sitzt mit seinen Kopfhörern auf einem Stuhl und rappt leise vor sich hin. Direkt vor ihm befindet sich eine schwarze Bedienfläche mit Reglern und Knöpfen, und als ich mich langsam aufsetze und zu neuem Leben erwache wie ein Gänseblümchen im Morgengrauen, erkenne ich hinter einer Glasscheibe eine kleine Kammer mit Standmikrofon und schwarz gepolsterten Schaumstoffwänden. Eine Tonkabine.

Ich selbst sitze außerhalb der Tonkabine in einem größeren Raum, der offensichtlich ein Tonstudio ist. Ich bin nicht gefesselt, sondern kann mich frei bewegen. Als ich mir den Hinterkopf reibe, ertaste ich eine große ovale Beule. Ich lasse meine Finger weiter nach unten gleiten, zu dem künstlichen Haarteil in meinem Nacken, überprüfe die Anzahl und Festigkeit der Strähnen. Sie sind alle noch intakt. Ich atme erleichtert auf.

Meine freie Hand ruht auf dem Polster der schwarzen Ledercouch, auf der ich sitze. Dass ich mich in einem Keller befinde, schließe ich aus dem Fehlen von Fenstern und dem kalten Betonboden, den ich an meinen nackten Zehen spüre. Ich inspiziere meinen rechten Fuß und stelle fest, dass Magnetringe und Zehenprothesen noch da sind. Wieder atme ich erleichtert auf. Jemand hat mir meine Stoffturnschuhe weggenommen, oder sie liegen noch … Wo war ich zuletzt? In einer Scheune? Ja, in einer Scheune. Bin ich in dem Keller, zu dem das Loch im Boden führte?

Jemand hat mich auf dieses Sofa gelegt, mich bequem auf die Seite gebettet und sogar mit einer Fleecedecke zugedeckt. Sie ist auf den Boden gerutscht, als ich mich aufgesetzt habe.

Um die Couch herum ist der Kellerboden mit zahlreichen rot, blau, schwarz und violett gemusterten Teppichen ausgelegt, handgewebten Teppichen, wie man sie zusammengerollt in einem Seegraskorb auf einem Basar in Bangladesch findet. Dieser Kellerraum mit dem kühlen Betonboden und den farbenfrohen Teppichen muss das Tonstudio dieses rappenden Kerls mit den Kopfhörern und dem blauen Hemd sein. Offenbar ist er Musiker. Aber was mache ich hier? Wo bin ich? Bisher waren meine Arme gefesselt – jetzt sind sie frei.

Die Einrichtung ist eindeutig maskulin, das erkenne ich zum einen an der Wandtäfelung aus Holzimitat und zum anderen an dem Poster, das mit Klebeband über einem armeegrünen Aktenschrank befestigt ist. Darauf ist Li'l Kim in aufreizender Haltung mit gespreizten Beinen zu sehen.

Li'l Kims Musik ist auch auf meiner Fitness-Playlist. Missy Elliot, Eminem, M.C. Capone und Mackelmore starren düster von weiteren Postern im Raum, die allerdings mit Reißnägeln an den getäfelten Wänden befestigt sind, nicht mit Klebeband. Der Besitzer dieses Tonstudios und ich scheinen einen ähnlichen Musikgeschmack zu haben. Ich richte meine Aufmerksamkeit auf den Gesang und die Beats des Mannes mit dem Jeanshemd und stelle fest, dass mir seine selbst produzierte Musik ebenfalls gefällt. Obwohl ich nicht weiß, wer der Mann ist und wo ich mich befinde, spüre ich eine große Ruhe und Vertrautheit in dieser Umgebung. Genau das gleiche Gefühl habe ich, wenn Vanty und ich zu Hause sind und lesen oder draußen Tontauben schießen. Vielleicht bin ich doch noch nicht ganz wach. Ich versuche, meinen Blick fest auf den rappenden Mann zu richten und Ordnung in meine Gedanken zu bringen.

Er bemerkt mich und zieht seine Kopfhörer ab. Ich nehme einen Hauch von Marihuana in der Luft wahr. Auf dem Schaltpult mit den Reglern und Knöpfen steht ganz hinten, an die Glasscheibe zur Tonkabine gelehnt, eine Schachtel Scrabble. Und dort steht auch ein gerahmtes Zitat: »*Wir schmieden die Ketten, die wir im Leben tragen. – Charles Dickens.*« Neben dem Dickens-Zitat erkenne ich eine Wasserpfeife aus Glas, und daneben liegt eine schwarze Sturmhaube.

Als ich auf dem Scheunenboden lag, habe ich doch einen Mann gesehen, der durchs Tor hereingespäht hat … Ja, ich erinnere mich genau.

Auf der Ablage zwischen Glasscheibe und Bedienfläche reihen sich noch eine ganze Menge weiterer Gegenstände aneinander, darunter ein Wackeldackel von den Red Sox, eine Packung orangefarbener Tic-Tacs und eine Tüte Skittles, die ich mir am liebsten als bunten Wasserfall in den Mund gießen würde, um gegen meinen Schwindel anzukämpfen. Ich muss dringend etwas für meinen Blutzuckerspiegel tun. Auch ein eselsohriges Tagebuch liegt dort offen herum wie ein mit schwarzer Tinte beschriebenes Sandwich, und ein genauerer Blick auf die Finger von dem Mann mit dem blauen Hemd verrät mir, dass sie schwarze Flecken aufweisen. Er erinnert mich an meinen Mann Lenny. Auch er hat ständig Tintenflecke an den Händen vom Schreiben.

Du darfst den Plan nicht aus den Augen verlieren!

Ich habe eine Schwäche für Lyriker, Schriftsteller, Sprachkünstler, für mich gleicht ihre Kunst Zauberei, vielleicht, weil ich selbst linguistisch völlig unbegabt bin. Im Moment muss ich zugeben, dass eine spezielle Schwäche für Musiker mit halb zugeknöpftem Jeanshemd hinzukommt, Musiker, die offenbar meine Fesseln gelöst und mich vorsichtig auf ein weiches Sofa gelegt haben. Was für ein eigenartiges, freudiges Flimmern hat dieser Kerl in mir ausgelöst, ohne dass ich bewusst den Schalter für Freude umgelegt hätte. Es muss mit dem Adrenalin und den Endorphinen zusammenhängen, die mein Körper ausgeschüttet hat, als mir bewusst wurde, dass ich noch lebe. Vielleicht liegt es aber auch an den Marihuana-Dämpfen in der Luft. Oder an unserem ähnlichen Musikgeschmack oder daran, wie der Mann mit dem Jeanshemd mich ansieht und lächelt, wobei ein Grübchen in seiner Wange entsteht. Möglicherweise ist es eine Mischung aus allem. Wie auch immer, ich schalte meine aufwallenden Gefühle energisch ab.

Lass jetzt bloß nicht zu, dass du vom Stockholm-Syndrom übermannt wirst.

»Wer sind Sie, und wo bin ich?«, frage ich. Vom Sofa aufzustehen wage ich noch nicht, denn mein Blick beginnt wieder zu flackern und unscharf zu werden. Blinzelnd bemühe ich mich, meine Umgebung erneut scharfzustellen.

»Yeah! Da ist sie ja, die Frau, die versucht hat, mit gefesselten Händen Arschlöcher umzubringen«, sagt er und grinst mich von seinem Stuhl aus an, während er die Kopfhörer an ihren Platz am Schaltpult hängt. »Komm, komm, komm, komm, Kätzchen«, säuselt er plötzlich, den Blick auf eine Ecke des Raums gerichtet, und krümmt lockend den Finger. »Na los, Cat, trau dich!«

Aus der Zimmerecke springt ein Fellknäuel, das ich nur unscharf wahrnehme, und hüpft auf seinen Schoß. Er krault der Katze das Kinn, und mir fällt ein, dass mich irgendwann in meinem Dämmerzustand gelbe Augen anstarrten und dass mir etwas über die Nase leckte.

»Wo bin ich?«

»In Sicherheit.«

»Wo?«

»Diese Wichser haben dir ein Metallrohr über den Kopf gezogen. Du bist zu Boden gesunken, und sie sind gegangen und haben dich allein gelassen. Ich hab dich aus der Scheune gezogen, bevor sie zurückkamen. Ende der Geschichte. Hier bei mir bist du sicher.«

»In der Scheune war ich auch sicher. Ich hatte alles unter Kontrolle.«

»Sah aber nicht danach aus«, erwidert er und zieht eine Augenbraue und einen Mundwinkel hoch. Er steht auf, geht zu einem Kühlschrank, der neben dem Sofa in der Ecke steht, zieht einen Eisbeutel aus dem Gefrierfach und gibt ihn mir. »Hier, kühl mal deinen Kopf.«

Ich nehme den Eisbeutel entgegen und drücke ihn auf das Ei an meinem Hinterkopf.

»Ich hab diese Arschlöcher aus dem Steinhaus schon länger im Visier. Immer wieder musste ich mit ansehen, wie der rote Lastwagen kam und wieder wegfuhr. Diesmal konnte ich es einfach nicht mehr ertragen.«

»Du hast alles vermasselt. Ich muss zurück in die Scheune.«

Er mustert mich mit halb zusammengekniffenen Augen und grinst. Dann lehnt er sich auf seinem Stuhl zurück. »Hör zu, lass uns das Ganze ein bisschen beschleunigen. Horrorteenager – so haben dich die Zeitungen damals genannt, stimmt's? Ich weiß alles über dich. Ich hab nämlich deinen Namen gelesen, dein Shirt war hochgerutscht. Du hast ihn dir zusammen mit deiner Blutgruppe und deiner Sozialversicherungsnummer auf den unteren Rücken tätowieren lassen. Clever. Eine gute Überlebensstrategie. Ja, ich hab dich gegoogelt. Ich weiß alles über dich, Lisa Yyland. Als Inselbegabte haben sie dich bezeichnet, möglicherweise mit – wie haben sie es noch gleich ausgedrückt? – psychopathischen Tendenzen. Zuerst dachte ich, du wärst nur ein weiteres armes Mädchen, das diese Dreckskerle entführt haben. Aber nein, weit gefehlt. Du bist in eigener Mission hier, oder? Ich kann dir helfen. Zusammen können wir sie schnappen.«

Wir?

Hat er gesehen, was oberhalb meines Namens noch meinen Rücken ziert? Offenbar nicht, sonst hätte er einen Kommentar dazu abgegeben. Er scheint gerne zu reden.

Er redet immer noch.

»Diesem Wichser, der dich vor achtzehn Jahren gekidnappt hat, hast du eiskalt einen Stromschlag verpasst. Das gefällt uns, Cat, nicht wahr?«, sagt er und wendet den Blick von mir ab, um mit seiner Katze zu schmusen.

Natürlich zollt mir sein Stubentiger Respekt dafür, dass ich ein verdammtes Monster zur Strecke gebracht habe. Katzen sind selbst skrupellose Mörder.

»Ich beobachte diese Bande schon länger. Von meinem Beobachtungsposten auf einem Baum in der Nähe des Steinhauses habe ich gesehen, wie diese Hexe, die dich eine Kellerhure genannt hat, ein Mädchen in ein Zimmer im Obergeschoss gezerrt und es gezwungen hat, einem Mann zu Diensten zu sein. Ich weiß also ganz genau, was da drüben abgeht. Sagen wir einfach, ich habe ein persönliches Interesse daran, diese Leute fertigzumachen.« Beim letzten Satz senkt er die Stimme und bläht die Nasenflügel. Sein Tonfall wird abgehackt und wütend. »Ich will sie ein für alle Mal zerstören. Also kürzen wir die Sache ab und einigen uns. Du und ich, wir sind jetzt ein Team.«

»Nein. Ich habe schon ein Team.«

Er schnalzt mit der Zunge und grinst. »Pass auf, hier ist der Deal: Ich frage dich nicht, ich informiere dich. Du und ich, wir arbeiten ab jetzt zusammen, und damit basta.«

»Wie lange war ich bewusstlos?«

»Zwei Stunden.«

Ich kann den Plan immer noch retten.

Ich versuche aufzustehen, aber meine Beine sind zittrig, also setze ich mich wieder hin und atme tief durch. Erneut lasse ich den Blick durch den Raum schweifen, betrachte die schallgedämpfte Tonkabine, die Tonstudio-Ausstattung, die Hip-Hop-Poster, den Aktenschrank. Als ich mich ein wenig auf dem Sofa vorbeuge, sehe ich einen schwarzen Gegenstand hinter dem Aktenschrank hervorlugen. Der Mann mit dem Jeanshemd beobachtet mich aufmerksam. Ich mustere den schwarzen Gegenstand genauer, lasse meinen Blick über den Griff wandern, das Batteriefach, den Bohraufsatz. Dann hebe ich den Kopf und starre den Mann mit dem Jeanshemd an.

»Du hast also ein persönliches Interesse daran, diese Leute fertigzumachen?«

»Allerdings«, antwortet er und schaut mir ernst in die Augen.

»Der Akkubohrer dort, hat der etwas mit deinem persönlichen Interesse zu tun?«

»Welcher Akkubohrer?«, fragt er, ohne zu lächeln, und starrt mich unverwandt an.

Ich starre zurück, spiegle sein Verhalten.

Er lächelt, nickt mit dem Kopf. Diese Geste reicht, ich brauche keine weitere Erklärung. Er fährt trotzdem fort: »Tja, Lisa Yyland, wenn ich einen Akkubohrer hätte, was natürlich nicht der Fall ist, könnte ich den doch für verschiedene Zwecke einsetzen. Hast du damit ein Problem?«

»Hast du ein Auto?«

»Na klar, was denkst du? Ich besitze einen hübschen Pick-up namens Cassie.«

»Wohnst du allein hier?«

Sein Lächeln erstirbt abrupt, er antwortet nicht. Ich warte geduldig. Irgendwann senkt er den Blick auf den Boden und flüstert: »Ja, ich wohne allein hier.«

»Lass uns deinen Pick-up holen. Ich muss noch etwas erledigen, und danach fahren wir wieder hierher, und ich muss zurück ins Steinhaus.«

»Willst du gar nicht wissen, wie ich heiße?«

Ich nenne dich einfach weiterhin den Mann mit dem Jeanshemd.

Ich starre stumm geradeaus und versuche sämtliche

Emotionen auszuschalten. Auf keinen Fall werde ich zulassen, dass mich noch einmal ein Gefühl so aus der Bahn wirft wie meine Mordlust in der Scheune. Mühsam stelle ich alles zurück auf null, starte mit neuer Energie von vorn. Mutters Ermordung hat mich erschüttert wie der Aufprall einer Atombombe, das wird mir nun klar. Seit ihrem Tod stolpere ich blind in den Schwaden nuklearen Staubs herum, bis mich die kurze, vom Mann mit dem Jeanshemd herbeigeführte Zwangspause wieder auf den richtigen Kurs gebracht hat. Die Nachwirkungen der Atombombe lassen nach. Ich sehe alles klar und deutlich vor mir, halte den Plan wieder für durchführbar. Auf dieser Bewusstseinsebene werde ich bleiben. *Trauer ist der größte, fatalste Ablenkungsfaktor. Man vergeudet sinnlose Zeit damit, die eigene Welt neu zu definieren. Die emotionsbefreite Definition meiner neuen Welt lautet wie folgt: Mutter wurde ermordet, und ich muss den Plan weiterführen.*

Ich starre immer noch geradeaus. Der Mann mit dem Jeanshemd redet immer noch.

»Ach, stimmt ja. Psychopathische Tendenzen. Also gut: Du fragst mich zwar nicht, aber ich bin Josi Olive, stets zu Diensten. Und das ist Cat.«

Ich blinzle in Richtung Katze, um ihm zu zeigen, dass ich sie zur Kenntnis genommen habe. »Na los, brechen wir auf«, dränge ich. »Wo ist dein Telefon?«

»Ich habe keins.«

»Gib mir dein Telefon.«

»Ich habe keins. Einen Festnetzanschluss will ich nicht, weil ich mich ganz aufs Musikmachen konzentrieren möchte. Und mein Handy habe ich vor einem Monat versehentlich in der Badewanne ertränkt. Ich war noch nicht im Handy-Shop, um mir ein neues zu holen.«

Mein größter Feind ist all das ineffiziente Chaos um mich herum.

»Aber ich habe einen Mac. Willst du jemandem eine E-Mail schreiben?«

»Einer Mail würde er nicht vertrauen. Er muss meine Stimme hören.«

»Wie wär's dann mit Skype?«

»Auf einen Video-Chat würde er sich niemals einlassen. Zu riskant.«

»Wer ist ›er‹?«

Liu.

»Wir müssen nach Manchester, New Hampshire«, verkünde ich statt einer Antwort.

»Wohin du willst. Was auch immer der Plan verlangt. Also los, lass uns fahren. Wir zwei als Team, das gefällt mir. Dass du nach Manchester musst, passt mir gut in den Kram. Ich muss sowieso noch mein Honorar in dem Club abholen, in dem ich letzten Monat aufgelegt habe.«

Wir gehen nicht in irgendeinen dämlichen Club. Du bist nicht Teil dieses Plans. Wir holen meine Datenträger und fahren dann zurück nach Viebury Grove.

Josi steht von seinem Stuhl auf, wobei sein aufgeknöpftes blaues Hemd verrutscht. Jetzt ist sogar noch mehr von seiner muskulösen Brustpartie zu sehen. Auch der hochgerollte linke Ärmel rutscht nach oben, und mir sticht ein dunkelblaues verschnörkeltes Tattoo ins Auge, das sich um seinen Unterarm schlängelt. Ich hasse verschnörkelte Muster, verschnörkelte Muster auf Porzellan, um genau zu sein, doch da Josis Tattoo speer-schwingende Kriegerinnen auf einem Schlachtfeld darzustellen scheint und da es als Hintergrund seine olivbraune Haut hat und nicht weißes Porzellan, lasse ich es durchgehen. Er streckt seinen tätowierten Arm aus, um meine Hand zu nehmen und mich zu stützen, und ich frage mich, ob ich nicht eigentlich an meinen Mann Lenny denken müsste.

Beim Aufstehen unterdrücke ich die auf Reproduktion gepolten Hormone, die das Blut in meine Brüste und meinen Unterleib schießen lassen. Als wir am Schaltpult von Josis Tonstudio vorbeikommen, schnappe ich mir die offene Tüte Skittles und schütte mir die süßen Kaubonbons in den Mund, um mein Glukoselevel zu erhöhen. Josi nickt anerkennend. Unsere Blicke suchen einander, und wir sehen uns in die Augen. Ich blinzle nicht; er blinzelt nicht. Seine Augen sind funkelnde Saphire, und in seinen Pupillen glitzern weiße Quadrate. Unser Blick dauert drei Sekunden zu lang, und ich sehe mich gezwungen, das Wort zu ergreifen.

»Wir beeilen uns besser«, sage ich.

Er dreht sich um und geht zu einer dicken, schallgedämpften Tür.

»Wo sind meine Schuhe?«, frage ich, nachdem wir durch die Tür gegangen sind und vor einer nach oben führenden Kellertreppe stehen.

Josi blickt auf meine Füße hinab und runzelt verwirrt die Stirn. »Hmm«, macht er.

»Wo?«

»Die müssen in die Büsche gefallen sein, als ich dich hierhergetragen habe.« Er beißt sich auf die Unterlippe und schüttelt den Kopf, ohne den Blick von meinen Füßen abzuwenden. »Die Füße, die Füße«, murmelt er vor sich hin.

Ich habe keine Ahnung, was er damit meint, und finde auch keine Nana-Lektionen aus der Vergangenheit, die sich auf so eine Situation anwenden lassen. Füße scheinen in ihm traurige oder vielleicht nostalgische Gefühle auszulösen. Ja, ich glaube, so würde Nana es nennen.

»Hast du Turnschuhe, die ich mir leihen könnte? Größe 37?«, erkundige ich mich, in der Hoffnung, dass irgendeine Frau, mit der er schläft oder geschlafen hat, ein Paar in diesem Kellerloch vergessen hat.

»Oben habe ich Frauenturnschuhe. Die müssten Größe 37 oder 37,5 haben. Sollte passen«, murmelt er mit hängendem Kopf, bleibt jedoch zögernd auf der Treppe stehen.

Meine Güte, jetzt hol mir schon die verdammten Schuhe!

Endlich setzt er sich wieder in Bewegung, und wir gehen eine mit Teppich ausgelegte Treppe hoch und betreten einen rechteckigen Raum, der Josis Wohnzimmer zu sein scheint. Rechts sehe ich eine Küchenzeile, in deren Spülbecken sich Geschirr stapelt, links – und dorthin gehen wir nun – steht das längste orangefarbene Sofa, das ich je gesehen habe. Vermutlich stammt es von einem Garagenverkauf. Der Fernseher ist gegenüber dem Sofa in einem Fernsehschränkchen aus unbehandeltem Holz untergebracht, dessen Astlöcher aussehen wie willkürlich verstreute Brustwarzen. Der Teppich ist ein Perserimitat in Rot und Dunkelblau, der in einer Ecke einen bräunlichen Fleck aufweist – Rotwein, vermute ich. Auf dem Brustwarzen-Schränkchen sind gerahmte Fotos von einem Paar aufgestellt. Die Bilder selbst sehe ich mir nicht an, weil die Personen darauf belanglos für mich sind, aber mir fällt auf, dass die hölzernen und metallenen Rahmen die einzigen Gegenstände in der Wohnung sind, die keinen Staub- oder Fettfilm aufweisen. Meine Vermutung ist, dass Josi einen geliebten Menschen vermisst, dafür sprechen auch sein Tonfall und das unverständliche Zögern beim Thema

Schuhe. *Was soll's? Hauptsache, wir brechen bald auf. Ab ins Labor, die Datenträger holen.*

Josi gibt mir ein Paar lila Nikes und dazu weiße Tennissocken.

»Die Schuhe waren ein Geschenk von mir an meine Frau. Sie ist nicht mehr da. Tot. Sie hat sie nie getragen, weil sie sagte, ihr täten darin die Füße weh«, erklärt er, während ich mich hinunterbeuge, um sie anzuziehen. Er schüttelt den Kopf, als wollte er einen unliebsamen Gedanken loswerden.

Als wir erneut das Wohnzimmer durchqueren, fällt mir neben dem orangefarbenen Sofa ein kleiner Spieltisch unter einem Fenster auf. Darauf liegt ein Spielbrett mit Scrabble-Steinen, die waagrecht und senkrecht zu Wörtern gelegt sind. Anscheinend wurde das Spiel einst unterbrochen und verharrt nun für immer in diesem Zustand. Es hat sich bereits eine dicke Staubschicht darauf gebildet.

Bei einem der Wörter, einem senkrechten, stockt mir der Atem.

Ich mache auf dem Absatz kehrt und renne zu dem Fernsehschränkchen mit den staublosen Bilderrahmen zurück.

Dort ist sie und umarmt Josi.

Ich kehre zum Scrabble-Spielbrett zurück. Josi steht neben mir und blinzelt verwirrt.

»Wer hat das Wort ›Velada‹ gelegt?«, frage ich und zeige darauf.

»Meine verstorbene Frau Carla«, antwortet er. »Sie meinte, es bedeutet Soiree auf Spanisch.«

»Wann ist sie gestorben?«

Josi macht einen Schritt zurück. Dann noch einen. Er antwortet nicht.

»Wann ist sie gestorben?«, frage ich lauter.

»Sie haben sie umgebracht. Vor mehreren Monaten. Umgebracht.« Er zeigt aus dem Fenster in Richtung Steinhaus.

Josis Frau ist Velada. Er glaubt, sie sei seit mehreren Monaten tot. Wieder eine Facette von ihr, die ich noch nicht kannte. Unser letztes Treffen fand vor einem Monat statt. Dabei habe ich ebenfalls eine ganz neue Seite von ihr enthüllt.

KAPITEL EINUNDZWANZIG

Lisa Yyland: Veladas letzter Besuch

Heroin, fachsprachlich Diamorphin, Summenformel $C_{21}H_{23}NO_5$, ist eine uralte Droge, die bereits Ende des neunzehnten Jahrhunderts erfunden wurde. Anfangs als Mittel gegen die Entzugserscheinungen von Morphin und Opium gedacht, erwies sie sich – welche Ironie – als noch abhängig machender. Neben dieser Suchtwirkung ist eine weitere schwerwiegende Nebenwirkung von $C_{21}H_{23}NO_5$ eine Reduktion der Atemfrequenz. Ich würde niemals das Risiko eingehen, meine saubere, kerngesunde Lunge zu schädigen, also werde ich es diesen Arschlöchern ganz sicher nicht erlauben, mir auch nur ein Tröpfchen »H« zu spritzen. Ich mag in der Lage sein, die emotionalen Schalter in meinem Gehirn zu kontrollieren, aber gegen eine heroinbedingte verstärkte Freisetzung von Dopamin, dem hinterhältigsten aller körpereigenen Stoffe, komme ich nicht an.

Mit diesem Problem musste ich mich vor meiner Entführung dringend auseinandersetzen. Außerdem fehlten mir immer noch das genaue Datum und der Ort, an dem die Hummerbecken-Zeremonie stattfinden sollte. Und ich musste Velada über gewisse Fakten in Kenntnis setzen, die ich seit meiner Shanghai-Reise überprüft und bestätigt hatte, Fakten, die ich ihr ins Gesicht sagen musste, um ihre Reaktion darauf zu sehen.

Nach meiner Rückkehr aus Shanghai wartete ich fünf lange Jahre auf einen erneuten Besuch von Velada. Jahr um Jahr verging, ohne dass sie sich blicken ließ, und es bereitete mir einiges Kopfzerbrechen, dass das Hummerbecken-Ritual inzwischen so unmittelbar bevorstand. Vor allem das letzte Jahr vor ihrem Besuch verbrachte ich in ständiger Alarmbereitschaft und wagte mich nicht mehr ohne sorgfältige Vorsichtsmaßnahmen aus dem Haus. Falls jemand in mein Wohn- und Geschäftsgebäude in Indiana eindrang, würde ich ihn entsprechend empfangen. Ich war vorbereitet, denn ich züchtete in einem meiner beiden Dorothy-M.-Salucci-Terrarien hochgiftige Tiere und Pflanzen. Außerdem beauftragte ich Sarge damit, Vanty rund um die Uhr im Auge zu behalten. Das Kommen und Gehen der anderen Familienmitglieder überwachte ich ebenfalls genau. Es war in jeder Hinsicht ein anstrengendes Jahr.

Und dann tauchte sie plötzlich auf, einfach so. Vor einem Monat klingelte Velada ganz unverfroren am Tor meiner 15/33 Firmenzentrale, neun Jahre nach ihrem letzten Besuch im Rahmen meiner Promotionsfeier. Sie stand einfach unangemeldet vor der Tür, als wäre sie eine befreundete Nachbarin, als hätte sie einen festen Platz in meinem Leben, als hätte ich sie eingeladen.

Ich glaube, sie hatte das Tor schon eine Weile beobachtet und sich vergewissert, dass Liu und Sandra ausgeflogen waren und dass auch Lenny mit Vanty davongefahren war, um den Tag in der Natur zu verbringen. Mit Angestellten meines kriminaltechnischen Labors musste sie ebenfalls nicht rechnen, da es ein Sonntag war. Sie versuchte nicht einmal, sich unbemerkt aufs Gelände zu schleichen, was ich ohnehin mitbekommen hätte, da sie von meinen unsichtbaren Zaunsensoren erfasst und von mehreren Dutzend meiner über tausend an Bäumen angebrachten Überwachungskameras aufgenommen worden wäre. Per Knopfdruck öffnete ich das Tor am Ende meiner langen Zufahrt und rannte in mein Büro, um ein bestimmtes Dokument zu holen, während Velada zwischen Obstbäumen und Eichen die Einfahrt hinauffuhr.

Sie parkte ihren Mietwagen neben meiner roten Küchentür, in der ich bereits stand und auf sie wartete. Wir sagten uns weder Hallo noch hielten wir uns mit anderen belanglosen Floskeln auf. Ich machte kehrt und ging in die Küche zurück, und sie folgte mir.

Während sie eine der beiden Kücheninseln umrundete, um zu mir zu gelangen, musterte ich sie prüfend. Ihre Arme waren immer noch dünn und muskulös, und ihre Füße steckten immer noch in Flip-Flops. Sie sah vollkommen unverändert aus, auch wenn sie inzwischen neun Jahre älter war – dieselbe drahtige Statur, dieselben schwarzen Haare, wenn auch möglicherweise ein wenig schütterer und von der einen oder anderen grauen Strähne durchzogen. Auf ihrer Stirn, in die sich die Falten etwas tiefer eingegraben hatten, prangte noch dieselbe große Sommersprosse, und um ihre blauen Augen waren ein paar zusätzliche Fältchen zu erkennen. Mittlerweile musste sie Ende dreißig oder Anfang vierzig sein. Ihre Hand zierte immer noch der falsche schwarze Schmetterling, und ich vergewisserte mich, dass sie wie bei den letzten Malen ein Feuerzeug und eine einzelne Zigarette in der Gesäßtasche mit sich herumtrug, erteilte ihr jedoch nicht die Erlaubnis, in meinem Haus zu rauchen. Ich hätte niemals zugelassen, dass Vanty durch Passivrauchen Schaden erlitt. Außerdem besaß ich ihre DNA bereits.

»Ich habe gehört, du warst in Shanghai«, begann sie das Gespräch.

Es war keine Frage, und sie erwartete keine Antwort von mir. Ich stand an die Arbeitsfläche gelehnt, die Hand in der Nähe der Schublade, in der ich ein Set frisch geschliffener Profi-Küchenmesser aufbewahrte und in die ich das Dokument aus meinem Büro geschoben hatte.

»Tja«, fuhr sie fort. »Du hast seinen ›Stolz‹ getötet, so hat er sie genannt. Jetzt will er dich umso mehr im Hummerbecken sehen. Aber das weißt du sicher bereits.« Ich nahm eine aufgesetzte Gelassenheit an ihr wahr, als wäre sie in Wirklichkeit nervös und würde ihre innere Ruhe nur vortäuschen. Sie schlenderte umher und fuhr mit einem Finger über eine der Kücheninseln. Ich blieb neben der Messerschublade stehen.

»Er hat mich als Geschenk bezeichnet«, sagte ich.

»Du hast mit ihm gesprochen? Das wusste ich nicht. Wow. Wie ist er so?«, fragte sie und beendete ihren Spaziergang durch meine Küche, um sich mit hochgezogenen Augenbrauen zu mir umzudrehen.

Ihre Bewegungen erfolgten zeitverzögert zu ihren Worten, sie war eine schreckliche Schauspielerin. Ihre Körpersprache verriet überdeutlich, dass sie log, ich machte mir also nicht die Mühe, ihr zu antworten.

»Auch gut. Dann weißt du jetzt Bescheid. Hat sein ›Stolz‹ dir alles Wichtige erzählt?«

»Sie hieß Melanie.«

Velada hob ihre Augenbrauen noch höher, verschränkte die Hände hinter dem Rücken und schlenderte zwischen den beiden Kücheninseln hindurch, wobei sie neugierig zur hohen Decke hinaufblickte. Sie benahm sich, als würde sie den Wert meines Hauses einschätzen, wie der

Immobilienmakler, den wir damit beauftragt hatten, unser Haus in New Hampshire zu verkaufen, nachdem mein Vater »von uns gegangen« war. Velada ließ ihren Blick über die himmelblauen Wände meiner Küche gleiten, über Vantys farbenfrohe Bilder, über den meerblauen Geschirrschrank, den korallenroten Esstisch, meine wohlgenährte Katze auf dem türkisfarbenen Teppich. Sie nickte anerkennend. »Hübsch«, sagte sie. »Der Traum eines jeden Caterers.« Dann zeigte sie mit zurückgelegtem Kopf zur Decke und sagte: »Dort oben haben sie dich gefangen gehalten, stimmt's? Direkt über der Küche, vor achtzehn Jahren.«

»Wann findet das Hummerbecken-Ritual statt?«

Sie senkte den Kopf, um mich spöttisch zu mustern. »Aha, hat dir Melanie ... So hieß sie, oder? Hat dir Melanie also doch nicht alles erzählt. Brauchst du etwa weiterhin meine Hilfe?« Sie sagte es in dem sarkastischen Tonfall, den ich aus Filmen kannte, die ich mir manchmal mit Vanty ansah.

»Wann findet das Hummerbecken-Ritual statt?«

»Am dreizehnten Oktober, wann sonst?«, antwortete sie, als müsste ich das bereits wissen. Sie nahm ihren Spaziergang wieder auf und schlenderte auf mich zu. Nur eine Kücheninsel trennte uns.

»Am dreizehnten Oktober also. Das ist sein Geburtstag, oder?«, fragte ich. Sie zuckte zusammen und stolperte vorwärts – fast so, als würden wir Tauziehen spielen und ich hätte plötzlich fester am Seil gezogen. Für einen Moment verrutschte ihre selbstgefällige Maske.

»Wie hast du das herausgefunden?«, fragte sie mit einem Zittern in der Stimme, das sie nicht unterdrücken konnte. Unsere Hände lagen auf gegenüberliegenden Seiten der Kücheninsel, und wir starrten uns in die Augen.

»Ist doch offensichtlich.« Es war nicht offensichtlich, aber da Symbole eine große Rolle für Eminenz spielten und er die Hummerbecken-Nacht wie eine Feier inszenierte, bei der er mich als »Geschenk« erhielt, war meine Vermutung durchaus begründet. An Veladas erneutem Zusammenzucken und ihrer nervösen Körpersprache – sie lehnte sich nach hinten, wich vor mir zurück – erkannte ich, dass sie dieses persönliche Detail über Eminenz nicht hatte preisgeben wollen. Denn wenn ich seinen Geburtstag kannte, kannte ich vielleicht auch seine Identität. Und seine persönliche Geschichte. Dafür brauchte ich seinen Geburtstag allerdings gar nicht.

Ich drehte ihr den Rücken zu und zog die Messerschublade auf.

»Was soll die Scheiße?«, fragte sie aufgebracht und huschte an der Kücheninsel entlang Richtung Tür. »Ein Messer?«

»Nein, ein Dokument. Bleib hier.«

Nachdem sie mehrere Meter Abstand zwischen uns gebracht hatte, blieb sie in der Nähe der Tür stehen und beäugte mich misstrauisch. Ich ging langsam auf sie zu und streifte dabei meine linke Pantolette ab. Durch die Glasscheibe in der Tür fiel Sonnenlicht herein und sprenkelte den Fliesenboden. Dicht vor Velada verharrte ich. Unsere Füße befanden sich mitten in einem Lichtfleck, und ich senkte den Blick.

»Siehst du, dass mein zweiter Zeh länger ist als mein großer Zeh und die restlichen Zehen anschließend immer kürzer werden?«

»Was soll denn dieser Mist schon wieder? Du bist so ein verdammter Psycho. Das Hummerbecken scheint dir nicht die geringste Angst zu machen. Du fliegst einfach so nach

China und redest mit … Melanie. Worüber habt ihr euch da eigentlich genau unterhalten? Woher diese Gelassenheit, und was soll das mit den Füßen? Was, Lisa?«

»Warum interessiert es dich so, worüber ich mit Melanie gesprochen habe?«

»Weil wir zwei ein Team sind, Lisa. Wenn wir uns diese Leute schnappen wollen, muss ich sicher sein, dass wir dieselben Informationen haben.«

»Wenn dir das so große Sorgen bereitet, warum bist du dann nicht früher gekommen? Meine Reise nach China war vor fünf Jahren.«

Sie verdrehte die Augen und verschränkte die Arme. »Natürlich war ich nervös, als du nach Shanghai geflogen bist. Ich hatte ewig daran gearbeitet, wieder in den Inneren Kreis vorzudringen und mir das Vertrauen dieser Leute zu verdienen. Eminenz rief mich manchmal sogar an, wenn es in Shanghai Probleme gab. Als er sich damals meldete und sich brüllend über dich aufregte, geriet ich in Panik und dachte schon, meine ganze Arbeit wäre umsonst gewesen. Also verhielt ich mich still und wartete, bis die Luft wieder rein war. Der Innere Kreis durfte auf keinen Fall auf die Idee kommen, dass ich etwas mit deinem Auftauchen in Shanghai zu tun haben könnte. Außerdem musste ich erst sichergehen, dass du nach deiner Reise nicht die Polizei oder die Behörden informierst. Also frag nicht so dumm, warum.«

Wieder verriet ihre Körpersprache, dass sie log, aber es gab auch Anzeichen dafür, dass zumindest ein Teil des Gesagten der Wahrheit entsprach.

»Und trotzdem spazierst du hier heute völlig sorglos herein. Ich habe bestimmt tausend Videoaufnahmen von dir auf meinem Grundstück.«

Sie brach in prustendes Gelächter aus. »Dass du mein Gesicht kennst, hat dir doch all die Jahre auch nicht dabei geholfen, meine Identität herauszufinden, oder?« Sie hielt inne und schien einen unliebsamen Gedanken abzuschütteln. »Außerdem: Was spielt es noch für eine Rolle, Lisa? Die Hummerbecken-Zeremonie ist in einem Monat. Eminenz trifft in drei Wochen in den USA ein. Es wird langsam ernst, und deshalb frage ich dich: Muss ich mir wegen irgendetwas Sorgen machen? Was hast du in Shanghai in Erfahrung gebracht? Was hast du dort genau getan? Wem hast du alles von unserem Plan erzählt?«

»Keine Sorge, ich werde dir alles mitteilen, was du wissen musst. Aber jetzt wirf bitte zuerst einen Blick auf meinen Fuß. Siehst du, dass mein zweiter Zeh länger ist als mein großer Zeh?«

Velada verschränkte erneut die Arme und machte einen Schritt nach hinten Richtung Tür. »Für diesen Quatsch habe ich wirklich keine Zeit. Ich mache mich aus dem Staub«, verkündete sie und ging noch einen Schritt zur Tür.

»Nein, du bleibst hier. Du willst nämlich unbedingt herausfinden, was ich weiß, und du willst herausfinden, ob ich vorhabe, diese ganze verdammte Show in die Luft zu jagen.«

Sie blieb zögernd stehen.

»Beantworte meine Frage.« Ich streckte ihr meinen linken Fuß hin.

»Ja, er ist länger. Na und?«, sagte sie widerwillig.

»Und wie sehen deine Zehen im Unterschied dazu aus?« Ich zeigte auf ihre Füße.

»Meine verdammten Zehen sind verdammt noch mal verätzt.«

»Ich spreche von ihrer Länge und Anordnung.«

»Das ist doch lächerlich!«

»Wenn du einfach nur meine Fragen beantworten würdest, hätten wir dieses Gespräch längst beendet. Du vergeudest unsere Zeit.«

»Meine Zehen beginnen alle auf einer Höhe und sind gleich lang. Bist du jetzt zufrieden, du Psycho?«

»Richtig. Das bedeutet, dass du germanische Wurzeln hast. Meine Wurzeln sind hingegen gemischt. Mit meinen blonden Haaren und blauen Augen überrascht es vielleicht, dass meine Zehen eine eher mediterrane, nämlich römische oder griechische Abstammung verraten. Aber deine gleich langen Zehen unterstützen, was hier steht.« Ich gab ihr das Schriftstück, das ich aus der Messerschublade gezogen hatte.

»Was ist das?«, fragte sie und betrachtete verwirrt das Blatt Papier in ihren Händen.

»Lies es.«

Ich ging zum Kühlschrank, öffnete ihn, nahm meine Glasflasche mit Quellwasser heraus und trank gierig, während Velada mit dem Rücken zu mir das Dokument las.

»Soll ich es für dich interpretieren?«, fragte ich. Sie antwortete nicht, ihr Gesichtsausdruck war nicht zu erkennen. »Das ist die DNA-Analyse eines Haars von Eminenz, deinem deutschen Vollbruder, sowie eine vergleichende Analyse des Speichels von deiner Zigarette. In der Schlussbemerkung steht, dass die beiden DNA-Proben auf Zwillinge hindeuten. Das Schriftstück bestätigt eine Theorie, die ich habe, seit ich deine Zehen mit Eminenz' Zehen vergleichen konnte. Auch andere körperliche Merkmale stimmen bei euch überein.« Wenn sie nicht so aufgewühlt gewesen wäre, hätte sie vielleicht gefragt, bei welcher Gelegenheit ich Eminenz' Zehen gesehen hatte, was dazu geführt hätte, dass ich ihr von dem Verbrannter-Hummer-

Video erzählt hätte. Aber sie atmete schwer und hörte abrupt auf, vor mir die Unschuldige zu spielen. Ihr Gesicht wies gleich mehrere Anzeichen für Wut auf, als sie herumfuhr und dazu ansetzte, auf mich loszustürmen.

»Keine Bewegung, Velada. Ich breche dir das Genick, wenn du mir zu nahe kommst«, warnte ich und stellte ungerührt die Wasserflasche in den Kühlschrank zurück.

»Du kannst mich mal, Lisa!«, schrie sie, rannte zum Kühlschrank und knallte ihn zu, woraufhin die in der Tür untergebrachten Lebensmittel klappernd umfielen. Sie stand mir nun direkt gegenüber und atmete mir stoßweise ins Gesicht, die Zähne wie ein Raubtier gefletscht. Ich neigte den Kopf zur Seite und beobachtete sie – die vorgebeugte Körperhaltung, ihre zu Fäusten geballten Hände, das verzerrte Gesicht, die heftigen Atemzüge.

»Interessant«, sagte ich. »Es scheint dich ernsthaft zu überraschen, dass ich herausgefunden habe, dass Eminenz dein Bruder ist.«

»Es war ja auch völlig abwegig, dass du darauf kommst. Wie hätte ich ahnen sollen, dass du sogar selbst nach China fliegen würdest? Ich habe dir keinerlei Anhaltspunkte gegeben. Du hattest nichts in der Hand. Meinen echten Namen kennst du nicht, kannst du nicht kennen.«

Ich sah mich in der Küche um, erfasste noch einmal sämtliche Änderungen, die ich an diesem Gebäude vorgenommen hatte. »Du weißt doch, dass ich ein kriminaltechnisches Labor betreibe und verschiedenen Strafverfolgungsbehörden beratend zur Seite stehe. Ganz so abwegig war es also nicht, dass ich es herausfinden würde.«

»Du beschäftigst dich hier mit Physik und Biologie. Du bist keine verdammte Spionin oder Geheimagentin! Natürlich war mir klar, dass du aus Gerüchten und Straßendreck die urbane Legende des Hummerbeckens ausgraben würdest – was übrigens alles ist, was du wissen musst, nach wie vor. Aber dass du zusätzlich in meinem Leben herumwühlst … Alle Achtung. Du als Physikerin.«

Ich bin Mutter. Künstlerin. Passe noch in andere Unterkategorien. Die Physik ist lediglich mein Beruf.

»Ich musste in deinem Leben herumwühlen, weil du eine Lügnerin bist«, sagte ich.

»Also, was weißt du sonst noch, spuck's aus! Was hat dir Melanie noch alles erzählt?«

»Sie sprang aus dem Fenster, bevor sie mir irgendetwas Relevantes erzählen konnte.«

»Schwachsinn!«

»Glaub, was du glauben willst.«

»Was für eine Scheiße! Ich bin raus, du bist auf dich allein gestellt. Diesen Mist tue ich mir nicht mehr an«, stieß sie hervor, machte auf dem Absatz kehrt und stapfte erneut zur Tür. Ich fand ihre emotionale Erregung ermüdend, auch wenn ich damit gerechnet hatte, dass sie ausflippen würde, wenn ich eine Schicht ihrer Tarnung abzog und freilegte, was sich darunter verbarg. Ermüdend war dieses Gespräch für mich vor allem deshalb, weil ich derart lange Wortwechsel mit Personen, für die ich keine emotionalen Schalter bereithielt, nicht gewohnt war. Ich motivierte mich zum Durchhalten, indem ich mir noch einmal bewusst machte, dass ich im Grunde mit meinem Spiegelbild redete. Es war genau, wie Nana immer zu sagen pflegte: *Manchmal hält einem das Universum einen Spiegel vor.* Also behandelte ich Velada wie mein Spiegelbild, allerdings wie ein stark verzerrtes.

»Mach dich nicht lächerlich. Du kannst jetzt nicht einfach abhauen«, hielt ich sie zurück. »Ich habe Aufgaben für dich.« Ich beobachtete, wie sie die Arme vor der Brust verschränkte und den Atem anhielt. »Du musst lernen, deine emotionalen Reaktionen zu kontrollieren, Velada. Sonst kannst du dich mental nicht weiterentwickeln.«

»Ich hasse dich so sehr!«, fauchte sie.

»Und ich finde dich für gewisse Dinge sehr nützlich. Komm wieder her. Was fällt dir noch auf an deinen Füßen?«

»Mir fällt auf, dass sie verätzt sind. Sie sind. Verdammt noch mal. Verätzt.«

»Du scheinst meine Frage nicht richtig verstanden zu haben. Schau ganz genau hin. Deine Haut bildet Runzeln, Falten und Furchen, und innerhalb der Furchen hat sie sich rosa verfärbt. Die Ränder sind teilweise schwielig und hart. Hast du je gesehen, wie menschliche Haut nach einer Verätzung aussicht?«

Sie antwortete nicht. Ihre Augen weiteten sich.

»Melanies Haut sah aus, als hätte sie jemand mit roter Farbe bespritzt, sie war ungleichmäßig pigmentiert. Ganz anders als deine Verbrennungen. Deine Füße wurden durch ein Feuer verbrannt, nicht durch Bleiche verätzt. Du hast dasselbe Feuer erlebt wie dein Bruder. Das Feuer, in dem eure Eltern umgekommen sind.«

Velada sah aus, als würde sie ersticken, und ihre Augen traten hervor. »Du weißt gar nichts über mich«, stammelte sie und schüttelte den Kopf.

»Ich weiß, dass du es warst, die das Feuer gelegt hat.« Das war wild geraten, aber ich wollte austesten, wie viel von meinem Plan ich Velada anvertrauen konnte. Zu diesem Zweck beobachtete ich aufmerksam jedes Zucken ihres Gesichts, jedes Detail ihrer Körpersprache, ihren Tonfall, ihre Wortwahl, ihren Blick.

Velada drehte den Kopf weg, wandte mir wieder den Rücken zu. Blieb stumm. Dann krümmte sich ihr Körper plötzlich zusammen, und sie schlug die Hände vors Gesicht. Die Geräusche, die sie von sich gab, hörten sich an, als würde sie schluchzen. »Du hast keine Ahnung. Du weißt gar nichts«, stieß sie zwischen Schluchzern hervor.

»Dreh dich zu mir um«, forderte ich sie auf. Ich musste ihr Gesicht sehen, um ausschließen zu können, dass sie mir nur etwas vorspielte. »Dreh dich um.«

Sie schluchzte weiter und stieß zwischen keuchenden Atemzügen zusammenhanglose Satzfetzen hervor: »... sie haben Mädchen aus den Fabriken ... haben sie geschmuggelt ... Er hat es von ihnen gelernt. Von ihnen ...«

Ich war hin- und hergerissen. Ein Teil von Veladas Kummer wirkte einstudiert, ein anderer beruhte offenbar auf wahren Begebenheiten. Sie drehte sich zu mir um, das Gesicht voller Tränen, die Augen gerötet. Nachdem sie sich übers Gesicht gerieben hatte, stellte sie sich aufrecht hin und holte tief Luft, als hätte sie vor, ein wichtiges Geständnis abzulegen.

»Ich war erst zehn. Ich musste alles niederbrennen, um ihnen das Handwerk zu legen«, sagte sie.

Ich beschloss, dass ich zum jetzigen Zeitpunkt noch nicht wissen konnte, wie viel von dieser Geschichte der Wahrheit entsprach. Ich würde Velada nur das absolut Nötigste erzählen.

»Die Zeremonie wird also am dreizehnten Oktober stattfinden«, kam ich auf den Plan zurück. »Wo befindet sich das Hummerbecken?«

»Wollen wir die Sache denn jetzt überhaupt noch durchziehen?«

»Du hast so viele Jahre darauf gewartet, deinen Bruder und seine mächtigen Kunden hinter Gitter zu bringen. Natürlich ziehen wir die Sache durch. Also hör auf mit dieser Hinhaltetaktik. Wo?«

Sie biss sich auf die Zähne. Ihre Nasenlöcher weiteten sich, als sie flüsterte: »In einem Steinhaus in Viebury Grove, Massachusetts.«

»Um wie viel Uhr?«

»Spätabends. Wann genau, weiß ich nicht.«

»Um wie viel Uhr?«

»Lisa, ich habe nicht die geringste Ahnung. Er sagt, es geht los, wenn die Kaminfeuer sich für ihn richtig anfühlen. Kein Mensch weiß, was das verdammt noch mal bedeutet.«

»Okay, also am späten Abend. Das muss reichen.«

Sie warf die Hände in die Luft und verdrehte die Augen. »Ja, muss es wohl.«

»Und dieses Hummerbecken ist immer noch das gleiche wie eh und je?«

»Ja, alles ist genauso wie immer. Dieser Kerl ist krank, Lisa. Er ist davon besessen, dass alles immer genau gleich ablaufen muss, dass gewisse zeremonielle Zyklen und Traditionen eingehalten werden. Besessen. Ich muss ihm ein für alle Mal das Handwerk legen.«

Da ich nun endlich Datum und Ort kannte, konnte ich mir einen Moment Zeit nehmen, ihr eine Anschuldigung an den Kopf zu werfen, die seit Jahren in mir rumorte.

»Du wusstest von Anfang an, wo das Hummerbecken ist, hast aber das Gegenteil behauptet. Wie konntest du zulassen, dass über einen so langen Zeitraum so viele Mädchen gekidnappt und misshandelt wurden?«

»Was soll das jetzt?«

»In vielerlei Hinsicht bist du genauso ein Monster wie dein Bruder, Velada. Wie lautet eigentlich dein richtiger Name?«

»Was Melanie dir verraten hat, hat dir also nicht geholfen, hinter dieses Rätsel zu kommen? Ich dachte, du bist so wahnsinnig schlau. Warum hast *du* nicht früher eingegriffen?«

»Ich habe versucht, mehr über das Feuer herauszufinden, in dem eure Eltern starben, um an deinen echten Namen zu kommen. Und um so vielleicht auch mehr über das Hummerbecken und diese ganze Geschichte zu erfahren. Aber ich wusste nicht, wo in China das Feuer stattgefunden hatte, und wann. Vor rund dreißig Jahren? In den mir zugänglichen chinesischen Zeitungen konnte ich nichts darüber finden. Ich wusste ja nicht einmal, in welcher Region ich suchen musste, sonst hätte ich dort die alten Archive durchforsten können.« Was ich Velada nicht verriet, war, dass Dan, mein Mann in Shanghai, mir nicht helfen konnte, weil er für einen Einsatz an einen anderen, geheimen Ort versetzt worden war. Seither hatte ich nicht mehr mit ihm kommuniziert. Liu und Lola konnte ich nicht einweihen, weil ich vorhatte, an meiner offenkundigen Lüge festzuhalten, meine Reise nach Shanghai habe geschäftliche Gründe gehabt. Auch Dan hatte ich vor seiner Versetzung überzeugt, bei dieser Geschichte zu bleiben, wenn ihn jemals irgendjemand fragte, Lola eingeschlossen. Er und ich waren während der drei Tage in jenem leer stehenden Hochhaus zu engen Kollegen, fast schon zu Freunden geworden. Bei den Mädchen aus dem Bus konnte ich ebenfalls nicht ansetzen, da ich von keiner den Namen wusste und sie sich in alle Winde verstreut hatten.

»Das interessiert mich nicht.«

»Es bleibt eine Tatsache: Du hast es gewusst und nichts unternommen. Viele Jahre lang.«

Oder hätte ich selbst mich noch mehr anstrengen, Liu und Lola ins Boot holen und früher herausfinden können, wo sich das Hummerbecken befindet? Nein, mich traf keine Schuld. Velada hingegen schon.

»Ich konnte dir schon allein deshalb nichts verraten, weil ich Angst hatte, dass du das Scheiß-FBI einschaltest und den Laden zu früh hochnimmst. Diese Arschlöcher hätten durch ihre Spitzel bei der Polizei garantiert Wind davon bekommen und sich aus dem Staub gemacht, wie sie es immer tun. Du weißt genau, dass wir Eminenz und seine Kunden in flagranti erwischen müssen. Sonst funktioniert diese Scheiße nicht! Dann war alles umsonst! Uns bleibt gar keine andere Wahl, als bis zur allerletzten Minute zu warten. Wir brauchen unwiderlegbare Beweise für die Beteiligung all dieser Männer.«

»Du hast den Ort des Geschehens unterschlagen und damit vielen Mädchen geschadet. Das ist unentschuldbar.«

»Das Leid dieser Mädchen war nötig, damit alles für immer ein Ende findet.«

»Du maßt dir also an, Entscheidungen über Menschenleben zu fällen?«

»Tja«, sagte sie, »in diesem Punkt sind wir uns offenbar uneinig.«

»Offenbar.«

Sie schloss die Augen, schüttelte den Kopf und wirkte plötzlich tief in Gedanken versunken. Als sie die Augen wieder öffnete, war ihr Tonfall schicksalsergeben. »Scheiß drauf. Wirst du bereit sein?«

»Wichtig ist, dass *du* bereit bist«, entgegnete ich und zwinkerte ihr zu, um sie ein wenig zu verunsichern. Ich wollte sie für ihre Lügen bestrafen, ihre Hinhaltetaktik, ihre Gleichgültigkeit gegenüber den Mädchen, die jahrelange Qualen erlitten hatten. »Frage Nummer eins«, fuhr ich fort. »Woher bezieht der Innere Kreis die Bleiche?«

Sie starrte mich an.

»Wird sie irgendwo bestellt?«

»Was spielt das für eine Rolle? Ja, sie wird bestellt.«

»Wie geht das vonstatten?«

Sie biss sich zögernd auf die Unterlippe. Ich wartete.

»*Ich* bestelle die Bleiche, okay? Ich tätige sämtliche Bestellungen. Und führe die Bücher. Das ist meine Rolle im Inneren Kreis. Sozusagen ein Familienunternehmen. Hast du das nicht längst selbst herausgefunden, Lisa? Als er alt genug war, um aus dem Waisenhaus entlassen zu werden, bekam er das Geld aus dem Treuhandfonds unserer Familie, das ganze Geld. Meine Eltern waren Arschlöcher. Er spürte mich in meinem Waisenhaus für Mädchen auf, holte mich raus. Ich hatte keine andere Wahl.«

Das *Warum* interessierte mich nicht. Mich interessierten nur die Fakten, die uns weiterbrachten.

»Hast du die Bleiche für den dreizehnten Oktober schon bestellt?«

»Nein, Lisa, habe ich nicht.«

»Wenn du die Wahrheit sagst und deinen Bruder wirklich in die Falle locken willst, dann wird das Ganze folgendermaßen ablaufen: Ich werde euch eine Ladung Bleiche zusenden. Jeder einzelne Kanister muss in dem Raum bleiben, in dem ich vor der Zeremonie untergebracht werde. Die Anweisung dazu muss von dir kommen. Ich werde es sofort merken, wenn du sie nicht erteilt hast. In dem Fall werde ich die Geschichte, die du dir zweifellos ausgedacht hast, um nach dieser ganzen Sache mildernde Umstände zu bekommen, nicht bestätigen und dir vor Gericht nicht den Rücken stärken. Es wird Blut fließen, und du wirst in den Knast kommen. Denk dran: Es ist absolut möglich, dass ich noch viel mehr weiß, als ich dir gegenüber zugebe. Außerdem hast du schon mal erlebt, wie ich unter Eid gelogen habe. Also: Wirst du vor Ort sein, um meine Bleichelieferung entgegenzunehmen und in besagtes Zimmer zu bringen?«

Sie wiegte den Kopf hin und her, schien in Gedanken Kalkulationen anzustellen. Als sie antwortete, schien sie ganz genau auf meine Reaktion zu lauern. »Aber die Bleiche stammt von einer bestimmten Marke. Du kennst diese Marke nicht.«

Brileycon. Industriebedarf. Extra-stark.

»Wie heißt die Marke?«

»Brileycon. Industriebedarf. Extra-stark.«

»Okay.«

»Es muss auch eine bestimmte Kanistergröße sein.«

Fünfundzwanzig Liter.

»Was für eine?«

»Fünfundzwanzig Liter.«

»Okay.«

»Und du musst genau fünfzig Kanister schicken.«

»Wird erledigt. Du wirst also meine Lieferung entgegennehmen und dafür sorgen, dass *alle* Kanister in besagten Raum kommen?«

»Ja.«

»Perfekt.«

»War es das?«, fragte sie und klang schon wieder aufbrausend.

»Nein, da wäre noch etwas. Aber zuerst brauche ich eine Bestätigung von dir. Dein Bruder und sein Team in den USA – wissen die davon, dass du mich ins Hummerbecken lockst?«

»Na ja … ja und nein. Von meinen bisherigen Gesprächen mit dir wissen sie nichts. Sie denken, dieser Besuch sei meine erste Kontaktaufnahme zu dir, und sie glauben, dass du keine Ahnung von meiner Verbindung zu Eminenz hast. Er rätselt übrigens heute noch, wie du in Shanghai Melanie aufspüren konntest. Ich habe ihm eingeredet, dass du wahrscheinlich nach deiner Entführung vor achtzehn Jahren wie besessen allen möglichen Hinweisen nachgegangen bist, dass es vielleicht etwas war, was dieser Kerl, Brad, im Gefängnis gesagt hat. Wie auch immer. Eminenz und seine Leute denken, dass ich heute hier bin, um dich über einen von führenden Beamten der US-Regierung betriebenen Menschenhändlerring zu informieren, der gar nichts mit Eminenz zu tun hat, und dass ich mich mit dir am zwölften Oktober an einem Ort in Massachusetts verabrede, der noch festgelegt wird, um dir diesbezüglich weitere Informationen zukommen zu lassen. Sie denken, dass du keine Polizei und keine Mitwisser einschalten wirst, weil du nicht weißt, wer alles in diesen Menschenhändlerring verwickelt ist.«

»Davon hast du sie überzeugt?«

»Ja, habe ich«, antwortete sie, und ihr Tonfall und ihre Körpersprache boten keinerlei Anlass, von einer Lüge auszugehen. Ihr Blick war fest und flackerte nicht, ihre Stimme voller Gewissheit. »Du darfst nicht vergessen, dass es sich um ein sehr kleines Unternehmen handelt. Eminenz muss es klein halten, damit er alles von Shanghai aus kontrollieren und seine geistesgestörten ›Erfahrungen‹ den Mächtigsten der Mächtigen anbieten kann. Das Ganze läuft so.« Sie beschrieb mit ihren Schritten einen Kreis, während sie mir ihren Vortrag hielt. »Du weißt sicher, dass Regierungen über andere Länder möglichst schmutzige Informationen sammeln, um sie damit erpressen zu können. Und wie, glaubst du, kommen sie an diese Informationen, ohne sich zu ihrem Erwerb bekennen zu müssen? Sie bedienen sich kleiner Verbrecherzellen wie der meiner Eltern, der meines Bruders. Sie kaufen, was auch immer diese Zellen an Schmutz zutage befördern oder, in unserem Fall, selbst verursachen. So läuft das überall. Ein Schwarzmarkt für schmutzige Informationen. Du darfst nicht vergessen, dass er in China lebt. Auf der US-Seite hat er mich – oder glaubt mich zumindest zu haben – und noch zwei weitere Frauen, die ihm seine Geschäfte führen. Diese Geschäfte bestehen normalerweise nur aus einem ganz gewöhnlichen illegalen Kellerbordell, wo allerdings, das gebe ich zu, einige ziemlich kranke Sachen ablaufen. Diese Sachen werden von uns auf Video aufgenommen, und mit den Aufnahmen werden dann Leute erpresst, oder sie werden an interessierte Regierungen verkauft, an konkurrierende politische Parteien, zweifelhafte Beratungsfirmen, wen auch immer. Das ganze Unternehmen ist wie gesagt sehr klein, und es existieren weder versteckte Kameras noch sonstige elektronische Beweismittel. Weil nur der Innere Kreis die Videokameras bedient, weil alles in unseren Händen bleibt. Das muss so sein, weil die Geschäfte sonst irgendwann auffliegen würden. Hier in den Staaten gibt es nur drei Wachmänner, die für Eminenz arbeiten. Dann gibt es natürlich noch mich und die erwähnten anderen beiden Frauen. Eine davon ist noch kleiner als ich. Sie ist schon älter, mein Bruder hat sie von unseren

Eltern übernommen, für die sie ebenfalls die Drecksarbeit erledigt hat. Und dann sind da noch ein paar Tagelöhner, die hin und wieder Aufträge oder Fahrten erledigen, ansonsten jedoch außen vor bleiben. Sie wissen nichts über die Geschäfte des Inneren Kreises. Du siehst: Es war nicht allzu schwer, die US-Seite des Unternehmens, also Eminenz, die Frauen und die Wachmänner, zu überzeugen. Du magst die Chefin deiner Welt sein, Lisa. Ich bin die Chefin meiner.«

»Also gut, dann kommt jetzt deine zweite Aufgabe: Du wirst verdammt noch mal dafür sorgen, dass keine dieser Personen mir mit einer Heroinnadel zu nahe kommt.« Ich ging zu dem meerblauen Geschirrschrank hinüber und holte eine dünne Mappe aus einem Hängesystem für Akten in der untersten Schublade. »Sag einfach, du hättest diese Krankenakte aus meinem Büro gestohlen. Darin steht, dass ich allergisch gegen gewisse Substanzen bin, die unter anderem in Heroin enthalten sind. Du musst die Akte natürlich nicht verwenden. Sag, was du willst, Hauptsache, du stellst sicher, dass niemand mit einer Spritze auch nur in meine Nähe kommt. Verstanden?«

»Ist die Akte echt?«, fragte sie und riss sie mir aus der Hand.

Natürlich nicht. Als ob ich dir eine echte Schwachstelle von mir verraten würde.

»Natürlich ist sie echt. Die Sache ist ernst. Ich bekomme einen anaphylaktischen Schock, wenn ich mit diesen Substanzen in Berührung komme.«

»Ach herrje. Okay, ich kümmere mich darum.«

»Gut.«

Die Chefin bin ich, sonst niemand.

»Was?«

»Ich habe nichts gesagt.«

Sie machte einen Schritt nach hinten, und ihre Stimme klang plötzlich unsicher und zittrig. »Äh ja … wie auch immer. Ich arbeite mehrmals die Woche in einem Büro in der Mariana Kirche in Boston. Das ist Teil meiner Tarnung. In besagter Woche werde ich jeden Tag in der Kirche sein, von neun Uhr morgens bis fünf Uhr nachmittags, ohne Ausnahme. Dein Team, das du sicherlich in der Hinterhand hast, soll in die Kirche kommen und dort nach mir fragen. Wenn es sich nicht mit mir in Verbindung setzt, wird es nämlich nicht weit kommen. Es braucht mich, um unentdeckt in die Nähe von Viebury Grove zu gelangen und die genauen zeitlichen Abläufe zu erfahren. Denk dran: Du darfst keinerlei Gegenstände aus Metall und keinerlei elektronische Geräte bei dir tragen. Kein GPS, gar nichts. Kapiert? Und dein Team darf auf keinen Fall frühzeitig in die ganze Sache hineinplatzen. Erst müssen die Zuschauer vor Ort sein, das genaue Timing ist also absolut entscheidend. Vermassle es bloß nicht, Lisa. Sobald dein Team zu mir in die Kirche kommt, weiß ich, dass du bereit bist, entführt zu werden. Abgemacht?«

»Abgemacht.« Sie wollte Richtung Tür davoneilen, doch ich hielt sie zurück, indem ich die Hand hob. »Warte. Warum bezeichnet mich Eminenz als Geschenk? Ein Geschenk von wem? Seiner Schwester?«

»Ich würde dich niemals an irgendjemanden verschenken. Er glaubt, du seist ein Geschenk des Universums, und das Universum ist er. Er ist das höchste Wesen auf Erden und beschenkt sich selbst. Eminenz ist absolut geisteskrank. Jeder andere hätte ein derart riskantes Geschäft wie die Hummerbecken-Zeremonie abgeblasen, nachdem du in Shanghai aufgetaucht bist. Aber das hat seine Entschlossenheit nur noch mehr befeuert. Er hat keinem der zahlenden Zuschauer etwas davon erzählt. Diese Arschlöcher würden sofort den Schwanz einziehen, wenn sie wüssten, dass jemand von außerhalb Wind von der ganzen Sache bekommen hat. Wir werden uns seine Geistesgestörtheit und seine Gier zunutze machen.«

»Wer sind die zahlenden Zuschauer?«

Sie lächelte. »Das ist meine Versicherung, Lisa. Meine Garantie dafür, dass du den Plan durchziehst und wir diese Leute auf frischer Tat ertappen. Diese Information behalte ich vorerst für mich. Wirst du bereit sein?«

Ich blickte in ihre blauen Augen und überlegte, ob es mir Erleichterung verschaffen würde, ihr eines Tages ihre Selbstgefälligkeit aus dem Gesicht zu prügeln. Aber ich hatte sämtliche emotionalen Schalter deaktiviert, also blieb ich sachlich.

»Du kennst jetzt deine Anweisungen und kannst gehen«, sagte ich.

Sie schüttelte den Kopf, wandte sich zur Tür, verließ die Küche und fuhr davon.

Bis bald, Velada.

Wer machte so etwas? Wie dämlich oder arrogant musste man sein, um mir von seiner Schwester Informationen überbringen zu lassen und dann in aller Seelenruhe bis zum Tag vor dem großen Ereignis abzuwarten, um mich gefangen zu nehmen? Vielleicht hatte Eminenz noch ein anderes Mädchen für das Hummerbecken eingeplant, und es spielte gar keine so große Rolle, ob er mich erwischte oder nicht. Vielleicht war ich nur ein zusätzlicher Bonus. Ein Geschenk von ihm selbst oder vom Universum oder von seiner Schwester oder ... von wem auch immer. Im Grunde war es völlig uninteressant, welche kranken

Absichten er und Velada verfolgten. Was zählte, war, dass er mich fürs Hummerbecken auserkoren hatte, dass sich außer mir noch andere Frauen in Gefahr befanden, dass wohlhabende Männer mit Verbindungen auf frischer Tat ertappt werden mussten und dass ich bereit sein musste, den Plan durchzuziehen.

KAPITEL ZWEIUNDZWANZIG

Lisa Yyland: Labor in Manchester

Es fällt mir schwer zu akzeptieren, dass Velada noch bis vor einem Jahr als Josis Ehefrau Carla direkt gegenüber dem Steinhaus lebte. Und Josi ist bis heute völlig ahnungslos, was ihre Identität angeht. Die perfekte Tarnung. *Noch eine Facette, Velada. Ich verachte dich, aber deine Kühnheit fasziniert mich auch.* Mit Josi rede ich nur, um ihm zu sagen, wo er hinfahren soll. Er hingegen redet die ganze Zeit und löchert mich mit Fragen. Ich kann immer noch nicht glauben, dass dieser Kerl kein verdammtes Telefon besitzt.

Er hat beim Fahren beide Hände am Lenkrad und ist vorschriftsmäßig angeschnallt. Nachdem er in seinen Wagen gestiegen ist, einen Pick-up mit abgedeckter Ladefläche, hat er mit kleinen, präzisen Bewegungen sämtliche Spiegel richtig eingestellt, sich vergewissert, dass auch ich angeschnallt bin, und erst dann den Rückwärtsgang eingelegt. »Pass gut auf uns auf, Cassie«, hat er gesagt und zärtlich das Armaturenbrett getätschelt. Ich weiß seine Bemühungen, die Risiken unserer Autofahrt zu reduzieren, durchaus zu schätzen, sogar die abergläubischen, auch wenn sie nichts bringen. Josi scheint ein Mensch voller Widersprüche zu sein. Ein Rätsel.

Jetzt sitze ich neben ihm und beobachte, wie er in den Rückspiegel und den Seitenspiegel blickt, bevor er ein vor uns fahrendes Auto überholt. Nachdem wir uns wieder in die rechte Fahrspur eingereiht haben, wo er genauestens das Tempolimit einhält, dreht er sich zu mir um und sagt: »Ich frage einfach immer weiter, bis du es mir sagst. Warum bist du so ausgeflippt, als du das Wort *Velada* und das Foto meiner Frau gesehen hast?«

»Weil ich zuerst dachte, dass ich deine Frau kenne. Tue ich aber nicht. Konzentrier dich aufs Fahren.«

»Ich glaube dir kein Wort.«

»Schau auf die Straße.«

»Was denn? Hast du ein Problem damit, wie ich fahre?«

»Nein, ich bin froh, dass du so vorsichtig fährst.« Das entspricht absolut der Wahrheit, deshalb verstehe ich nicht, warum er mir einen entrüsteten Blick zuwirft.

»Na, vielen Dank«, knurrt er und wendet seine Aufmerksamkeit kopfschüttelnd der Straße zu. »Okay, du hast recht. Ich habe einfach keine Lust, wie meine Eltern als Häuflein Knochen am Straßenrand zu enden.«

»Kann ich gut verstehen. Nimm die nächste Ausfahrt.« Ich starre geradeaus. Wir sind fast da.

Josi atmet geräuschvoll aus, aber ich wende nicht den Kopf zu ihm, um zu sehen, was für ein Gesicht er macht.

Und dann sind wir angekommen, stehen vor dem Labor meines Vaters, einem quadratischen Eckgebäude in einer Seitenstraße der Elm Street in Manchester, New Hampshire. Es liegt halb verborgen zwischen höheren Gebäuden und wirkt noch unauffälliger, weil es fast keine Fenster hat und hellbraun gestrichen ist. Form und Lage des Gebäudes – vom Gehweg nach hinten versetzt – sowie Tarnfarbe und geringe Höhe bilden die perfekte City-Camouflage. Auf der anderen Straßenseite liegt das New Hampshire Conference Center and Hotel. Um den langen Namen abzukürzen, habe ich es immer schon schlicht »Das Hotel« genannt. An seiner Fassade hängt heute ein großes Transparent, das Antiquitätensammler zur »Herbstmesse der Antiquitäten« willkommen heißt.

Josi bleibt in seinem schwarzen Pick-up sitzen und verkündet, dass er hier auf mich warten wird – als wäre er mein Mann und ich wollte nur schnell in die Apotheke springen, um ein Rezept einzulösen, und nicht etwa in ein hochmodernes Forschungslabor, in dem Wissenschaftler die Wirkung von niedrig dosierter Gammastrahlung auf Krebstumore untersuchen.

Das Laborgebäude meines Vaters ist abgeschirmt und verriegelt wie ein Hochsicherheitstrakt, was an den hohen Sicherheitsauflagen der Strahlenschutzverordnung liegt, die die hier angestellten Forscher bei ihrer Arbeit mit radioaktiven Seeds – reiskorngroßen gekapselten Strahlungsquellen – befolgen müssen. Die Seeds müssen dreimal am Tag gezählt und erfasst werden. Die übrige Zeit werden sie in Bleiblöcken verwahrt und weggeschlossen. Radikale Terroristen hätten hier ein lohnendes Ziel, weshalb die Sicherheitsvorkehrungen so komplex sind wie in dem Kasino aus dem Film *Ocean's Eleven*. Trotzdem habe ich es ganz allein geschafft, diese Sicherheitsvorkehrungen zu umgehen. Dafür brauche ich keine zehn weiteren Teammitglieder wie George Clooney. *Anfänger.*

Aber ich habe es nicht etwa auf die Seeds abgesehen, sondern auf meine zwei ganz besonderen Datenträger: eine kleine fleischfarbene, hocheffiziente Disc, die Tonaufnahmen abspielt – es ist die leistungsstärkste der Discs, die ich bereits vor Ort installiert habe –, und eine ebenso kleine fleischfarbene Disc, die ein Signal aussendet. Mithilfe dieser zweiten Disc werde ich Liu das Zeichen zum

Einsatz geben. Beide Datenträger habe ich am sichersten Ort aufbewahrt, den ich an der Ostküste kenne – dem Labor meines Vaters –, mit dem Vorhaben, sie erst in allerletzter Minute zu holen. Schon vor einem Jahr habe ich zu diesem Zweck der Geschäftspartnerin meines Vaters die Zugangskarte zum Labor geklaut – eben jener rothaarigen Wissenschaftlerin, mit der er vor fünf Jahren in meiner Firmenzentrale in Indiana ein Vorstellungsgespräch geführt hat. Ich nenne sie nach wie vor nur Geena Davis. In die Quere kommen kann sie mir heute nicht, denn sie hat Urlaub und durchstreift auf der Suche nach irgendeiner verlorenen Stadt einen Regenwald in Südamerika – ihr »Hobby«, seit sie *Die versunkene Stadt Z* gelesen hat.

Mein »von uns gegangener« Vater begleitet sie.

Dachte ich zumindest. Offenbar hört er mich an der Tür herumwerkeln, denn er reißt sie auf und wirkt genauso überrascht, mich zu sehen, wie ich es umgekehrt bei ihm bin. Seine Augen sind gerötet, er scheint geweint zu haben. Schluchzend schließt er mich in die Arme. »Oh Lisa! Lisa, mein Gott! Du bist unversehrt! Die Polizei sucht überall nach dir. Oh Lisa, ich kann nicht glauben, dass deine Mutter erschossen wurde. Sie ist tot. Oh Lisa. Und Barbara auch!«

Scheiße.

Vor einem Jahr eröffnete mein Vater meiner Mutter, er habe sich in Geena Davis verliebt und werde sie daher verlassen. Ich bin ein Mensch, der Fakten liebt, Fakten sind das, was ich am besten verstehe. Und wenn mir jemand sagt, dass ich einen anderen Menschen behandeln soll, als wäre er gestorben – so wie meine Mutter es damals tat –, dann nehme ich diese Anweisung wörtlich. Als Nana, Vaters eigene Mutter, hörte, was er getan hatte, riet sogar sie mir, ich solle eine Weile auf Mutter hören und ihr meine volle »Loyalität und Unterstützung« zukommen lassen. Das Ergebnis ist, dass ich seit einem Jahr nicht mehr mit meinem Vater gesprochen habe.

Ich trete eilig ins Gebäude und mache die Tür hinter mir zu. Sie verschließt sich von selbst.

»Wo ist Geena Davis?«

»Ach bitte, Lisa! Hör auf, sie so zu nennen! Sie heißt …«

»Wo ist sie?«

»Noch in Brasilien.«

»Und warum bist du nicht bei ihr?«

Er wirft die Arme in die Luft, marschiert aufgebracht im Kreis herum. »Mein Gott, Lisa, ich bin so froh, dass es dir gut geht!«, sagt er und faltet die Hände, als wollte er beten. Dann kauert er sich auf den Boden, vergräbt das Gesicht in den Händen und weint. »Ich kann es nicht fassen … deine Mutter! Und dich hätten sie auch umbringen können! Ach, Lisa, ich vermisse dich so sehr, mein Schatz.«

»Dad, wir haben jetzt keine Zeit für so was. Warum bist du nicht in Brasilien?«

Er schluchzt noch heftiger. Nachdem er sich ein wenig beruhigt hat, versuche ich es noch einmal: »Warum bist du nicht in Brasilien?«

Er murmelt etwas in seine Hände, was ich nicht verstehe. Ich bilde mir ein, die Worte *Mutter hat angerufen* und *deine Entführung* herauszuhören.

»Was?«, hake ich nach.

Er hebt den Kopf und sieht mich an, ohne jedoch vom Boden aufzustehen.

Ich beuge mich zu ihm hinunter. »Was hast du gesagt?«

»Ich bin nach Hause gekommen, weil deine Mutter mich anrief. Wegen eines anonymen Hinweises, dem sie nachging. Offensichtlich war sie auf eine Verbindung zu deiner Entführung gestoßen.«

»Und da bist du …«

»Da bin ich natürlich sofort gekommen, Lisa.«

Wir starren einander an. Er steht auf.

»Das ist aber noch nicht alles«, sagt er.

Ich nicke.

»Folge mir«, fordert er mich auf und geht voraus zu Labor 3, eben jenem Labor, in dem ich meine beiden Discs versteckt habe. Ich befürchte schon, dass er sie gefunden hat, dass ich ihm erklären muss, was es damit auf sich hat. Dass er versuchen wird, meinen Plan zu stoppen.

Aber er geht zu einem an der Seite stehenden Computer. Diagonal dazu befindet sich mein Versteck, ein Aktenschrank.

»Von wem hatte Mutter diesen Hinweis?«

»Warte«, sagt er und tippt eine Weile schweigend vor sich hin. Dabei ringt er mühsam seine Emotionen nieder und stählt sich innerlich. Dieses Verhalten habe ich im Laufe der Jahre immer wieder an ihm beobachtet. Er kann wie ein Vulkan ausbrechen und sich kurz darauf schon wieder konzentrieren. Eine wertvolle Fähigkeit.

»Hier, schau her«, sagt er.

Er hat eine E-Mail aufgerufen, die ihm Mutter weitergeleitet hat, von ihrem persönlichen Account, nicht von ihrem geschäftlichen. Mir fällt auf, dass Mutter in ihrer E-Mail-Adresse noch immer nicht ihren Familiennamen geändert hat. Die Mail stammt von vor drei Tagen.

Mrs Yyland, verstehen Sie jetzt, was ich mit Richter Rasper meinte? Haben Sie schon eine Ahnung, warum der Zahnarzt ihm das angetan hat? Als Rasper letztes Jahr in

seiner Kolumne im Boston Globe auf den Artikel aus der Essex Law Review verwiesen hat, den er vor Jahren schrieb, war ich ziemlich überrascht. Ich glaube, der Verweis ist ihm versehentlich entschlüpft. Leider hat es niemand außer mir bemerkt. Von mir glauben alle, dass ich nicht lesen und schreiben kann, dass ich eine stumpfsinnige illegale Einwanderin bin, die in Veladas Gruselkabinett arbeitet. Mithilfe des im Globe erwähnten Artikels können Sie vielleicht die Zusammenhänge herstellen, ohne mich mit hineinzuziehen. Für mich kommt ohnehin jede Hilfe zu spät. Aber meine Mädchen brauchen eine Chance – ich kann mich nicht mehr lange um sie kümmern. Diese unseligen Männer müssen in flagranti erwischt werden. Bitte decken Sie die Sache auf.
-VVVVVIE

Ich mache einen Schritt nach hinten. *Veladas Gruselkabinett? Bedeutet das, dass sie mir immer noch nicht die ganze Wahrheit gesagt hat?*

»Was für einen Artikel in der *Essex Law Review* hat Richter Rasper denn geschrieben?«, frage ich.

»Einen Moment, Schatz.« Die Stirn meines Vaters ist tief gefurcht, er atmet schwer durch die Nase und wischt sich die Augen mit dem Ärmel ab. »Hier.«

Ich beuge mich wieder über den Bildschirm.

»Fußnote 39.«

Ich scrolle zur Fußnote 39.

[39] Aufzeichnungen zu Befragungen der wegen Menschenhandels einsitzenden Insassen B. Rice (Indiana), T. Caldwell (Indiana), S. Renfeld (Tennessee) und C. Highsmith (New Mexico), aufbewahrt in meinem persönlichen Archiv.

Brad Rice, der Organisator meiner Entführung, und T. Caldwell, das Arschloch von Arzt, das damit beauftragt wurde, meinen Vanty zu entbinden und ihn mir anschließend wegzunehmen. Diese winzig kleine Fußnote, nur vier Zeilen in Schriftgröße 10, aus einem vor fünfzehn Jahren geschriebenen, in einer juristischen Fachzeitschrift erschienenen Artikel, sagt alles. Damals war Rasper erst seit Kurzem Richter und hatte gerade die Kanzlei verlassen, in der er als Anwalt gearbeitet hatte (laut seiner biografischen Daten in Fußnote 1).

»Als deine Mutter mich vor drei Tagen in Brasilien anrief, las sie mir diese Fußnote vor. Ihre Theorie war, dass Rasper nicht etwa Befragungen durchführte, sondern Kontrollbesuche machte, um sich zu vergewissern, dass gewisse Häftlinge den Mund hielten. Die perfekte Tarnung: ein recherchierender Richter.«

»Mutters Theorie klingt absolut vernünftig. Sie musste dafür sterben.«

»Oh Lisa …« Sein Gesicht verzieht sich erneut und spiegelt eine Vielzahl von Emotionen wider.

»Wir müssen sofort in deinen Panikraum«, sage ich. »Deshalb bin ich hier. Ich wollte mich dort verstecken, bis die Gefahr vorüber ist. Wir können derzeit niemandem trauen. Dieser Richter hat überall Verbindungen.«

Hätte ich gewusst, dass mein Vater seinen ursprünglich geplanten Rückflug vorverlegt hatte – was bei meiner letzten Überprüfung noch nicht der Fall gewesen war –, wäre er längst an einem sicheren Ort untergebracht, genau wie Lenny, Vanty und Nana. Ich muss unbedingt Liu anrufen und ihn über die neuesten Entwicklungen informieren. Und ich muss meine Discs holen und danach schleunigst zurück nach Viebury Grove.

»Die Polizei ist auf dem Weg hierher, um mir Fragen zu stellen«, erzählt mein Vater.

»Du beantwortest ihnen gar nichts. Wir wissen nicht, wem wir trauen können.«

Nicht nur die Polizei könnte in Kürze eintreffen, auch Eminenz' Wachmänner lauern womöglich in der Gegend, um sich bei erster Gelegenheit auf mich zu stürzen. Wie konnte ich nur so dumm sein, Eva nach Manchester zu locken? Meine einzige Rechtfertigung ist der Schock, den mir Mutters Ermordung versetzt hat.

»Los, Dad. In den Panikraum. Jetzt sofort.«

»Lisa, das ist doch Wahnsinn. Lass uns hier warten, bis die Polizei ...«

»Nein. Los jetzt. Oder willst du so enden wie Mutter?«

»Mein Gott, Lisa, warum bist du so ...«

Ich sehe ihn an und warte darauf, für welches Adjektiv er sich entscheidet, um es anschließend mit dem Repertoire an Definitionen abzugleichen, das mir Nana beigebracht hat.

»Schon gut, Schatz. Du hast recht. Tut mir leid. Im Panikraum sind wir sicher. Von da aus können wir einen befreundeten Anwalt anrufen, eine absolut vertrauenswürdige Person. Wenn du dich dort sicher fühlst, dann gehen wir dorthin.«

»Ja«, lüge ich.

Wir begeben uns zu dem Panikraum, den er auf mein Drängen hin im Untergeschoss einbauen ließ. Er betritt ihn, schaltet Licht und Luftzufuhr ein, regelt die Temperatur. Ich bleibe in der Tür stehen und lasse den Blick durch den kleinen Raum schweifen, betrachte die Edelstahltoilette in einer Ecke und die mit Konserven und Wasserkanistern bestückten Regale. Im Kühlschrank sind zwei

Großpackungen Snickers, die ich für den Fall eingelagert habe, dass ich mich selbst einmal hier einschließen muss. Kurz entschlossen mache ich von außen die Tür hinter Dad zu und gebe den von mir programmierten Code ein, der bewirkt, dass sich die Tür von innen nicht mehr öffnen lässt und das Telefon im Panikraum deaktiviert wird. Der Ort wird so zu einem Gefängnis, und ich hatte ursprünglich vor, Mutter zu überreden, heute mit hierherzukommen, um meine Discs zu holen. Bei dieser Gelegenheit wollte ich sie zu ihrer eigenen Sicherheit in den Panikraum einsperren und so verhindern, dass sie sich in Gefahr brachte. Die Zeitschaltung der Tür habe ich auf drei Tage eingestellt, damit sie von allein wieder aufgeht, falls mir etwas zustößt.

Ich habe keine Ahnung, ob Dad von innen gegen die Tür trommelt und verlangt, dass ich ihn wieder herauslasse. Der ganze Raum ist schallgedämpft. Einen Monitor gibt es ebenfalls nicht, weil der Zugang als gewöhnliche Wand getarnt ist.

Ich gehe zurück nach oben, durchquere das ganz in Weiß und Stahlgrau gehaltene Labor 3 und ziehe Geena Davis' Karte durch das Schloss des Aktenschranks. Mit einem Klicken springt die Tür auf. Hastig schnappe ich mir meine zwei Discs, schiebe sie tief in die Vordertaschen meiner SEVEN-Jeans und ziehe mein graues »NOPE«-T-Shirt darüber, damit man die Ausbeulung nicht sieht. Mir bleibt keine Zeit mehr, Liu anzurufen. Das wäre zu riskant. Also muss ich den Anruf wohl von Josis Club aus tätigen.

Ich husche zu seinem Pick-up zurück, wobei ich mich so lange wie möglich im Schatten des Gebäudes bewege, für den Fall, dass irgendwo ein Scharfschütze auf mich lauert.

Nachdem ich ins Auto gesprungen bin, ertaste ich noch einmal die flachen, runden Discs in meiner Jeans – sie ruhen tief und sicher in ihren Hosentaschen. Zu Josi sage ich: »Fahr los. Schnell. Zu deinem Club.« Mein Blick fällt auf meine violetten Nike-Sneakers: Veladas Schuhe. Josi hat immer noch keine Ahnung, wer seine »tote« Frau Carla in Wirklichkeit ist und dass ihn meine Nähe in große Gefahr bringt.

Mit einiger Verwunderung stelle ich fest, dass mich Josis Ahnungslosigkeit schmerzt. Ich habe das dringende Bedürfnis, ihm alles zu erzählen.

Doch zuerst müssen wir zu Josis Club. »Er ist nur ungefähr drei Minuten von hier entfernt«, sagt Josi, »unten am Fluss, in einem alten Fabrikgebäude.«

Ich erfahre, dass er Club Bub heißt – ein Ort des Vergnügens, den ich heute Abend als Versteck auserkoren habe. Von dort aus kann ich Roger Liu anrufen und ihn über die neuesten Entwicklungen aufklären, während wir abwarten und uns vergewissern, dass die Luft rein ist. Für mich wäre es kein Problem, wenn Eminenz' Männer mich aufspüren und erneut gefangen nehmen würden, aber ich muss zuerst Josi in Sicherheit bringen.

Die ganze Sache wäre verdammt viel leichter, wenn ich mich nur um meine eigene Haut sorgen müsste.

Während der kurzen Fahrt kann ich keine Verfolger entdecken, aber die Elm Street ist eine stark befahrene Straße, Garantien gibt es also keine.

»Am besten, du biegst mehrmals unerwartet ab«, rate ich Josi. »Fahr schnell und bau ein paar Umwege ein, durch kleine Seitenstraßen und Gassen. Heute ist es ausnahmsweise mal okay, wenn du deine Vorsicht über Bord wirfst.«

»Geht klar«, erwidert er. »Schnall dich an. Los, Cassie, altes Mädchen, bring uns heil ans Ziel.«

Ich beobachte, wie die Muskeln in seinem tätowierten Arm spielen, während er immer wieder das Lenkrad herumreißt und um enge Kurven biegt. Dabei blickt er gewissenhaft in sämtliche Spiegel, und wenn wir einmal ein kurzes Stück geradeaus fahren, tätschelt er das Armaturenbrett und sagt: »Braves Mädchen.«

KAPITEL DREIUNDZWANZIG

Lisa Yyland: Club Bub

»Na los, Beeilung«, treibe ich Josi an, sobald wir im Schatten hinter dem Backsteingebäude am Merrimack River geparkt haben. Zusammen mit sieben weiteren ehemaligen Fabrikgebäuden bildet es einen modernen Komplex aus Bars, Esslokalen, Geschäften und Büros. Der Club nimmt eine Ecke des Erdgeschosses ein, und daneben reihen sich Restaurants und Boutiquen, während in den oberen Stockwerken Architekten, Inneneinrichter und Anwälte untergebracht sind.

Es ist ein milder Herbstabend, die Leute stehen rauchend vor dem Club, lehnen sich in T-Shirts, kurzen Hosen und Röcken an die Backsteinwand. Die Mädchen tragen offene Sandalen. Aus der von Türstehern bewachten Metalltür pulsieren uns dröhnende Bässe und lautes Johlen entgegen. Die Clubbesucher scheinen auf der Tanzfläche gerade frenetisch die heutigen Headliner zu feiern: *Sons of Kalal.* Der Sänger wird per Megafon als »the one and only, M. C. Capone!« angekündigt.

Josi wirft mir eine silberne Piloten-Sonnenbrille zu, während er die Motorhaube seines Pick-ups umrundet. »Zieh die an, dann fällst du unter den jungen Hühnern nicht so auf.«

»Du bist doch genauso alt wie ich«, protestiere ich. Das

weiß ich, weil ich im Auto seinen Geldbeutel geöffnet und mir seinen Führerschein angesehen habe.

»Vielleicht wollte ich dich nur mal mit Brille sehen«, sagt Josi in nüchternem, teilnahmslosem Tonfall, aus dem ich nicht schlau werde. Möglicherweise weiß er selbst nicht, was er fühlen soll – Traurigkeit, Angst, Nervosität. Oder er hat genauso viele Probleme wie ich damit, in schwierigen zwischenmenschlichen Situationen das Richtige zu sagen.

Aber das tut jetzt nichts zur Sache. Wir befinden uns im Krieg. Ich brauche ein Telefon.

Wild entschlossen setze ich die Sonnenbrille auf.

Wir gehen hinein und finden uns inmitten einer beunruhigenden Menge aus tanzenden, hüpfenden Clubbesuchern wieder. Schweiß und Speichel überall. Ich überschlage in Gedanken das Risiko, sich hier Pfeiffersches Drüsenfieber oder eine Pilzinfektion einzufangen. Herpes simplex zu meiner Linken, Genitalwarzen zu meiner Rechten, Staphylokokken an der U-förmigen Bar in der Mitte und vier verschiedene Grippevirenstämme in der Warteschlange vor der einzigen Toilettenkabine. Und todsicher Hepatitis C direkt vor der mit Stroboskoplichtern bestrahlten Bühne.

Dank der hier vorherrschenden knappen Lycra-Kleidung erkenne ich die genauen Umrisse von ungefähr zwölf weiblichen primären Geschlechtsorganen. Es haben sich bereits zwei männliche Zwanzigjährige an meinem »süßen Knackarsch« gerieben, dabei habe ich gerade erst die Türsteher passiert und stehe noch im Vorraum.

»Hast die Jungs schon am Hintern kleben, nicht schlecht«, zieht mich Josi auf, allerdings auf die trockene, nüchterne Art, die er nicht mehr abgelegt hat, seit er mir vom Tod seiner Frau erzählt hat. Ohne jedes Lächeln.

Dabei scheint sein Gesicht mit dem Grübchen in der Wange zum Lächeln gemacht zu sein, wie man auf den Fotos in seiner Wohnung erkennen kann.

»Yeah, Leute, Lisa ist ein heißer Feger«, murmelt er und nickt dem dritten Kerl zu, der sich mir nähert, um mir zu zeigen, was für ein toller Hecht er ist.

Tja, Eva, von wegen Kellerhure.

Zum Glück verbirgt die Pilotenbrille meine Augen, denn ich spähe suchend umher und halte Ausschau nach einem Handy, das ich klauen könnte. Nachdem ich die überfüllte Tanzfläche gescannt habe, verwerfe ich die Mädchen mit den engen Lycra-Klamotten: Die haben nicht mal genug Platz für ihre eigenen Geschlechtsteile geschweige denn für ein Handy. Ungefähr zwanzig Prozent der Tanzenden tragen ihre Mobiltelefone in der Gesäßtasche mit sich herum. Etwa die Hälfte dieser Telefone schaut oben heraus.

Uncle Monk brüllt von der Bühne: »Yeah, Leute, Master Josi is in the HOUSSSSE! Komm hoch, Alter, wir killen ein paar Beats zusammen!«

Was ist das für eine Sprache?

Josi nimmt die Herausforderung zum Rap-Duell mit dem ersten authentischen Lächeln zur Kenntnis, das ich je bei ihm gesehen habe (ich habe die Unterschiede genauestens katalogisiert). Dieses Lächeln trifft mich völlig unerwartet. Ich unterdrücke das leichte Kribbeln, das es in mir auslöst, indem ich es in einem Meer aus Hass auf Eminenz und seine ekelhaften Kunden ertränke. Josi schlängelt sich unterdessen durch die dichte, pulsierende Menge zur Bühne durch. Ich bin auf mich allein gestellt.

Ein schneller, elektrischer Beat ertönt, *ra-ta-ta-tam, ra-ta-ta-tam*, gefolgt vom tiefen Einschnitt eines sirenenartigen Tons und dann einem E-Gitarren-Riff, das von einer Akustikgitarre begleitet wird. Dass Josi die Akustikgitarre in der Hand hält, ist eine weitere Überraschung. Und dann legen Uncle Monk und er los, liefern sich ein Reim-Duett über Verschwörungstheorien und stumpfsinnige, ferngesteuerte Menschen, die wie Schafe vor sich hin dämmern. Wie in Josis Tonstudio liegt der Geruch von Marihuana in der Luft, nur dass hier auch noch Schweiß und andere menschliche Ausdünstungen hinzukommen.

In meinem Übungsraum höre ich häufig Rapmusik, wenn ich nicht gerade bewusstseinserweiternden klassischen Klängen lausche. Ich weiß es zu schätzen, wie Hip-Hop-Beats einen in Wallung versetzen können. Meine Muskeln zucken und wollen die auswendig gelernten Selbstverteidigungsbewegungen ausführen, die ich zu Songs wie diesem trainiert habe. Mehrere Clubbesucher um mich herum berühren mich beim Tanzen, und ich kämpfe gegen den Ekel an, den der Gedanke an unseren sich vermischenden Schweiß in mir auslöst. Ich beschließe, dass ich mich am besten einfüge, um nicht unangenehm aufzufallen. Also strecke auch ich den Hintern raus, lasse die Hüften kreisen und suche Körperkontakt.

Kurz darauf entdecke ich das ideale Opfer vor mir in der Nähe der Bühne: eine Brünette, die es offenbar auf Uncle Monk abgesehen hat, denn sie legt sich gehörig ins Zeug, um seine Aufmerksamkeit zu erregen. Ihre Bemühungen werden belohnt, er unterbricht seinen Rap, zeigt mit einem anzüglichen Zwinkern auf sie und sagt: »Das hier ist für meine Kleine da drüben.« Die Brünette kreischt und zwinkert zurück, womit die beiden ihren Pakt, in dieser Nacht miteinander Geschlechtsverkehr zu haben, besiegeln. Ich schnappe mir unauffällig das Handy der

Brünetten, das an ihrem hüpfenden Hintern baumelt, und kämpfe mich zur Feuertreppe durch, wo die Musik ein Dezibel leiser zu sein scheint.

Auf dem Treppenabsatz hinter der Tür bleibe ich stehen und streife ungeduldig Josis Pilotenbrille ab. Es wird höchste Zeit, dass ich Liu anrufe. Irgendein Impuls veranlasst mich dazu, nach oben zu blicken: Über mir hängt in mehreren Metern Höhe ein zusammengerollter Löschschlauch an der Backsteinwand des Treppenschachts, der mithilfe eines daneben hängenden Eisenhakens erreichbar ist. Die Clubbetreiber müssen den Schlauch so hoch montiert haben, damit die angeheiterten Besucher keine Dummheiten damit anstellen. Oder es geht um Schutz vor Hochwasser, da das Gebäude direkt am Flussufer liegt. Ich habe keine Ahnung, und es ist mir auch egal.

Ich wende mich dem Handy der Brünetten zu und nehme erleichtert zur Kenntnis, dass es nicht verschlüsselt ist.

Als ich gerade Lius Nummer wählen will, kommt plötzlich Josi durch die Tür gestürzt. Ich drehe erstaunt den Kopf. Mir ist völlig entgangen, dass er aufgehört hat zu singen. Er ist so schwungvoll unterwegs, dass er gegen mich prallt, woraufhin mir das Handy aus der Hand rutscht. Es zerfällt in seine Einzelteile und geht aus. Zusammen mit der achtlos weggeworfenen Pilotenbrille bildet es eine Collage aus Metallschrott auf dem nackten Betonboden.

»Es sind Männer im Club, die offenbar nach dir suchen!«, ruft Josi, und ich spähe hinter ihm durch die halb geöffnete Tür. Zwei schwarz gekleidete Muskelprotze schlängeln sich durch die Menge und kommen immer näher. Es sind die dämlichen Schlägertypen aus Viebury Grove, dieselben Männer, die mich im Hühnertransporter zum Steinhaus gebracht und in der Scheune gefesselt haben. Loser 1 und Loser 2.

Geistesgegenwärtig greife ich nach dem Eisenhaken an der Wand, knalle die Tür zu und schiebe die Eisenstange gerade noch rechtzeitig durch den Türgriff. Loser 1 und Loser 2 reißen und rütteln auf der anderen Seite, woraufhin die Stange scheppernd gegen die Backsteinmauer und die Metalltür schlägt. Im Inneren des Clubs bringen die Hip-Hop-Beats weiterhin die Tanzfläche zum Vibrieren, das Jubeln der Menge schwillt immer wieder an und ebbt erneut ab. Zusammen bildet das alles einen akustischen Whirlpool auf der Feuertreppe, einen wilden, verrückten Klangteppich.

»Hau ab!«, rufe ich Josi zu und zeige auf den Notausgang. »Ich komme gleich nach.«

Er bleibt zögernd stehen.

»Na los!«

Er schiebt die Tür auf, geht die Stufen zum Parkplatz hoch und wartet. Ich überlege, ob ich ihn allein davonfahren lassen und mich von den Schlägertypen zurück nach Viebury Grove bringen lassen soll. Als ich durch das Fenster in der Metalltür in den Club spähe, sehe ich, dass die beiden Loser auf dem Weg zurück zum Haupteingang sind. Vermutlich wollen sie das Gebäude von außen umrunden. Ich muss mich vergewissern, dass sie Josi nichts antun, also stürze auch ich zur Hintertür hinaus.

»RENN!«, rufe ich Josi zu, und wir sprinten los. Zurück zum Pick-up können wir nicht, denn er steht in der Nähe des Haupteingangs. Also verlassen wir das Fabrikgelände und rennen in dichter bebautes Stadtgebiet.

Schneller, schneller, schneller, schneller!

So rasch wie möglich lassen wir mehrere Häuserblocks

hinter uns und nähern uns erneut dem gut getarnten Forschungslabor meines Vaters. Loser 1 und Loser 2 sind ein ganzes Stück hinter uns, holen jedoch auf. Ich überprüfe die Discs in meinen Taschen. Sie sind noch da.

»Schau, da vorne im Kongresshotel steht eine Seitentür offen. Lass uns dort hineinschlüpfen«, keucht Josi.

Das Hotel.

Ich folge ihm durch die Tür. Das geht schneller, als mit dem Kartenschlüssel für Vaters Laborgebäude herumzufummeln. Außerdem will ich Eminenz' Männer lieber nicht dorthin führen.

Im Inneren finden wir ein typisches Kongresshotel mit langen Fluren und zahlreichen Besprechungsräumen vor. Wir können entweder nach links abbiegen und den Gang entlang zu den Konferenzräumen flüchten oder geradeaus und dann um eine Kurve rennen, um an der Rezeption vorbei in den anderen Gebäudeteil zu gelangen. Wir entscheiden uns für die Konferenzräume, die heute alle zu einem großen Saal zusammengefügt sind, in dem sich Messestände voller Antiquitäten aneinanderreihen. Angeboten wird eine bunte Mischung an Liebhaberstücken: bemalte Schränke, Holzstühle in allen Variationen, Glasvitrinen mit primitiver und folkloristischer Kunst, Truhen und noch mehr Truhen, Teppiche und Steppdecken. Wie auf Nanas Dachboden in Savannah, wo sie ihre im Laufe der Jahre angehäuften Flohmarktfunde hortet, gibt es auch hier unzählige Versteckmöglichkeiten.

Ich höre Schritte, die sich vom Seiteneingang her nähern, und stecke vorsichtig den Kopf aus dem Konferenzsaal, um den Flur entlangzublicken. Loser 2 sucht nach uns, hält eine Waffe in der Hand und sagt etwas in ein Mikrofon an seinem Handgelenk, vermutlich zu Loser 1.

Der Hotelrezeptionist der Spätschicht hält offenbar gerade ein Schläfchen oder postet Selfies auf Facebook, denn niemand in diesem modrigen alten Kasten scheint sich auch nur im Geringsten für die Sicherheitslücke zu interessieren, die die offene Seitentür darstellt. Oder für die Tatsache, dass wir hier inmitten dieser antiken Schätze herumlaufen. Wenn ich die Veranstalterin der Antiquitätenmesse wäre, hätte ich ernsthafte Sicherheitsbedenken.

Der Konferenzsaal ist um diese Zeit dunkel und wird nur an einigen Stellen von orangerot leuchtenden Notausgang-Schildern erhellt, deren apokalyptisches Licht zum Inneren des Saals hin an Intensität verliert und nach und nach zu einem gedämpften Grau verblasst. Ich würde Purpurrot, Orangerot, Gelb, Dunkelgrau, Schwarz und Weiß wählen, um diese Szenerie zu malen.

Ich schiebe Josi weiter in den Saal hinein. »Wir müssen uns irgendwo verstecken«, flüstere ich ihm zu.

Während wir auf Zehenspitzen an den Messeständen vorbeischleichen, fallen mir jede Menge Gegenstände auf, die sich als Waffen oder Fluchthelfer verwenden lassen. Josi und ich verstecken uns hinter einem dunkelrot gestrichenen Eckschrank. Von einem Hochstuhl aus Eichenholz beäugt uns eine Porzellanpuppe von der Größe eines Kleinkinds mit großen, runden Augen. Unter ihren Porzellanhänden liegt ein Walfangmesser auf dem Tablett des Hochstuhls, ihr rechter kleiner Finger ist abgebrochen.

Ich habe als Kind nie mit Puppen gespielt. Vanty war meine erste Puppe, und er ist mir perfekt gelungen, ohne jede Vorübung.

Wir warten.

Halten die Luft an.

Warten weiter.

Dann reißt Loser 2 mit einem gewaltigen Ruck die Tür zum Saal auf und kommt mit Loser 1 im Schlepptau herein.

»Lisa, wir wissen, dass du hier drin bist!«, ruft Loser 2.

Ach, wirklich?

»Du kannst uns nicht entwischen. Deine Zeit ist abgelaufen«, übernimmt der dämliche Loser 1.

»Josi«, flüstere ich. »Geh du auf die andere Seite des Gangs und versteck dich dort. Los!«

Josi huscht geduckt und lautlos über den Gang und versteckt sich im gegenüberliegenden Messestand zwischen zwei großen Geschirrschränken.

Ich lauere mit dem Walfangmesser, das ich der Puppe abgenommen habe, im Schatten des roten Eckschranks. Wenn einer der beiden Loser zwischen uns den Gang entlangkommt, werden wir ihn von beiden Seiten gleichzeitig attackieren. Ich glaube nicht, dass er die Waffe ziehen und schießen wird, schließlich will Eminenz mich lebend. Wenn diese beiden Schwachköpfe mich töten, wird ihr Boss sie töten, so viel steht fest. Dass sie überhaupt Schusswaffen bei sich tragen, ist ein Indiz für ihre mangelnde Intelligenz.

Wieder überlege ich, ob ich mich stellen und gefangen nehmen lassen soll, damit die beiden Idioten mich nach Viebury Grove bringen können. Aber ich bin mir ganz und gar nicht sicher, ob Josi in seinem Versteck bleiben würde, wenn ich mich mitten auf dem Gang platziere und Loser 1 und Loser 2 herbeirufe. Vermutlich würde er ebenfalls herausspringen und sich erneut in mein Leben einmischen. Er ist nur Zivilist in diesem Krieg. Ich muss dafür sorgen, dass er heil aus der Sache herauskommt.

Acht Reihen von uns entfernt beginnt Loser 1, den ersten Gang entlangzugehen. Loser 2 nimmt sich unseren

Gang vor. Er bewegt sich langsam voran und richtet seine Waffe wiederholt auf die Schatten der Messestände. Einmal brüllt er eine Indianerskulptur aus Holz an, bis er erkennt, was er vor sich hat. Er kommt immer näher, nur noch fünf Messestände bis zu uns. Josi kauert sich tiefer zwischen die beiden hohen Geschirrschränke. Ich halte mein Walfangmesser hoch, bereit, es diesem Kerl in den Hals zu rammen, wenn er sich auf mich stürzt, oder es ihm von hinten in den Rücken zu stechen, falls er sich Josi vorknöpfen sollte. Das Messer hat eine dicke, schwarz verfärbte Klinge. Vermutlich ist es handgefertigt, wurde vor langer Zeit von einem Schmied über einem lodernden Feuer in Form geklopft.

Loser 2 ist jetzt nur noch drei Messestände entfernt. Loser 1 ruft im ersten Gang nach mir: »Lisa, deine Zeit ist um. Komm aus deinem Versteck!« Er hat es am weitesten von uns allen zum Ausgang, der direkt am Ende unseres Gangs liegt.

Dann ist es so weit: Loser 2 tritt zwischen Josi und mich, und ich halte die Luft an. Mir fällt auf, dass Josi auf eine Steckdosenleiste neben seinem linken Fuß starrt, die unter dem Geschirrschrank hervorragt. Ich beobachte, wie sein Blick einem Verlängerungskabel folgt, das in die Steckdosenleiste eingestöpselt ist. Auch ich will jetzt wissen, wo es hinführt, habe aber keinen so günstigen Blickwinkel wie Josi. Aus meiner Perspektive erkenne ich gleich mehrere elektronische Geräte entlang unseres Gangs, mit denen das Kabel verbunden sein könnte: verschiedene Lampen, eine Stereoanlage, einen großen Ventilator, einen Standlautsprecher. In der Steckdosenleiste steckt außerdem noch ein dünnes braunes Kabel, das seitlich an dem Geschirrschrank nach oben führt und eine altmodische PA-Anlage zum

Tätigen von Lautsprecherdurchsagen mit Strom versorgt, die ungefähr auf Brusthöhe in einem Fach des Schranks steht.

Josi erhebt sich aus seiner kauernden Haltung und bewirkt damit, dass sich Loser 2 zu ihm umdreht und mir den Rücken zukehrt. Mir fällt auf, dass die Steckdosenleiste jetzt rot leuchtet, Josi hat sie also vor dem Aufstehen eingeschaltet. Aber der Ventilator einige Stände weiter rührt sich nicht, genauso wenig wie die Stereoanlage oder die Lampen. Vielleicht müssen diese Geräte separat eingeschaltet werden. Oder es ist der Standlautsprecher, der mit dem Verlängerungskabel verbunden ist.

Ich stehe ebenfalls langsam auf, halte das Walfangmesser fest umklammert und beobachte Josis Gesicht.

Er drückt mit dem Ellbogen eine Taste der PA-Anlage, und obwohl sich seine Lippen scheinbar nicht bewegen, dringt aus dem Standlautsprecher am Ende des Gangs plötzlich eine hohe Frauenstimme: »Hier hinten bin ich, ihr zwei Idioten!«

Sobald Loser 2 verwirrt in Richtung Lautsprecher blickt, nimmt Josi die PA-Anlage und schlägt sie ihm fest gegen die Schläfe. Wir warten nicht, bis er zu Boden gesunken ist, sondern rennen los.

Im Handumdrehen sind wir aus dem Gebäude, ohne uns auch nur einmal umzublicken. Wir rasen in eine unbeleuchtete kleine Straße, und dann höre ich auch schon die Seitentür des Hotels aufgehen und einen der Loser nach uns rufen. Ich bin mir fast sicher, dass er nicht gesehen hat, in welche Richtung wir geflüchtet sind, aber wir sprinten trotzdem weiter. Ich bin immer noch fasziniert davon, dass Josi im Konferenzsaal nicht in Panik geraten ist, sondern sich seine Umgebung und seine Erfahrung als Soundbastler zunutze gemacht und die beiden Wachmänner an der Nase herumgeführt hat. »Du hast deine Stimme verstellt. Und bauchreden kannst du auch. Beeindruckend«, sage ich anerkennend.

Josi gerät nicht aus dem Laufrhythmus, als er schulterzuckend erwidert: »Was soll ich sagen, ich bin Musiker. Und ich kann gut mit meinem Mund umgehen.« Ich bilde mir ein, dass er mir zuzwinkert.

Dieser Mann ist nur ein Werkzeug in meinem Instrumentarium. Eine Etappe auf dem Weg zum Ziel. Sonst nichts.

»Hu!«, sagt er zu der dunklen Luft vor uns. Dann dreht er sich ruckartig um und blickt nach hinten. Ich tue es ihm gleich. Es ist niemand zu sehen, keine Loser, die uns verfolgen. »Die haben ihre Lektion wohl gelernt«, sagt Josi selbstzufrieden, während wir weiterrennen. Wir sind inzwischen weit vom Konferenzhotel entfernt, haben mehrere Ecken umrundet, und ich sehe immer noch niemanden hinter uns. Trotzdem sprinten wir so schnell wir können weiter.

»Wahnsinn!«, ruft Josi plötzlich und boxt euphorisch in die Luft. Ich merke ihm an, dass er voller Adrenalin steckt.

Auch Lenny hat diese Fähigkeit, unmittelbar zu zeigen, was in seinem Inneren vorgeht, in unkontrollierbare, unvorhersehbare Glückstaumel oder wütende Tornados auszubrechen. Ich bewundere diese Wildheit, für mich gleicht sie einer verheerenden, aber wunderschön anzusehenden Naturkatastrophe. Sie setzt irgendwelche chemischen Prozesse in mir frei, bewirkt, dass ich mich unwiderstehlich zu solchen Menschen hingezogen fühle. Sie sind das Gegenteil von mir, haben, was ich nicht habe: ungezähmte Gefühle.

»Yeah!«, schreit Josi und wirkt überhaupt nicht außer Atem, obwohl wir immer noch rennen und unseren Puls in die Höhe jagen.

Er ist so stolz auf sich, so glücklich. Wir sprinten weiter, und er hält mühelos Schritt. Plötzlich wird mir klar, dass dies meine Chance ist, es ihm zu sagen. Ein besserer Zeitpunkt wird sich nicht ergeben als dieser, in dem wir um unser Leben rennen, in dem wir in einer warmen Herbstnacht auf die Dunkelheit des Flussufers zustürmen, in dem Josi vor ungezügelter Leidenschaft glüht. Ich muss ihm die Wahrheit über sein Leben sagen, denn ich hasse es, wenn Menschen Irrtümern aufsitzen und an Unzutreffendes glauben.

»Du hast Rache genommen für deine Frau, für Carla, indem du eins dieser Arschlöcher mit dem Bohrer malträtiert hast, oder?«

»Oh ja, allerdings«, keucht er. Inzwischen atmet er deutlich schwerer. Ich blicke erneut über die Schulter und halte nach unseren Verfolgern Ausschau. Da ich immer noch keinen der beiden sehe, höre ich auf zu rennen und verstecke mich unter dem nächtlichen Schatten eines großen Baums. Josi merkt erst zehn Schritte später, dass ich nicht mehr neben ihm bin. Er bleibt stehen und kommt zurück. Auf Höhe des Baums zweigt eine schmale Gasse zwischen zwei Backsteingebäuden ab. Ich drehe mich so, dass ich Josi, der vor der Mündung der Gasse stehen geblieben ist, ins Gesicht sehen kann.

»Mach einen Schritt nach hinten, tiefer in die Gasse hinein«, fordere ich ihn auf.

»Warum?«

»Tu es einfach. Ich muss dich was fragen.«

»Ausgerechnet jetzt?«

»Ja, jetzt. Geh in die Gasse.«

Er betritt die Gasse und dreht sich zu mir um.

»Wie lange kanntest du Carla, bevor ihr geheiratet habt?«

»Ein Jahr.«

Ich blicke nach rechts. Die beiden Wachmänner sind immer noch nicht aufgetaucht. Ich stehe zwar im Schatten des Baumes, jedoch ohne Gebäudedeckung.

»Mach noch einen Schritt nach hinten«, verlange ich von Josi.

»Lisa, wir müssen weiter. Wir müssen zu Cassie, damit wir Abstand zwischen uns und diese Kerle bringen können.«

»Du kanntest deine Frau nicht vom Sehen, bevor ihr euch kennengelernt habt, oder? Sie kam völlig aus dem Nichts.«

»Nein, ich kannte sie nicht vom Sehen. Was soll das?«

»War sie es, die dich angesprochen hat?«

Josi schüttelt den Kopf und runzelt ungehalten die Stirn, scheint aber dennoch über meine Frage nachzudenken.

Ich warte.

»Ja. Na und? Sie kam in einem Buchladen auf mich zu.«

»Hat dir das Haus in Viebury damals schon gehört?«

»Ich hatte es kurz davor geerbt. Und weiter? Was soll dieser ganze Mist?«

»Deine Frau hat ihren Tod nur inszeniert. Sie hat dich ausspioniert, wollte herausfinden, wie viel du weißt und wie sehr es dich interessiert, was im Steinhaus vor sich geht. Und eine gute Tarnung hast du ihr auch geliefert: eine nette, junge, frisch verheiratete Frau, die mit ihrem Mann in Viebury lebt. In Wirklichkeit ist sie Velada und betreibt zusammen mit anderen dieses Gruselkabinett im Steinhaus. Du wurdest hereingelegt und missbraucht. Weil du das perfekte Haus besitzt.«

Josis Knie geben nach, er stützt die Hände links und rechts gegen die Backsteinmauern der schmalen Gasse. »Was?«, fragt er mit Wut in der Stimme, als wäre ich diejenige, die ihn hereingelegt hat.

Ich bleibe ruhig. Die Wahrheit ist auf meiner Seite. »Ich habe mich noch vor einem Monat mit ihr getroffen. Sie hat dich hinters Licht geführt. Sie ist nicht tot, sondern eine Lügnerin.«

»Für wen hältst du dich, verdammt noch mal? Sie ist tot. Wie kannst du es wagen … Sie ist tot! Der Gerichtsmediziner hat gesagt, es war …« Er hält blinzelnd inne, als würde ihm erst jetzt auffallen, wie lückenhaft der Obduktionsbericht war.

»Unter den Kunden dieser Leute befinden sich Richter. Polizisten. Glaubst du wirklich, die könnten nicht mühelos einen Gerichtsmediziner schmieren oder erpressen, damit er schreibt, was auch immer sie wollen? Die miesen Geschäfte dieser Verbrecherbande laufen schon seit vielen Jahren. Sie sind Meister ihres Fachs.«

»Wessen Leiche soll es denn dann gewesen sein?« Er bricht ab und sagt nach einer Pause: »Warte mal. Warte …« Mit gesenktem Kopf steht er da und denkt nach. Er scheint die Wahrheit schneller zu akzeptieren, als ich befürchtet hatte, vermutlich, weil gewisse Details schon vorher sein Misstrauen erregt hatten. »Die Leiche könnte von irgendeinem Mädchen gewesen sein«, flüstert er in meine Richtung, als müsste er mich überzeugen. Er sieht mich an, scheint mich jedoch nicht wahrzunehmen.

»Von einer Ausreißerin. Von einer anderen jungen Frau aus dem Steinhaus«, bestätige ich.

Josi murmelt vor sich hin, wiederholt immer wieder die gleichen Sätze: »Sie haben Carlas Shirt und ihr Armband zu den menschlichen Überresten gelegt … haben alle aufs Glatteis geführt … Carla soll mich reingelegt haben?«

Offenbar hat er noch immer nicht gänzlich verinnerlicht, dass Velada ihn angelogen und betrogen hat. Ich muss ihm auf die Sprünge helfen, denn uns bleibt nicht viel Zeit. Er muss bald von hier abhauen.

»Hast du je ihre Familie kennengelernt?«

»Sie sagte, sie hätte keine. Weil sie als Jugendliche davongelaufen sei.«

Ich erwidere nichts.

Josi blickt zu Boden. Als er wieder den Kopf hebt, erkenne ich aus dem Augenwinkel eine Bewegung zu meiner Rechten. Die beiden Loser sind um eine Ecke gebogen und kommen in unsere Richtung. Josi kann sie nicht sehen, er steht zu tief in der Gasse.

»Was ist denn da hinten? Wo schaust du die ganze Zeit hin?«, fragt er verärgert. Er macht einen Schritt nach vorn auf die Mündung der Gasse zu.

»Stopp!«, halte ich ihn schroff zurück. »Wenn sie dich sehen, bringen sie mich um.« Das ist natürlich eine Lüge. Wenn sie ihn sehen, bringen sie *ihn* um. Aber ich vermute, dass ihm sein eigenes Leben in diesem Moment nicht allzu viel bedeutet. Ich muss an das appellieren, was ich in ihm zu spüren glaube: den Drang, andere zu beschützen. »Wir müssen uns trennen«, fahre ich fort. »Geh jetzt. Geh weiter in die Gasse hinein und versteck dich. Wenn wir zusammenbleiben, sind wir beide in Gefahr. Versteck dich für die nächsten zwei Tage. Los!«

Trotz der Dunkelheit, die in der Gasse herrscht, erkenne ich, dass Josis Augen vor Zorn funkeln. Ich habe keine Ahnung, was er gerade empfindet oder denkt.

»Hau ab!«, brülle ich.

Er springt nach hinten, dreht sich dabei zur Seite und schüttelt den Kopf. Bevor er in die Gasse davonrennt, sagt er noch: »Du bist eine elende Lügnerin. Carla hat mich nicht reingelegt. Du kannst mich mal mit dieser ganzen Scheiße. Ich bin raus. Viel Glück bei dem Mist, den du da ausgeheckt hast.«

Ich blicke Josi hinterher, bis er verschwunden ist, und ziehe dann die beiden fleischfarbenen Discs aus der Tasche. Ich streife meinen rechten Schuh ab, entferne die Schutzfolie an der Unterseite der Discs und klebe mir beide an die rechte Fußsohle. Sobald ich meinen Schuh wieder angezogen habe und mir sicher bin, dass Josi über alle Berge ist, trete ich aus dem Schatten der Baumkrone und stelle mich in den Lichtkegel einer Straßenlaterne. Dann hebe ich die Hände. »Holt mich doch, ihr Arschlöcher!«

Die beiden Vollidioten kommen prompt angerannt. Loser 1 zieht seinen Metalldetektor hervor und tastet mich damit ab. Das Gerät piepst erneut an meinem rechten Fuß.

»Das ist nur wieder ihr Zeh. Lass uns gehen«, sagt Loser 2.

Und so geschieht es. Ich bin jetzt bereit, gefangen genommen zu werden. Also lasse ich mich gefangen nehmen.

KAPITEL VIERUNDZWANZIG

Lisa Yyland: Rosas Training

Sie nennen es das Spa: einen fensterlosen rechteckigen Kellerraum mit schmutzig weiß getünchten Betonziegelwänden im Steinhaus von Viebury Grove. Ich sitze auf einem Pediküre-Stuhl, und auf dem Stuhl neben mir sitzt Rosa. Vor uns befindet sich ein Tischchen, auf dem eigentlich die Nagelpflege-Utensilien liegen sollten, aber es wurden sämtliche als Waffe verwendbaren Gegenstände entfernt. Nur ein kleiner Karton mit Nagellackfläschchen ist übrig geblieben. In einer Ecke lehnt ein faltbarer Massagetisch neben zwei Klappstühlen. Ein blauer Vorhang teilt das Ende des lang gezogenen Raums ab. Dahinter liegen stapelweise Papiertücher.

Nachdem mich die Loser zurück nach Viebury gebracht haben, wurde ich in einen Raum gesperrt, in dem lediglich ein Schlafsack lag. Dort verbrachte ich den Rest der Nacht, den ganzen gestrigen Tag und die vergangene Nacht. Nachdem die beiden Trottel mich hineingeschubst hatten, ließen sie mir einen Eimer, einen vorgeschnittenen Laib Weißbrot und einen Krug Wasser da.

Heute Morgen holten sie mich wieder heraus und schleiften mich zu diesem Kellerraum mit den Pediküre-Stühlen. Und dann brachten sie Rosa zu mir. Heute ist der große Tag.

Ich soll »eine Bindung zu ihr aufbauen«, ihr vielleicht die Nägel lackieren und sie mir im Gegenzug von ihr lackieren lassen. Stattdessen trainiere ich sie, damit sie mir bei der Umsetzung meines Plans helfen kann.

Rosa ist eine Ausreißerin. Sie ist das Mädchen, das auf der Ladefläche des roten Lastwagens zu mir herübergeschrien hat. Sie hat schwarze Korkenzieherlocken und goldgesprenkelte braune Augen. Schwer atmend sitzt sie neben mir auf ihrem Pediküre-Stuhl und erholt sich von unserer letzten Übungsrunde. Wir trainieren schon seit Stunden. Rosa könnte auch Christine sein, Amy, Masie oder Molly. Rosa könnte Dorothy sein. Dorothy M. Salucci. Rosa könnte Melanie sein, Candy oder Eimer. Es spielt keine Rolle, warum Rosa davongerannt ist, warum irgendeins dieser Mädchen davongerannt ist. Rosa könnte schwarz sein, Latina, weiß, asiatisch, osteuropäisch, griechisch. Rosa könnte eine Mischung aus allem sein. Sie könnte groß, klein oder mittelgroß sein, eine klassische Schönheit oder eher eine ungewöhnliche Erscheinung. Rosa könnte drogensüchtig sein, eine Trickbetrügerin, unschuldig oder verdorben oder alles zugleich. Rosa ist fast immer zwischen dreizehn und siebzehn, auf der Flucht vor einer Kindheit, die keine war, auf der Flucht vor körperlichen und vor allem emotionalen Verletzungen. Rosa ist von ihren Eltern nicht mit einer großen Portion Selbstbewusstsein ausgestattet worden, so wie ich von meinen. Rosa könnte aber auch einfach nur eine ganz normale Jugendliche mit noch nicht ausgereiftem Gehirn sein, die einen verhängnisvollen Fehler begangen hat.

Wenn Rosa gerade erst auf der Straße gelandet ist, noch unerfahren und naiv, glaubt sie alles, was ihr derjenige erzählt, der ihr ein Dach über dem Kopf bietet, ein Bett und etwas zu essen. Manchmal hat sie durchaus den Willen, für ein besseres Leben kämpfen, aber ihr fehlen die Mittel, die Unterstützung und eine Kindheit, die ihr andere Optionen aufgezeigt hätte. Manchmal wird unsere Rosa, die jedes x-beliebige Mädchen sein könnte, entführt und unter Drogen gesetzt, geschlagen und gegen ihren Willen festgehalten. Und so fristet sie weiter ihr Dasein im Untergrund, lauert in Miniröcken an Straßenecken, in billigen Motels, versucht ihren Aufpasser, ihren Zuhälter zufriedenzustellen, einen Mann, der sie erst schlägt und ihr dann sagt, dass er sie liebt, der sie einmal im Monat zum Essen ausführt, nachdem er sie gezwungen hat, seinen Schwanz zu lutschen, und zwar mit so viel Elan, dass er denkt, er wäre zwischen all den Freiern etwas Besonderes.

Während meiner Vorbereitung auf diesen Tag habe ich mit zahlreichen Opfern von Menschenhandel in Frauenhäusern im ganzen Land gesprochen. Die Geschichte ist immer die gleiche, unterscheidet sich nur in einzelnen Details. Immer geht es um einen Kreislauf aus körperlicher Gewalt und knapp dosierter Belohnung, aus Peitsche und Zuckerbrot.

Normalerweise sorgt der Zuhälter dafür, dass Rosa drogensüchtig und dadurch gut kontrollierbar wird. Im Volksmund wird sie oft Hure genannt. Jeder hat sie schon gesehen, Rosa, die Hure. Sie ist überall. Sogar in den kleinen, scheinbar idyllischen Vorstadt-Einkaufszentren. Dort treibt sie sich zwischen den anliefernden Lastwagen oder bei den Mülleimern herum. Sie wird sich nicht an die adrette junge Mutter mit dem Volvo-Kombi und dem pastellfarbenen J-Crew-Pullover wenden, auch wenn sie es vielleicht gern möchte. Bestimmt würde sie sich gern neben den wohlgenährten Kindern der Mutter auf dem Rücksitz zusammenrollen, als wäre sie eins von ihnen, würde darum bitten, zu einer Beratungsstelle gefahren zu werden, um sich ihre Geschlechtskrankheit behandeln zu lassen. Die Öffentlichkeit stempelt sie als lästige Prostituierte ab, als Landplage. Ehefrauen geben ihr die Schuld an ihrer kaputten Ehe, an Krankheiten, man nennt sie einen Schandfleck in der sonst so ehrbaren Stadt. Manche sagen, Rosa hätte sich dieses Leben ausgesucht, würde sich freiwillig verkaufen, um an Geld und Drogen zu kommen. Diese Leute irren sich. Nichts von alldem trifft zu. Rosa ist ein junges Mädchen, ein Kind.

Es spielt keine Rolle, warum Rosa davongerannt ist. Sie könnte reich oder arm sein, einen Migrationshintergrund haben, Papiere besitzen oder nicht, könnte Amerikanerin sein, hübsch, hässlich, der Inbegriff von Perfektion. Völlig egal. Rosa ist ein Mensch, und irgendjemand hat es versäumt, diesen Menschen so aufzuziehen, dass er ein nützliches Mitglied der Gesellschaft wird oder zumindest sich selbst von Nutzen ist auf seiner eigenen, persönlichen Reise durchs Leben. Rosa ist ein kostbares Gut, das ungenutzt verkommt, und da ich nicht gern Ressourcen vergeude und wegen meiner geliebten Dorothy von tiefen Gewissensbissen geplagt werde und Melanie mich außerdem damit beauftragt hat, andere Mädchen in ihrer Situation zu retten, damit ihr viel zu kurzes Leben nicht völlig umsonst war, bin ich hochmotiviert, sämtlichen Rosas, die mir begegnen, zu helfen und ihre Qualen zu vergelten. Rosa ist Dorothy. Rosa ist Melanie. Aber Rosa ist nicht Lisa. Ich bin nur eine einfache Soldatin in ihrem Kampf.

Diese Rosa, die nun neben mir sitzt mit ihren schwarzen Locken und goldbraunen Augen, wurde vor drei Tagen entführt. Genauer gesagt ist sie vor drei Tagen freiwillig von zu Hause weggelaufen, weil ein Mann sie in einem Einkaufszentrum angesprochen und ihr in Aussicht gestellt hatte, sie in L. A. groß als Model herauszubringen. Das war's, so einfach ging das. Ein weit verbreitetes Lockmittel. Rosas alleinerziehende Mutter lachte nur, als sie von den Plänen ihrer Tochter hörte, und verwarf deren Vorhaben als albern. Natürlich widersetzte sich Rosa, schlich sich nach Mitternacht, als ihre überarbeitete Mutter auf dem Sofa eingeschlafen war, unter sich auf dem Boden ein voller Aschenbecher und eine auf der Seite liegende, leere Rumflasche, aus der Wohnung. Rosa ist erst sechzehn und völlig naiv. Und sie ist noch Jungfrau. Eminenz hat sie als sein Vergewaltigungsopfer für die Hummerbecken-Show auserkoren. Falls sie den heutigen Tag überlebt, werden er und sein Team sie süchtig machen nach Heroin und sie wieder und wieder an Freier verkaufen.

Wenn mein Plan aufgeht und wir diesen Leuten für immer das Handwerk legen können, wird unsere ganze Vorbereitung und Mühe zwar kaum eine Delle im weltweiten Geschäft mit Menschenhandel hinterlassen, aber es ist immerhin ein Anfang. Ein Puzzleteil nach dem anderen. Hat man einen Menschenhändlerring zerschlagen, macht man mit dem nächsten weiter. Man lässt niemals nach, niemals.

Jetzt, in diesem Moment, sitzt Rosa auf ihrem Pediküre-Stuhl in einem Kellerraum im Steinhaus von Viebury Grove. Gestern war sie auf einem Dachboden irgendwo in der Nähe versteckt – sie glaubt, es könnte in einem Golfclub gewesen sein – und die Nacht davor in einem anderen Keller in Maine. Wiederum eine Nacht zuvor ist sie an einer T-Kreuzung in Braintree eingesammelt worden, zu der sie ihr angeblicher Model-Agent zitiert hatte. Rosa will nach Hause.

Die einzige positive Nachricht an diesem Tag ist die, dass Kampfgeist in Rosas goldbraunen Augen funkelt und dass sie einen starken, kompakten Körper mit muskulösen Oberschenkeln hat – in ihrer Leichtathletik-Mannschaft ist sie Spezialistin für die 100- und 200-Meter-Sprints. Mit diesen Pluspunkten kann ich arbeiten. Falls mir Rosa vertraut. Ich muss ihr die Wahl lassen. Es bringt weder ihr noch mir etwas, wenn sie nicht voll hinter der Sache steht. Wenn etwas schiefgeht, wird eine von uns sterben, oder wir gehen beide drauf.

Ich werde Rosa also die Möglichkeit einräumen, jederzeit einen Rückzieher zu machen. Aber ich verspreche ihr auch: Wenn sie mir vertraut, wird sie diejenige sein, die diese Arschlöcher bezwingt. Ich habe vollstes Vertrauen in sie.

»Bist du bereit, es noch einmal zu versuchen?«, frage ich.

Wir sind jetzt seit neun Stunden zusammen in diesem Raum eingesperrt, ohne Fesseln. Loser 2 patrouilliert jenseits der geschlossenen Tür auf dem Flur. In diesen neun Stunden habe ich Rosa Versprechungen gemacht, Motivationsreden gehalten, ihr alles erklärt. Ich habe ihr verschiedene Tricks und Bewegungen gezeigt, die sie mehrmals an mir üben konnte. Sie ist jetzt fest entschlossen, kontrolliert ihren Körper und hat aufgehört zu weinen.

»Ja, versuchen wir es noch einmal«, antwortet sie.

Sie steht auf. Von dem schluchzenden und zitternden Häufchen Elend, das mir während der ersten zwei Stunden in diesem Raum unter Tränen seine Geschichte erzählte, ist nichts mehr übrig.

»Du weißt, dass du es schaffen kannst, stimmt's, Rosa?«

Sie antwortet nicht, wirft mir nur aus dem Augenwinkel

einen Blick zu und nickt. Plötzlich verzieht sich ihr Gesicht zu einer verzweifelten Grimasse.

»Ich hätte niemals auf diesen Kerl hören dürfen! Ich bin so dämlich! Meine Mutter hatte recht«, sagt sie. »O Gott, und jetzt werde ich sterben!« Ihre Stimme überschlägt sich.

Wir haben keine Zeit für erneute Gefühlsausbrüche, daher sage ich streng: »Rosa, stell dich in Position. Wir müssen das Ganze noch einmal durchgehen.«

Sie schnieft. Ihr Nicken wird entschlossener. »Schon gut, schon gut. Legen wir los.« Sie erhebt sich von ihrem Stuhl.

Ich fessle ihr die Hände hinter dem Rücken, wofür ich den Gürtel eines der beiden weitärmeligen Gewänder verwende, die man uns für heute Abend gegeben hat.

»Vertraust du mir?«, frage ich sie.

Sie nickt.

Eine schwarze Korkenzieherlocke verdeckt das Schimmern in ihrem rechten, goldgesprenkelten Auge, aber ihr linkes Auge funkelt unverdeckt gegen die feuchte Kälte dieses trostlosen Kellerraums an und offenbart einen tiefen Quell angeborener Intelligenz und erbitterten Trotzes. Intelligenz und Trotz sind Rosas größte Pluspunkte, und die werden wir uns zunutze machen.

Pluspunkte. Überall Pluspunkte, in Hülle und Fülle, in Gestalt von Menschen, von Gegenständen, von Sinneswahrnehmungen, von Licht, von Klang, von Geschmack, von Berührung. In Form von Schwerkraft, vom Weltraum, unter der Erde, auf der Erde, im Wind, erzeugt von mechanischer Bewegung. Überall Pluspunkte, buchstäblich überall, in jedem Quadratzentimeter des Planeten und über ihn hinaus, alles übersät von Pluspunkten.

Was für ein unaufgeräumtes, chaotisches Universum. Wunderschön. Laut. Leise. Voller Einblicke, Irrlichter, Sinnestäuschungen.

Rosa und ich trainieren noch eine volle Stunde, und sie wäre sogar bereit, noch länger weiterzumachen, aber ich merke ihr an, dass ihr alles wehtut. Also löse ich ihre Fesseln.

»Ruh dich aus. Du machst das sehr gut.«

Rosa und ich kehren zu unseren Stühlen zurück.

»Zeit, eure Essenswünsche zu äußern!«, ruft eine schroffe Stimme durch die Tür und schreckt Rosa und mich auf. Es geht los. Loser 2 betritt den Raum.

»Eminenz sagt, dass ihr essen dürft, was auch immer ihr wollt. Er sagt, ihr müsst etwas essen. Also bestellt, wonach euch ist. Du?«, fordert er mich auf.

»Eine Schüssel Mandarinen. Ungeschält. Ich will sie selbst schälen«, sage ich. »Wenn sie schon geschält sind, esse ich sie nicht.«

»Wie du willst. Und du?«, fragt er Rosa.

»Dasselbe«, antwortet sie.

KAPITEL FÜNFUNDZWANZIG

Henkersmahlzeit

Zwei Stunden später sitzen Rosa und ich immer noch in dem Raum mit den Pediküre-Stühlen. Eine Frau von etwa Mitte vierzig kommt herein, mit olivbrauner Haut und dicken, widerspenstigen Haaren. Sie klappt die zwei Stühle aus der Ecke auf und stellt sie rechts und links des Maniküre-Tischchens auf.

»Setzt euch hierhin«, sagt sie. Wir tun, was sie verlangt. Die Frau hat eine leicht gebeugte Körperhaltung und vermittelt den Eindruck, als wollte sie mir mit ihren Blicken etwas mitteilen. Was, ist schwer zu erkennen, weil ihr die Haare ins Gesicht hängen. Auch ihre Augenfarbe kann ich nicht ausmachen. Ich tippe auf Grün.

Eva kommt mit einer Schüssel Mandarinen herein und knallt sie mitten auf den Maniküre-Tisch. Eine Mandarine kullert heraus und rollt auf den Boden. Eva trägt an diesem Abend ein schwarzes hochgeschlossenes Kleid und darüber eine widerliche weiße Perlenkette. Mutter hat sich häufig über Perlen lustig gemacht. Sie hasste Perlen, und ich hasse sie auch. Mein Hass-Schalter ist weit geöffnet.

»Hier ist euer verdammtes Obst. Beeilt euch mit dem Essen. Ich muss euch bald das H spritzen, damit es rechtzeitig wirkt.«

Eva tätschelt eine Spritze, die aus ihrer Tasche ragt.

»Auf keinen Fall kommt ihr uns mit diesem Ding zu nahe. Wir sind beide allergisch«, stelle ich klar.

Eva lacht. »Ich bitte dich! Velada hat mir davon erzählt. Wir haben uns beide schlappgelacht.«

Bevor ich weiter protestieren kann, marschiert Eva wieder hinaus, und die leicht gebeugte Frau bleibt zögernd im Raum stehen. Dieses Mal ist der vielsagende Blick, den sie mir zuwirft, nicht zu übersehen. Sie hat tatsächlich grüne Augen, wie mein früheres Kindermädchen Gilma.

»Komm jetzt, Doris. Wir müssen alles vorbereiten«, blafft Eva sie an.

»Ich brauche einen Löffel«, sage ich zu Doris. »Anders kann ich Mandarinen nicht essen.«

»Heilige Scheiße«, knurrt Eva genervt.

Ich starre sie feindselig an.

»Also gut. Doris, hol ihr einen Löffel. Aber schnell.«

Als die beiden die Tür hinter sich geschlossen haben, flüstert Rosa: »Die sollen mir kein H spritzen. Was ist das überhaupt?« Ihre Stimme bebt.

»Heroin. Keine Sorge, ich kümmere mich darum. Deine Aufgabe besteht einzig und allein darin, stark zu sein und sämtliche Emotionen zu unterdrücken. Du musst dich auf deine Bewegungen konzentrieren. Verstanden?«

»Okay.«

»Nein, Rosa, nicht okay. Es geht jetzt ums Ganze. Ich muss mich auf dich verlassen können. Dir bleibt sowieso keine andere Wahl. Das ist dir doch klar, oder? Kein Zaudern, egal, was sie sagen oder tun. Keine Angst, du schaffst das. Du hast alles unter Kontrolle.«

»Ich weiß. Okay.«

»Wer hat alles unter Kontrolle, Rosa?«

»Ich habe alles unter Kontrolle.«

»Sag das noch mal.«

»Ich habe alles unter Kontrolle.«

»Noch mal.«

»Ich habe verdammt noch mal alles unter Kontrolle.«

»So ist es. Vergiss das nicht. Diese Leute sind dir weit unterlegen.«

Doris kommt ins Zimmer, um mir den Löffel zu bringen. Während sie sich vorbeugt, um ihn neben unsere Schüssel mit den Mandarinen zu legen, flüstert sie: »Ich wünschte, Ihre Mutter hätte meinen Hinweisen rechtzeitig nachgehen und diese Sache stoppen können. In Kolumbien war ich ausgebildete Krankenschwester.« Sie legt ihre Hand auf meinen Bizeps, umklammert ihn fest. Ihre Handfläche ist heiß. Sie lässt abrupt wieder los und verlässt hastig den Raum.

Noch während Doris hinauseilt und die Tür hinter sich schließt, überlege ich fieberhaft, was ihre Worte für uns bedeuten. Gleichzeitig kratze ich mit dem Löffel das Fruchtfleisch aus drei Mandarinen, wobei ich darauf achte, die Schalen weitgehend intakt zu lassen. *Doris ist also diejenige, die Mutter die E-Mail geschickt hat. Diejenige, die sich um die Mädchen in Veladas Gruselkabinett kümmert. Sie mag es gut gemeint haben, aber sie hat für jede Menge Chaos gesorgt und damit vielleicht unwissentlich Mutters Tod ausgelöst. Ich darf nicht noch mehr Chaos zulassen.*

Ich schiebe Rosa das Fruchtfleisch hin, damit sie es essen kann. Beim Auskratzen der Schalen gehe ich gründlich vor, denn es darf nichts von dem matschigen, säurehaltigen, feuchten Inneren der Frucht zurückbleiben. Ich wünschte, ich hätte genug Zeit, meine ausgehöhlten Mandarinenkugeln trocknen zu lassen.

Ich beuge mich zu meinem rechten Fuß hinunter und entferne den stabilisierenden Magnetring. Dann schraube ich meinen künstlichen Zeh ab, lasse die kleine, aber unendlich scharfe Klinge in seinem Inneren herausschnellen und schneide damit drei dicke einzelne Strähnen aus meinem Haarteil, das ich vorher herausgezogen habe. Nur diese Spezialklinge vermag es, derart schnell durch das hautähnliche Material zu schneiden, mit dem die Strähnen an meinem Hinterkopf befestigt waren. Ich achte darauf, dass ich nichts von dem Pulver verschütte, das im Inneren der Strähnen aufbewahrt war. Sie sehen jetzt aus wie dicke, aufgeschnittene Brausestäbchen. In jede der drei ausgehöhlten Mandarinen schütte ich ein anderes Pulver.

»Was machst du da?«, fragt Rosa, die mir neugierig zusieht, während sie das Innere der Mandarinen isst. »O Gott, was ist das da auf dem Tisch?« Sie hat meine Prothese entdeckt und schiebt erschrocken ihren Stuhl nach hinten.

»Nur ein künstlicher Zeh.«

Ich schraube den Zeh wieder an meinem Fuß fest und sichere ihn mit dem Magnetring.

»Hattest du in der Schule Chemie?«, frage ich Rosa.

»Ja, schon.«

Ich halte eine Mandarine hoch. »Borax. Erzeugt eine hellgrüne Flamme.« Ich greife nach der nächsten Mandarine. »Natriumchlorid. Erzeugt eine orangefarbene Flamme.« Ich nehme die dritte Mandarine in die Hand. »Kaliumchlorid. Erzeugt eine violette Flamme.« Ich lege die dritte Mandarine wieder zu den anderen und achte darauf, dass keine von ihnen davonrollt, während ich aus meiner Unterwäsche und dem Tank Top, das man mir gegeben hat, schlüpfe und nackt das rote, weitärmelige Gewand überziehe. »Es handelt sich natürlich um Konzentrate dieser Chemikalien, reinste Qualität, speziell präpariert. Wenn ich sie werfe, werde ich mir vorkommen wie bei einem Experiment im Chemie-Unterricht.«

Rosa starrt mich mit weit aufgerissenen Augen an und versucht, diese Information zu verarbeiten.

»Wenn du sie wohin wirfst? Ich komme nicht mehr mit«, gesteht sie.

»In die brennenden Kamine natürlich.«

Rosa kratzt sich am Kopf, ihre dunklen Locken wippen. »Hey, ich habe keine Ahnung, was du genau vorhast, aber es ist schon ziemlich abgefahren, dass du mit Chemikalien in den Haaren und einem künstlichen Zeh herumläufst.«

Ich widerstehe der Versuchung, mütterliche Gefühle für Rosa zu entwickeln. Stattdessen hake ich noch einmal nach: »Wer hat alles unter Kontrolle?«

»Ich.«

»Genau.«

Rosa schlüpft nun ebenfalls in ihr Gewand, während ich die drei mit Chemikalien gefüllten Mandarinen in der Kiste mit Nagellackfläschchen verstecke und mich dann daranmache, weitere Mandarinen aus der Schüssel zu essen. Eine gute halbe Stunde verstreicht, bevor Eva und Doris zurückkommen. Als sie die Tür öffnen, sehe ich, dass Loser 2 immer noch draußen Wache steht, diesmal mit einem AR-15-Sturmgewehr quer über der Brust.

Vollidiot.

Eva nimmt hinter dem Maniküre-Tischchen zu meiner Linken Aufstellung. Sie gibt Doris, die rechts von mir steht, eine aufgezogene Spritze. Ich bleibe sitzen.

»Doris«, fordert Eva die grünäugige Frau auf.

Doris nimmt die Spritze in eine Hand, und ich bemerke einen zusammengeknüllten Waschlappen in ihrer anderen Hand. Sie reißt meinen rechten Arm unsanft zu sich heran, sodass er für Eva nicht mehr sichtbar ist, und schiebt den weiten Ärmel meines Gewands bis zu meinem Bizeps hoch. Dann starrt sie mir in die Augen und zischt: »Wenn du dich auch nur einen Millimeter bewegst, geht es daneben.« Mein früheres Kindermädchen Gilma, das später Vantys Kindermädchen wurde, hatte genauso grüne Augen wie Doris. Auch die olivbraune Haut, den spanischen Akzent und den gebieterischen Tonfall haben sie gemeinsam. Wenn Gilma mich mit ihren grünen Augen ansah, hypnotisierte sie mich regelrecht und flößte mir pures, ungetrübtes Vertrauen ein. Jetzt lasse ich mir von Doris dieses Vertrauen einflößen, gebe mich diesem ursprünglichsten aller menschlichen Impulse hin. Ich bewege keinen Muskel. Kein Zittern durchfährt meinen Körper.

Doris presst ihren zusammengeknüllten Waschlappen von unten gegen meine Ellenbeuge und nähert sich mit der Nadel meiner Vena cephalica. Dann drückt sie den Spritzkolben herunter.

Ich beiße mir auf die Lippen, reiße meinen Arm jedoch nicht aus Doris' Griff. Sie entfernt die Nadel wieder und zieht den Waschlappen über die Stelle, auf die sie die Spritze gerichtet hatte.

»Drück den Lappen noch ein paar Sekunden auf die Einstichstelle«, rät sie mir barsch.

Ich komme ihrer Aufforderung nach.

»Ich hoffe, mit dem Arm meiner Freundin gehen Sie genauso vorsichtig um«, sage ich zu Doris.

»Ich bin Profi«, entgegnet sie. »Das kommt euch schmutzigen Flittchen jetzt zugute.«

Sie blickt zu Eva hinüber und lacht. Diese lässt den Blick durch den Raum schweifen, vermutlich um abzuschätzen, ob ich irgendwelche potenziellen Waffen gefunden und an mich genommen habe. Ein wenig abgelenkt, stimmt sie in das Gelächter ein.

Als Nächstes geht Doris zu Rosa hinüber. Ich nicke Rosa zu und hoffe, dass sie versteht, was ich damit meine: dass sie genau wie ich stillhalten und keinen Muskel bewegen soll. Sie zwinkert, um mir zu zeigen, dass sie die Sache durchschaut hat.

In diesem Moment werde ich von einer großen Leichtigkeit erfasst, einem euphorischen Flattern. Bienen summen in meinem Kopf. Ich lege den Schalter für Mordlust um und lächle siegessicher.

Doris hat die Nadel wie eine Illusionskünstlerin in den Waschlappen entladen und tut nun dasselbe bei Rosa.

Rosa hat alles unter Kontrolle.

Und ich habe meine chemischen Mandarinen präpariert, meine Wurfgeschosse.

Als Nächstes werde ich meine beiden Discs aktivieren.

Und dann. Geht es los. Macht euch. Auf etwas gefasst. Ihr Arschlöcher.

KAPITEL SECHSUNDZWANZIG

Lisa Yyland: Der Gang zum Hummerbecken

Ich schreite einen Kellergang mit Steinfußboden entlang, bin auf dem Weg zum Hummerbecken. Am Körper trage ich nur mein rotes Gewand mit den weiten Geisha-Ärmeln. Meine langen blonden Haare – im Rest des wieder befestigten Haarteils verberge ich einen fest zusammengerollten Gegenstand – fallen mir offen auf den Rücken. Ich gehe langsam und gleichmäßig dahin, passe meine Schritte dem dumpfen Rhythmus eines Rap-Songs an, zu dem ich viele Male trainiert habe: *In da Club* von 50 Cent.

Eine junge Frau, eine stumme Arbeitsbiene, wurde abgestellt, um mir vorauszugehen, und Loser 2 bedroht mich von hinten mit seinem AR-15, der idealen Waffe für feige, faule Idioten. Nur völlige Versager, die sich keinen Nahkampf zutrauen, benutzen solche Waffen, um ihre Gegner zu kontrollieren und einzuschüchtern. Die vor mir gehende junge Frau ist zart und schmächtig, eine Fruchtfliege. Von ihr lasse ich mich nicht dazu bewegen, meine Schritte auf dem Granitboden des Kellerflurs zu beschleunigen. Sie ist auch nur ein Opfer und will eigentlich nicht hier sein, das erkenne ich an ihrem entschuldigenden Blick. Ich gebe mich ganz dem Rhythmus der Musik hin, die nur ich höre, lasse mich von ihr motivieren und aufpeitschen. Wir biegen um eine Ecke, und ich sehe eine Steintreppe vor mir, die nach oben führt, immer höher und höher, bis wir »Dort oben« erreichen. Alles ist exakt so, wie Melanie es in ihren Notizen beschrieben hat.

Mit meinem roten Gewand, den Mandarinen, die wie Gewehrkugeln in meinem rechten Ärmel aneinandergereiht sind, und dem Brennen in meinem Körper bin ich selbst wie ein hell loderndes Feuer. Ich hoffe nur, dass Liu und Lola in Position sind. Herbeigerufen habe ich sie, indem ich unten im Pediküre-Zimmer den Isolierstreifen von der Batterie meiner Signal-Disc gezogen habe, die nicht mehr unter meiner Fußsohle klebt, sondern unter dem Maniküre-Tischchen. Durch das Signal weiß Liu, dass er die ringförmig platzierten Discs mit den aufgenommenen Geräuschen aktivieren muss, die ich vor einer Woche ums Haus verteilt habe, in derselben Nacht, in der Josi den »Zahnarzt« gespielt hat.

Die Discs locken Nagetiere, Fledermäuse und andere Schädlinge mittels einer für menschliche Ohren nicht wahrnehmbaren Tonfrequenz herbei. Die stärkste dieser Lockruf-Discs ist die, die ich aus dem Labor meines Vaters geholt habe und die jetzt an meinem Schulterblatt klebt.

Nachdem ich »Dort oben« erreicht habe, sehe ich als Erstes einen der steinernen offenen Kamine, die Melanie mir versprochen hat. Der Kamin ist rechts von mir. Und er brennt.

Ich spiele die Magierin, lenke mein Publikum ab, indem ich mit dem linken Finger schnipse, den Kopf nach links drehe und »Grün!« sage. Gleichzeitig lasse ich die erste Mandarine in meine rechte Hand kullern und werfe sie mit einer blitzschnellen, präzisen Bewegung ins Feuer. Die Flammen zischen, ich verlangsame meine Schritte, blicke nach rechts, und tatsächlich: Das chemische Experiment glückt, die Flammen scheinen zu explodieren und erstrahlen anschließend in einem hellen, leuchtenden Grün.

»Was ist denn jetzt los?«, ruft Loser 2 erschrocken hinter meinem Rücken. »Wie hast du das gemacht?«

»Ich habe nichts gemacht. Du hattest mich doch die ganze Zeit im Auge.«

»Geh verdammt noch mal weiter!«, herrscht er mich an, und in seiner Stimme liegen so viel Zweifel und Verwirrung, dass ich befürchte, dass er beim nächsten Kamin einen Herzinfarkt erleiden könnte.

Mehrere junge Frauen stehen herum und beobachten uns. Der Boden besteht aus alten Holzdielen, das ganze Interieur ist das eines typischen viktorianischen Hauses im Neuengland-Stil.

Liu habe ich ein wenig überlistet. Er denkt, dass er mir mit dem Knopf der Fernsteuerung, den er inzwischen gedrückt haben müsste, ein Vibrationssignal sendet, um mir mitzuteilen: *Wir sind in Position, du kannst beruhigt ins Hummerbecken steigen.* Er glaubt, dass er nach Aktivierung des Signals genau zweiundzwanzig Minuten warten und dann mit Lola das Gebäude stürmen soll, um die in der Falle sitzenden Zuschauer zu verhaften. Davon, dass er in Wirklichkeit die Discs mit den aufgenommenen Geräuschen aktiviert, hat er keine Ahnung.

Es geht weiter. Wir durchqueren den Raum mit dem zweiten Kamin, in dem, genau wie in Melanies Notizen dargelegt, ebenfalls ein munteres Feuer lodert. Mit exakt dem gleichen Ablenkungsmanöver werfe ich die zweite Mandarine und rufe nach links: »Orange!«

»Heilige Scheiße, bist du eine Hexe oder so was?«, stammelt Loser 2.

Die junge Frau vor mir verkneift sich ein Grinsen. Gut

möglich, dass sie die Bewegung meines rechten Handgelenks gesehen hat. Sie ist eindeutig auf meiner Seite, verbirgt ihre Reaktion jedoch so gut sie kann vor unserem Bewacher.

Dieser bohrt mir den Lauf seiner Waffe in die Wirbelsäule. »Was hast du verdammt noch mal gemacht?«

»Überhaupt nichts.«

»Weitergehen«, befiehlt er.

Die ringförmig platzierten Discs müssten inzwischen ihre Schallwellen aussenden und Ratten, Mäuse, Maulwürfe und andere im Erdreich Neuenglands hausende Tierchen herbeirufen, die anschließend von der Disc an meinem Rücken zu uns in den Raum mit dem Hummerbecken gelockt werden. Kriechend und krabbelnd werden sie sich durch Hohlräume und Löcher in dem alten Gemäuer ihren Weg bahnen. Ich hoffe, dass auch ein paar Fledermäuse herbeigeflogen kommen, die möglicherweise auf dem Dachboden hausen.

Und tatsächlich glaube ich bereits ein leises Kratzen hinter den Wänden wahrzunehmen. Keine der Frauen in dem Raum, den wir nun betreten haben, scheint es zu bemerken. Es ist der Raum mit dem dritten Kamin, und die Frauen beginnen, die breiten Kiefernholzdielen vom Boden zu entfernen, um mich ins Hummerbecken hinunterzulassen. Jetzt höre ich definitiv ein Scharren im Gemäuer.

Loser 2, das Arschloch mit dem AR-15, blickt sofort zum dritten Kamin und erwartet eine Farbveränderung. Er hat sich rasch konditionieren lassen – kein Wunder bei seiner dumpfen Wesensart. Abwartend bleibt er mitten im Raum stehen und dreht mir den Rücken zu. Ich werfe die dritte Mandarine an ihm vorbei, hechte zu Boden und trete im Fallen die Tür zu. Die Zeit, in der er die lila explodierenden Flammen bestaunt, nutze ich, um meine Beine herumzuschwingen und sie gegen seine Kniekehlen zu schlagen. Er knickt ein, und ich hole erneut aus und trete nach, einmal, zweimal. Während Loser 2 in sich zusammensackt, ramme ich ihm von oben den Ellbogen gegen den Schädel, schnappe mir sein dämliches Maschinengewehr, werfe es beiseite und reiße den Gürtel von meinem Gewand. Ich schlinge ihn um seinen Hals und erdrossle das Arschloch damit.

Dann schlüpfe ich aus meinem Gewand, greife nach dem Brileycon-Kanister, den ich vor dem Transport mit einem roten Punkt markiert habe, nehme erneut meinen künstlichen Zeh ab und schlitze mit der Klinge den Plastikkanister auf. Und da sind sie, die beiden Gegenstände, die ich dort platziert habe. Zum Schutz vor Manipulation habe ich sie mit unsichtbaren Siegeln versehen. Erleichtert stelle ich fest, dass sie unberührt sind. Keiner hat sich an ihnen zu schaffen gemacht. Ich blicke durch die Holzdielen nach unten, blicke hinab ins Hummerbecken.

Immer noch derselbe schäbige Glasbehälter wie im Video und wie von Melanie beschrieben.

Das bedeutet, dass ich nicht auf meinen Notfallplan zurückgreifen muss, um Rosa zu retten: mir das AR-15 zu schnappen und sämtliche involvierten Arschlöcher einfach zu erschießen. Stattdessen kann ich den Plan bis zum Ende durchziehen und die Zuschauer dieser kranken Show in flagranti erwischen.

Ich wende mich an die Frauen, die die Bleiche ins Becken gießen sollen. Sie starren mich mit offenen Mündern an.

»Wenn er sagt, ihr sollt Bleiche hineingießen, tut ihr es einfach, ohne Kommentar. Und lasst die Tür dort geschlossen«, flüstere ich.

Sie nicken.

Mit den beiden Gegenständen aus dem Kanister springe ich hinunter in den Glasbehälter, die Beine in genau dem richtigen Winkel gespreizt, die Knie beim Aufkommen leicht gebeugt. Zum Glück habe ich den Sprung in diesen beengten, mehrere Meter unter mir befindlichen Behälter zu Hause in Indiana ausgiebig geübt.

Mit einem dumpfen Knall lande ich auf dem Boden des Hummerbeckens.

Velada hat ihr Wort gehalten, was die Kanister angeht.

Hat sie Doris angewiesen, das Heroin daneben zu spritzen? Unklar.

Ich hebe den Blick, und sie steht vor mir, die einzige Anwesende im Zimmer. Sie bereitet den Camcorder vor, genau wie sie es schon vor zwanzig Jahren getan hat.

Sie ist in Position. Natürlich.

Velada nickt mir zu, und ich nicke zurück. In den Händen halte ich die beiden Gegenstände aus dem Kanister: zwei gewöhnliche Dosen Eisspray aus dem Baumarkt. Ich behalte meinen breitbeinigen Stand bei und richte die Öffnungen der Spraydosen auf die mit Klebstoff zusammengefügten vorderen Ecken des Plexiglasbehälters, in dem ich mich befinde. Aus der Nähe ist erkennbar, wie altersschwach und schlecht gebaut er ist. Mit beiden Händen gleichzeitig sprühe ich die Klebstofflinie entlang der beiden vorderen Kanten des Hummerbeckens ein, von ganz oben bis nach ganz unten, eine Bewegung, die ich ebenfalls zu Hause geübt habe. Eisspray kühlt Klebstoff auf Epoxidharzbasis rasend schnell herunter, sodass er Risse bildet und bröckelt. Bei diesem Klebstoff, der vermutlich uralt ist, wird es umso schneller gehen. Ich nehme einen zweiten Sprühvorgang vor, um ganz sicherzugehen. Dann werfe ich die leeren Dosen nach »Dort oben« zurück, das sich etwa eineinhalb Meter über meinem Kopf befindet. Einen Meter davon nimmt der Behälter ein. Sie landen sicher. Wenn alles schiefgeht, habe ich vor, im Parkour-Stil an den Wänden des Glasbehälters zurück nach oben zu klettern – eine ebenfalls häufig trainierte Technik, die ich jedoch nach wie vor nicht sicher beherrsche. Blitzschnell mit dem ersten Versuch hinaufzugelangen ist angesichts der Maße des Hummerbeckens, der glatten Wände und des halben Meters, den ich von seinem oberen Rand nach »Dort oben« bewältigen müsste, so gut wie unmöglich.

Velada bewahrt wie immer ein Feuerzeug in ihrer Gesäßtasche auf. Ich registriere es mit Erleichterung. Sie richtet ihren Camcorder auf die Tür und nickt.

Die Tür geht auf.

Loser 1, auch er mit einem feigen AR-15 vor der Brust, eskortiert eine Reihe nackter Männer herein, die allesamt lachen oder grinsen. Einige zeigen auf mich. Velada filmt alles mit. Ich höre einen der Männer sagen: »Auf diese Show haben wir lange gewartet, was, Jungs?« Ein anderer sagt: »Ich habe jetzt schon einen Steifen.«

Einer der Männer wirft einen unwirschen Blick auf Velada und ihre Kamera. »Muss das wirklich alles gefilmt werden?«

Ein Mitstreiter erklärt ihm: »Wir brauchen eine Garantie dafür, dass du hinterher Stillschweigen bewahrst. Dass gefilmt wird, wusstest du vorher, Bill.«

Jetzt haben wir euch im Sack. Beinahe. Ich brauche noch ein bisschen mehr, nur um auf der sicheren Seite zu sein.

Was mir Sorgen bereitet, ist die Tatsache, dass Loser 1 überraschenderweise bewaffnet ist. Melanie hat in ihren Notizen ausdrücklich geschrieben, der zweite Wachmann, der die Männer ins Zimmer bringe, sei unbewaffnet und scherze und lache mit den Kunden. Ich muss irgendwie Loser 1 und sein AR-15 loswerden.

Ich bin nicht länger ein loderndes Feuer wie außerhalb des Hummerbeckens. Ich bin jetzt schneidendes Eis.

In den alten Wänden höre ich deutlich die Nagetiere herumkrabbeln. Die Betonziegel, aus denen die Kellerräume in diesem Haus bestehen, sind im Hummerbecken-Zimmer mit Gipskartonplatten verkleidet, hinter denen sich vermutlich das Gerüst für den Glasbehälter befindet. Im Inneren dieses Gerüsts, hinter den Gipskartonplatten, vernehme ich kratzende Krallen und gierig fiepende Nagetiere, die die Geräusche aus meiner am Rücken befestigten Disc in Ekstase versetzen. Diese Geräusche sind eine Mischung aus Paarungslauten und Fressgeräuschen im Ultraschallbereich, die ganz auf die Vorlieben von Nagetieren und anderen Erdbewohnern ausgerichtet sind. Auch einige Laute, die Fledermäuse anziehen, habe ich mit eingearbeitet. Nahrung und Sex, unwiderstehliche Verlockungen für jedes Lebewesen.

Ich rechne nicht mit allzu vielen Tieren. Mir genügen ein paar wenige, um Chaos im Hummerbecken-Zimmer und in den oberen Etagen des Steinhauses zu stiften. Vielleicht fällt das Chaos aber doch größer aus als gedacht. In einem alten Gemäuer in Neuengland sollte einen das nicht überraschen.

Die widerwärtigen, lachenden nackten Männer werden zu einer kleinen Kammer hinter dem aufklappbaren Spiegel am Fußende des Betts gebracht – genau wie in Melanies Notizen beschrieben.

Ich beobachte die Männer durch meine langen Haare hindurch, die ich mir mit gesenktem Kopf vors Gesicht fallen lasse, um meine Identität zu verbergen. Das Eisspray nagt zischend am Klebstoff, giftige Gase steigen auf. Durch eisernes Training habe ich erreicht, dass ich bis zu zwei Minuten und zwölf Sekunden die Luft anhalten kann.

Die Männer werden rasch in den Hohlraum hinter dem Spiegel verfrachtet, in dem fünf Holzstühle auf sie warten, für jeden Zuschauer einer. Eva in ihrem schicken schwarzen Kleid mit der hässlichen Perlenkette betritt hinter Loser 1 den Raum und gesellt sich mit einer zweiten Kamera zu den Männern in den Wandschrank. *Mithilfe dieser Kamerabilder sind die Männer ein Leben lang vom Inneren Kreis erpressbar. Das Gleiche gilt für die Aufnahmen, die Velada macht.*

Velada filmt Eva, die wiederum die Männer im Wandschrank filmt und jeden von ihnen anweist, ihren Namen zu nennen, zu erzählen, wie sie an diesem Abend hergekommen sind, wie viel sie für die »Erfahrung« bezahlt haben und von welchem Bankkonto das Geld überwiesen wurde.

Sobald Eva damit fertig ist, sagt sie in die Runde: »Also gut, meine Herren, dann haben wir alle eine Abmachung?«

Die Männer nicken.

Der Spiegel wird zugeklappt. Was auf dem Verbrannter-Hummer-Video nicht sichtbar war, sind drei seitlich des Spiegels angebrachte Holzriegel, mit denen Velada nun den Wandschrank von außen verschließt. Seine Insassen sind eingesperrt.

Showtime.

Loser 1 zieht sich mit seinem AR-15 nach draußen hinter die Tür zurück, die er jedoch offen lässt. Wir warten alle. Ich bin begierig darauf, den Gegenstand aus meinen Haaren zu ziehen, der eng zusammengerollt in meinem Haarteil wartet. *Ticktack*, die Sekunden verstreichen, gleich ist es so weit. Ich bewege keinen Muskel, halte den Kopf gesenkt und lausche auf Eminenz' sich nähernde Schritte und auf das Ungeziefer in den Wänden.

Von den Zuschauern dringt kein Laut durch den Spiegel und die Glasscheibe des Hummerbeckens zu mir herein, lediglich das Scharren der Mäuse und Ratten ist zu hören, die mir immer näher zu kommen scheinen, unwiderstehlich angezogen von den Geräuschen, die die Disc an meinem Rücken aussendet. Ich lausche meinem eigenen Herzschlag, der langsam und gleichmäßig ist und den ich nur so laut und deutlich wahrnehme, weil ich immer noch die Luft anhalte.

Der letzte Atemzug ist zwei Minuten und zwanzig Sekunden her, deshalb hole ich rasch durch den Mund Luft.

Die verbleibende Wartezeit nutze ich, um über einen der wichtigsten Bestandteile meines Plans nachzudenken: den Ring aus ums Haus herum versteckten Discs zum Anlocken von Nagetieren und Fledermäusen. Auf die Idee kam ich, als ich 1999 das Fermilab in Illinois besuchte. Dort gibt es das Tevatron, einen unterirdischen Teilchenbeschleunigerring, mit dessen Hilfe Physiker Protonen und Antiprotonen beschleunigen und miteinander kollidieren lassen können, um Materiezustände und allerkleinste Strukturen in ihrem Inneren zu studieren, beispielsweise Quarks und andere Elementarteilchen. Ich verschmolz den Tevatron-Ring mit der Sage des Rattenfängers von Hameln, der mit seiner magischen Flöte sämtliche Mäuse und Ratten aus der Stadt lockt und anschließend seinen versprochenen Lohn nicht bekommt, woraufhin er wiederkehrt, um diesmal die Kinder der Stadt mit sich fortzulocken. Jede Legende enthält irgendwo einen wahren Kern, und ich vermute, der wahre Kern dieser Geschichte ist, dass sich mithilfe der Wissenschaft durchaus Lebewesen an gewisse Orte locken lassen. Und so ersann ich auf Basis des ringförmigen Teilchenbeschleunigers und des Rattenfängers mit seinen Flötentönen meinen Viebury-Lockring und ließ die Natur nach meiner Pfeife tanzen.

Ich werfe einen Blick zu Velada hinüber. Sie hält ihren altmodischen Camcorder in der Hand und nickt mir zu. Ich weise mit dem Kinn auf den im Flur stehenden Loser 1 mit seinem Sturmgewehr und hoffe, sie versteht meinen Wink: Wir müssen ihn irgendwie loswerden. Die schweren Schritte kommen näher. Nun beginnt es also. Ich ziehe den zusammengerollten Gegenstand aus meinem Haarteil.

KAPITEL SIEBENUNDZWANZIG

Lisa Yyland: Das Hummerbecken

Bei meinem Gang zum Hummerbecken wurde ich gedanklich von 50 Cents Gangsterrap begleitet, aber als ich nun im Hummerbecken stehe und auf Eminenz warte, übernimmt das wahre Musikgenie: Chopin. Seine *Nocturne in cis-Moll* setzt ein und bildet die Hintergrundmusik für den Tanz, den ich gleich aufführen werde. Ich vergewissere mich, dass meine Haare mir immer noch ins Gesicht hängen, damit die Beobachter hinter dem Spiegel mich nicht erkennen können. Auf diese Weise bleibe ich namenlos für sie. Meine Haare haben mir nun bereits mehrere wertvolle Dienste geleistet: Sie verbergen mein Gesicht, sie waren das Versteck für die drei Farbpulver, mit denen ich die Mandarinen gefüllt habe, und sie haben die Nylonmaske transportiert, die ich in den Händen halte: die Maske, die ich aus Shanghai mitgebracht habe – Eminenz' Maske.

Jeder Klavierton von Chopin entspricht einem von einem scharfen Messer langsam ausgeführten Schnitt, den ich vor meinem inneren Auge sehe – als würde der Pianist zärtlich den Tod umschmeicheln, als wäre die Musik ein blutiges Messer, das über einem Herzen erhoben wird, in das es anschließend tief hineintaucht. Ich gebe mich meinen mordlüsternen Fantasien hin, während ich reglos dastehe, nackt, Arme und Beine gespreizt wie auf da Vincis berühmter Zeichnung des vitruvianischen Menschen.

Mein Anblick ist als Warnung für die Männer gedacht, die hinter dem Spiegel eingeschlossen sind: ich, wie ich breitbeinig und völlig reglos dastehe, ganz anders als das vor Todesangst zitternde und schreiende Wesen, das sie erwartet haben. Die unteren Ecken des Plexiglasbehälters klaffen bereits an manchen Stellen auseinander, weil diese provisorische Konstruktion von Anfang an stümperhaft zusammengefügt war. Zusätzlich tut das Eisspray, mit dem ich den Klebstoff besprüht habe, zischend seine Wirkung und verursacht weitere Risse.

Die letzten Sekunden vor Eminenz' Eintreten entsprechen der brillanten Stille, die Chopin seinen Zuhörern schenkt, dem Verharren zwischen erstem und zweitem Akkord in seiner blutrünstigsten, sinnlichsten Komposition – wie ein Liebhaber, der über den Lippen einer sehnsüchtig wartenden Frau innehält, bevor er sich auf sie herabsenkt.

Velada hält ihre Kamera fester.

Die aufwühlenden, flatternden Klänge Chopins, die auf die Stille folgen, spiegeln die in mir aufwallende Energie wider, den prickelnden Reiz der Erwartung. Mit geschickten Fingern entrolle ich Eminenz' Maske, ohne die andere Hand zur Hilfe zu nehmen. Ich habe diesen Schritt so viele Male geübt, dass meine Finger mehrmals am Tag unwillkürlich die entsprechenden Bewegungen ausgeführt haben, beim Aufwachen, beim gedankenverlorenen Grübeln, unter der Dusche, beim Autofahren. Diese Maske zu entrollen ist so etwas wie ein Tick für mich geworden, ein fester Bestandteil meines Lebens.

Als der Moment gekommen ist, ziehe ich mir die Maske

mit einer einzigen fließenden Bewegung über den Kopf, ohne ihn zu heben. Ich blicke nicht zur Tür.

Sie knarrt beim Öffnen.

Ich höre die schweren Schritte hereinkommen.

»Was. Zur Hölle. Soll das? Meine Maske!«, brüllt Eminenz.

Ich hebe noch immer nicht den Kopf.

»Schau. Mich an. Sofort!« Er knallt die Tür hinter sich zu.

Ich hebe nicht den Kopf.

»Du schaust. Jetzt zu mir!«

Ich hebe nicht den Kopf.

»Was. Soll das. Sein, verdammt?! Ein schlechter. Witz? Mein Geschenk ein. Verdammter schlechter Witz? Das mich verhöhnt? Sich über mich. Lustig macht?«, schreit er und sieht dabei Velada an.

»Nein!«, ruft sie.

Wieder an mich gewandt, befiehlt seine aufgebrachte Stimme: »Du. Nimmst jetzt. Diese Maske ab!«

Ich hebe nicht den Kopf.

»Sag Brian, er soll nach ›Dort oben‹ gehen und diesem anderen Mistkerl helfen, sie unter Kontrolle zu bringen«, rät Velada ihrem Bruder.

Eminenz, der Rosas Arm so fest umklammert hält, als wollte er ihn durchbrechen, dreht sich zur Tür, reißt sie auf und weist Brian, alias Loser 1, an, nach oben zu gehen und mich gefügig zu machen. Dann knallt er erneut die Tür zu und brüllt: »Bleiche!«

Bleiche fließt ins Hummerbecken. Als sie wieder versiegt, reicht sie mir ungefähr bis zu den Fußknöcheln. *Kein Problem. Ich bin nicht mehr lange hier drinnen, die Verätzungen werden also oberflächlich bleiben.*

Inzwischen höre ich auch die Männer hinter dem Spiegel. Sie feuern Eminenz an, unterhalten sich laut, sind voller Erregung.

Jetzt haben wir euch, mehr in flagranti geht nicht, ihr Wichser. Der Rest ist das Sahnehäubchen auf der Torte.

Rosa windet sich kreischend in Eminenz' Griff. Sie schreit und weint.

Der Klebstoff wird immer bröseliger, es fallen schon einzelne Brocken ab.

Ich hebe zum ersten Mal den Kopf und richte den Blick allein auf Rosas goldbraune Augen. Sie erwidert meinen Blick. Das ist ihr Signal. Wie eine zustoßende Viper stampft sie mit dem Fuß auf Eminenz' nackte gleich lange Zehen und lässt sich rasch nach unten gleiten, wodurch sie, genau wie vorher einstudiert, seine Umklammerung durchbricht.

Rosa sollte Schauspielerin werden: von Tränen keine Spur mehr.

Nachdem sie sich aus Eminenz' Griff befreit hat, nimmt die nackte Rosa auf dem Boden die kauernde Stellung eines Frosches ein. Sie hüpft nach vorn, macht mitten im Sprung eine Drehbewegung und fegt Eminenz mit ihren Beinen nach Jiu-Jitsu-Manier um, zieht ihm die Füße unter dem Körper weg.

Während Rosa dieses Zauberwerk vollbringt, weiche ich an die Rückwand des Hummerbeckens zurück, presse den Rücken dagegen und stemme die Füße gegen die vordere Glasscheibe. Ich drücke mit aller Kraft, setze dic Füße neu und drücke erneut. Beim vierten Drücken fällt die Glasscheibe nach vorn um, hängt nur noch an einzelnen Klebstoffinseln am unteren Rand. Rosa rollt sich seitlich zur Wand hin ab, springt auf und rennt zur Tür hinaus.

Insgesamt dauert das ganze Manöver nicht mehr als acht Sekunden.

Ich wünschte, Eminenz könnte die liebliche Melodie in meinem Kopf hören, die all dies begleitet. Seine Schritte in den Raum hinein, sein fassungsloser, aggressiver Schrei, sein Sturz nach Rosas Jiu-Jitsu-Manöver – es ist, als hätte auch er all die Jahre mit mir zu den Klängen von Chopins *Nocturne* trainiert.

Wir sind Tanzpartner, Eminenz. Du und ich.

Das bisher gedämpfte Kratzen der Nagetiere und das kaum hörbare Flügelschlagen der Fledermäuse werden lauter. Ich habe die leistungsstärkste meiner Discs in den Raum hineingeworfen, habe sie mir vom Rücken gerissen, als die Glasscheibe fiel. Schallwellen dringen durch verborgene Löcher und Ritzen in den Wänden und üben ihre unwiderstehliche Wirkung auf die piepsenden und scharrenden Tierchen aus. Über uns in den oberen Stockwerken bricht Chaos aus, alle laufen durcheinander, nehmen kreischend Reißaus vor den Nagetieren. Und dann ist es so weit: Einige dieser wunderbaren Geschöpfe dringen in das Zimmer mit dem Hummerbecken vor, und auch den Hohlraum hinter dem Spiegel müssen sie inzwischen erobert haben, denn ich höre die nackten Männer in ihrem Gefängnis schreien.

Ich hatte keine wild herumirrende Meute aus Tausenden Ratten und Fledermäusen erwartet, wie sie Batman in *The Dark Knight* herbeiruft. Das ist Science-Fiction. Bei meiner realen, auf wissenschaftlichen Erkenntnissen beruhenden Art des Anlockens von Ungeziefer rechne ich mit insgesamt etwa ein Dutzend Fledermäusen, Ratten und Mäusen sowie anderen in Neuengland lebenden kleinen Tieren wie Maulwürfen und eventuell sogar dem einen oder anderen Streifenhörnchen. Ich schätze, dass im gesamten Gebäude, das angesichts seines Alters und der zugigen Wände vermutlich längst von Schädlingen befallen war, höchstens fünfzehn Tierchen herumkrabbeln oder -fliegen, aber man braucht keine riesige Horde Ungeziefer, um ein Haus, in dem sich hauptsächlich Frauen befinden, in Panik zu versetzen. Dafür genügt schon eine einzige Ratte.

Just in dem Moment, als ich aus dem Becken springe und auf dem Bett lande, kommt hinter mir eine Fledermaus von »Dort oben« heruntergeflattert. Eminenz liegt immer noch auf dem Boden, nachdem Rosa ihn zu Fall gebracht hat. Die aus dem Becken fließende Bleiche hat mittlerweile sein Gesicht erreicht.

Nach meiner Landung auf dem Bett verharre ich mit gesenktem Kopf in nach vorn gebeugter, kauernder Haltung. Meine langen Haare verteilen sich um mich herum auf der Matratze. Ich wölbe den Rücken und präsentiere ihn in seiner ganzen Pracht. Nur Velada und Eminenz können ihn sehen, keiner der Zuschauer. Es ist der Moment, in dem ich meine neue, wahre Identität offenbare, ein vor allem an Velada gerichteter Fingerzeig, die neben mir steht, zwischen Bett und Wand. Sie glaubt vermutlich, ich würde in dieser kauernden Haltung verharren, um ihr Zeit zu geben, meine neue Identität zu verarbeiten, doch auch dies ist nur ein Ablenkungsmanöver, denn jedes Molekül meines Körpers, jede tätowierte Faser meines Rückens, jede Sekunde, die ich so auf dem Bett kauere, dient einem bestimmten Zweck. Nachtfalter und Fledermäuse bekriegen sich seit sechzig Millionen Jahren. Velada ist eine Fledermaus, ich bin ein Actias luna. Sie steht reglos da, wie gebannt von meinem Sprung, wie gelähmt von dem Bild auf meinem Rücken. Davon, dass ich mit der rechten Hand nach unten greife, um das Fleischermesser unter der Matratze hervorzuziehen, wo es immer schon bereitlag, bekommt sie nichts mit.

Vorher war ich eine einfache Raupe. Eine Puppe. Eine Larve. Ich reifte in einem Kokon heran, und alle dachten, ich hätte mich eingesponnen und würde auf meinen Jäger warten, ein fügsames Opfer. Doch ich bin wie der Nachtfalter im Mondlicht, der der Fledermaus einen Streich spielt, habe meine Flügel entfaltet und bin in meine neue, endgültige Gestalt geschlüpft. Ich hole tief Luft, fülle meine Lunge auf, denn für das, was jetzt kommt, brauche ich Sauerstoff im Blut. Am Scheitelpunkt des Atemzugs strecke ich den Rücken und dehne meine Haut, zeige jedes noch so feine Detail des Actias luna. Mein Meistertätowierer hat Wochen damit verbracht, mich mit Nadelstichen zu quälen und meinen Nachtfalter zu erschaffen, dessen ausgestreckte Flügel von Schulterblatt zu Schulterblatt reichen und dessen trügerischer Doppelschwanz links und rechts meiner Wirbelsäule verläuft und oberhalb meines Steißbeins endet. Mein Actias luna ist blaugrün, seine Augen sind schwarz umrandet, sein gespaltener Schwanz und seine Flügel werden von einem wunderschönen, rötlichen Violett umsäumt, und seine Fühler sind schwarz. Er ist kein kleiner schwarzer, rasch auf die Hand tätowierter Schmetterling. Der Actias luna auf meinem Rücken ist ein Statement. Pure Kraft. Meine Metamorphose ist vollendet.

Eine Ratte und eine Maus huschen lautstark piepsend im Raum umher, und die Fledermaus zieht unermüdlich flatternd ihre Kreise. Überall um mich herum höre ich Schreie, im Zimmer, hinter dem Spiegel, Füße scharren,

Beine werden hochgezogen. Eminenz windet sich auf dem Boden, schüttelt heftig den Kopf, wischt sich die Bleiche vom netzartigen Augenausschnitt seiner Maske. Er blickt wild im Raum umher, registriert die Tiere, das Geschrei, die Geräusche, die von »Dort oben« herunterdringen. Dann sieht er mich auf dem Bett kauern, mit dem Fleischermesser in der Hand und einem riesigen Nachtfalter auf dem Rücken. Ich habe Chaos im Gepäck, ein Chaos, das ich kontrolliere. Für mich ist es pure Ordnung.

Ich springe auf beide Füße, wobei ich die Knie beuge, um auf der weichen Matratze die Balance zu halten. Das Messer halte ich in der rechten Hand.

Ich mache einen Schritt auf Velada zu, die unter Schock zu stehen scheint und mit weit geöffnetem Mund hin und her hüpft, um der Ratte und der Maus auszuweichen. Die beiden Nagetiere sitzen in der Falle, suchen verzweifelt nach einem Sexualpartner oder Futter. Die Fledermaus schlägt unterdessen aufgebracht mit den Flügeln, und Eminenz verscheucht sie wütend von seinem Gesicht. Er hat sich inzwischen auf die Knie erhoben. Die Männer hinter dem Spiegel schreien und hämmern von innen gegen die Tür.

Ich packe Velada bei der Schulter, drehe sie von mir weg und schnappe mir ihr Feuerzeug aus der Gesäßtasche.

»Halte die Kamera auf den Spiegel und rühr dich nicht vom Fleck«, rufe ich ihr zu, bevor ich mich auf dem Bett von ihr wegrolle, das Feuerzeug in der einen, das Messer in der anderen Hand. Ich lande auf der gegenüberliegenden Seite, springe breitbeinig auf den Boden und blicke auf Eminenz hinunter.

Der ganze Ablauf – von meinem Sprung aus dem Hummerbecken über die Präsentation meiner Tätowierung und das Herausziehen des Messers bis zum Schnappen des Feuerzeugs – hat nur knapp zehn Sekunden gedauert. Genau wie bei meinen 3488 Trainingsdurchläufen.

Dass Rosa es tatsächlich geschafft hat, meine Anweisungen auszuführen und Eminenz mit ihrem Froschsprung samt Beinschlag zu Fall zu bringen, ist ein willkommener Bonus. Ich hatte beinahe damit gerechnet, dass sie in letzter Minute einknicken würde und ich auf meinen Plan B zurückgreifen müsste: aus dem Glasbehälter zu springen, mir das Messer zu schnappen und es Eminenz in den Kopf zu rammen, um Rosa aus seinen Fängen zu befreien.

Ich husche zum Lichtschalter und lösche das Licht, damit die Männer nicht sehen können, was jetzt kommt.

Ich weiß genau, wo Eminenz ist, und ich weiß, dass er wieder auf den Beinen ist und die Fledermaus nicht mehr vor seinem Gesicht herumflattert. Er ist solch ein Koloss, dass er fast den gesamten Raum zwischen Bett und Wand einnimmt, ich muss also nur beim Lichtschalter neben der Tür stehen bleiben und warten. Weil er sich nicht kontrollieren kann, macht er prompt im Dunklen einen Satz auf mich zu, und ich packe ein Stück seiner Maske und zünde es mit Veladas Feuerzeug an. Sofort geht die gesamte Nylonmaske in Flammen auf, und er springt erschrocken nach hinten. Sein lodernder Kopf leuchtet wie eine Fackel in der Dunkelheit, und das Kunstfaser-Material verschmilzt mit seinen Haaren und seiner Kopfhaut, vermischt sich mit der Bleiche vom Boden, die es aufgesogen hat. Eminenz versucht verzweifelt, die Maske auszuziehen, und poltert im Raum herum wie ein wild gewordener Stier.

Das ist nur Phase eins deines qualvollen Todes, du Arschloch.

Ich schalte das Licht wieder ein.

»Dein Bruder hat sich selbst als Brandopfer dargebracht«, sage ich zu Velada.

Laut meiner Schätzung werden Liu und Lola in etwa fünf Sekunden den Raum stürmen. Ich höre Liu bereits im Erdgeschoss die Haustür eintreten, woraufhin einige Frauen schreiend davonrennen.

Als Nächstes ertönt ein Schuss, was bedeutet, dass Liu oder Lola auf Loser 1 alias Brian geschossen hat, den einzigen Wachmann, der noch am Leben ist. Da keine Salve aus einem AR-15 folgt, gehe ich davon aus, dass der Schuss tödlich war.

Brian ist Geschichte.

Ich gehe auf den Spiegel zu, hinter dem sich die Zuschauer befinden. Hinter mir rennt Eminenz kopflos gegen die Wände und das Bett.

»Filme bitte für einen Moment den Boden«, flüstere ich Velada zu.

Sie kommt meiner Bitte nach und richtet die Kamera auf den Boden. Mir fällt auf, dass sie weder zuckt noch zittert, obwohl gerade das Gesicht ihres Bruders verbrennt.

Nackt bis auf meine schwarze Maske stelle ich mich vor die Zuschauer, breitbeinig und unerschrocken, mit ausgestreckten Armen und langen blonden Haaren, die unter der Maske hervorquellen. Zum zweiten Mal bin ich vor diesen Männern da Vincis vitruvianischer Mann. Aber ich bin kein Mann, ich bin eine Frau. Und ich bin ein Nachtfalter. Ich bin diejenige, die hier die Macht innehat, während sie völlig machtlos sind.

Polternde Schritte nähern sich der Tür. Na also: Lius Sorgen waren unbegründet, genau wie ich gesagt habe. Ich hätte natürlich auch im Hummerbecken bleiben und abwarten können, bis die beiden eintreffen. Aber dann hätte ich meine vielen, über die Jahre gesammelten Pluspunkte und Fähigkeiten nicht zum Einsatz bringen und meine kunstvoll choreografierte Darbietung nicht in die Praxis umsetzen können. Und was, wenn ich brav im Hummerbecken gewartet hätte und Liu und Lola nicht gekommen wären, um mich und Rosa zu retten? Irgendetwas hätte schiefgehen und verhindern können, dass sie rechtzeitig eintreffen. Und das wäre fatal gewesen, denn dann wären kostbare Sekunden verstrichen, und Rosa wäre womöglich doch vergewaltigt worden. Nein, ich hätte nicht auf Liu und Lola warten können, selbst wenn ich gewollt hätte.

Ich springe wieder hoch aufs Bett und wickle das Bettlaken wie eine Toga um mich. Eminenz krümmt sich neben mir vor Schmerzen und versucht immer noch, dem Feuer zu entkommen. Velada richtet die Kamera wieder auf den Spiegel.

Liu stürmt herein, rennt zu Eminenz, löscht die Flammen mit seiner Anzugjacke und fesselt seine Handgelenke mit Kabelbindern. Dann lässt er den Blick über mich mit meiner Toga und meiner Maske schweifen, über Velada mit ihrem Camcorder, nimmt die Ratte, die Maus und die Fledermaus wahr, sieht das Feuerzeug auf dem Boden, das Fleischermesser in meiner Hand. Sein Blick ist voller Entsetzen, wie damals, als er mich vor achtzehn Jahren zum ersten Mal sah, gefangen in einem Auto, das in einem mit Wasser gefüllten ehemaligen Steinbruch auf den Grund sank, während mein Kidnapper bewusstlos neben mir saß.

Heute erkenne ich in seinem Blick auch eine stumme Anerkennung der Tatsache, dass ich ihn hinters Licht geführt habe, als ich ihn glauben machte, der Plan bestehe nur darin, diese Arschlöcher in die Falle zu locken.

Apropos Arschlöcher. Als Nächstes sind die Zuschauer an der Reihe.

Lola schießt auf eine Ecke des Spiegels, zertrümmert das Glas, das in Splittern zu Boden fällt.

Dahinter kommen Eminenz' Kunden zum Vorschein, fünf an der Zahl, allesamt nackt. Eva drängt sich ganz hinten in eine Ecke. Zwei Ratten huschen zwischen den Holzbeinen der Stühle herum. Alle fünf Männer sitzen zitternd da und bedecken ihre Blöße mit den Händen. Lola steht vor ihnen und richtet die Waffe auf ihre Gesichter, an ihrem Kopf ist eine GoPro-Kamera befestigt. Auch sie filmt alles mit. Velada steht mit dem Camcorder hinter ihr. Und Evas Kamera werden wir noch sicherstellen. *Keiner dieser Drecksäcke kann sich jetzt noch herausreden.*

Liu gesellt sich zu Lola, nachdem er den gefesselten, keuchenden, vor Schmerz fast bewusstlosen Eminenz in einer Ecke zurückgelassen und ihm die verkohlten Reste der Maske von Nase und Mund entfernt hat, damit er atmen kann. Ganze Hautpartien von Hals und Gesicht sowie ein Teil der Haare sind mit dem Nylonstoff verschmolzen. Geschwächt fällt Eminenz zur Seite und krümmt sich in Embryonalstellung zusammen, jammert leise vor sich hin.

Gut.

Liu und Lola richten nun beide ihre Waffen auf die fünf Zuschauer und Eva im Wandschrank. Sie befehlen den Männern, sich auf ihre Stühle zu stellen und dort reglos zu verharren.

Lola spielt die Moderatorin unserer kleinen Verhaftungsshow und ruft euphorisch: »Hände in die Luft, Jungs! Sagt Hallo zu euren Fans!« Die protestierenden Rufe und das Stühlescharren der Männer können nicht verhindern, dass sie ihre Aufforderung noch zweimal donnernd wiederholt. Sie ist die Gebieterin über die plötzlich gar nicht mehr so arrogant und selbstgefällig wirkenden Zuschauer und fängt an, wie ein General vor ihnen auf und ab zu gehen, wobei die Sohlen ihrer schwarzen Stiefel über das Spiegelglas auf dem Boden knirschen. »Guten Abend, Botschafter Howell. Hören Sie auf, sich die Kronjuwelen zu halten, und heben Sie schön wieder die Hände. Ihr Vortrag über familiäre Werte letzte Woche war wirklich toll. Sie erinnern sich doch: der Vortrag, in dem Sie gegen die gleichgeschlechtliche Ehe wetterten und sie als unchristlich verunglimpften.« Lola hält inne und schnalzt mit der Zunge. »Glauben Sie, Ihre eigene Familie empfindet es als christlich, dass Sie sich in einem Wandschrank einen runterholen, während ein anderer Mann Frauen vergewaltigt und tötet? Ist es das, was sie mit Familie und Werten meinten? Ich bin ein wenig verwirrt.« Lola hält erneut inne, und ich bewundere ihren beißenden Sarkasmus. Sie knöpft sich den nächsten nackten Mann vor: »Hallo, Möchtegern-Senator Falsenhoff. Das wird jetzt wohl nichts mehr mit Ihrer Wahl zum Senator, was? Ich habe Sie vorgestern auf dem Golfplatz gesehen. Heulen Sie etwa gerade wie ein vergewaltigtes kleines Mädchen? Hm? Und Richter Frackson – was sind Sie doch für ein Scheißkerl! Und der Herr Vorstandsvorsitzende Adams – er hat vorgestern für diesen Wichser dort hinten in der Ecke das Golfcart gefahren, ich erinnere mich. Und Sergeant Rockford: Hören Sie doch bitte auf, sich selbst einzunässen.«

»Schlampe«, knurrt Richter Frackson.

Ich zucke zusammen und rechne damit, dass eine blutige Rauferei ausbricht – Lola gegen den Rest der Bande. Auf eine Salve von Karate-Tritten gegen Schläfen, Nasen und Eingeweide wird vielleicht sogar das Rattern von Schüssen folgen, weil sie jedem dieser Dreckskerle eine Kugel in die Stirn jagt. Peng, peng, peng, peng, peng. Alle tot. Aber dazu kommt es nicht. Stattdessen lacht Lola wie eine größenwahnsinnige Verrückte, stolz, laut und glücklich. Dann hört sie auf zu lachen und brüllt: »Wage es nicht, mich zu beleidigen, du Arschloch! Ihr seid alle verhaftet und habt das Recht zu schweigen …«

Während Lola und Liu die fünf nackten Monster und Eva mit Kabelbindern fesseln, husche ich zu Liu, ziehe ihm den Autoschlüssel aus der Hosentasche, gehe damit zu Eminenz und zwinge ihn aufzustehen. Er wimmert und stöhnt, aber das ist mir völlig egal. Ich schubse ihn gnadenlos vorwärts.

»Ich bewache ihn draußen und warte auf euch!«, rufe ich Liu zu, der genau wie erwartet mit den widerspenstigen Männern zu kämpfen hat und deshalb nur mit halbem Ohr zuhört. Lola assistiert ihm und zitiert gleichzeitig per Funk ihre Kollegen von der Beta-Behörde herbei. Nun, da wir Videobeweise vorliegen haben, brauchen wir keine Angst mehr vor Mitwissern zu haben, die die Verhaftung zu vereiteln versuchen.

»Meine Leute werden in zehn Minuten hier sein. Ich hatte ein paar vertrauenswürdige Kollegen in der Nähe stationiert, ohne ihnen genau zu verraten, wo sich das Geschehen abspielt«, teilt mir Lola mit. Dann wird sie abgelenkt, weil Frackson versucht, sie in die Leiste zu treten. Liu hat ähnliche Probleme mit Sergeant Rockford, einem Hünen von einem Mann. »Oh nein, mein Lieber«, knurrt Lola an Frackson gewandt.

Ich mache mich davon. Die beiden brauchen mich hier nicht. Liu hat Rockford bereits bäuchlings zu Boden geworfen und drückt ihm sein Knie in den Rücken. Und Frackson ist ein hasenfüßiger Dreikäsehoch verglichen mit der breitschultrigen, unerbittlichen Lola.

Niemand hält mich auf, als ich Eminenz durch einen Kellerflur zu einer Tür schiebe, die in den rückwärtigen Garten hinausführt. Das Grundstück ist eine kesselförmige Grünfläche, ein ausgehöhlter Hügel, den Vanty im Winter bestimmt als Snowboard-Halfpipe nutzen würde. Ich bin immer noch in das Bettlaken gewickelt und zwinge Eminenz vorwärts, indem ich das Fleischermesser gegen einen Knochen seiner Wirbelsäule drücke.

»Keine Bewegung, Lisa Yyland!«, höre ich plötzlich eine Stimme von der Seite rufen. Als ich mich ihr zuwende, dreht sich Eminenz blitzschnell um, verpasst mir einen Kopfstoß und rennt in Richtung Wald. Seine Hände sind gefesselt, sodass er sich weder ausbalancieren noch irgendwo abstützen kann, aber er ist auf und davon, verschwindet bereits zwischen den dunklen Bäumen.

Als ich den Blick von ihm abwende, steht Chief Castile vor mir. Ihr Deputy sitzt mit Rosa im Streifenwagen und hat ihr seine Jacke umgelegt. Offenbar hat er Eminenz nicht davonrennen sehen, und auch Castile ist so verwirrt von den Ereignissen, dass sie ihre Waffe auf mich richtet statt auf ihn.

Diese verdammte Castile.

KAPITEL ACHTUNDZWANZIG

Roger Liu, Special Agent im Ruhestand

Nachdem Lola und ich die nackten Vollidioten mitsamt der Frau gefesselt und in dem Raum mit dem Hummerbecken eingesperrt haben, machen wir uns auf den Weg vom Keller in den Garten. Lola zerrt Velada am Arm mit sich, denn wir werden sie auf keinen Fall gehen lassen, ohne sie vorher gründlich zu befragen und uns eine Verhaftung vorzubehalten.

Und was sehen wir, als wir aus der Kellertür treten? Chief Castile, die offenbar nach unserem Nummernschild gefahndet und uns so aufgespürt hat. Sie drückt Lisa gegen einen Baum und legt ihr gerade Handschellen um.

Ich hatte Lola ja prophezeit, dass sie uns wegen Behinderung der Justiz drankriegen würde. *Scheiße.*

Plötzlich scheint die Erde zu vibrieren. Sirenen hallen durch die Luft und werden immer lauter.

Ich drehe mich um und nehme alles wie in Zeitlupe wahr. Mehrere schwarze gepanzerte Fahrzeuge kommen auf uns zu.

Lola wirft Castile einen Blick zu. »Chief, entschuldigen Sie unseren Auftritt neulich, aber es ist alles von meiner Behörde autorisiert, einer Spezialabteilung des FBI. Dort kommen die Kollegen schon. Lisa ist Teil unseres Teams, Sie müssen sie also umgehend wieder freilassen.«

»Sie hat Eminenz entkommen lassen!«, ruft uns Lisa zu.

KAPITEL NEUNUNDZWANZIG

Josi Olive

Josi kann sich seinem Haus nicht mehr nähern, kann sich nicht mehr mit seinem Pick-up in Viebury blicken lassen. Den kennen diese Arschlöcher jetzt. Sie haben ihn und Lisa im Club Bub aufgespürt, also wissen sie, dass er eine involvierte Person ist, nicht nur irgendein nichtsahnender Nachbar. Schöne Scheiße. Aber wegbleiben kann er auch nicht. Er ist stinksauer auf diese Lisa, die ihm völlig ungerührt die schlimmsten Dinge erzählt. Gleichzeitig weiß er, dass sie recht hat, und er ahnt, dass sie Hilfe braucht, was auch immer sie oben im Steinhaus geplant hat.

Also lässt er Cassie entlang der Zufahrtsstraße stehen, am Fuß der Viebury-Anhöhe, in der Nähe der Stelle, an der er Richter Rasper das Gesicht verunstaltet hat. Dort gibt es weder Straßenlaternen noch Kameras. Dann schleicht er sich in die Siedlung, aufs Grundstück des Steinhauses. An der Grenze zum Wald gibt es dort einen Baum, auf den er schon oft geklettert ist, um die Ereignisse im Haus zu beobachten. Und dort sitzt er auch jetzt wieder, versteckt zwischen dichten Ästen.

Es brennen Kaminfeuer im Steinhaus, das erkennt er durch die Fenster. Aus den Schornsteinen steigt Rauch auf. Überall rennen Frauen herum. Er glaubt, hysterische Schreie zu hören.

Und dann fällt Josi beinahe vom Baum: Ein nacktes Mädchen kommt schreiend aus einer Seitentür gerannt, die Arme hinter dem Rücken gefesselt. Sie taumelt zur Vorderseite des Hauses, wo genau in diesem Moment ein Streifenwagen hält, aus dem eine Frau springt.

Zur gleichen Zeit tauchen wie aus dem Nichts auf dem Rasen hinter dem Haus zwei Personen in grauen Anzügen auf, die aussehen wie Special Agents aus einem Film. Sie treten eine Hintertür auf, die ins Erdgeschoss des Steinhauses führt, und schleichen hinein. Kurz darauf hört Josi einen Schuss.

Vor dem Haus scheint das nackte Mädchen zu erzählen, was ihm widerfahren ist, die Frau, die aus dem Streifenwagen gestiegen ist, hört ihm zu. Ihr Partner schneidet die Fesseln des Mädchens durch und legt ihm seine Jacke um. Das Mädchen zeigt auf die Seitentür im Untergeschoss, aus der es gekommen ist, und die Frau geht darauf zu. Der Polizist führt das Mädchen zum Streifenwagen und setzt sich mit ihm hinein.

»Oh Mann«, murmelt Josi und verharrt wie versteinert auf seinem Ast.

Als Nächstes erscheint Lisa im nächtlichen Garten und schiebt einen Koloss von einem Mann mit verbranntem Kopf vor sich her.

Die Frau aus dem Streifenwagen brüllt ihr etwas zu und bedroht sie mit der Waffe, woraufhin der Koloss Lisa einen Kopfstoß verpasst und Richtung Wald davonrennt. *Du verdammtes Arschloch*, denkt Josi. Der Mann kommt direkt auf ihn zu.

Als er unter seinem Ast vorbeirennt, überlegt Josi nicht lange.

Er springt.

KAPITEL DREISSIG

Lisa Yyland: Fahrt nach Indiana

Während Lolas Beta-Kollegen das menschliche Ungeziefer in Gewahrsam nehmen, stehe ich da, zur Untätigkeit verdammt. Lola hat Castile zur Seite genommen, um ihr alles zu erklären. Ich bin stinksauer auf Chief Castile, mein Schalter für Hass und Mordlust ist noch immer aktiviert. Bevor diese dumme Kuh sich eingemischt hat, lief alles nach Plan. Ich hatte vor zu behaupten, dass mir Eminenz entwischt sei. In Wirklichkeit wollte ich ihn zu Lius Mietwagen bringen, ihn in den Kleinbus mit den getönten Scheiben stoßen und dort bewusstlos schlagen. Dann hätte ich Liu gebeten, mir den Bus kurz auszuleihen, damit ich mir in Mutters Haus etwas zum Anziehen holen konnte. Das alles kann ich jetzt vergessen. Das Beta-Team hat bereits einen Suchtrupp gebildet, der genau in die Richtung aufgebrochen ist, in die Eminenz davongerannt ist.

Dann entdecke ich plötzlich Josi, der am Waldrand steht, als wäre er nur ein neugieriger Nachbar. Er nickt mir zu, will mir offenbar zu verstehen geben, dass er wichtige Informationen für mich hat.

»Lisa, wo willst du hin?«, ruft Lola, als ich schon auf halbem Weg zu ihm bin.

»Ich glaube, der Mann dort hat etwas beobachtet. Ich kümmere mich darum.«

»Warte, ich komme mit«, sagt Lola, redet jedoch zunächst weiter mit Castile.

Ich lege den Rest der Strecke zu Josi rennend zurück.

»Er ist in meinem Pick-up«, sagt er.

»Lincoln Street, neben dem Friedhof. East Hanson. Heute Nacht«, stoße ich so schnell ich kann hervor.

Lola gesellt sich zu uns. »Haben Sie etwas beobachtet?«, fragt sie Josi.

»Ja, ich habe so einen riesigen Kerl Richtung Sumpfgebiet davonrennen sehen. Dort hinten, auf der Rückseite von Viebury.«

Lola bedeutet ihren Leuten winkend, sich in die von Josi angezeigte Richtung zu bewegen und die Verfolgung aufzunehmen.

»Könnte mich einer von deinen Leuten vielleicht zum Haus meiner Mutter fahren, damit ich mir was zum Anziehen holen kann? Ich komme mir echt albern vor«, sage ich und zeige auf meine Laken-Toga. »Derjenige kann mir auch gerne unterwegs ein paar Fragen stellen.«

Lola mustert mich belustigt. »Du siehst tatsächlich ziemlich lächerlich aus. Hal!«, ruft sie über die Schulter. »Bring Lisa doch bitte nach East Hanson. Nimm Picard mit, dann könnt ihr unterwegs eine vorläufige Befragung durchführen. Und danach lasst sie bitte in Ruhe, damit sie sich im Haus ihrer Mutter ein wenig hinlegen kann.«

»Danke, Lola«, sage ich.

»Schon gut.« Sie trottet davon, bleibt jedoch noch einmal stehen, um sich zu Josi umzudrehen. »Ach ja, von Ihnen bräuchte ich noch …«

Aber Josi hat sich bereits aus dem Staub gemacht.

Ich hebe die Arme, als hätte ich keine Ahnung, wohin er verschwunden ist.

Lola betrachtet mich eine Sekunde prüfend und runzelt argwöhnisch die Stirn, wird dann jedoch von einem Beta-Kollegen weggezogen. Die Special Agents Hal und Picard kommen zu mir, und wir machen uns auf den Weg zu Mutters Haus.

Nachdem ich mich umgezogen und mein Handy geholt habe und mit Josi und Eminenz losgefahren bin, werde ich Liu eine Nachricht schreiben. Ich werde ihm mitteilen, ich hätte nach den ganzen Strapazen einen seelischen Zusammenbruch erlitten und sei direkt nach Hause nach Indiana gefahren, um dort alles besser verarbeiten zu können. Schließlich bin ich keine Verdächtige, sondern Teil des Teams.

Es verschaffte uns, oder zumindest mir, enorme Erleichterung, Massachusetts im Rückspiegel verschwinden zu sehen. Eminenz betäubte ich mithilfe mehrerer Beruhigungsspritzen, die ich zu diesem Zweck in Mutters Haus versteckt hatte. Auf der Fahrt erklärte mir Josi, er habe ursprünglich vorgehabt, in das Steinhaus einzudringen und mich zu retten. Dann sei ihm jedoch aufgegangen, dass ich vermutlich einen guten, wohlbegründeten Plan hatte, woraufhin er auf einem Baum gewartet und sich als Unterstützung bereitgehalten habe.

Ich ließ einen leisen Funken der Freude in meinem Inneren zu, Freude darüber, dass er mich hatte retten wollen, dass er darauf vertraut hatte, dass ich alles unter Kontrolle hatte, dass er geduldig genug gewesen war, abzuwarten und sich als Unterstützung anzubieten. Auch dass es ihm völlig egal zu sein schien, welche Bestrafung mein Plan für Eminenz vorsah, gefiel mir. Er stärkte mir einfach den Rücken, wie ein echter Partner.

Lenny hatte hingegen keine Ahnung, mit was ich mich die letzten achtzehn Jahre im Geheimen beschäftigt hatte.

Ich beschloss, Josi erst die ganze Wahrheit über Velada zu erzählen, nachdem wir die Grenze nach Ohio überquert hatten. Er nahm es einigermaßen gefasst auf. Ich hörte ihm zu. Ließ ihn reden. Und dann, als ich schon dachte, wir hätten das Thema beendet, bekam er in Columbus, Indiana, plötzlich einen Wutanfall, fuhr an den Straßenrand und verlangte von mir, dass ich von einer Telefonzelle aus Liu anrief und nach Neuigkeiten bezüglich Velada fragte. Mein Handy hatte keinen Akku mehr, und Josis Pick-up hatte keinen brauchbaren Zigarettenanzünder, an dem ich es hätte aufladen können.

Ich verdrehte die Augen.

Mit Velada war ich fertig, ich brauchte sie nicht mehr. Ich hätte mir gewünscht, dass auch Josi sie hätte hinter sich lassen und nach vorn blicken können. Auch wenn sie ihren Part zu unserer Abmachung beigetragen hatte, gab es einige unverzeihliche Fehler, die sie in meinen Augen begangen hatte: Sie hatte schon bei der ersten Hummerbecken-Zeremonie vor zwanzig Jahren gefilmt und nichts getan, um den Frauen zu helfen. Sie war seit zwanzig Jahren in den Menschenhandel und die kriminellen Machenschaften im Steinhaus involviert und hatte das Leid zahlloser junger Frauen über viele Jahre zugelassen. Und sie war mir gegenüber nicht offen gewesen und hatte so indirekt zu Mutters Tod beigetragen. Am schwersten aber wog, dass ich ihr immer noch nicht über den Weg traute.

Josi weigerte sich dennoch, Columbus zu verlassen, bevor ich nicht Liu angerufen und ihn um ein Update gebeten hatte.

Liu berichtete, dass Eva inzwischen in Untersuchungshaft saß. Da ich mit Mutters Handy ein Foto von ihr am Tatort geschossen hatte und da eine Reihe von »Dort oben«-Mädchen und »Kellerhuren« Aussagen zu Protokoll gegeben hatten, die Eva eindeutig mit dem Steinhaus in Verbindung brachten, würde es nicht schwer werden, sie für eine Vielzahl von Verbrechen anzuklagen. *War doch offensichtlich,* dachte ich. Ich würde mich schon eines Tages für den Mord an Mutter an ihr rächen. Aber nicht heute.

Bei Velada sei der Fall schon schwieriger, erzählte Liu. Einen »komplizierten, völlig verhedderten Knoten«, nannte er es. Sie behauptete steif und fest, Eminenz selbst habe mich als Opfer auserkoren, und wenn sie sich nicht eingeschaltet und mir Informationen zugeschustert hätte, wäre ich von meiner Gefangennahme überrumpelt worden, schutzlos ihrem Bruder und dem Inneren Kreis ausgesetzt gewesen und vermutlich im Hummerbecken verendet. Außerdem erklärte sie, nur dann gegen Eminenz' Kunden aussagen zu wollen, wenn die Staatsanwaltschaft ihr im Gegenzug volle Immunität und Schutz zusicherte.

Liu erklärte, Veladas Aussage bezüglich ihres inszenierten Selbstmords sei ein Detail, mit dem er und die Kollegen von Polizei und Staatsanwaltschaft sich noch nicht befasst hätten, es gebe so viel Wichtigeres zu tun.

Ich blickte zu Josi hinüber und gab ihm zu verstehen, dass das Telefonat gleich beendet sein würde.

Er drehte nervös seine Kreise um die Telefonzelle, wartete ungeduldig auf Neuigkeiten bezüglich der Person, die er als seine Frau betrachtet hatte.

Dabei hatte er aus meinem Teil des Telefonats vermutlich längst geschlossen, dass Liu ihm diese Neuigkeiten nicht liefern konnte. Nachdem er bereits viele Autostunden

Zeit gehabt hatte, über seine neue Realität nachzugrübeln und die Fakten hin und her zu wälzen, blieb er neben der Telefonzelle schließlich stehen und ließ den Kopf hängen. Seine Frau hatte über Jahre aktiv als Menschenhändlerin zum Elend von Frauen und Mädchen beigetragen, ob nun aus freien Stücken, aus Gleichgültigkeit oder Untätigkeit. Daran konnten auch ihre Aussagen bei den polizeilichen Befragungen nichts mehr ändern.

Liu war unterdessen verstummt, und ich wusste genau, dass er gleich anfangen würde, *mir* unangenehme Fragen zu stellen.

»Also, warum hast du beschlossen, Massachusetts Hals über Kopf zu verlassen und zurück nach Indiana zu fahren?«

»Ich brauche Zeit zum Nachdenken, Liu, in meinen eigenen vier Wänden. Es gibt einiges zu verarbeiten, das kannst du dir doch wohl vorstellen.«

»Warum bist du nicht geflogen?«

»Noch einmal: Ich wollte allein sein. In Ruhe nachdenken.«

»Warum hast du nicht das Auto deiner Mutter genommen?«

»Die Beta-Leute meinten, ich dürfe vorerst nichts von Mutters Sachen mitnehmen. Ich habe mir einen Mietwagen besorgt.«

»Aha. Und es ist niemand bei dir?«

»Wer sollte bei mir sein?«

»Ich weiß es nicht. Sag du es mir, Lisa.«

»Es ist niemand bei mir, Liu.«

»Die Spürhunde haben Eminenz' Fährte mitten auf einer unbefestigten Zufahrtsstraße verloren. Hast du damit zufällig irgendetwas zu tun, Lisa?«

»Wie bereits gesagt: Er konnte nur fliehen, weil Castile alles vermasselt hat.«

Ich hörte Lius wütendes Schnauben und wusste, dass er gleich völlig ausrasten und mich anschreien würde, weil ich seine Frage nicht richtig beantwortet hatte. Also legte ich lieber auf.

Ich kenne Liu. Er wird niemandem etwas von seinem Verdacht sagen, wird weiterhin behaupten, Eminenz sei »entkommen«. Mehr muss er nicht wissen. Er wird nichts unternehmen, um die Wahrheit zu erfahren oder mich für meine Tat zur Verantwortung zu ziehen. Natürlich wird er irgendwann eine Gegenleistung für seine gespielte Ahnungslosigkeit einfordern. Genau wie Lola.

Nachdem Josi und ich zum Pick-up zurückgekehrt waren – er hatte sich endlich mit der unangenehmen Wahrheit abgefunden, dass seine Frau nicht tot war, sondern ihn belogen und betrogen hatte –, bat ich ihn, so schnell wie möglich weiterzufahren. Dabei dachte ich insgeheim: *Vielleicht ist das Spielchen mit Velada doch noch nicht ganz vorbei.*

KAPITEL EINUNDDREISSIG

Lisa Yyland: Der zweite Club Bub

Über der Tür meines Übungsraums im zweiten Stock der 15/33-Firmenzentrale hängt ein Schild, das ich letzte Nacht auf eine Bodendiele gemalt habe, eine Bodendiele, die aus dem Raum stammt, in dem ich als Sechzehnjährige gefangen gehalten wurde, und die ich damals für meine Flucht verwendete. Auf dem Schild steht der neue Name meines Trainingsraums: CLUB BUB. Obwohl Josi und ich nur wenige Minuten im Club Bub in Manchester waren, hat es mir dort ganz gut gefallen, trotz herumgeschleuderter Viren, drohender Pilzinfektionen und unseres etwas abrupten Abgangs.

Ich betrete *meinen* Club Bub mit den zwei Glasbehältern an den Wänden und dem inzwischen fertiggestellten Birkenwäldchen und verriegle die schwere Stahltür hinter mir. Heute werde ich mich ganz allein hier drin amüsieren, allein mit meiner Versuchsperson, die sich in *meinem* Hummerbecken befindet. Der Großteil meiner Familie ist immer noch mit Sarge untergetaucht. Ich habe das Telefon im Panikraum in Manchester wieder freigeschaltet und meinem Vater den Code für die Tür mitgeteilt, ihm jedoch geraten, sich noch eine Weile unauffällig zu verhalten und vielleicht zurück zu Geena Davis nach Brasilien zu fliegen – nachdem wir gemeinsam Mutter beerdigt haben. Josi und ich haben Indiana gestern Abend nach direkter Fahrt aus East Hanson, Massachusetts, erreicht – mit dem gefesselten und betäubten Eminenz auf der abgedeckten Ladefläche. Als Nächstes muss ich die finale Phase meines Plans ausführen und dann Sarge anweisen, meine Familie wieder aus ihrem Versteck zu holen. Mein Vater wird die Beerdigung planen, ich werde also bald noch einmal nach Massachusetts zurückkehren müssen. Josi wird auf mich warten und mich mit dem Auto dorthin mitnehmen. Ich habe ihn im Stork & Crane Inn in der nächsten Ortschaft einquartiert, weil ich ihn heute hier nicht gebrauchen kann.

Es gibt viel zu tun.

Ich trage ein bauchfreies Oberteil und eine kurze Sporthose, die ich mir von Vanty ausgeliehen habe. Meine Haare sind zu einem straffen Knoten gebunden. Ich werde schon bald gehörig ins Schwitzen kommen.

Ich ziehe mein iPhone hervor, auf der die perfekte Playlist für mein Fitnesstraining gespeichert ist: Missy Elliott, Chopin, ein paar La-Boheme-Songs, Pitbull, Sons of Kalal, 50 Cent und vor allem Josi Olive oder vielmehr Master Josi, wie sein Künstlername lautet. Auf meinem Edelstahltisch liegen meine blauen Kopfhörer bereit, die genau zu dem blauen Himmel über den grünen und gelben Birkenwipfeln meines Gemäldes passen. Ich zwinkere einem Marienkäfer zu, der sich mit einem Rotkardinal in seinem Nest zu unterhalten scheint, und lasse schon einmal ein wenig Musik auf meine Ohren, meine Gedanken, meine Muskeln einwirken. Sofort schießen meine Endorphine in die Höhe, durch die mitreißenden Riffs, die elektronischen Drums und Josis mit sanfter Stimme gerappten Reime. *Klangmagie.* Seine Songs kommen als Erstes auf der Playlist.

In meinem Inneren habe ich Mordlust und Freude eingeschaltet. Sonst nichts. Mehr Emotionen brauche ich nicht. Ich bin ein Molotowcocktail.

Ich überprüfe noch einmal die Haftung der zwanzig über meinen ganzen Körper verteilten Streifen. Sie sind allesamt mit einem Kondensator verbunden, der ihre mechanische Energie auffängt. Als Nächstes blicke ich zu Eminenz auf, der nackt in meiner deutlich hochwertigeren Version seines Hummerbeckens steht. Auch an seinem Körper sind zwanzig Streifen befestigt, an Körperstellen, die er beugen oder abwinkeln kann. Sein Kondensator ist um seinen Bauch geschnallt, und an seinem Rücken ist eine winzige, hochpotente Bombe angebracht. Seine Handgelenke sind an die oberen Ecken des Glasbehälters gekettet, so locker, dass er seine Arme noch beugen, jedoch nicht mithilfe seiner Hände die Bombe oder die Streifen entfernen kann.

Ich greife nach einer Fernbedienung auf dem Edelstahltisch und richte sie auf zwei Monitore, die so an der Wand angebracht sind, dass es aussieht, als würden sie auf zwei Birkenästen ruhen. Auf jedem Monitor leuchtet eine rote Doppelnull auf. So. Das Spiel. Geht los.

»Das sind. Die Regeln. Des Spiels«, verkünde ich laut und imitiere dabei Eminenz' Sprechweise. »Wenn mein Kondensator. Drei Sekunden lang. Stärker aufgeladen wird. Als deiner. Fliegst du. In die Luft. Du hast zwanzig Streifen. Die den Kondensator aufladen. Genau wie ich. Die Energie wird. Durch Bewegung erzeugt. Ich fange langsam an. Denk dran: Deine Ladung. Muss höher bleiben. Als meine. Behalte die. Monitore im Blick.«

Dies ist mein Spiel, daher enthalte ich Eminenz drei wichtige Informationen vor: Die erste ist, dass ich nicht mehr zu bremsen bin, wenn ich einmal angefangen habe zu tanzen, vor allem zu Josis Musik, auf dessen Stimme und Beats ich voll abfahre. Die zweite ist, dass ich die Musik, die mich aufputscht, für mich behalte, sie dringt nur durch meine Kopfhörer. Ich verschaffe Eminenz einen entscheidenden Nachteil, indem ich ihm jeden Ton und jedes Geräusch verweigere. Los geht's.

Ich starte meine Playlist noch einmal neu. Josis erster Song beginnt mit einem Sample von einem alten Klaviersolo, dann setzen langsam die Beats ein. Wunderbar. Als hätten Chopin und Eminem gemeinsam einen Song produziert. Ich wiege meinen Körper langsam zum Rhythmus des Songs hin und her. Der Wert meines Monitors steigt auf 01. Eminenz sieht es und beugt die Knie, woraufhin sein Wert ebenfalls auf 01 steigt. Ich bewege mich mit ein wenig mehr Körpereinsatz hin und her und schaffe es auf 02. Eminenz reagiert, indem er wie eine eifrige Laborratte den Käse wittert und mehrmals rasch die Knie beugt. Sein Wert klettert auf 05.

»Du hast. Es kapiert. Sehr gut. Wir erhöhen. Gleich das Tempo«, sage ich, und weil ich bewusst an Dorothy und Melanie, an Mutter und an all die anderen denke, wird die Mordlust in mir immer größer. Ich grinse breit und zwinkere Eminenz zu. Mein Herz füllt sich mit einem Schwall heißer Flüssigkeit, und mein Gehirn wird von flatternden Schmetterlingen gestürmt. Ich bin so leicht vor Euphorie, dass ich das Gefühl habe, fliegen zu können.

Ruckartig hebe ich die Schultern, nehme den schneller werdenden Beat des Songs mit dem ganzen Körper auf. Josi fügt nun eine Akustikgitarre hinzu und verschmilzt sie mit weiteren elektronischen und analogen Klängen. Seine Stimme setzt ein, weich und geschmeidig. Der Rhythmus seines Sprechgesangs schwillt an, wird immer fieberhafter. Auf meinem Monitor steht 18. Eminenz bewegt so viele Muskeln, wie er kann, und wirft wild den Kopf hin und her. Sein Wert steigt auf 19. Dabei sind wir noch nicht einmal beim Höhepunkt des Songs angekommen.

Ah, wie ich dieses Gefühl liebe, diese orgiastische Erregung! Ich gehe tanzend immer weiter in die Knie und springe anschließend mit gestrecktem Körper in die Luft. Mein Wert steigt sprunghaft auf 55. Eminenz hält mit, so gut er kann, aber er hat keine Musik, zu der er sich bewegen kann, und seine Muskelmasse macht ihn schwerfällig. Hinzu kommt, dass er nur wenig Platz hat in seinem beengten Gefängnis. Sein Wert verharrt bei 42. Ihm bleiben noch zwei Sekunden, um meinen Wert zu übertreffen, ansonsten knallt es. Denkt er zumindest.

Die dritte Information, die Eminenz nicht kennt, ist die: Es geht gar nicht darum, dass die Ladung seines Kondensators höher sein muss als meine. Sobald sein Wert die Zahl 53 erreicht, explodiert die Bombe. Ganz einfach.

Ich verlangsame meine Tanzbewegungen und jogge langsam auf der Stelle. Mein Monitorwert sinkt auf 25.

Auch Eminenz wird langsamer, wie ein Idiot ahmt er mich in allem nach.

»Du solltest. Lieber nicht. Stehen bleiben. Beweg dich weiter. Spiel mit. Oder willst. Du Sterben?«

Ich wünschte, ich könnte das Vergnügen, das ich in diesem Moment in meinem Inneren zulasse, in Flaschen abfüllen. Normalerweise verweigere ich mir die Freude am Töten, weil Nana mir immer wieder einbläut, wie falsch es ist, andere Menschen umzubringen, auch wenn sie noch so böse sind. Aber ich genieße es, oh, ich genieße es so ungemein, menschliche Ungeheuer umzubringen! Wenn ich ehrlich bin, geht es dabei gar nicht so sehr um Gerechtigkeit oder Rache. Es geht vielmehr darum, dass ich Unordnung und Infektionen verabscheue. Ich beseitige gern schädliche Elemente, betrachte mich als Reinigungsdienst für die Menschheit, als gesellschaftliches Antibiotikum. Und da ich Mordlust und Freude eingeschaltet habe und hier, allein in meinem stillen Kämmerlein, niemandem etwas vormachen muss, gebe ich offen zu, dass dies das größte Hochgefühl ist, das ich mir selbst verschaffen kann. Mein Gehirn hat sich in flatternde Schmetterlinge und Helium aufgelöst, und meine Organe sind gleißende Lichtbälle.

Ich fange an, die Schultern hochzuwerfen, passe meine Bewegungen dem Rhythmus der Musik an, hüpfe auf der Stelle und werde dabei immer schneller, wie ein seilspringender Boxer. Eminenz bewegt so viele Körperteile, wie es ihm in dem engen Behälter möglich ist.

»Ich habe dir. Zwanzig Streifen aufgeklebt. Mit denen du deinen. Kondensator aufladen kannst. Zwanzig. Warum nutzt du. Sie nicht alle? Zwanzig Geschenke hast. Du für dieses. Spiel bekommen! Du bist. Undankbar!« Mein Puls ist kaum erhöht, obwohl ich immer weitertanze. Eminenz hingegen atmet immer schwerer. Mein Monitor hat wieder die 50 erreicht. Auch sein Wert steht bei 50.

Eminenz ist als Versuchsperson eigentlich ungeeignet. Bei seiner Körpermasse werden sein Tod und seine Zersetzung länger dauern als bei einem durchschnittlich großen Menschen. Er steht nackt und riesengroß in meinem hochmodernen Glasbehälter. Sein Hummerbecken war archaisch, meins ist dagegen ein futuristisches, hochautomatisiertes Raumschiff. Die Überreste meiner Nachbildung seines rudimentären Behälters befinden sich noch an der gegenüberliegenden Wand meines Übungszimmers. Die vordere Plexiglasscheibe hängt herunter, weil ich sie bei meinem letzten Trainingsdurchlauf aufgestemmt habe.

Selbst wenn seine Hände nicht angekettet wären, hätte Eminenz nicht die geringste Chance, aus meinem dreifach laminierten, kugelsicheren, acht Zentimeter dicken Glasbehälter herauszukommen. Ich habe seine Finger und Zehen kontrolliert: Er hat keinerlei künstliche Gliedmaßen mit ausklappbaren Spezialklingen. Außerdem ist sein Glasgefängnis oben nicht offen. Stahlstäbe, ähnlich den Bolzen, mit denen sich Gefängniszellen automatisch verriegeln, sind eingerastet, nachdem ich Eminenz gezwungen habe, vom darüberliegenden Dachboden aus in den Behälter zu steigen. Über diesen Stahlstäben habe ich noch eine schallisolierte Dichtung angebracht und anschließend die zuvor entfernte Bodendiele zurückgelegt.

Ich habe Atemluft für Eminenz in mein Hummerbecken gepumpt, weil ich nicht will, dass Sauerstoffmangel zu seinem Scheitern bei meinem Spiel beiträgt.

Sobald ihn die Bombe in die Luft gejagt hat, wird sich der leblose, nutzlose Körper dieses Arschlochs, dieses Vergewaltigers und Mörders, in flüssiger, konzentrierter Natronlauge auflösen, die ich durch eingebaute Schläuche hineinpumpen werde. Natronlauge, während Eminenz selbst in seinem Hummerbecken Bleiche benutzte? Natürlich: Mit Natronlauge verätzt man nicht nur Haut und Muskeln, sondern auch Organe und Knochen. Natronlauge ist der Hauptbestandteil von Abflussreiniger – der Flüssigkeit, mit der man Abflüsse von menschlichen Haarknäueln befreit.

Ich werde zusehen und die Zeit stoppen. Mal schauen,

wie lange der Auflösungsprozess dauert. Dies ist kein banales Hummerbecken, dies ist ein Zauberbecken, denn schon bald wird von Eminenz nichts mehr zu sehen sein. Die Seuche, die er für die Menschheit darstellte, wird ausgelöscht sein. Er wird buchstäblich zu nichts werden. Natürlich kann ich nicht verhindern, dass Kalziumablagerungen und roter Matsch zurückbleiben, nachdem ich den verflüssigten Eminenz habe abfließen lassen. Aber kein Problem, mein Glasbehälter ist selbstreinigend.

Josi ist wirklich ein Meister der mitreißenden Beats und des sanften Sprechgesangs. Meine Hüften kreisen und schwingen nun völlig ungehemmt, entwickeln ein Eigenleben und geben sich ganz dem Rhythmus hin. Josi und ich sind »platonische Freunde« geworden – dass es so etwas zwischen Mann und Frau geben kann, hat mir Nana beigebracht –, aber mein Körper sieht das anders und vibriert in paarungsbereiter Ekstase.

»Natürlich kann es vorkommen, dass du einen Mann attraktiv findest, Schatz, das ist vollkommen in Ordnung. Trotzdem: Du bist mit Lenny zusammen, dem Vater deines Kindes. Deshalb musst du dafür sorgen, dass die Beziehung zwischen dir und dem Mann platonisch bleibt, dass ihr nur Freunde seid. Du darfst nicht einfach mit jedem schlafen, der dir gefällt. Das geht nicht«, hatte sie mir einmal erklärt, nachdem ich ihr erzählt hatte, dass ich mir Sex mit einem vorbeilaufenden Mann gewünscht hatte. Das war vor meiner Hochzeit mit Lenny gewesen. Ich glaube, ich war damals achtzehn, und meine Hormone hatten verrücktgespielt.

»Aber Sex ist doch ein ganz natürlicher Trieb, Nana. Warum also nicht?«

»Ich weiß, meine Süße. In einer Gesellschaft, in der die

Menschen rücksichtsvoll miteinander umgehen, unterdrücken wir diese Triebe dennoch, so gut es geht, um niemanden zu verletzen.«

Der rein körperliche Sexualtrieb, der mich in diesem Moment erfasst hat, ist keine Emotion, ich kann ihn also nicht einfach ausschalten. Ich muss andere Maßnahmen ergreifen, um Nanas Ermahnung zu berücksichtigen.

Mein Kalender hat mir verraten, dass ich gerade meinen Eisprung habe, was bedeutet, dass meine Hormone derzeit eine echte Herausforderung darstellen und ich zu viel an Josis Armtätowierung und seine muskulöse Brust unter dem offenen Jeanshemd denke. Als ich ihn heute ins Stork & Crane geschickt habe, damit er sich ausruht, habe ich ihm daher die Anweisung gegeben, zwei Audiobücher für unsere Rückfahrt nach Massachusetts auszusuchen. Auf diese Weise reden wir nicht so viel miteinander und konzentrieren uns hoffentlich ganz auf die Handlung eines spannenden Thrillers, bis mein Körper fertig damit ist, Östrogene auszuschütten und eine Eizelle bereitzustellen, die besser unbefruchtet bleiben sollte.

Während Josi im Inn weilt und die Audiobücher aussucht, stehe ich in meinem Hummerbeckenzimmer in der Firmenzentrale von 15/33 und schwitze im rasanten Viervierteltakt. Mein Monitor steht bei 52, genau wie der von Eminenz. Noch ein Zähler mehr, und dieses Arschloch fliegt in die Luft. Ich tanze noch ein wenig schneller und frenetischer, fordere Eminenz dazu auf, alles aus sich herauszuholen und mich zu übertreffen. Ein herrliches Spiel. Ein Spiel, dessen wahre Regeln er nicht kennt. Und ein Spiel, bei dem ich meine Streifen zur mechanischen Energiegewinnung einem Stresstest unterziehen kann – ein schöner Nebeneffekt.

Und dann: Tick, der Zähler springt auf die 53. Genug Energie, um die Bombe zu zünden.

Eine gewaltige Explosion erschüttert den Glasbehälter und taucht alles in die Farbe Rot. Ich höre nichts, denn der Behälter ist schallisoliert, und ich trage zusätzlich meine Kopfhörer. Das Ganze wirkt so, als würde ein Insekt gegen die Windschutzscheibe prallen und lautlos auseinandergesprengt werden.

Du widerliches Insekt.

Der Morgen verläuft ganz nach Plan.

Ich drücke auf einen Knopf der Fernbedienung, woraufhin Natriumlauge wasserfallartig aus Luken am oberen Ende des Behälters strömt. Ich tanze weiter.

Bald werde ich Eminenz für immer los sein. Der Inhalt des Behälters wird durch speziell dafür vorgesehene Rohre in Fässer laufen, die in einem verborgenen, fest verriegelten Kellerraum bereitstehen. Aus diesen Fässern wird die Flüssigkeit im Laufe von drei Monaten ganz langsam direkt in eine Abwasserleitung tröpfeln, die zu meinem eigenen kleinen Klärfeld führt. Und von dort wird sich Eminenz' gesamte Existenz in Form von Abwasserdämpfen nach und nach in die Atmosphäre verflüchtigen.

Bye-bye.

Mein Fitnessprogramm ist beendet. Ich gehe zum abhörsicheren Wandtelefon und rufe Sarge an, damit er meine Familie wieder in die Freiheit entlässt. Wir werden uns alle in Massachusetts bei Mutters Beerdigung treffen.

Wenn ich später meine Sachen gepackt und alles für die Familie und meine Arbeit organisiert habe, werde ich zum Rosengarten hinaufgehen, den ich auf dem zugeschütteten Steinbruch habe pflanzen lassen, jenem Steinbruch, in dem meine Entführer damals die Leichen toter Mädchen entsorgten. Dort werde ich meine Malutensilien ausbreiten, werde Rot- und Rosatöne anmischen und einen echten Rotkardinal auf einem echten Ast auf Leinwand bannen. Er lebt dort oben am Rand des ehemaligen Steinbruchs. Ein Künstler aus Maine baut wunderhübsche Vogelhäuschen aus alten Nummernschildern, und ich habe meinem Rotkardinal eins davon gekauft. Mein einsamer gefiederter Freund haust in seinen nummerierten vier Wänden wie ein Aufseher und bewacht meine Rosen, die gnädig den Schrecken von damals bedecken.

Annie Lennox singt einen Song namens *Why*, und ich bilde mir ein, dass sie ganz am Ende, versteckt im anhaltenden letzten Akkord, flüstert: »You don't know what I fear.« Vielleicht sagt sie auch etwas ganz anderes, aber in meiner Wahrnehmung äußert sie diesen einen Satz, der für mich die zutreffendste Aussage ist, die ein Mensch nur machen kann. Vielleicht sogar noch zutreffender als die Tatsache, dass Wassermoleküle aus je zwei Wasserstoffatomen und einem Sauerstoffatom bestehen.

Niemand weiß, was ein anderer Mensch wirklich fürchtet, was seine ganz persönlichen Ängste sind, und es weiß daher auch niemand, wovor ich am meisten Angst habe, wenn ich diese Emotion in mir zulasse. Ich könnte jetzt sagen, dass ich Angst vor dem Teufel habe, aber das würde bedeuten, dass ich Angst vor mir selbst hätte. Ich könnte sagen, ich hätte Angst davor, dass Gott nicht existiert, aber das würde nur heißen, ich hätte Angst davor, dass ich selbst und alle anderen Menschen nicht existieren. Ich könnte sagen, ich hätte Angst vor dem Nichts, davor, dass meine Energie nach dem Tod verdunstet und ich völlig unnütz sein werde, dass ich ohne Fleisch oder Sinne in der Luft wabern werde wie ein übler Geruch. Oder schlimmer noch: dass all dies passieren wird und ich die schlimmsten Qualen leiden werde, weil mein Bewusstsein weiterexistiert und ich nichts tun kann, um etwas an meinem Nichts-Sein zu ändern. Aber wie sollte ich eine derart theoretische Angst auf den Prüfstand stellen, wie sie vernünftig begründen? Vielleicht ist meine größte Angst eine Mischung aus all diesen theoretischen Ängsten: der Teufel, kein Gott, das Nichts, sinnlos verpuffende Energie, Machtlosigkeit. Doch mit solchen Themen möchte ich mich vorerst noch nicht näher befassen. Ich lasse Angst als Emotion schlicht und ergreifend nicht zu. Denn wenn ich auch nur an diese Mischung aus Ängsten denke, besteht die Möglichkeit, dass jemand anders sie ebenfalls entdeckt und mich an meiner verwundbarsten Stelle trifft. Ich bin mir nicht sicher, ob ich mich aus diesem Gordischen Knoten, an den ich nicht zu denken wage, wieder befreien könnte. Ganz sicher werde ich nie jemandem verraten, wo sich die Steuerung all meiner emotionalen Schalter befindet. Ich habe inzwischen herausgefunden, was diese Steuerung ist, die einzige Sache, die sämtliche Gefühle auf mich einprasseln lassen würde, ohne dass ich in der Lage wäre, die einzelnen Schalter wieder zu deaktivieren. Was es ist, behalte ich natürlich für mich.

Während die Natronlauge höher steigt und den versprengten Brei zersetzt, der einmal Eminenz war, halte ich einen Moment inne und denke an Mutter. Mit gesenktem Kopf knie ich mich auf den Boden und schalte für zwei einsame Sekunden Liebe ein, kämpfe gegen die Panik an, die mich daraufhin unmittelbar überkommt, und flüstere ihrer jenseitigen Energie, die mich wie ein Mantel umgibt, zu: *Ich vermisse dich.*

NACHWORT

Mehrere Monate später …
Roger Liu – Special Agent im Ruhestand

Ich fahre zusammen mit Sandra, Lisa, Vanty und Nana in Nanas kugelsicherem Cadillac Escalade, den Lisa für sie gekauft hat, zu einer geheimnisvollen Adresse, die Lola uns mit kryptischen Anweisungen beschrieben hat. Zuvor haben wir uns alle bei Nana in Savannah versammelt. Lola hatte uns angewiesen, uns dort zu treffen und dann ihren Anweisungen zu folgen und zu besagter Adresse zwanzig Minuten von Savannah entfernt zu fahren. Lisas Ehemann Lenny ist nicht mit von der Partie. »Er ist vorübergehend ausgezogen«, ist alles, was Lisa mir dazu sagen möchte. Aus Erfahrung weiß ich, dass es besser ist, nicht weiter in sie zu dringen.

Anlass unseres heutigen Zusammentreffens ist offenbar eine Art Überraschungsparty, die damit zu tun hat, dass Lola beschlossen hat, in den Vorruhestand zu treten. Die ganze Sache ist von Geheimniskrämerei umweht, und die angegebene Adresse ist mir völlig neu. Andererseits kannte ich noch nie eine Privatadresse von Lola. Für unsere gemeinsamen Einsätze haben wir uns immer einfach irgendwo getroffen. Diese ganze Überraschungsparty-Geschichte kommt mir gerade gar nicht gelegen, weil ich Lola und Lisa eigentlich dringend beiseitenehmen und ihnen etwas zeigen müsste, was im Kofferraum des Escalade liegt und was ich erst heute Morgen herausgefunden habe. Wir haben mit Velada noch eine Rechnung offen, eine gefährliche, wie ich fürchte.

Meine Frau Sandra hat Nana, höflich wie sie ist, den Beifahrersitz überlassen, deshalb wende ich nun den Kopf zu Lisas Großmutter und frage leise: »Worum geht es heute eigentlich, was ist der genaue Anlass? Komm schon, verrat es mir!«

»Das wirst du noch früh genug sehen, mein Lieber«, antwortet sie.

Lola und ich kennen Nana seit vielen Jahren. Voller Name: Mila Yyland, Schriftstellerin, Nana für Lisa, Uroma für Vanty. Sie war oft in der 15/33-Firmenzentrale und bekam es mit, wenn Lisa und ich Überstunden machten oder wenn Lola von ihrer Untergrundarbeit auftauchte und wir gemeinsam eine Nachtschicht einlegten. Dann stellte sie uns um zwei Uhr morgens Zimtplätzchen, Buttertoffee und Tee hin. Und so war es zwar eine kleine Überraschung, aber kein richtiger Schock, als Lola eines Tages verkündete, ihr habe Savannah bei einem Besuch bei Nana so sehr gefallen, dass sie beschlossen habe, sich dort ihre »eigenen vier Wände« zu suchen. Lola verriet mir nie, wo genau sie fündig geworden war, und lud mich auch nie zu sich ein.

Was sehr wohl ein Schock ist, ist der Anblick, der sich mir bietet, als wir schließlich vor der Adresse halten, die Lola mir letzte Woche gegeben hat. Über einem Durchlass in einer zwei Meter hohen, sorgsam gestutzten Hecke hängt ein Transparent, auf dem steht: »HERZLICHEN GLÜCKWUNSCH, LOLA UND SHERRY!«

Wer zum Teufel ist Sherry?

Ein Gentleman mit schwarzem Anzug und Fliege winkt mich weiter zu den für den Parkservice bereitstehenden jungen Männern. Für einen kurzen Moment vergesse ich die dringende Angelegenheit, die ich mit Lola und Lisa besprechen muss und die aus einer völlig anderen Welt stammt als diese Party und dieses Anwesen.

Was?

Nanas beruhigende Reibeisenstimme dringt vom Beifahrersitz in mein aufgewühltes Bewusstsein vor: »Roger, es tut mir leid, dass du es auf diese etwas plötzliche Weise erfahren musst, aber Lola hat mir das Versprechen abgenommen, die heutige Party strengstens geheim zu halten und bis zur letzten Minute keiner Menschenseele etwas davon zu erzählen. Aus Sicherheitsgründen. Sherry ist übrigens Lolas Frau. Die beiden haben sich in einer privaten Feier 1997 das Ja-Wort gegeben.«

Ich werde zu jenem seltsamen Tag im Jahr 1996 zurückkatapultiert, als Lola im Four Seasons zärtlich über den Kragen ihres Bademantels strich. Rückblickend wird mir klar: Sie war bis über beide Ohren verliebt gewesen und hatte in diesem Moment an ihre zukünftige Frau gedacht.

»Kennengelernt haben sie sich 1996, oder?«

»Du wusstest also damals schon davon?«

»Nein, ich hatte keine Ahnung.«

Mich überrascht nicht, dass Lola eine Frau geheiratet hat. Mich überrascht, dass sie ein menschliches Wesen geheiratet hat. In meiner Vorstellung hauste sie in einer leer stehenden Lagerhalle, briet sich Hotdogs über einer brennenden Mülltonne und wartete darauf, dass ich sie während unserer Einsätze zu anständigen Mahlzeiten einlud.

Ich arbeite seit hundert Jahren mit Lola zusammen. Seit Ewigkeiten.

Selbst wenn mir insgeheim immer klar war, dass Lola nicht in einer leer stehenden Lagerhalle haust, übersteigt es meine Vorstellung, dass sie tatsächlich mit einem anderen, fühlenden Wesen zusammenlebt, es sogar geheiratet hat. Es ist also nicht verwunderlich, dass mir nach dem Aussteigen der Autoschlüssel aus der schlaffen Hand fällt, vorbei an der ausgestreckten Hand des Bediensteten vom Parkservice, und dass ich mich nicht nach ihm bücke, sondern wie ein Vollidiot mit offenem Mund dastehe, während meine Frau Sandra mich energisch anstupst.

Sie zieht mich unter dem Transparent hindurch in den Garten, und wir stoßen unmittelbar auf Lola, die eine Frau mit langen, seidigen, rabenschwarzen Haaren im Arm hält. Jemand stellt uns vor und erklärt, diese Frau sei Sherry, Lolas Frau, und sie habe gerade ihren Posten als Chefärztin der Chirurgie in einer örtlichen Klinik aufgegeben, um vorzeitig in den Ruhestand zu treten. Ich kann so viele Informationen gar nicht verarbeiten.

Lola.

Und ihre Frau.

Eine verdammt attraktive Frau. Nein, was sage ich, eine atemberaubende Göttin mit schwarzer Mähne, veilchenblauen Augen, langen Beinen und hohen Wangenknochen. Sie sieht aus wie die Kriegerkönigin in einem Comic-Heft.

Makellos.

Absolut makellos.

Steht mein Mund immer noch offen?

»Liebling, mach doch bitte den Mund zu«, flüstert mir Sandra ins Ohr.

Wer bin ich, wie heiße ich noch mal? Wie soll ich diese Granate von einer Frau begrüßen, wenn mir noch nicht einmal mein eigener Name einfällt? Und wer hat diese ums Haus verlaufende, mit Farnen vollgehängte Veranda so dekoriert, dass sie aussieht wie bei Nana oder wie auf dem Titelblatt eines Lifestyle-Magazins?

Lola soll hier wohnen? Wie kann das sein? Ich blinzle ungläubig.

Offenbar schweige ich schon zu lange, denn Lola stellt mich erneut vor: »Liu, das ist Sherry. Sherry, Liu.« Sie sagt es beiläufig, als würde sie ihrer Frau irgendeinen flüchtigen Bekannten vorstellen. Mir fällt auf, dass die beiden sich nicht mehr im Arm halten.

Sherry umarmt mich fest, hält mich dann auf Armeslänge von sich weg und reißt schließlich einem vorbeigehenden Kellner eine kalte Limonade vom Tablett. Sie drückt mir das eiskalte Glas in die Hand, und ich trinke volle drei Sekunden hastig daraus. Schweiß perlt auf meiner Stirn.

»Roger, wie schön, dich endlich hier zu haben! Ich will dich schon seit so vielen Jahren kennenlernen, aber Lola ... du kennst sie ja, sie macht sich furchtbare Sorgen um meine Sicherheit. Viel zu viele Sorgen.« Sherry wirft Lola einen stirnrunzelnden Blick zu – offenbar haben die beiden bereits öfter über dieses Thema gestritten. »Natürlich wollte sie zunächst nichts von dieser Party wissen. Ich habe ihr gesagt: Wenn wir keine Ruhestandsparty schmeißen und ich nicht endlich ihre Arbeitskollegen und Freunde kennenlerne, lasse ich mich nicht mit ihr pensionieren, sondern arbeite einfach weiter.«

Lisa, deren Anwesenheit ich ganz vergessen habe, weil ich gar nicht mehr wahrgenommen habe, dass ich noch auf diesem Planeten weile, sagt mit nüchterner Anerkennung: »Geschickt eingefädelt.« Sie hebt ihr eigenes kaltes

Limonadenglas und prostet Sherry zu. »Was war dein Fachgebiet als Chirurgin?«, fragt sie.

»Neurochirurgie und manchmal auch generelle Chirurgie, wenn ich in der Traumaabteilung einspringen musste. Wir leiden unter Personalmangel und zu geringer Finanzierung.«

»Du bist also Hirnchirurgin?«, hakt Lisa nach und kommt einen Schritt näher.

»Ja, könnte man so sagen«, antwortet Sherry mit einem unbefangenen Lächeln. Man merkt ihr an, dass sie ihren Beruf liebt. Vielleicht hat sie noch gar nicht wirklich realisiert, dass sie nun im Ruhestand ist.

Lisa studiert Sherry aufmerksam, schätzt sie ohne jeden emotionalen Ballast ein. Sie steht nicht wie ich unter Schock, grübelt nicht darüber nach, warum man einen anderen Menschen nie wirklich kennen kann, ist nicht enttäuscht von der bewussten Irreführung, dem verletzten Vertrauen und der mangelnden Loyalität einer langjährigen engen Freundin und Arbeitskollegin. Sie muss nicht so wie ich alles neu definieren, was sie über Lola weiß, muss sich nicht zwingen, den höflichen Gast auf einer Gartenparty zu spielen, als wäre es völlig normal, dass man die Liebe seines Lebens jahrzehntelang vor dem eigenen besten Freund, Partner und Arbeitskollegen versteckt, *der sich den verdammten rechten Arm für einen ausreißen würde!*

Warum hat Lola mir nie etwas davon erzählt?

Ich bin nicht sauer auf sie, ich fühle mich nur unwürdig. Als wäre ich ihr Vertrauen nicht wert.

Mein Blick gleitet durch den Garten auf der Suche nach etwas, das mir wieder Halt gibt, das mir hilft, mir wieder einen gesitteten Anstrich zu verleihen und ein guter Gast zu sein. Jenseits eines Wildblumenbeets reihen sich weiße

Bienenstöcke aneinander, und dahinter steht auf einer Weide das größte und magerste Maultier, das ich je gesehen habe. Aus dem weißen Fell an Kopf und Hals schließe ich, dass es schon sehr alt ist, und an seinem glänzenden Fell und der roten Schleife um seinen dünnen Hals erkenne ich, dass er heiß geliebt wird.

Sherry folgt meiner Blickrichtung und lacht. »Du hast meine große Liebe entdeckt. Das ist Mister Gangy Man. Ich habe ihn schon seit ewigen Zeiten und vergöttere ihn. Er nimmt nie auch nur ein Gramm zu, wie gut wir ihn auch füttern.«

Während die anderen Umstehenden Sherry mit Fragen zu Mister Gangy Man löchern, macht sich auf meinen Lippen langsam ein Grinsen breit.

Mister Gangy Man ist also ein mageres, klappriges Maultier. Ich sehe Lola an, und wir grinsen beide. Doch sie wird schnell wieder ernst und schüttelt mit einem missbilligenden Blick Richtung Sherry den Kopf. Offenbar sind die beiden geteilter Meinung darüber, wie viel Aufmerksamkeit und Zärtlichkeit Mister Gangy Man verdient. An Lolas Körpersprache und der Tatsache, dass sie einem kriminellen Mistkerl diesen Namen verpasst hat, ist zu erkennen, dass sie nicht der größte Fan von Mister Gangy Man, dem Maultier, ist. Meine Frau Sandra und ich haben ähnlich unterschiedliche Ansichten zu unserem weißen Labrador Dexty Boy, den Sandra abgöttisch liebt und den ich, nun ja, *toleriere*. Meiner Ansicht nach hat sich Dexty Boy den einen oder anderen Schweinebraten zu viel vom Küchentresen stibitzt und einverleibt, um bei mir noch gut angeschrieben zu sein. Seine Fürze sind so toxisch, dass man hinterher eine gute halbe Stunde lüften muss. Ständig fängt er sich draußen Zecken ein, wird von Stinktieren angesprüht oder von Stachelschweinen mit Stacheln beschossen, die wir anschließend entfernen müssen. Und er scheint rund um die Uhr ein nasses Fell zu haben, weil er sich entweder in einem Teich, einer Pfütze oder einem Sumpf gesuhlt hat. Bei ihm weiß man nie. Trotzdem füttere ich ihn hin und wieder heimlich unter dem Tisch, und ich mag es auch, wenn er sich neben mir auf dem Sofa zusammenrollt – vorausgesetzt, er ist sauber und stinkt nicht. Wie ich Lola kenne, steckt auch sie diesem vermeintlich verhassten Maultier Kuchenstücke zu, wenn Sherry gerade nicht hinsieht. Unsere Abneigung ist nur geheuchelt.

Mein Blick wandert zu Lisa, die Sherry ausfragt, als würde sie ein Vorstellungsgespräch mit ihr führen. Was zum Teufel hat sie schon wieder im Sinn? Zum Glück tritt in diesem Moment Sandra hinzu und verwickelt Sherry in ein Gespräch über Blumenbeete, während ich weiterhin versuche, Lolas Geheimniskrämerei zu verdauen und das Blut zurück in mein Gehirn zu zwingen.

Sherrys Stimme dringt durch den Nebel zu mir durch: »Roger, ich möchte dir dafür danken, dass du Lola all die Jahre beschützt hast. Und ihr beigestanden hast, als sonst niemand für sie da war. Du bist der Einzige, der beim FBI für sie eingetreten ist und ihr eine Chance gegeben hat. Ohne dich hätte sie nie diese Karriere gemacht.«

Endlich werde ich aus meinem Schockzustand gerissen, denn zu diesem Thema habe ich tatsächlich etwas zu sagen: »Das kann schon sein, Sherry, aber ohne Lola würde ich längst tot in einem Straßengraben liegen, und zahllose Kinder und Frauen wären verloren und vergessen. Sie ist die beste Ermittlerin, die das FBI je hatte. Ich bin verdammt stolz darauf, mit ihr zusammengearbeitet zu haben.«

Sherry kommen die Tränen, und sie tupft sich die fast schon unnatürlich wirkenden veilchenblauen Augen mit einem Leinentaschentuch trocken. »Oh Roger, Lola liebt dich sehr! Das würde sie dir gegenüber nie zugeben, aber es ist so. Auf dem einzigen gerahmten Foto, das sie bei uns im Haus aufgehängt hat, sind keine Familienmitglieder zu sehen. Auch keine alten Collegefreunde. Sondern du. Ein verschwommener Schnappschuss, den sie heimlich von dir gemacht hat.«

Lisa unterbricht mit einem Husten den sentimentalen Moment zwischen Sherry und mir. »Du bist also Gehirnchirurgin«, wiederholt sie, um diesen bereits bekannten Fakt zu zementieren.

»So ist es. Na ja, ich *war* Gehirnchirurgin. Jetzt bin ich ja im Ruhestand.«

»Arbeitest du auch manchmal freiberuflich?« Sherry lacht, aber Lisa hat ihre Frage nicht als Witz gemeint und stimmt deshalb nicht höflich in das Gelächter ein. Todernst sieht sie Sherry an. Seit Lenny ausgezogen ist, ist sie noch merkwürdiger und gefühlskälter als sonst.

Ich drehe mich um, suche die Gästeschar nach Nana ab und entdecke sie schließlich mit Vanty auf einer Bocciabahn. *Lola hat eine verdammte Bocciabahn?*

»Nana! He, Nana!«, rufe ich und winke sie herbei, damit sie mir hilft. Ich weise mit dem Kinn auf Lisa. Zum Glück versteht sie sofort, dass ihre Enkelin in eine andere Richtung gelenkt werden muss.

Nana gesellt sich zu uns und leitet das Gespräch geschickt zu normalen, unverfänglichen Themen zurück. Gleichzeitig tippt sie mit dem Zeigefinger gegen Lisas Wirbelsäule und flüstert ihr ein paar mahnende Worte ins Ohr. Während sich die Unterhaltung den preisgekrönten Spinattörtchen der Cateringfirma und den Gartentricks zuwendet, mit denen Sherry den pH-Wert des Bodens steuert und das leuchtende Blau der entlang der Veranda gepflanzten Hortensien erhält, lasse ich meine Gedanken schweifen und werde wieder von meinen Sorgen eingeholt, von dem drängenden Thema, das mich seit heute Morgen belastet. Auch ich habe meiner kleinen Gruppe von Mitstreitern etwas zu enthüllen. Der Schock über Lolas wahres Leben legt sich allmählich. Irgendwo in meinem Unterbewusstsein muss ich schon etwas geahnt haben, aber sie wird mit mir ohnehin nicht darüber sprechen wollen, also hake ich die Sache ab, schlucke die bittere Pille herunter. Das Leben geht weiter. Lola schiebt sich fünf Spinattörtchen in den Mund, eins nach dem anderen, und ich sehe, dass sie noch drei weitere auf dem Teller hat.

»Vielleicht könnten wir uns kurz unterhalten, du, Lisa und ich?«, sage ich zu Lola, als der Rest der Gruppe sich auf Sherrys Nichten konzentriert, die Töchter ihrer Schwester, einer Senatorin. Die kleinen Mädchen geben auf den Steinplatten des Gartenwegs gerade ein spontanes irisches Tänzchen zum Besten. Lola widersetzt sich nicht, versucht nicht, einem privaten Gespräch mit mir auszuweichen. Sie weiß genau, dass ich nicht auf der Sache mit Sherry herumreiten werde. Ich kenne sie zu lange und zu gut, um sie diesbezüglich zu bedrängen. Und da wir schon so lange ein eingespieltes Team sind, geht sie sofort auf meine Bitte ein und schiebt mich und Lisa zu einer weinbewachsenen Pergola neben Mister Gangy Mans Weide.

»Wir müssen zum Kofferraum von Nanas Escalade. Geht das?«, frage ich.

Lola sieht mich an, als wäre ich verrückt geworden. »Scheiße, Liu, was soll die Geheimniskrämerei?«

Ich werfe ihr einen aufgebrachten Blick zu, der bedeutet: *Das sagst ausgerechnet du?*

»Na schön. Touché«, knurrt Lola. Es ist das erste und einzige Mal, dass sie mir gegenüber so etwas wie ein Schuldeingeständnis über die Lippen bringt. Ich weiß, dass es ihre Art ist, sich bei mir zu entschuldigen. Ich werde die Entschuldigung annehmen und ihr nicht weiter grollen. Natürlich nicht. Es bringt absolut gar nichts, Lola wegen irgendetwas zu grollen.

»Meine Glückwünsche zum gemeinsamen Ruhestand, übrigens. Und nachträglich zur Hochzeit«, sage ich. Sie zuckt zusammen. Ich tue so, als hätte ich es nicht gesehen, und quäle sie nicht noch weiter. Stattdessen marschiere ich zum Kofferraum des Escalade voraus, den einer der vier jungen Männer vom Parkservice auf einer Rasenfläche neben Lolas *Zufahrtsallee* abgestellt hat. Glücklicherweise grenzt diese Rasenfläche an ein Waldgebiet; sobald wir also die Heckklappe geöffnet haben, sind wir vor den Blicken Neugieriger geschützt. Ich weiß jetzt, warum Lola dieses Anwesen ausgesucht hat. Es ist sehr weitläufig, und mir fällt auf, dass überall an den Bäumen Kameras montiert sind. Bestimmt hat sie Lola eigenhändig dort angebracht.

»Du hast doch einen Elektrozaun, der ums gesamte Grundstück führt und auch durch den Wald, oder?«, sage ich zu Lola.

»Natürlich, was denkst du denn, Liu? Das ganze Gelände ist umzäunt und gesichert. Also, was ist das für ein Problem, von dem du uns erzählen wolltest? Beeil dich, bevor diese blöden Schmarotzer mir alle Spinattörtchen weggegessen haben.«

»Wir müssen uns über Velada unterhalten. Ich denke, wir sollten uns so schnell wie möglich um die Sache kümmern, solange du noch Kontakte bei deiner Behörde hast. Das Problem ist Folgendes.« Ich halte inne und sehe Lola und Lisa fest in die Augen, vergewissere mich, dass sie sich ganz auf dieses Gespräch konzentrieren. »In der Nacht, in der wir den Inneren Kreis und seine Kunden verhaftet haben, ist mir aufgefallen, dass Velada Richter Frackson einen blitzschnellen Blick zugeworfen hat, bevor sie vielsagend in Lisas Richtung geschaut hat. So.« Ich benutze Lola als Frackson und demonstriere den beiden, was ich meine.

»Ich hoffe, du hast mehr vorzuweisen als das, Liu«, sagt Lola skeptisch.

»Jetzt warte doch mal. Damals habe ich den Blick ignoriert, weil ich dachte, er sei dem Chaos geschuldet, das dort im Zimmer mit dem Hummerbecken herrschte. Wie sie alle vor uns standen, Frackson inklusive, auf frischer Tat ertappt, mit Handschellen gefesselt und in Gewahrsam genommen, auf mehrere Kameras gebannt – ich war mir sicher, dass keiner von ihnen in der Lage sein würde, sich den Fängen der Justiz zu entziehen. Aber es gibt doch immer wieder Überraschungen. Just gestern hat mich nämlich jemand angerufen.«

Ich greife nach meiner Aktentasche, die im Kofferraum des SUV liegt, und ziehe eine Mappe daraus hervor. Lola streckt die Hand danach aus, aber ich drücke sie schützend gegen meine Brust.

»Moment, hör bitte erst bis zum Ende zu. Gestern erreicht mich also ein Anruf, und ratet mal, was ich erfahre: Von allen verdammten Arschlöchern handelt ausgerechnet Frackson den besten Deal aus. Er wird auf freien Fuß gesetzt. Kommt ungeschoren davon. Wie ihr bereits wisst, war er auch der Einzige der Bande, der die Zeit bis zum Prozess nicht in Untersuchungshaft absitzen musste, sondern lediglich unter Hausarrest gestellt wurde. Und gestern dann plötzlich der Deal mit dem Haftrichter. Schwupp, schon wird ihm die Fußfessel durchgeschnitten.« Ich schnalze mit den Fingern. »Freigelassen. Einfach so. Und natürlich ist auch Velada inzwischen auf freiem Fuß, weil sie allen weisgemacht hat, sie sei ebenfalls nur eine Gefangene im Steinhaus gewesen – eine reichlich wackelige Behauptung, aber ihre Aussage gegen ihren Bruder und die übrigen Beteiligten und ihre Unterstützung bei Lisas von langer Hand geplanter Überrumpelungsaktion, die inzwischen von der Beta-Behörde abgesegnet wurde, haben den Richter wohl überzeugt. Und gestern dann die Neuigkeit bezüglich Frackson. Tja. Seither geht mir Veladas Blick von Frackson zu Lisa nicht mehr aus dem Kopf. Heute Morgen hatte ich plötzlich eine Eingebung. Das Ganze ist so lange her, dass ich nicht sofort die Verbindung erkannt habe, als wir Frackson im Saleo Country Club gegenüberstanden.«

Lola runzelt die Stirn und hört schweigend zu. Lisa starrt mir ins Gesicht, folgt jeder Bewegung meiner Augen.

Ich beuge mich erneut über meine Aktentasche und ziehe ein grobkörniges Schwarz-Weiß-Foto daraus hervor, eins von Dutzenden, die wir damals gemeinsam analysiert haben. Dieses spezielle Foto wurde von uns als irrelevant aussortiert und nicht eingehender geprüft.

»Seht ihr, was ich meine?«, frage ich.

Lola nimmt mir das Foto aus der Hand und geht damit zu einem sonnigeren Fleck in der Nähe der Rückleuchten. Lisa blickt ihr über die Schulter.

»Das ist von dem Tag, als ich vor Gericht gegen den Arzt ausgesagt habe. Es ist eins der Bilder von den Überwachungskameras im Gerichtssaal, die wir nach Veladas

Auftauchen auf dem Parkplatz angefordert haben«, stellt Lisa fest.

»Ja. Seht ihr, was ich sehe?«

Lola beißt sich auf die Unterlippe. »Heilige Scheiße. Bist du dir sicher?«

»Absolut sicher. Seht euch *diese* Bilder an.« Ich breite vier Farbfotos vor den beiden aus, die ich am Morgen mit Nanas Farbdrucker ausgedruckt habe. »Heute Morgen habe ich im Internet nach Fotos von Frackson gesucht und welche aus seiner Zeit an der Juristischen Fakultät der Northwestern University gefunden, das sind diese beiden hier. Und dann noch diese zwei von ihm als Junganwalt bei Miles Thurborough in Chicago. Die Kanzlei liegt nur ein paar Stunden Fahrzeit vom Gerichtsgebäude in Indiana entfernt. Und damals musste man sich als Zuschauer vor Gericht noch nicht in eine Liste eintragen. Heute übrigens auch nicht. Es gibt absolut keine Beweise für Fracksons Anwesenheit an jenem Tag, bis auf dieses Schwarz-Weiß-Foto.«

Lisa nimmt sich das Schwarz-Weiß-Bild und eins der Junganwalt-Fotos und zwängt sich an Lola vorbei zu dem sonnigen Fleck neben der Rückleuchte. Dort betrachtet sie eingehend beide Bilder, ihr Blick gleitet hin und her.

»Wir haben die Aufnahme aus dem Gerichtssaal nie weiter beachtet«, sage ich.

»Weil darauf nur ein kleines Stück von Veladas Bein abgebildet ist«, erwidert Lisa. »Aus heutiger Sicht ist jedoch sehr aufschlussreich, dass ihr Bein neben dem von Frackson zu sehen ist. Und der ist gut zu erkennen. Das ist er, keine Frage.«

»Das ist aber noch nicht alles«, fahre ich fort. »Ratet mal, wo Velada seit ihrer Freilassung wohnt. Ich habe es heute Morgen recherchiert. Sie ist nicht etwa zu dem Ehemann in Viebury Grove zurückgezogen, den sie so überzeugend an der Nase herumgeführt hat.«

Lisa gibt ein eigenartiges Schnauben von sich. Ich sehe sie mit hochgezogenen Augenbrauen an.

»Sprich weiter«, fordert sie mich auf, und ihr Gesicht wird wieder emotionslos und leer.

»Verstehe«, murmele ich und behalte sie weiter im Auge. »Na ja, wie auch immer. Ratet mal, wo sie sich eingemietet hat?«

»Keine Ahnung, Liu«, schaltet sich Lola ein, die die Augen zu Schlitzen verengt hat. Sie lässt mit keiner Geste erkennen, was sie von alldem hält.

»Sie wohnt in einem Apartment zwei Häuserblocks von Fracksons Adresse in Cambridge entfernt. Hier meine Theorie: Velada hat diese ganze Geschichte eingefädelt, um ihren Bruder und seine langjährigen mächtigen Kunden loszuwerden, hauptsächlich Rasper und Sergeant Rockford, aber auch die beiden Frauen, die Mitglieder des Inneren Kreises waren, diese Nonne und die Frau, die Lisa Eva nennt. Auf irgendeine Weise ist vor vielen Jahren die Verbindung zwischen Velada und Frackson entstanden, und die beiden haben ihre Ziele von Anfang an sehr geschickt vor allen anderen verborgen. Der beste Weg, diese Ziele zu erreichen, bestand für Velada darin, auf die irre, völlig kranke Hummerbecken-Zeremonie ihres Bruders zu warten. Sie hat seinen Wahnsinn manipuliert und für ihre eigenen Zwecke genutzt. Und ihr einziger Verbündeter, die zentrale Figur in ihrem übergeordneten Plan, worin auch immer dieser besteht, war von Anfang an Frackson. Ich fand es schon immer völlig inakzeptabel, dass sie so viele Jahre zugelassen hat, dass Mädchen gequält und verkauft wurden, indem sie sich weigerte, den Ort des Geschehens zu verraten. Ich bin mir übrigens sicher, dass sie in diesen Jahren selbst so viel Geld aus dem Unternehmen abgeschöpft hat, wie sie konnte, schließlich war ihr Bruder ja weit entfernt in Shanghai. So viele Mädchen, die in dieser Zeit missbraucht und vergewaltigt wurden ... Das ist einfach nicht richtig. Velada ist kein Unschuldslamm, davon bin ich überzeugt. Dafür spricht auch, dass sie beim Treuhandvermögen der Familie als Begünstigte eingetragen ist, sollte ihr Bruder im Gefängnis landen oder sterben. Ich mache mir Sorgen um deine Sicherheit, Lisa. Frackson steht nicht mehr unter Hausarrest. Ich nehme an, die beiden werden sich noch eine Weile unauffällig verhalten und ihre Rollen als kooperative Zeugen weiterspielen, zumindest bis die Gerichtsverhandlungen beendet sind. Aber dann ... Wenn ihr mich fragt, stinkt die Sache zum Himmel.«

»Das alles wirft tatsächlich kein gutes Licht auf Velada. Ich glaube auch, dass sie ordentlich Dreck am Stecken hat, genau wie dieser Frackson. Aber deine Sorge um Lisa verstehe ich nicht ganz. Du begründest sie damit, dass Velada in der Nacht, als wir diese Arschlöcher verhaftet haben, eine halbe Sekunde in Lisas Richtung geschaut hat, sehe ich das richtig?«, fragt Lola.

»Ja«, antworte ich.

Lisa scheint meine Bedenken zu teilen, denn sie nickt mir zustimmend zu. Unsere Blicke wandern zu Lola. Abwartend starren wir sie an. Sie schnappt sich noch einmal die Schwarz-Weiß-Aufnahme und beugt sich zur Seite, um sie im Sonnenlicht genauer zu betrachten. Ihre Zunge spielt an ihren Vorderzähnen herum.

»Scheiße, Boss«, knurrt sie. Ihr ernster Tonfall und das Wort »Boss« besiegeln unser Dreierabkommen.

Lisa und ich schlendern seit ungefähr zehn Minuten über Lolas und Sherrys Grundstück. Lola nickt mir aus der Ferne zu, um mir mitzuteilen, dass sie den für die heutige Vorruhestandsparty vorgesehenen Musikmix unterbrochen und meinen Lieblingssong eingelegt hat. Er schallt in perfekter Lautstärke aus Lautsprechern, die als Felsbrocken getarnt sind. Lisa und ich sagen kein Wort zueinander. Wir gehen einfach im Gleichschritt nebeneinander her, beide mit den Armen hinter dem Rücken. So machen wir es immer, wenn wir einen neuen Fall auf den Tisch bekommen und unser weiteres Vorhaben planen müssen: Wir schlendern draußen an der frischen Luft herum und geben uns unseren Gedanken hin. Lisa sagt, meine Anwesenheit würde ihr helfen, sich im Chaos neu gewonnener Erkenntnisse zurechtzufinden. Und auch ich habe festgestellt, dass mir diese Methode beim Denken hilft.

Der Song, der Lolas und Sherrys Südstaaten-Paradies mit seinen Farnen und moosbewachsenen Bäumen umhüllt, ist *Man in Me* von Ray LaMontagne. Ich fange an, ihn mitzusingen, ganz leise, sodass nur Lisa und ich es hören. Ich kann einfach nicht anders bei diesem Song.

Lisa blickt zu mir auf, ohne ihre Schritte zu verlangsamen oder ihre Hände zu bewegen, die in ihren Gesäßtaschen stecken. Es ist ihr üblicher prüfender Blick, der jedes Detail meiner Mimik und jedes Fältchen auf meiner Stirn registriert.

»Du singst immer mit, wenn dieses Lied kommt. Welche Emotion verbindest du damit?«

»Wahrheit«, antworte ich. »Der Text hat etwas sehr Wahrhaftiges für mich.«

»Wahrheit ist also eine Emotion für dich?«

»Ja, irgendwie schon.«

»Glaubst du, Vertrauen ist auch eine Emotion?«

»Wahrscheinlich schon. Du bist die Chefin, Lisa, sag du es mir.«

Sie antwortet nicht, starrt eine Weile geradeaus. Wir vertrauen einander nicht, also ist die zwischen uns vorherrschende Emotion vermutlich Wahrhaftigkeit. Wir gehen wahrhaftig damit um, dass wir es nicht schaffen, einander zu vertrauen, und so entsteht doch ein gewisses Maß an Verlässlichkeit.

»Vertrauen ist etwas, das man spürt, eine Wahrnehmung. Ähnlich wie andere Eindrücke, wie Gerüche oder Töne«, antwortet Lisa schließlich. »Ich habe Velada noch nie vertraut. Wir müssen ihr das Handwerk legen. Was auch immer sie vorhat, es ist bestimmt noch schlimmer als alles, was ihr Bruder je verbrochen hat. Diesbezüglich verlasse ich mich auf mein Gespür. Und auf deins.«

Wir schlendern weiter, und ich summe weiter meinen Song, während Lisa jedes Zucken und jedes Fältchen in meinem Gesicht beobachtet, als wäre ich ein Zootier und sie die Tierpflegerin. Es ist wieder Normalität eingekehrt in unser Leben.

JOSI OLIVE

Begegnung im Wald

Nachdem er den Tag in seinem Tonstudio verbracht, Beats gemixt und über sein eigenartiges Leben der letzten Monate nachgedacht hat – die Erkenntnis, dass seine Ehe eine Illusion war, die Autofahrt mit Lisa Yyland nach Indiana, ihre Kommunikation seither –, hat sich so viel Erregung in Josi angestaut, dass er einen Spaziergang durch Viebury Grove machen muss. Einen Abendspaziergang im Wald. Vielleicht ist es an der Zeit, dass er Carla ihren Betrug verzeiht, oder Velada oder wie auch immer sie heißt, damit er die Sache abschließen und wieder Liebe für jemand anderen empfinden kann. Dabei denkt er an Lisa, an ihre seltsame Distanziertheit, aber auch an die manchmal so schönen Momente der Nähe mit ihr. Oder bildet er sich das alles nur ein? Schließlich ist sie verheiratet. *Ist sie noch verheiratet?*

Josi schlendert mit Cat durch den Wald und raucht dabei eine gute Zigarre. Sie klettern über Baumstämme, und Josi bleibt an der Stelle stehen, an der das verkohlte Skelett gefunden wurde, das nicht Carlas war, unterhalb der Grabinschrift, die er damals für sie angefertigt hat: einem Holzbrett, auf das er mit blauer Farbe ihren Namen geschrieben und das er an eine Kiefer genagelt hat. *Alles nur Lüge.* Heute ist der Tag, an dem er es sich vornehmen wird. Er zieht das mitgebrachte Schleifpapier aus der Tasche und beginnt, Carlas Namen damit zu bearbeiten. Er reibt und schmirgelt mit Feuereifer, kommt sich vor wie der Waschbrett-Spieler in einer Jug-Band, doch obwohl er mächtig ins Schwitzen gerät, kann er ihren Namen nicht vollständig tilgen. Aber er ist deutlich blasser geworden, die blaue Farbe sticht nicht mehr hervor aus den Farbtönen des Kiefernstamms. Der echte Name der echten jungen Frau, deren Leiche hier abgelegt und verbrannt wurde, konnte noch immer nicht ermittelt werden – durch die Aussagen der noch lebenden Opfer weiß man lediglich, dass sie eine mittellose weggelaufene Jugendliche ohne Papiere war, die an unbehandelter Lungenentzündung gestorben ist. Josi klebt also UNBEKANNTES MÄDCHEN mit Scrabble-Steinen auf das Brett, und darunter schreibt er mit schwarzem Filzstift: IRGENDJEMAND HAT DICH GELIEBT, DA BIN ICH MIR SICHER. ES TUT MIR LEID.

Er legt dem unbekannten Mädchen außerdem einen kleinen Strauß verwelkter Wildblumen hin, die er mit einer Schnur zusammengebunden und in seiner anderen Hosentasche hergebracht hat. Er hat sie in dem Gärtchen unterhalb des Schlafzimmerfensters gepflückt, von dem Carla immer gesagt hat, dass ihre zukünftigen Hosenscheißer dort samstagmorgens stehen und zu ihnen heraufrufen würden, sie sollten endlich aufstehen und zum Spielen rauskommen. Die »Blumen« sind längst braun und sehen eher aus wie Unkraut, schließlich ist es schon spät im Jahr.

Als Josi nach Carlas vermeintlichem Tod die gleichen Blumen auf ihr Grab gelegt hat, hat ihn ein Friedhofsbesucher aufgeklärt, dass es sich nicht um Wildblumen handle, sondern um die Blüten von Frühlingszwiebeln und Basilikum. Carla hatte das Gärtchen für ihr Cateringunternehmen angelegt, das konnte also stimmen. Damals hatte er noch nicht gewusst, dass sie eine Lügnerin und Betrügerin war, und er hatte dem Friedhofsbesucher geantwortet, er solle ihn mit botanischen Belehrungen in Ruhe lassen, Hauptsache, seine Frau wisse oben im Himmel, dass er sie immer noch vermisse. Doch als er jetzt die verwelkten braunen Halme unter das Brett legt, denkt er: *Tut mir leid, dass es nur Unkraut ist, unbekanntes Mädchen. Nächstes Mal bringe ich dir Rosen mit.*

Josi verlässt den dunklen, sumpfigen Teil des Waldes hinter Viebury Grove und bummelt durch lichtere, höher gelegene Abschnitte. Dabei befühlt er nachdenklich die Sekundenkleber-Tube in seiner Hosentasche. Das surrende Geräusch des Akkubohrers, dessen Aufsatz sich in die Wangen des Richters schraubte, hallt immer noch in seinem Kopf wider wie ein hartnäckiger Ohrwurm. Er hat den ganzen Tag versucht, dieses Geräusch in seinem Tonstudio in die entsprechenden Beats zu bannen, ein paar Lyrics darüber zu schichten und das Ganze mit düsteren Gitarrenakkorden zu untermalen. Er hat vor, Jam Bones Freundin Keelia zu überreden, mit ihrer hohen Stimme irgendeine Hintergrundmelodie dazu zu singen, die den Eindruck von Wehklagen vermittelt. Um das ständige Surren in seinem Kopf loszuwerden, muss er es musikalisch verarbeiten, es durch Poesie purifizieren, genauso wie er seine Frau – oder vielmehr das unbekannte Mädchen – mit Gedichten beerdigt, ihre verkohlten Überreste mit seitenweise selbstgeschriebener Lyrik bedeckt hat.

Josi schlängelt sich zwischen einer Gruppe von Kiefern hindurch, wobei sich Cat wie immer dicht neben ihm hält.

Oh Mann, diese Zigarre schmeckt verdammt gut. Holzfeuer zwischen meinen Lippen, das die Mücken vertreibt. Er bückt sich, um ein paar Plagegeister totzuschlagen, die sich zwischen seiner schwarzen Jeansshorts und den Stiefeln über seine nackten Schienbeine hergemacht haben. An dieser Stelle des Waldes bilden das heruntergefallene Herbstlaub und die rostroten Kiefernnadeln einen dicken Teppich, der von hoch aufragenden, dichten Bäumen verdunkelt wird. Dunkel wie ein Ölfass mitten im Wald. *Könnte 'ne gute Textzeile werden: Wie ein Ölfass so dunkel, Nebelschwaden, die funkeln … Das baue ich in den nächsten Song ein. Mit welchem Beat? Da-da-da-daaaaam. Ja, das probiere ich gleich nachher aus, wenn ich von diesem Spaziergang zurück bin.*

»Na los, Cat, beeilen wir uns.«

Aber Cat bewegt sich nicht von der Stelle, und als Josi die Ohren spitzt, hört er ein wenig oberhalb, bei den Granitfelsen, scharrende Schritte.

Wahrscheinlich wieder irgendwelche kiffenden Halbstarken. Vielleicht lassen sie mich mal ziehen.

»Cat, lauf du vor und entwaffne sie mit deiner widerlichen Niedlichkeit.«

Doch Cat ist längst unaufgefordert vorangeprescht, etwas, was er sonst nie tut. Nur früher ist er manchmal zu Carla davongerannt, der einzigen Person, für die er Josis Nähe aufgab.

Josi erreicht die Granitfelsen. Cat steht neben einer Frau, die Josi den Rücken zukehrt. Der Schatten eines herunterhängenden Asts fällt auf sie, deshalb kann er ihre Haarfarbe nicht erkennen und auch sonst nichts Aussagekräftiges.

Sie dreht sich zu ihm um, und er erstarrt.

»Josi«, sagt Velada.

Sofort ist sie wieder da, die alles verschlingende Wut. Er hat geglaubt, er hätte sie hinter sich gelassen, diese Wut.

Spätestens mit seiner heutigen Schleifpapier-Aktion wollte er sie in die Vergangenheit verbannen. Wie dumm von ihm zu glauben, dass es so einfach wäre. Jetzt, da die Frau, der seine Wut gilt, vor ihm steht, würde er am liebsten laut schreien. Er hat so viele Fragen. Hat ihr so viel zu sagen.

»Carla«, presst er hervor. »Die Anklage gegen dich wurde also fallen gelassen? Du bist auf freiem Fuß?«

»Schon seit einer Weile, Josi.«

»In deinem Brief stand, du müsstest an einem geheimen Ort bleiben. Zeugenschutzprogramm.«

Velada antwortet nicht, starrt ihn nur an.

»Ah, das war also auch nur eine verfickte Lüge.«

»Ja, Josi, das war auch nur eine verfickte Lüge.« Sie schüttelt halb sarkastisch, halb verlegen den Kopf. Ihr Auftreten befeuert die Wut noch, die er seit Monaten zu unterdrücken versucht. Er ist kurz vorm Explodieren.

»Wie konntest du nur?«, stößt er hervor.

»Wie konnte ich was?«, antwortet Velada trotzig.

»Scheiße, Carla. Ich werde dich gar nicht erst fragen, wie du mich so lange anlügen konntest, wie du mich unter einem verdammten falschen Namen heiraten konntest. Unsere Ehe ist annulliert, dass du es nur weißt. Uns verbindet nichts mehr, das habe ich schwarz auf weiß.«

»Also, wonach fragst du mich dann? Wie konnte ich was?« Sie geht einfach über die Annullierung ihrer Scheinehe hinweg.

»Ich frage dich, Carla, Velada, oder wie auch immer du heißen magst, wie du jahrzehntelang zulassen konntest, dass Mädchen und Frauen von diesen verdammten Monstern gequält und missbraucht wurden. Wie konntest du nur? Wie konntest du eins der Mädchen verbrennen und alle glauben machen, das wärst du? Du hast sie ermordet.«

»Ich habe sie nicht ermordet. Die Polizei hat mich diesbezüglich längst entlastet, und das weißt du auch. Ja, ich habe die Gelegenheit ergriffen und meinen eigenen Tod inszeniert. Na und? Verklag mich doch.«

»Würde ich, wenn ich könnte.«

»Das würdest du wirklich, oder?«

»Wie konntest du nur? Beantworte die Frage. Wie konntest du diese Arschlöcher so lange hier in Viebury ihre kranken Geschäfte machen lassen?«

Velada atmet geräuschvoll durch beide Nasenlöcher ein und strafft die Schultern. »Ich musste verschwinden und dich in dem Glauben zurücklassen, dass ich davongelaufen bin, damit du nicht auch noch in die Sache hineingezogen wirst. Es wurde allmählich brenzlig drüben im Steinhaus. Je näher der Zeitpunkt rückte, an dem mein Bruder für seine große Zeremonie zurückkommen wollte, desto nervöser wurden die anderen beiden Frauen. Sie stellten mir zu viele Fragen über dich, wollten von mir hören, was du weißt. Ich musste es tun, Josi, um dich zu beschützen. Ich musste verschwinden und den Job in der Mariana Kirche annehmen, um unter ihrer ständigen Überwachung zu sein und ihnen zu beweisen, dass du nichts weißt und dass es dich nicht kümmert, was dort im Steinhaus passiert. Sie haben es mir abgekauft. Haben dich in Ruhe gelassen. Und dann ist eins der Mädchen gestorben, und ich habe mein Shirt und das Armband zu ihr in den Schlamm gelegt, damit sie wissen, dass ich endgültig Geschichte für dich bin, dass ich in deinen Augen tot bin und dir nichts mehr von den Vorgängen im Haus verraten kann. Ich wusste: Wenn du doch Verdacht schöpfst, wirst du es dir nicht anmerken lassen. Dafür bist du zu schlau. Ich habe dich geliebt, Josi. Dieser Teil war echt.«

»Hör auf, mich für dumm zu verkaufen, Carla. Du hast mich damals in dem Buchladen gezielt ausgespäht, weil ich kurz zuvor das Haus in Viebury geerbt hatte. Da ich nicht verkaufen wollte, hast du dich an mich drangehängt, um mich besser unter Kontrolle zu haben.«

Velada blickt zu Boden. Schüttelt den Kopf.

»Und nachdem du dich vergewissert hattest, dass ich völlig ahnungslos bin, hast du dich wieder davongemacht«, fährt Josi fort.

»Du irrst dich. Erst als Eminenz' Team angefangen hat, zu viele Fragen zu stellen, und von mir wissen wollte, welche Informationen ich an dich weitergebe, habe ich dich verlassen, um dich zu schützen. Das habe ich doch schon gesagt. Außerdem sind mir im Traum immer wieder kompromittierende Dinge entschlüpft, was ja dann auch zu einem Streit zwischen uns geführt hat. Ich musste weg von dir, musste meinen Tod inszenieren, damit du verschont bleibst. Ich habe dich auch danach weiter bewacht und mich vergewissert, dass sie dich in Ruhe lassen. Meine Liebe zu dir war echt, Josi. Wirklich.« Sie macht einen Schritt auf ihn zu, versucht, seine Hand zu nehmen.

Josi zieht den Arm weg und weicht vor ihr zurück. »Schwachsinn. Beantworte meine Frage: Wie konntest du?«

Velada beißt die Zähne zusammen und ballt die Fäuste, ist offenbar verärgert darüber, dass es ihr nicht gelungen ist, Josi in ein Gespräch über ihre gemeinsame Liebe zu verwickeln. Ihm fallen die vielen Streits mit ihr ein, die vielen Momente, in denen er zugelassen hat, dass sie ihn in die gewünschte Richtung lenkt, dass sie ihn manipuliert.

Diesmal wird er nicht darauf hereinfallen, also fragt er erneut: »Wie konntest du?« Er will, dass sie noch wütender wird, dass sie spürt, wie es ihm geht, wie schrecklich er sich fühlt. Auf keinen Fall wird er versuchen, die Wogen zwischen ihnen zu glätten, so wie er es früher immer getan hat.

»Hat dir deine Freundin Lisa diesen Gedanken in den Kopf gepflanzt? Dass ich so etwas wie eine Hexe bin, die jahrelang Mädchen gequält hat? Dass ich ihr den Ort des Geschehens früher hätte verraten müssen?«, fragt Velada mit hasserfüllter Stimme und tritt dicht an Josi heran.

»Unrecht hat sie damit ja wohl nicht.«

»Das ist doch vollkommen absurd! Sie hat also immer noch Angst, ich wäre eine dreiste Lügnerin, der alle auf den Leim gegangen sind?«

»Du bist eine dreiste Lügnerin. Und ich glaube nicht, dass Lisa vor irgendetwas Angst hat.«

»Jeder Mensch hat vor irgendetwas Angst, Josi.«

»Kann schon sein. Lisa ist die Ausnahme. Sie ist in der Lage, Ängste vollkommen auszuschalten.«

»Auch sie hat Ängste, glaub mir. Ich wette, es ist sogar etwas ganz Konkretes, vor dem sie sich fürchtet«, sagt Velada und starrt verträumt hinter Josi ins Leere.

»Was soll denn das schon wieder heißen?«

»Nichts«, antwortet sie und sieht ihn mit hochgezogenen Augenbrauen an. »Meine Güte, bist du paranoid! Stehst du etwa auf sie? Willst du deine neue Freundin beschützen?«

»Wir sind nur platonisch befreundet.«

»Na klar, Josi.«

Josi will ihr schon widersprechen und sich rechtfertigen, bremst sich dann aber und ist selbst überrascht darüber. Er denkt daran, wie er sich früher immer rechtfertigen musste, wenn Carla mit ihren aus der Luft gegriffenen Verdächtigungen ankam, mit ihrer grundlosen Eifersucht. Und wie er sie anschließend mit kleinen Küssen übersäte, bis sie kichern musste und nicht mehr sauer war. Er hebt resigniert die Hände. »Wie du willst, Carla. Ich meine, Velada. Oder wie auch immer du heißt.«

»Mach's gut, Josi«, sagt sie und starrt ihm in die Augen, um ihn zum Wegsehen zu zwingen. Josi lässt sich nicht darauf ein. Er zuckt nur mit den Schultern, um ihr zu verstehen zu geben, dass er nichts mehr zu sagen hat.

Velada macht kehrt und geht in den Wald davon, verschwindet im Schatten der Bäume. Josi hält sie nicht zurück. Es überrascht ihn, wie erleichtert er über ihr Verschwinden ist. Noch mehr überraschen ihn allerdings zwei weitere Gefühle, die von ihm Besitz ergriffen haben: einerseits die Hoffnung, dass er diese Frau gerade zum letzten Mal gesehen hat, und andererseits ein damit einhergehendes Gefühl der Furcht, eine dunkle Vorahnung. Sein Beschützerinstinkt erwacht, als er daran zurückdenkt, wie versessen Velada darauf war, bei Lisa Yyland eine ganz konkrete Angst auszumachen.

DANK

Obwohl es sich bei diesem Roman um ein rein fiktionales Werk handelt, das seine Leser vor allem unterhalten möchte, geht es darin um ein ernstes Thema, das wir keineswegs auf die leichte Schulter nehmen sollten. Ich kann nur jedem empfehlen, Hilfsorganisationen oder Frauenhäuser bei sich in der Gegend aufzusuchen und dort nachzufragen, ob Hilfe benötigt wird. Glauben Sie mir: Opfer von Menschenhandel brauchen immer Hilfe. Jeder kann helfen.

Was die wissenschaftlichen Aspekte in diesem Roman angeht, möchte ich erneut darauf hinweisen, dass es sich um Fiktion handelt. Ich bin mir sicher, dass ich vieles verzerrt oder falsch dargestellt habe, auch wenn ich versucht habe, mich entsprechend weiterzubilden und dabei auf hervorragende Quellen zurückgreifen konnte. Jedem, der sich für seriöse Wissenschaft interessiert, kann ich das Buch *The Universal Sense: How Hearing Shapes the Mind* des Neurowissenschaftlers Seth S. Horowitz ans Herz legen, das auch für Laien verständlich geschrieben und vor allem äußerst faszinierend ist. Was die Erzeugung mechanischer Energie angeht (Lisas Streifen und Kondensatoren), habe ich mich von einem Artikel inspirieren lassen, den ich 2016 las: *Flexible Nanogenerators for Energy Harvesting and Self-Powered Electronics (S. 4283–4305)* von Dr. Feng Ru Fan, Dr. Wei Tang und Prof. Dr. Zhong Lin Wang, zum

Zeitpunkt, als der Artikel erschien, allesamt beim Institut für Nanoenergie und Nanosysteme in Peking tätig. Ausgehend von den wohlbegründeten Erkenntnissen und Erklärungen dieses Artikels spann ich meine eigenen fiktionalen Ideen weiter. Meiner Ansicht nach sollte diese revolutionäre Wissenschaft bei der Debatte um erneuerbare Energien ernsthaft diskutiert werden.

Ich danke Dr. William K. Tong, den ich in Kapitel dreizehn zitiert habe, für seine großartige Zusammenfassung der Wissenschaftlichen Methode, die auf der Website des Oakton Community College unter http://www.oakton.edu/user/4/billtong/eas100/scientificmethod.htm zu finden ist.

Mein Dank gilt außerdem Chris Holm (dem preisgekrönten Verfasser der Collector-Trilogie und der Michael-Hendricks-Thriller), der sich die Zeit genommen hat, mir den Gebrauch von Schusswaffen in Shanghai näherzubringen. Ich bin mir sicher, dass ich seine Ausführungen nicht ganz korrekt umgesetzt habe, aber ich hoffe, ich konnte mich zumindest annähern.

Auch meiner Agentin Kimberley Cameron möchte ich herzlich danken. Sieh dir an, wie weit wir es gemeinsam geschafft haben, Kimberley! Wie seltsam und fantastisch das alles doch ist! Dank dir fühle ich mich wie Joan Wilder in *Auf der Jagd nach dem grünen Diamanten.* Ich bin die verzweifelte Schriftstellerin, die hervorragend von ihrer unermüdlichen Agentin vertreten wird. Dafür werde ich dir für immer dankbar sein. Danke auch an Whitney Lee (Auslandsrechte) und Mary Alice Kier und Anna Cottle (Cine/Lit Representation), die *Ihr tötet sie nicht* und *Sterbetag* von Anfang an unterstützt haben. Ich küsse und umarme euch.

Mein Dank gilt natürlich auch dem Team von Ediciones B/Penguin Random House für seine wunderbare Unterstützung der Serie (und für die tollen Übersetzungen und Buchcover). Aranzazu Sumalla, danke, dass du geholfen hast, diese Serie voranzubringen, danke für deine hochwillkommenen positiven Nachrichten. Ich genieße es sehr, mit dir zusammenzuarbeiten.

An meine Testleser und meinen Privatlektor: Ihr habt erlebt, wie die Geschichte meines Romans sich innerhalb ihres Entstehungsprozesses entscheidend verändert hat. Ich hätte es bestimmt nicht ohne eure liebevolle Strenge und eure hervorragenden Tipps geschafft. Beth Hoang, Mom und Dad, ich stehe zutiefst in eurer Schuld, weil ihr mir und meiner Arbeit so viel Zeit gewidmet habt, vor allem diesem Werk. David Corbett: Mann, warst du streng, aber du hattest so verdammt recht! Deine Überarbeitungen haben mich immer wieder aufgeschreckt und zum Nachdenken angeregt, und du hast mir – wie es nur die besten Lehrmeister können – die Augen für Dinge geöffnet, die ich selbst nicht wahrgenommen habe. Am Ende hast du es geschafft, dass mir das Schreiben wieder Spaß gemacht hat. Ich danke dir dafür.

Zu guter Letzt gilt mein Dank Mike und Max, die mir alles auf der Welt bedeuten. Max, du bist mein perfekter Vantaggio.

Autorin

Shannon Kirk ist Anwältin, sie lebt und arbeitet in Massachusetts. Ihre Freizeit nutzt sie zum Schreiben: die Thriller um Ermittlerin und Racheengel Lisa Yyland, aber auch Gedichte und Romane in unterschiedlichen Genres. Shannon Kirk ist verheiratet und hat einen Sohn.

Shannon Kirk im Goldmann Verlag:

Ihr tötet mich nicht. Psychothriller
(nur als E-Book erhältlich)

Sterbetag. Psychothriller
(auch als E-Book erhältlich)

GOLDMANN
Lesen erleben